Stefan Maiwald

Die Porzellanmanufaktur
Zerbrechlicher Frieden

Roman

MAXIMUM

Eine Porzellanmanufaktur in Scherben.
Ein im Krieg verschollener Bruder.
Eine Familiendynastie zur Zeit des Wiederaufbaus.

»Sie stand jetzt in der Verantwortung. Für sich, für ihre Liebsten. Und für die Arbeiter in der Manufaktur und ihre Familien.«

Selb, 1947: Als der Familienpatriarch Ludwig Thalmeyer überraschend verstirbt, muss Marie als älteste Tochter die traditionsreiche Porzellanmanufaktur übernehmen. Mühsam arbeitet sie sich in das Geschäft ein, wird jedoch als junges Fräulein kaum ernst genommen. Unterstützung erhält sie von ihrer jüngeren, ungestümen Schwester Sophie. Beide hoffen, dass der in Russland verschollene Bruder Joachim nach Hause zurückkehrt, auch wenn er als Pianist dem Unternehmen schon lange vor dem Krieg den Rücken gekehrt hat.

Deutschland befindet sich im Wiederaufbau – keine einfache Situation für die Porzellanmanufaktur, die immer wieder Probleme hat, Kaolin zu beschaffen. Marie muss mit dem Papierfabrikanten Karl Metsch zusammenarbeiten, der seine Macht missbraucht. Kurz darauf wird ausgerechnet Karl Metsch der neue Bürgermeister und zwingt Marie zu einer riskanten Entscheidung …

Zwischen Wiederaufbau, florierendem Schwarzmarkt und jeder Menge Geheimnissen suchen zwei junge Frauen den Weg zum Erfolg – und zu ihrer Liebe, denn Maries Wahl fällt ausgerechnet auf den stellvertretenden US-Militärgouverneur John McNarney. Doch bald darauf muss dieser zurück in seine Heimat …

STEFAN
MAIWALD

DIE PORZELLAN-MANUFAKTUR

Zerbrechlicher Frieden

ROMAN

MAXIMUM

Bei Fragen zur Produktsicherheit wenden Sie sich bitte an uns:
Maximum Verlags GmbH
Hauptstraße 33
27299 Langwedel
www.maximum-verlag.de
E-Mail: info@maximum-verlag.de

3. Auflage 2025

Lektorat: Dr. Rainer Schöttle
Korrektorat: Angelika Wiedmaier
Satz/Layout: Alin Mattfeldt
Umschlaggestaltung: Alin Mattfeldt
Umschlagmotiv: © Happy Stock Photo / Shutterstock, DedMityay / Shutterstock, GreenLandStudio / Shutterstock
E-Book: Mirjam Hecht

Druck: CPI books GmbH
Made in Germany
ISBN: 978-3-98679-025-7

Für Laura

TEIL I: 1947

1. KAPITEL

Der Schmuggel

Während Marie Thalmeyer mit Hilfe ihres Dienstmädchens die bestickte Decke auf der Mahagoniplatte ausbreitete, das Silberbesteck hervorholte und die Vasen mit Schnittblumen befüllte, lag er im Dreck des Waldes. Das Gebell der Hunde wurde endlich leiser. Hatte er es überstanden? Suchscheinwerfer vom neu errichteten Wachturm stocherten in der Nacht umher, erhellten die Baumwipfel und erloschen schließlich. Er drückte das Gesicht bis auf den Boden, spürte die feuchte Erde auf der Wange, roch die Wildgräser, den Lehm. Seine Atemluft bildete Wölkchen.

Dann war es still. Die Kälte dieser Frühlingsnacht kroch unter seinen zerschlissenen Ledermantel. Die Mondsichel erhellte die Umgebung ein klein wenig, gerade so, dass er die nächsten Schritte planen konnte. Er war die Dunkelheit gewohnt, und den Schleichweg bis zur Grenze kannte er gut.

Aber heute war irgendetwas anders als sonst. Er konnte es nicht genau beschreiben, hatte es nur im Gefühl. Die Jahre an der Front hatten seine Sinne geschärft. Waren plötzlich mehr Soldaten unterwegs? Halfen nun auch die Russen den Tschechen beim Kontrollieren? Hatte er vorhin tatsächlich zwei T-34-Panzer gesehen, so nah am amerikanischen Sektor? Und die Suchscheinwerfer – das waren keine Funzeln mehr, sondern diese wattstarken Strahler, die im Krieg bis zu den Bombern im Himmel gereicht hatten.

Er stand vorsichtig auf und hob den Lederbeutel an die Brust. So ganz agil war er nicht mehr; diese illegalen, ja lebensgefährlichen Ausflüge machten ihm mehr und mehr zu schaffen. Aber es nützte ja nichts. In diesen Zeiten gab es keine andere Möglichkeit. Er hatte drei Kinder, und die Jüngste litt an Rachitis, kein Wunder in diesen Zeiten des Mangels. Der Krieg war gerade zwei Jahre vorbei, und jetzt war es fast noch schwieriger, frisches Obst und Gemüse zu bekommen – oder überhaupt nur irgendetwas Nahrhaftes. Und die Medikamente waren teuer.

Der amerikanische Sektor lag direkt vor ihm, keine dreihundert Meter entfernt. Die Luft schien rein. Er verließ die Deckung.

Und dann splitterte es neben ihm, Holzstücke flogen ihm ins Gesicht. und erst dann hörte er den Knall: Die Patrone war auf Brusthöhe in den Buchenstamm eingeschlagen. Er warf sich erneut zu Boden, auf die weiche, dicke Ledertasche. Hatten sie ihn doch entdeckt?

Doch langsam beruhigte er sich. Der Schuss musste von weither gekommen sein, der Schall kam spät an. Das wusste er noch aus seiner Zeit bei den Fallschirmjägern – wenn du den Knall gehört hast, bist du nicht getroffen worden.

War es ein Zufallsschuss? Vage in seine Richtung? Unmöglich, in dieser Dunkelheit so weit zu sehen. Er wusste, dass die Tschechen und auch die Russen gern mal in Richtung Westen feuerten, besoffen von Wodka und höllischem Selbstgebrannten.

Und wie er es aus seiner Zeit im Krieg kannte, überkam ihn plötzlich diese gleichgültige, vollkommene Schicksalsergebenheit. Er konnte nicht noch mehrere Stunden so liegen bleiben. Wenn er heute sterben musste, dann war es eben so. Also stand er auf.

Die Nacht blieb still, bis auf den Ruf einer Eule und das Knacken der Äste unter seinen Stiefeln.

Zügig und ohne sich umzuschauen setzte er seinen Weg fort.

2. KAPITEL

Die Übergabe

Der Kiesweg zur Villa war geharkt und vom Unkraut befreit. Das hatten die Flüchtlinge erledigt, die dort drüben im Wirtschaftsgebäude der Porzellanmanufaktur wohnten und Hilfsarbeiten für die Thalmeyers verrichteten. Einer war schon früh auf den Beinen und traktierte eine morsche Tür mit Schleifpapier. Familien aus Böhmen und Mähren waren hier untergekommen und hatten es gut getroffen – kein Vergleich zu den hoffnungslos überfüllten Auffanglagern mit ihren Zwanzig-Bett-Zimmern und Latrinen und undichten Dächern.

Er hatte die Nacht nach dem Grenzübertritt daheim verbracht, mit drei Stunden Schlaf und wirren Träumen. Dann hatte er sich auf den Weg gemacht. Nun war es früher Morgen. Der Tau glitzerte im Gras, die Luft war belebend klar. Die pralle Ledertasche trug er wie in der Nacht vor der Brust. Denn der Inhalt war wertvoll.

Und nun stand er vor dem Hauptgebäude der Thalmeyers. Es war eine zweistöckige Villa mit Sprossenfenstern und Walmdach sowie zwei Runderkern, die wie Säulen wirkten, und einem sechsstufigen Aufgang zum Portal. Die Bewohner von Selb fanden den Bau, 1927 fertiggestellt, ein wenig exzentrisch, ja geradezu frivol. Aber den Thalmeyers verziehen es die meisten, es waren hochgeachtete Leute. Zumal Familienoberhaupt Ludwig kurz vor dem Einweihungsfest seine Frau Franziska im Kindbett verloren hatte. Was für eine Tragik, fanden die Selber.

Die Sonne stand noch tief, ein Schäferhund schleppte sich aus dem Schatten heran und beschnupperte die Ledertasche. Der Hund lahmte leicht und zog den rechten Lauf nach, aber er wedelte freudig.

»Ist ja gut, Wolfi.« Er streichelte den Hund, der sich immer offensichtlicher für den Inhalt der Ledertasche interessierte, und zog am Glockenseil.

Ein Dienstmädchen öffnete ihm – das einzige, das den Thalmeyers von ihrem Personal aus der Vorkriegszeit geblieben war. Sie war müde von Alter und Arbeit und ging leicht gebeugt. Haar und Haut schienen von derselben Farbe.

»Guten Morgen, Lina. Ist Fräulein Thalmeyer zu sprechen?«

Lina nickte, ließ die Tür angelehnt und kehrte ins Innere der Villa zurück. Die Magd war keine Frau der vielen Worte. Er hatte sie in den vergangenen Monaten vielleicht zwei- oder dreimal sprechen hören. Und konnte sich weder an ihre Sprachmelodie erinnern noch an das, was sie gesagt hatte. Sie war eine ätherische, geisterhafte Erscheinung. *Sie wäre eine gute Schmugglerin*, dachte er.

Eine junge Frau stand im Türrahmen. Sie war deutlich größer als er, aber er war auch sehr klein geraten. Den Spott über seine Körpergröße hatte er sich oft genug anhören müssen, besonders in seinem *Knochensack,* dem Anzug der Fallschirmspringer, wenn er sich zum Absprung bereit machte. »Kleine Leute werden als Letzte vom Regen nass, aber ertrinken als Erste«, hatte der Hauptmann stets gesagt, ein harter Schlesier mit Hasenscharte. Doch er wusste auch: Kleine Leute sind schwerer zu treffen. Wer weiß – vielleicht hatte er deswegen den Krieg überlebt, als einer von nur dreien in seiner ganzen Einheit?

»Gustav!« Die Frau lächelte. Was hatte sie für schöne Zähne! Sie konnte einen wirklich in Verlegenheit bringen, nur mit diesem Lächeln. Und das Beste war, dass ihr das gar nicht bewusst war.

»Fräulein Thalmeyer. Wie versprochen.« Mit einer etwas ungelenken Bewegung überreichte er ihr die Ledertasche, die er in der Nacht zuvor unter Lebensgefahr aus dem Osten in die amerikanische Besatzungszone gebracht hatte.

Marie Thalmeyer trug ein schlichtes helles Morgenkleid und hatte ihr braunes Haar hochgesteckt. Ihre Haut war ganz hell und makellos. *Porzellankind* nannte man sie im Ort. Wer genau hinsah, so wie Gustav und viele andere Männer, dem entgingen nicht ein paar Sommersprossen über den hervorstechenden Wangenknochen.

»Woher hast du – nein, ich will es lieber nicht wissen.«

Aus der Villa strömte Kaffeegeruch. Schwach und dünn zwar, aber ganz eindeutig Kaffee, kein Muckefuck aus Gerste oder Eicheln. Auch das war Gustavs Verdienst gewesen, dank ein paar Deals mit einem GI aus Tennessee, der inzwischen ein verlässlicher Lieferant geworden war.

Marie blickte nun endlich in die Tasche und spitzte die Lippen. Beherzt griff sie hinein – und holte ein Huhn hervor, das sie triumphierend emporhielt. Dann blickte sie erneut in die Tasche und hob mit einem ungläubigen Ausdruck den Kopf.

»Gleich zwei? Formidabel!«

»Der Tscheche war spendabel.«

»Da wird sich Papa aber freuen!«

»Gerupft und ausgenommen. Nur das Beste zum Geburtstag des Herrn«, erklärte der Schmuggler feierlich.

»Warte.« Marie verschwand im dunklen Flur und kam dann wieder mit ihrer Geldbörse, aus der sie vier Ein-Dollar-Scheine zog – das Beste, was ein Mensch in diesen wirren Zeiten für den Schwarzmarkt gebrauchen konnte, denn mit Bezugsscheinen, der alten Reichsmark oder dem neuen Besatzungsgeld gab es überall nur die letzten Reste.

Gustav hob die Hände. »Nein, wirklich, das geht heute aufs Haus.«

Marie blickte ihn aus ihren grünen Augen an, als wollte sie ihn hypnotisieren. Er hatte sie viel schüchterner in Erinnerung.

»Wann wird man schon mal sechzig?«, wagte Gustav den Widerspruch.

Marie war eine zurückhaltende Person, doch nun sah Gustav die Entschlossenheit ihres Großvater Georg in ihr aufblitzen, der die Porzellanmanufaktur zu einem landesweit bekannten Namen gemacht hatte. Sie streckte Gustav die Dollarscheine entgegen.

Gustav hatte keine Wahl, dabei hatte er es durchaus ernst gemeint und hätte Ludwig Thalmeyer und seiner Tochter die Hühner gern geschenkt. Sie gehörten zu seinen treuesten Kunden und hatten ihn immer gut behandelt. Er mochte sie. Im Krieg hatte er gelernt, wie wichtig es war, im horrenden Chaos von vernünftigen, verlässlichen Menschen umgeben zu sein. Und die chaotischen Zeiten waren noch lange nicht vorbei, im Gegenteil. Der Russe mit seinen Stalinorgeln stand nur ein paar Kilometer entfernt, da war das letzte Wort noch nicht gesprochen, glaubte Gustav.

Aber nun steckte er die Dollarscheine ein, wünschte den Thalmeyers eine fröhliche Geburtstagsfeier und empfahl sich mit einer leichten Verbeugung.

Gustav war mehr als ein Schmuggler. Er hatte echtes Geschäftstalent und ein Gespür dafür, wo was gefragt war. Er war ein *Besorger*. Und er hatte gut zu tun. Zigaretten, Schokolade, Medikamente, Mehl, Kochtöpfe, Fahrkarten für Fernzüge – für die es eine Sondererlaubnis brauchte –, Schuhe, schicke Strümpfe: *Fragt Gustav*, hieß es überall. Einer seiner Geniestreiche war es, sich noch im Krieg das Rauchen abgewöhnt und mit seinen Rationen ein kleines Vermögen von seinen Kameraden ertauscht zu haben. Seine gedrungene Gestalt und der naiv-freundliche Gesichtsausdruck unter dem schütteren roten Haar, der ihm etwas Kindliches verlieh, half ihm bei den knallharten Verhandlungen. Außerdem sprach er passabel Englisch, was beim Handeln mit den GIs half. Gustav hatte jedenfalls den Schwarzmarkt von Hof, Weiden und Selb voll im Griff. Wer etwas wollte, kam zu ihm. Und er konnte es sich leisten, im Hinblick auf seine Kunden wählerisch zu sein.

Gustav leistete die Drecksarbeit fast immer höchstpersönlich, aber vielleicht war es mal an der Zeit, über die Erweiterung seines Netzwerks nachzudenken. Bloß wusste er auch, dass er, wenn es um Leben und Tod ging, niemandem trauen konnte.

Wolfi stupste ihn zum Abschied mit der Schnauze, aber der unwiderstehliche Duft war jetzt nicht mehr an ihm. Gustavs Blick fiel auf das Manufakturgebäude, eine schmucklose Industriehalle. Hier würde die Arbeit heute ruhen. Das Dach war nach dem Treffer einer verirrten Brandbombe vom März 45 immer noch nicht vollständig repariert worden, denn das rare Baumaterial wurde anderswo dringender gebraucht; selbst Gustav konnte da nichts organisieren.

Gegenüber der Fabrik – und mit der Villa am Kopfende ein U bildend – stand das zweistöckige Wirtschaftshaus. Ursprünglich zur Unterbringung des Dienstpersonals errichtet, hatte es Patriarch Georg nach dem Ersten Weltkrieg zum Wohnhaus der Manufakturarbeiter mit sechzehn Wohneinheiten auf zwei Stockwerken ausgebaut. Nun wohnten noch zehn Arbeiterfamilien dort; die weiteren Wohnungen belegten mehrere Großfamilien von Sudetendeutschen, die von Tschechiens starkem Mann Edvard Beneš vertrieben worden waren. Das Militärgouvernement hatte die Flüchtlinge zwangsweise dort einquartiert, sehr zum Unmut der ansässigen Bevölkerung. Und dann, so wurde gemunkelt, schien die Thalmeyer auch noch *freundschaftliche Kontakte* zu diesen Menschen zu pflegen! Darunter begann der Ruf der Familie im Ort dann doch etwas zu leiden.

Aus dem Gebäude zogen Kohleschwaden der alten Heizöfen herüber, ein Baby schrie, ein Kleinkind weinte, zwei Männer sprachen in derbem Dialekt miteinander. Derweil machten sich ein paar Flüchtlinge als Gärtner nützlich und kümmerten sich um die Beete, die sie durch den Zierrasen getrieben hatten, denn in diesen Zeiten konnte niemand irgendwelche hübschen, aber sinnlose Grasflächen gebrauchen. Sie grüßten Gustav aus der Ferne mit einer gewissen Ehrerbietung.

Und der, der an der Tür arbeitete, winkte Gustav zu sich. Es war ein ziemlich alter Mann, aber in diesen Nachkriegszeiten konnte man nie so genau sagen, ob ihn vielleicht nur der Krieg ausgezehrt hatte. Er beugte sich vor und flüsterte. Er brauche Schleifpapier, etwas Farbe und vor allem Nägel, mindestens acht Zentimeter lang. Ob Gustav da was machen könne?

3. KAPITEL

Der Geburtstag

»Oh, wie fein, das wird ein Fest!« Maries Wangen waren vor Aufregung ganz rot, was bei ihrem hellen Teint sehr kindlich aussah – und überhaupt ein ungewöhnlicher Anblick war, denn sie war normalerweise von gefasstem, wenig zu erschütterndem Charakter. Sie stand mit Lina in der Küche, die sich schon über die Hühner hergemacht hatte und die letzten Federn abflämmte. Selbst das Dienstmädchen musste lächeln. So etwas Frisches war wirklich eine besondere Sache in diesen Zeiten. Die Gäste würden staunen!

Denn heute Abend war es so weit: Der sechzigste Geburtstag Ludwig Thalmeyers sollte gefeiert werden, erstmals nach dem Krieg in großer Gesellschaft. Ein Dutzend Gäste wollten der Einladung folgen, ebenso angesehen wie geschätzt, und denen wollte man schließlich etwas bieten. Marie hatte sich alle Mühe gegeben und Frühkartoffeln organisiert, etwas Sekt, Wein, Wacholderschnaps, Kesselfleisch. Dazu Erdbeeren, Birnen, Gurken, Tomaten. Lina hatte Mehl und Zucker bekommen und einen Kuchen mit Fruchtglasur gebacken. Statt Mandeln gab es Kürbiskerne. Aber die Hühner, ganz frisch und feist – da würden die Gäste wirklich Augen machen!

Marie brachte noch mehr Schnittblumen ins Esszimmer, wo Lina schon eingedeckt hatte, mit bestem Porzellan natürlich und drei der berühmten Thalmeyer-Figuren als Tischdekoration: König Maximilian I. von Bayern im detailgetreu bemalten Königsornat, Ludwig I. zu Pferde, die Bavaria mit Siegerkranz. Jede der Figuren war einen halben Meter hoch und wirkte ganz prächtig. Lina hatte die Figuren fast einen halben Tag lang mit lauwarmem Wasser gereinigt, und das Porzellan funkelte, als wäre es frisch aus dem Brennofen gekommen. Die noch ziemlich tief stehende Sonne ließ den ganzen Tisch aufs Vorteilhafteste glänzen. Oh ja, das würde eine schöne Feier werden.

»Wo ist eigentlich Sophie?«, fragte Marie, als sie zurück in die Küche kam.

Lina hob ein wenig resignierend die Schultern, und Marie verstand: Ihre jüngere Schwester schlief noch, wie immer. Dafür kam Papa Ludwig herein, heftig umwölkt von Tabakduft.

»Na, meine Kinder?« Das war sein ritueller Morgengruß, auch wenn nur Lina anwesend war. Marie vermutete, er würde es wohl auch in die leere Küche hereinrufen.

Lina verbeugte sich, Marie gab ihm einen Kuss auf die Wange.

»Herzlichen Glückwunsch, Papi!«

»Erinnere mich nicht«, winkte Ludwig ab.

»Du sollst nicht so früh schon rauchen«, mahnte Marie und stemmte die Hände mit nur halb gespieltem Ernst in die Hüften. »Du weißt doch, was Doktor Rappenhuth gesagt hat.«

»Nicht einmal an meinem Geburtstag?«

Ludwig Thalmeyer trug schon früh am Morgen seinen

geliebten Stresemann und wirkte ein wenig aus der Zeit gefallen. Aber er wusste eben, was er sich, der Familie und dem Ort schuldig war. Auf den ersten Blick wirkte er jünger als sechzig, denn seine Haut war von gesunder Färbung, er war schlank und seine Haltung die eines Dreißigjährigen. Das volle graue Haar trug er kurz und scharf gescheitelt, was ihn wie einen Ufa-Filmstar aussehen ließ. Vielleicht nicht wie der Hauptdarsteller, aber wie der ehrbare Vater der betrogenen Braut. Doch die Zigarette im Mundwinkel gab ihm etwas allzu Legeres, und beim Auspusten des Rauchs zeigten sich seine schlechten Zähne, die dem Krieg geschuldet waren, denn die Zahnärzte waren fast alle zur Front abberufen worden und viele waren nicht zurückgekommen. Auch sein schleppender Gang verriet, dass er nicht mehr so jung war, wie er zunächst wirken mochte.

»Es wird ein langer Tag, du wirst genug Qualm einatmen. Wenn der Metsch wieder mit seinen stinkenden Zigarren kommt.«

Ludwig Thalmeyer winkte lächelnd ab. Er mochte es ja doch, wenn Marie sich um ihn Sorgen machte.

»Papi, bald werden die ersten Gäste zum Gratulieren läuten, iss schnell was zur Stärkung.«

Ludwig Thalmeyer nahm mit der rechten Hand die Zigarette aus dem Mundwinkel und fuhr sich mit der linken Hand durchs Haar. An das neumodische *Papi* würde er sich nie gewöhnen – er hatte seinen Vater Georg noch siezen müssen –, aber er liebte seine Kinder viel zu sehr, um es ihnen zu verübeln. »Ach, ihr wisst doch, dass ich das alles nicht will.« Kokettieren konnte er schon immer gut.

»Schau mal, was wir haben.« Marie zeigte ihm die Hühner.

Ludwig lächelte. »Gustav?«

»Gustav.«

Nun kam auch Sophie in die Küche, erkennbar verschlafen, immer noch im Nachtkleid und sogar barfuß. Sie gähnte mit Genuss, streckte ihre Arme von sich wie ein Kätzchen seine Glieder, und aus dieser Streckbewegung schlang sie die Arme geschickt um ihren Vater.

»Happy birthday«, sagte die junge Dame und spielte Frau von Welt. Ludwig Thalmeyer genoss und erwiderte die Umarmung.

»Du wirst dir noch einen Schnupfen holen auf den kalten Dielen«, bemerkte Marie spitz. Bestimmt hatte ihre kleine Schwester wieder die ganze Nacht in ihrer Kammer gelesen, amerikanische Liebesromane womöglich, die einer empfindsamen Seele doch unmöglich guttun konnten.

Doch heute blieb keine Zeit für einen schwesterlichen Disput. Allzu viel musste arrangiert werden, denn die Feierlichkeiten sollten schon um fünfzehn Uhr beim Kaffee beginnen und dann in ein Abendessen münden, und weil Lina ganz allein war, halfen die Schwestern mit – und tatsächlich machten schon am Morgen die Gratulanten ihre Aufwartung. Zunächst kamen zwei der Arbeiter sowie Bürofräulein Hennemann, die dem Firmenchef zwar unbeholfen, aber mit großer Herzlichkeit gratulierten. Die Hennemann trug stotternd eine längliche Geburtstagspoesie vor, die sie unter einiger Anstrengung auf Ludwig Thalmeyer umgedichtet hatte. Zudem überreichten sie einen großen Strauß Wiesenblumen. Dafür wurden sie von Marie mit einem Glas Schnaps entlohnt, das sie gern entgegennahmen und der Sitte nach in einem Zug tranken, auch Frau Hennemann, und zwar ohne mit den langen Wimpern zu zucken.

Es folgte als Abordnung aus dem ehemaligen Wirtschaftsgebäude ein böhmisches Ehepaar mit ihrer bildhübschen blonden Tochter. Die junge Familie hatte, wie viele der derzeit dort Untergebrachten, ihre eigentliche Heimat wohl auf immer verloren, auch wenn die Hoffnung auf Rückkehr sich hartnäckig hielt. Die Kleine, höchstens acht Jahre alt und mit kecken geflochtenen Zöpfen zu beiden Seiten, sang mit hoher, aber fester Stimme ein Lied im böhmischen Dialekt, das kaum einer der Anwesenden verstand, aber die Melodie entzückte alle. Im Namen der sudetendeutschen Gemeinde überreichte das Ehepaar dem Jubilar ein großes Stück Speck. Auch die beiden Böhmen bekamen einen Schluck Schnaps, und die Tochter, die Klara hieß, durfte so viele Bonbons aus einer Porzellanschüssel nehmen, wie sie mit ihren kleinen Händen greifen konnte. Sie unternahm diese Operation mit so großem Ernst und in so verbissener Konzentration mit der Zungenspitze im Mundwinkel, dass alle Anwesenden lachten.

Eine weitere Abordnung der Arbeiter erschien. Die rund zwanzig Angestellten der Porzellanmanufaktur, die in Alliierten Militärmark bezahlt wurden, hatten heute freibekommen, aber die meisten hatten sich trotzdem auf den Weg gemacht, brachten vor der Thalmeyer-Villa ein kleines Ständchen, und Buchhalter Walter Willemsen übergab im Namen der Belegschaft ein Geschenk – eine heimlich in den Pausen gefertigte Porzellanbüste des Hausherrn, die jenem allerdings etwas peinlich war.

* * *

Am Nachmittag marschierte die Ortskapelle die Anhöhe empor, auf der das Anwesen der Thalmeyers lag. Marie, Sophie – inzwischen schicklich gekleidet – und Ludwig Thalmeyer traten vor die Tür. Es war kurz vor fünfzehn Uhr, flockige Wölkchen bedeckten den Himmel, und zugleich näherte sich ein knatterndes Motorengeräusch: Karl Metsch, wie immer etwas zu früh, kam mit seiner Frau Alexandra und seiner Neuerwerbung: einem Volkswagen Typ 51 in blassgelber Farbe, der mittlerweile unter englischer Aufsicht gebaut und nur an »berechtigte Personen« verkauft wurde. Und Metsch, der gewiefte Papierfabrikant, hatte sich einen solchen Berechtigungsschein erschlichen; unklar aber war, woher er die Devisen genommen hatte.

Die Kapelle stellte sich in Position, Metsch öffnete seiner Frau galant die Tür und begab sich dann mit kurzen Schritten schnurstracks zu den Musikern, um sich, gut gelaunt wie immer, neben den Kapellmeister zu stellen und beim Dirigieren mitzuhelfen, während seine Frau verlegen mit den Schultern zuckte.

Die Musiker, ein Dutzend Männer, hatten sich in Tracht herausgeputzt, an den Jankern und den roten Hemden funkelten die Knöpfe, zur Lederhose trugen sie weiße Strümpfe und Schnallenschuhe und auf dem Kopf eine Art Dreispitz. Paukist Eberhard gab mit monotonen Schlägen den Einsatz vor, und schon erscholl das Oberfrankenlied, die Hymne der Region.

Oberfranken ist mein Heimatland, wo der Main sich schlängelt wie ein Silberband …

Metsch dirigierte Seite an Seite mit Kapellmeister Gotthard so furios mit, dass alle lachen mussten, selbst die Musiker hatten es schwer, sich zu beherrschen. Karl Metsch sah aus wie eine Karikatur mit dem runden Gesicht, dem schütteren, sorgsam über den Schädel gekämmten Haar, der gebogenen Nase, die auf einen Schnurrbart fiel, der nach vorn abstand wie bei einem Seehund, und dem stets tiefroten Gesicht. Kurz und wohlgenährt war er, eine seltene Erscheinung in diesen Zeiten. Bei den Musikern dagegen, fast alle blass und allzu schlank, waren so einige Kriegsverletzungen zu sehen. Trompeter Volkmar Raudinger war der Schienbeinknochen weggeschossen worden, Hanno Möllendorf, der den Schellenbaum spielte, hatte das linke Auge eingebüßt. Und Paukist Eberhard war wegen eines Granatsplitters im Hirn etwas wirr im Kopf, seine Mutter musste ihm den Haushalt führen, aber den Takt hielt er noch besser als alle anderen. Welche Narben mochten sich unter den Trachten noch verbergen?

Die dargebotene Musik war von einer Qualität, die den armen Wolfi winseln ließ. Marie wies ihn zurecht, er gehorchte und zog sich ins Haus zurück. Wo es ja auch schon viel verlockender duftete.

Auch die übrigen Gäste trafen ein: Doktor Friedbert Rappenhuth mit Frau Gisela, beide in gleichem Maße von Alter und Krieg gebeugt – ihr einziger Sohn war schon in den ersten Kriegstagen vor Warschau gefallen –, die Familie Joseph und Wilhelmina Müllerschön, im Holzgroßhandel tätig, samt ihrem erwachsenen Sohn Karlotto, der ein wenig zurückgeblieben schien, alles sehr langsam erledigte und von einer deutlich erkennbaren Zuneigung zu Sophie erfüllt war, die in ihrer Hilflosigkeit komisch wirkte und alle Beobachter auf prickelnde Art im Unklaren ließ, ob es sich um eine freundschaftliche Verehrung oder um ein heftiges hormonelles Unwetter handelte. Armin und Ilse Füllhorn, kinderlos, Besitzer des Gasthauses Bayerischer Hof samt kleiner Brauerei. Das Gasthaus hatte schon wieder geöffnet, die Braukessel waren jedoch längst in den USA zu dringend gebrauchtem Kupferdraht verarbeitet.

Wie immer als Letzter kam der junge Pastor Maximilian Holzapfel, dem die Obhut über die Gemeinde wenige Tage vor Kriegsende übertragen worden war, denn der Vorgänger, der alte Bernward von Hautzen, war auf ganz eigentümliche Art zu seinem Herrn berufen worden, wurde er doch am helllichten Tag, über einen Feldweg zu einer letzten Ölung radelnd, von einem aus fünf Kilometern Höhe herabfallenden Triebwerk einer Boeing B-17 getroffen, jenes amerikanischen Langstreckenbombers, der »Fliegende Festung« genannt wurde. Der Krater, den das tonnenschwere Triebwerk schlug, war drei Meter tief, und im Ort fragte man sich wenig pietätvoll, wie viel von dem Pastor und wie viele Triebwerksteile, Stahlsplitter, Öl und verschmorte Plastikschläuche wohl in dem Sarg liegen würden, denn der Pastor war unbeliebt gewesen – einer, der sich gern zwei Stunden und länger predigen hörte, und Nazi der ersten Stunde dazu.

Der junge Holzapfel dagegen machte sich recht gut, war still und freundlich und hielt seine Gottesdienste am Sandsteinaltar der Sankt-Andreas-Kirche erfreulich kurz, denn in dem neugotischen Bau mit den gusseisernen Säulen, der den Krieg schadlos überstanden hatte, konnte es besonders im Winter bitterkalt werden.

Die Gäste gruppierten sich im Halbkreis um die Kapelle, und Metsch, des größer werdenden Publikums gewahr und darob äußerst zufrieden, gab noch einmal alles. Das Gesicht des leicht übergewichtigen Mannes war zu einem noch intensiveren Rotton angelaufen.

Es folgten *Hoch auf dem gelben Wagen*, weil das nun mal zum Repertoire der Kapelle gehörte – und weil fast alle anderen Lieder im Repertoire seit 1945 nicht mehr gespielt werden durften –, sowie *Ich hab kein Auto, ich hab kein Rittergut*, ein Schlager, mit dem unter anderen Marek Weber und sein Orchester in der Vorkriegszeit das Publikum begeistert hatten. Schließlich erklang *Hoch soll er leben* (die Hochrufe von Metsch übertönten alle anderen Stimmen) und zum Ende noch »Zum Geburtstag viel Glück«, konsequent auf Deutsch gesungen natürlich, außer von Sophie, die leise auf Englisch mitsang und sich von einem dezenten Ellbogenstoß ihrer älteren Schwester nicht davon abbringen ließ. Auch die neuen Bewohner des Wirtschaftsgebäudes sangen aus gebotener Entfernung mit, bloß Karl Metschs Elan ließ deutlich nach, ja er schien persönlich beleidigt und stemmte schließlich die kurzen Arme kopfschüttelnd in die Seite.

»So ein Yankee-Lied«, moserte Metsch in Richtung Kapellmeister. »Wo kommen wir denn da hin?«

Lina brachte einen Krug Wein und Gläser auf einem Tablett für die Gäste, Marie schenkte den Musikern Schnaps ein und steckte dem Kapellmeister ein schönes Stück Käse zu, während die geladenen Gäste, als der leicht atonale Klang der Kapelle noch in den Ohren nachdröhnte, dem Jubilar ihre Aufwartung machten, ihn herzlich umarmten und auch das eine oder andere Geschenk überreichten.

Unterdessen machte Metsch in seinem eigentümlichen Humor eine Szene, als er sich den Flötisten vornahm, einen gewissen Hartmut, Sohn einer kriegsverwitweten Bäckerin, keine siebzehn Jahre alt. »Na, da ist ja ein Knopf lose, Menschenskind«, brüllte er so laut, dass es alle Anwesenden mitbekamen. »Zeig doch mal ein bisschen Anstand beim Geburtstag unseres hochverehrten Freundes!« Und mit dieser Überleitung stapfte er mit seinen dicken Beinen außer Atem auf Ludwig Thalmeyer zu und umarmte ihn. Auch Alexandra, die ihren Mann einen halben Kopf überragte, kam heran. Ihr Haar hatte eine aschblonde Färbung, nahm zu ihrem Kummer aber immer mehr Grautöne an, und weil Färbelotionen nicht zu bekommen waren, setzte sie ihren Schopf allerlei unappetitlichen Hausmittelchen aus.

Marie und Sophie begrüßten das Paar kühl. Denn mochten sich die beiden Schwestern auch in keinerlei Hinsicht ähnlich sein – Marie hatte mit ihrer Blässe und der geraden Haltung des Vaters beinahe eine aristokratische Aura, während Sophie mit ihrer Stupsnase und den unbezähmbaren Locken noch eindeutig kindlich-freche Züge trug, die sie zeit ihres Lebens nicht ablegen würde –, so waren sie doch in ihrer Abneigung gegen die Metschs, und vor allem gegen Karl, vereint. Er kniff beiden von ihnen in die Wange, als wären sie noch die kleinen Vorkriegstöchterlein von einst.

* * *

Man begab sich zu Tisch, an dem repräsentativen Vorraum vorbei, in dem ein Klavier stand, ein schöner Bösendorfer mit Kirschfurnier. Und Karl Metsch verharrte kurz davor und seufzte. »Ja, wenn Joachim jetzt hier wäre, er würde dir ein schönes Ständchen darbringen, da bin ich mir sicher!«

Marie und Sophie kniffen zeitgleich in stiller Entrüstung die Augen zusammen – eine Geste, die von niemandem bemerkt wurde außer von Alexandra Metsch.

Denn Joachim Thalmeyer, der erklärte Kronprinz der

Porzellanmanufaktur, ältester Sohn Ludwigs, war seit Ende 44 in Russland verschollen. Niemand wusste von seinem Schicksal, aber es gab Hoffnung, waren doch zweihunderttausend deutsche Soldaten in russische Gefangenschaft geraten. Es war nur eine kleine Kerze der Zuversicht, aber immerhin brannte sie. Ludwig Thalmeyers Töchter verachteten Metsch dafür, dass er Joachims so schwer auf allen Seelen lastendes, so erschreckend unbekanntes Schicksal auf so nonchalante Weise zur Sprache brachte, und dann noch an einem Festtag wie diesem. Doch Ludwig Thalmeyer machte es nichts aus: Er dachte ohnehin, unabhängig von den äußeren Umständen, jede Minute an seinen Sohn.

Und so nahmen die Damen und Herren am Tisch Platz: Ludwig am Kopfende, flankiert von seinen beiden Töchtern, dann die beiden Metschs, die Rappenhuths, die Müllerschöns, die drei Füllhorns, der Pastor. Alle bewunderten kennerhaft das Porzellan, das Königsornat König Maximilians, den Siegerkranz der Bavaria, und Lina schenkte reihum Sekt ein. Dazu wurden Aufschnitt und Käsewürfel serviert.

Ludwig Thalmeyer war schon den ganzen Tag ein wenig schwindlig, der Puls schlug unruhig und viel zu schnell, aber er schob es auf die Aufregung wegen der Feierlichkeiten. Marie beobachtete ihren Vater mit Sorge. Doktor Rappenhuth hatte ihr vor einigen Wochen gesagt, dass der Patriarch ein wenig mehr Ruhe brauche, denn das Herz sei nicht das stärkste und sicher auch in der Sorge um den Sohn in Mitleidenschaft gezogen.

Der Jubilar stand auf, erhob das Glas und hieß seine Gäste in einer kurzen, etwas spröden Ansprache willkommen, anschließend wurde eine sämige Kartoffelsuppe serviert. Dann war Doktor Rappenhuth an der Reihe, der ein launiges Geburtstagsgedicht vortrug, welches zu seinem festen Repertoire gehörte. Auch Karl Metsch stand auf, hielt eine etwas wirre Rede, wedelte mit seinem Glas wild herum und rief schließlich Lina zu, »nun endlich den guten Wein« zu bringen – denn sein Geburtstagsgeschenk waren drei Riesling-Weine aus dem exzellenten Jahr 1943, deren erste Flasche unter großem Hallo von Metsch selbst entkorkt und von ihm auch in der nächsten halben Stunde weitgehend selbst geleert wurde.

Alles ging seinen schönsten Gang, es war eine Feier, wie sie es seit dem Krieg nicht mehr gegeben hatte, und dabei wartete das Hauptgericht noch im Ofen. Zur hereinbrechenden Dunkelheit hatte sich ein leichter Regen gesellt, der das Beisammensein umso gemütlicher gestaltete, als das Feuer in dem Kamin hinter dem schmiedeeisernen Gitter knisterte. Auch wenn Metsch wieder bei seinem Lieblingsthema war: wie der Krieg dennoch hätte gewonnen werden können. Aber Metschs bizarre Theorien waren längst durch die betäubende Wirkung des Alkohols bei allen Beteiligten wie in eine weiche Wolke eingebettet, die emporstieg und verpuffte, ohne für Verstimmung zu sorgen.

Dann zog sich Ludwig entschuldigend zurück, und als sich kurz danach auch Doktor Rappenhuth erhob, war Marie die Einzige, die dies bemerkte, und entschuldigte sich nach einigen Momenten ebenfalls.

4. KAPITEL

Der Überraschungsgast

Im Vorraum saß Ludwig Thalmeyer auf einem Sessel, und Doktor Rappenhuth sprach leise auf ihn ein. Als Marie sich näherte, sah sie, dass der Doktor den Puls ihres Vaters fühlte und dabei auf seine Uhr sah.

»Es ist nur die Überanstrengung, die Ihre Hypertonie auslöst«, sagte er schließlich.

»Bluthochdruck also«, seufzte Ludwig Thalmeyer.

»Ruh dich doch ein wenig aus, keinen der Gäste wird das stören«, schlug Marie vor. »Eine halbe Stunde nur. Dann lassen wir das Huhn servieren.«

Ludwig überlegte und wollte sich eine neue Zigarette anzünden, wogegen sowohl Doktor Rappenhuth als auch seine Tochter protestiert hätten.

Doch dann läutete es. Ludwig sprang aus dem Sessel auf, voller neuer Energie.

»Ein Gratulant um diese Zeit?«, wunderte sich Marie. »Das ist aber nicht sehr …«

»Kein Gratulant, sondern ein Gast.«

»Aber wer kann das denn sein?«

Ludwig Thalmeyer lächelte verschmitzt, während auch

Lina aus der Küche blickte. »Du wirst überrascht sein. Öffnest du bitte?«

Marie strich sich ihr gelbes Kleid glatt, das mit einem Blumenmuster und einer Knopfleiste vom Dekolleté bis zur Taille versehen war, und nickte.

An der Tür erschrak sie. In der einsetzenden Dunkelheit stand ein amerikanischer Soldat – nein, kein gewöhnlicher Soldat, mindestens ein General, sofort auch für Laien zu erkennen an den vier Sternen auf den Schulterklappen. Er war größer als Marie und nahm mit seiner grünen Uniform fast den ganzen Türrahmen ein. Oder kam er ihr nur so bedrohlich vor?

Der General lächelte verbindlich, aber das hatte ja nichts zu bedeuten. Marie war alarmiert. Ein zweiter, rangniedrigerer und deutlich jüngerer Soldat tauchte hinter dem General auf. Nun sah Marie auch den Jeep, mit dem die beiden hergekommen waren. Darin saß ein dritter Mann, der allerdings dort blieb und keinerlei Anstalten machte, auszusteigen.

»Yes, please?«, fragte Marie und bemühte sich um eine feste Stimme. Würde nun jemand verhaftet werden? Dabei waren die Thalmeyers doch bekannte Nazi-Gegner gewesen, wenn auch nicht im aktiven Widerstand, und Ludwig hatte seinen Persilschein als einer der ersten Unternehmer in ganz Oberfranken bekommen! *Aufgrund der Angaben in Ihrem Meldebogen und den vielen Zeugenaussagen zu Ihren Gunsten sind Sie von dem Gesetz zur Befreiung vom Nationalsozialismus und Militarismus vom 5. März 1946 nicht betroffen.* Marie kannte den Satz in dem Brief sogar auswendig!

Der Angesprochene wollte etwas sagen, doch da tauchte schon Maries Vater hinter ihr auf und zeigte sich erkennbar erfreut. Jegliches Zeichen von Schwäche und Erschöpfung war aus seinem Gesicht verschwunden. Was ging denn hier vor?

»Governor! It is an honor!«, freute sich Ludwig Thalmeyer.

»Aller Gute zu Geburtstag«, brachte der Militärgouverneur hervor, und Marie, nun beruhigt, wusste endlich, wen sie vor sich hatte, denn sie hatte sein Bild schon mehrmals in den Zeitungen gesehen, die bereits zugelassen waren: Es war John McNarney, hohes Mitglied des US-Gouvernats der amerikanischen Zone, die sich über Bayern, Franken und die Oberpfalz bis Hessen und Teile von Baden und Württemberg erstreckte.

John McNarney stellte seinen Begleiter vor, einen schüchternen jungen Soldaten, der sich das Barett fast stürmisch vom Kopf riss und sich eilfertig verbeugte, was Marie so komisch vorkam, dass sie ein Lachen unterdrücken musste. Die Amerikaner waren ja überall hier die neuen Herren und hatten keinen Anlass zu kratzfüßigem Betragen.

»Das ist mein Adjutant Bob«, erklärte der Gouverneur. »Ein braver Soldat und sprach ..., ah, ... sprachsicher. Sohn deutscher, ah ...«

»Einwanderer«, flüsterte Bob so diskret wie möglich.

»Ich lerne, aber nicht sehr gut«, lächelte der Mann mit den vier Sternen auf der Schulterklappe.

»Kommen Sie doch rein zu uns, der Hauptgang sollte bald serviert werden.«

* * *

Das war eine Überraschung nach Ludwig Thalmeyers Geschmack: Die ganze Tischgesellschaft stand auf, als der Militärgouverneur den Raum betrat. Die Gäste verbeugten sich, rückten herum, machten Platz, als Lina mit Maries Hilfe ein neues Gedeck auftrug. Besonders Karl Metsch tat sich hervor und tauschte sogar den Platz mit seiner Frau, um neben dem Ehrengast zu sitzen, der sich am Kopfende neben dem Hausherrn niederließ. Adjutant und Übersetzer – und wohl auch Leibwächter – Bob blieb hinter dem General stehen.

Ludwig erhob sich. »Wir fühlen uns alle sehr geehrt, Sie, Herrn Gouverneur, Herrn General McNarney, bei uns begrüßen zu dürfen. Es ist eine große Geste, die Sie uns damit bereiten, eine Geste, die von Ihrem Großmut und Bemühen um Verständigung zeugt.« Im Hintergrund war das Zischeln des Übersetzers zu hören, der die allzu schwierigen Phrasen übersetzte. »Unsere Völker treten aus dunklen Zeiten empor und aufeinander zu, und es besteht Anlass zur Hoffnung, dass die Zukunft hell und frei sein wird.«

Es gab Applaus, doch Ludwigs heimlicher Wunsch, dass auch der General eine kleine Rede halten würde, erfüllte sich nicht. So weit war man dann doch noch nicht in dem schwierigen und langwierigen Versöhnungsprozess, der vor ihnen lag.

Der General hatte breite Schultern, aber ein eher schmales, gebräuntes Gesicht mit wohlproportionierten Zügen und scharfen Labialfalten. Die Lippen unter der großen, schmalen und leicht gebogenen Nase waren stets zusammengepresst – die typische Haltung eines hohen Offiziers, der viele Befehle zu geben hatte. Seine ganze Haltung, ja sein Wesen hatte etwas ausgesprochen Militärisches, dachte Marie. Es war ein Mann, der viele Jahre lang nur den Krieg gekannt hatte. Die Augen dagegen waren von einem fast verträumten Blau und schienen eine andere Wirklichkeit zu erblicken.

Karl Metsch erhob sich und gab den Mundschenk. Er ließ ungeniert durchblicken, dass der gute Riesling von ihm sei, und füllte dem General das Glas beinahe bis zum Rand. Doch das war ein Fehler, wie Marie freudig feststellte, denn der Blick des Generals verfinsterte sich. Empfand er diesen Füllstand als obszön, wie es sich für einen Mann von Geschmack gehörte?

Dann tippte der General indigniert auf das Riesling-Etikett. Denn dort prangte ein Adler mit ausgebreiteten Schwingen, der doch arg an ein Nazi-Symbol erinnerte. Und dann noch der Jahrgang: 1943! Karl Metsch lief, wenn das überhaupt möglich war, noch ein wenig mehr an, seine Wangen bekamen einen purpurnen Ton. Als langjähriger Weintrinker versuchte er den Gast zu beruhigen: Es sei ein jahrhundertealtes Wappen, das von den Winzern im Rheingau verwendet werde, um ihre außergewöhnlichen Weine zu kennzeichnen.

Dann war es still. Es schien, als stünde der ganze Abend auf der Kippe. John McNarney räusperte sich.

»Gar nichts dagegen den Adler, oder wie sagen Sie? Ein schöne Tier, auch unser Wappen in den Vereinigten Staaten!«

Und zur Erleichterung aller nahm der General einen Schluck und nickte anerkennend. »Besser als die Alsacians«, sagte er.

»Die Elsässer«, half Bob, und alle waren zufrieden. Besonders Karl Metschs Purpur war zu einem stolzen Kupferton abgeklungen; triumphierend blickte er sich um.

Nun endlich kam der Hauptgang. »Besser als ein Adler«, scherzte Marie, und John McNarney lächelte ihr zu. Dabei veränderte sich für einen Augenblick sein ganzes Gesicht, er wurde vom Militär zum Zivilisten, vom General zum Gast. Von einem Fremden, nur für einen Moment, beinahe zu einem Freund. Alles, was die Kriegerkaste ausmachte, fiel von ihm ab.

Lina hatte die Hühner behutsam mit Honig bestrichen, im Ofenrohr gebraten, immer wieder mit Bier abgelöscht und nach der Hälfte der Garzeit Kartoffeln und Karotten hinzugegeben, dazu eine, wenngleich gestreckte, Soße auf der Basis einer Mehlschwitze gezaubert. Das Vorhaben war ihr perfekt gelungen, die Hühner hatten eine dunkle Kruste und verströmten köstliches Röstaroma, die Kartoffeln und Karotten waren auf den Punkt gegart, die Sauce schimmerte goldbraun. Zwei Hühner für diese Gesellschaft – und für diesen Anlass! – schienen ein bisschen wenig, aber es waren eben harte Zeiten, und Lina zerschnitt Brust und Schenkel mit geschickter Hand, sodass keiner der Gäste sich beklagen musste. Alle ließen es sich schmecken, und Wolfi bettelte unter dem Tisch. *Aus Versehen* ließ Ludwig ein, zwei Fleischstückchen fallen, die Wolfi geradezu einatmete. »Ich war ein wenig nachlässig in seiner Erziehung«, lächelte er.

Auf einen Wink des Generals begab sich sein Übersetzer nach draußen zum Jeep. Und er kam, es war kaum zu glauben, mit zwei Flaschen französischem Champagner zurück!

»Mein Geschenk für Ihnen«, sagte John McNarney, und Ludwig hätte vor Glück beinahe eine Zigarette aus der Packung geholt und vergaß, dass er ja bereits eine im Mundwinkel hatte.

Nun standen also die beiden Flaschen auf dem Tisch. Sie bildeten von der Hitze des Raumes schon einen leichten Kondensfilm, was bewies, dass sie gut gekühlt waren. Karl Metsch war begierig, das Öffnen und Einschenken zu übernehmen, doch McNarney hob die Hand – und nickte Marie zu.

»Sie, mein Fräulein?«

Marie wurde rot, was sie ärgerte. »Es wäre mir eine Ehre.«

Es war lange her, dass sie eine Flasche mit einer Agraffe geöffnet hatte, und besonders die Metschs schauten ganz genau hin. Doch Marie machte alles richtig und ließ den Korken, wie es sich in feinen Kreisen gehörte, nicht etwa knallen, sondern die Luft mit einem Zischen entweichen.

»Bravo!« Karl Metsch sprang auf und klatschte in die Hände. Allen Anwesenden war klar, dass er schon ordentlich getrunken hatte. »Welche Eleganz! Was für eine junge Dame! Und die saß bei mir auf dem Schoß, als sie sooo klein war.« Er hielt eine flache Hand neben sein Knie. »Engelsfurz heißt das«, rief er nun und zeigte auf die Flasche. »Ja, so nennen es die Franzosen, wenn die Luft nur ganz leicht entweicht. Nein, hier wird nicht herumeffektiert, sondern dezent gearbeitet, wie man es von den Thalmeyers eben kennt. Aber nun her mit Franzmanns bestem Zeug!«

Marie blickte verstohlen zu John McNarney, der immerhin nicht das Gesicht verzog, aber glücklich sah er auch nicht gerade aus. Lina brachte neue Gläser, Marie drehte ihre Runde und schenkte ein, und bald war die Tischgesellschaft wieder in kleine Kreise zerfallen, die angeregt plauderten. Sophie hatte sich unterdessen erhoben und flirtete mit dem armen Übersetzer, der gar nicht wusste, wohin er sich wenden sollte.

* * *

Als der Hauptgang beendet war, bat der Amerikaner Ludwig Thalmeyer um ein Gespräch unter vier Augen. Die beiden begaben sich in das Arbeitszimmer, in dem Lina ebenfalls ein Feuer im Kamin geschürt hatte. Auch der Übersetzer ging mit. Ludwig zündete sich eine neue Zigarette an und warf den gerade aufgerauchten Stummel in die Glut. Eine Weile kreiste das Gespräch in einer eleganten Weise, wie es nur Menschen der angelsächsischen Welt beherrschen, um das Wetter und das Essen und die Straßenverhältnisse, doch dann wurde es ernst, und John räusperte sich, wie um den Themenwechsel einzuläuten.

»Mein lieber Mister Thalmeyer. Wir Amerikaner können nicht ewig hier sein. Zumal sich da im Osten was, äh …«, der General beugte sich zum Übersetzer, der ihm etwas zuflüsterte, »zusammenbraut, was keiner kann gefallen.«

»Stalin?«

»Ja. Die Russen wollen aus Ostdeutschland machen einen Satellitenstaat. Und selbst die Tschechoslowakei will sich anschließen den Russen.«

»Keine guten Aussichten.«

»Nein. Der Kommunismus hat gewonnen große Gebiete. Und uns wird berichtet von viel Grausamkeit. Aber das ist auch eine gute Nachricht für Selb und alle anderen Orte an der Grenze zu den Kommunisten. Wir werden den Russen geben keinen Inch mehr. Es war schon ein Fehler, ihnen Thüringen zu überlassen.«

In diesem Moment kam Marie vorbei, um nach dem Rechten zu sehen, denn sie war besorgt um ihren Vater, der augenscheinlich am heutigen Tage, der an ihm zehrte, nicht auf der Höhe seiner Kräfte war. Als sie die beiden Männer im intensiven Gespräch sah, wollte sie sich zurückziehen. Doch John McNarney winkte sie heran.

»Wir brauchen jede Generation, nicht wahr? Hören Sie gut zu, Fräulein …«

»Marie.«

»Fräulein Marie. Irgendwann wir sind keine Besatzer mehr, und dann wir brauchen gute Manner, ah …, Männer. Und gute Frauen.«

»Was heißt das?«, fragte Ludwig.

»Es gibt Pläne, bald schon auf …, ah … Bob, kannst du … could you say it?«

Bob nickte und begann mit dünner Stimme und kaum hörbarem Akzent. »Es gibt Pläne des Gouvernats, zumindest die kommunale Verwaltung baldmöglichst in die Hände von Einheimischen zu legen. Es versteht sich von selbst, dass nur Einheimische infrage kommen, die sich nichts haben zuschulden kommen lassen. Ist das verständlich?«

Ludwig nickte, und Marie blickte ihren Vater an.

»Sie gehören zum inneren Kreis, wie es heißt«, sagte nun wieder John McNarney. »Also, Herr Thalmeyer. Das Gouvernat denkt nach darüber, Wahlen zu Bürgermeister zu installieren in den kleinen Gemeinden und Städten. Auch bei den Engländern und Franzosen es gibt ähnliche Pläne. Die Kandidaten dürfen nur reine Weste haben, natürlich.«

Ludwig Thalmeyer behielt die vollkommene Haltung. Nur Marie merkte, wie stolz er war, gefragt zu werden. Eine Karriere in der Politik: Das hatte schon sein Vater Georg immer gewollt. *Wer es dort schafft, hat seine Familie auf Generationen etabliert.*

»Ich weiß, dass Sie sich nicht haben an Schuld aufgeladen. Wir wissen zu schützen, ah …, zu schätzen, dass Ihre Familie helfen mit den Flüchtlingen aus Ostgebieten, die wohnen bei Ihnen. Sie wissen gar nicht, wie gut diese Menschen es haben bei Ihnen.«

»Solidarität ist in diesen Zeiten doch selbstverständlich.«

McNarney blickte Ludwig lange an. »Das sehen so nicht alle.«

»Vielleicht nicht alle, aber doch die meisten im Ort.«

»In Nürnberg, das sollten Sie sehen. Da wohnen die Leute in alten Güterwaggons und unter Brücken oder in Ruinen. Als Dach Holzbretter oder Decken. Tausende so! Die Engländer haben uns Wellblech geschickt, und wir haben aufgebaut alte Armeezelte. Aber noch so ein Winter wie der letzte …«

Der Winter 1946/1947 war tatsächlich einer der kältesten gewesen, die Deutschland je erlebt hatte. Meterhohe Schneeverwehungen, zusammenbrechende Lebensmittelversorgung, zugefrorene Flüsse vom Rhein bis zum Selbbach, kein Brennmaterial, Mangelernährung und Zehntausende Tote. Erst Mitte April waren die Temperaturen wieder in den Plusbereich gestiegen.

Ludwig Thalmeyer hustete und bot John McNarney eine Zigarette an, die dieser dankend annahm. Beide rauchten und blickten in den Kamin.

»Ich halte für denkbar, Sie wären guter Bürgermeister für diesen Ort.«

Just in diesem Moment kam Alexandra Metsch auf dem Weg zur Toilette an der Küche vorbei. Sie hatte ihre Schritte verlangsamt und den Satz des Amerikaners gehört.

Ludwig Thalmeyer hustete lange. Marie blickte beunruhigt auf ihren Vater. Dann räusperte er sich mehrmals.

»Ich stehe für alles zur Verfügung, was der Konsolidierung der Verhältnisse dient.«

»Das freut mich. Sie sind frei von Nazismus und ein fähige Unternehmer.«

»Aber ich muss um einen Gefallen bitten.«

Der Amerikaner seufzte. Er ahnte, was jetzt kam.

»Ich weiß, dass wir in keinerlei Position sind, uns irgendetwas zu erhoffen oder zu erflehen. Aber wenn Sie doch die Bemühungen um meinen Sohn noch einmal intensivieren können? Ich hatte Ihnen ja bereits alle Informationen gegeben, die Ihnen nützlich sein könnten, und …«

Der Militärgouverneur unterbrach: »Ich verstehe Ihre Sorge als Vater. Ich habe alles weitergegeben längst an meinen Kollegen in Osten, General Pavel Kusnezov. Ich kennen ihn. Ein fähiger Soldat. Er war nicht begeistert von mein Anliegen. Kein Freund von euch Deutschen, um zu sagen es vorsichtig. Aber er hat versprochen, er will sich kümmern.«

Ludwig Thalmeyer nickte schwach, und er war wieder so müde und zerstreut wie zu Beginn des Festes. »Ich danke Ihnen dafür. Wie gesagt, nun ja, ich weiß sehr wohl, dass ich … und dass Sie … und dass wir Deutschen, nun ja … wir ja erst recht nicht …«

John legte mit verständnisvoller Miene eine Hand auf den Unterarm des Jubilars. »Wir gehen zurück?«

* * *

Im Esszimmer ging es hoch her, die Getränke zeigten ihre Wirkung. Armin Füllhorn gab einige seiner Imitationen von Dörflern und Anwesenden zum Besten, die aus ihm mit erstaunlicher Leichtigkeit flossen. Er konnte Dialekte, Stimmen, Spracheigenheiten vortrefflich nachmachen, und gerade gab er einen hervorragenden Metsch ab, der viel zu laut herumpolterte und seinen Bauch hervorstreckte und obszöne Witze riss. Metsch, das musste man ihm lassen, lachte herzlich darüber, so wie alle anderen Gäste. Doch als der Militärgouverneur wieder eintrat, wurde die Atmosphäre stiller und feierlicher, auch der Gastwirt setzte sich wieder still an den Tisch, als hätte es die Rampensau von eben nie gegeben.

Bloß Karl Metsch ließ sich von nichts irritieren und behielt die prall zur Schau gestellte gute Laune bei. Marie spürte, dass das nicht lange gutgehen konnte, und etwas widerwillig bemühte sie sich um ein Gespräch mit den Metschs. Lina trug ihren Kuchen auf, dessen Duft sogleich den Raum erfüllte. Wie lange hatte man so etwas Köstliches nicht mehr riechen können? Wie lange waren die Gerüche von Schmutz und Mangel bestimmt worden!

Und dann beugte sich Karl Metsch hinüber zum General. »Ich sag es ganz neutral, Herr McNarney, also so von Soldat zu Soldat gewissermaßen ...«

»Als ob du je gedient hättest!«, amüsierte sich Ludwig, und es klang verächtlicher, als er es beabsichtigt hatte.

Metsch war an der Ehre gepackt und sprang auf. »Im ersten Krieg war ich Melder vor Verdun! Musste direkt zur vordersten Front rennen und zurück! Mehrmals täglich! Drei Schüsse hab ich abbekommen, kann nur Gott danken, dass sie nichts Wichtiges in mir trafen! Ich weiß ja nicht, was die hochgeschätzten Thalmeyers im ersten Krieg gemacht haben, aber dort vorn habe ich die feinen Herren von der Artillerie nicht gesehen!«

Diese dicke Lüge hatte Metsch über die Jahre so überzeugend vorzutragen verstanden, dass er längst daran glaubte. Denn in Wirklichkeit hatte er nahezu seine gesamte Einsatzzeit an der Westfront in einem Lazarett fern des Frontverlaufs verbracht und, weil mit einem Führerschein versehen, weitgehend Besorgungsfahrten auf den sicheren Straßen weit abseits des Kriegsgeschehens unternommen, darunter nicht wenige Requirierungen bei den nahen Weingütern. Die Kriegsnarbe am Unterarm, die seine Erzählung von Mal zu Mal stärker bestätigte, stammte von einer Panzermine, die ein vor ihm fahrender Truppentransporter überfuhr und die acht der zwölf Soldaten darin tötete und ihm selbst nur eine kleinere Fleischwunde einbrachte. Dennoch war seine Empörung echt, denn eine Lüge war nur dann eine Lüge, wenn man selbst nicht daran glaubte.

Alexandra Metsch zog mit einer Kraft, die man von der hageren Person gar nicht erwartet hätte, ihren Mann zurück auf den Sitz. Doch der war immer noch entschlossen, seinen Gedanken zu Ende zu führen. Er nahm einen großen Schluck Champagner und beugte sich zu John McNarney, als wollte er ihm etwas Vertrauliches zuflüstern, dabei senkte er seine Stimme keineswegs.

»Der Hitler, also – und Sie als General, Sie müssen mir doch recht geben –, der hätte doch nie verloren, wenn er keinen Zweifrontenkrieg angefangen hätte! Der Angriff auf Russland: ein schwerer strategischer Fehler!«

John McNarney blickte etwas irritiert zu seinem Übersetzer, der ebenso verblüfft blickte.

»Oder der Rommel. Herr General, das müssen Sie doch zugeben, der hat den Tommys doch Zunder gegeben. Ohne Onkel Sam hätten die Tommys doch ganz blass ausgesehen, nicht wahr? Ich sag Ihnen was: Es hätte einen Separatfrieden mit dem Westen geben sollen, und dann alle gemeinsam gegen Stalin!«

John McNarney blickte den Hobbystrategen scharf an und hob die Hand. »Mister Metsch, nicht wahr?« Er legte seine Serviette indigniert neben den Tisch. Die Aufrechterhaltung seiner militärisch-zurückhaltenden Miene fiel ihm sichtlich schwer.

»Dreißig Kilometer von hier in der Luftlinie legt Flossenbürg. Ich bin mit meiner Einheit einer der ersten Soldaten gewesen, die dorthin sind gekommen. Was ich habe gesehen, können Sie sich nicht vorstellen. Was Ihre Landsleute da haben ange…, angerichtet, das ist ohne Beispiel. Sie können sich schätzen glücklich, dass wir nicht stärker mit Ihnen vor Gericht gegangen – well, Bob, let's go.«

Ludwig Thalmeyer, Marie und Sophie brachten den amerikanischen Gast zur Tür, doch die Verabschiedung fiel kühl und kurz aus. Das, dachte der Patriarch, hatte sich nicht so entwickelt, wie er es sich erhofft hatte. Dennoch: Die Sache mit dem möglichen Bürgermeisteramt, das hätte er sich nicht zu träumen gewagt, und es war vielleicht sein schönstes Geschenk … Nein, sein Zweitschönstes. Dass der Militärgouverneur noch einmal nach dem Verbleib seines Sohnes forschen lassen wollte, war eine wundervolle Nachricht zum Geburtstag. Die Hoffnung war gering, keine Frage. Aber bei Ludwig Thalmeyer, gerade sechzig Jahre alt geworden, glomm sie noch.

* * *

Bei der Rückkehr der Thalmeyers ins Esszimmer war die Stimmung erneut ungetrübt fröhlich; der Alkohol hatte die Sinne so stark betört, dass selbst feingeistigeren Gästen der Affront, der nur wenige Minuten zurücklag, gar nicht mehr so recht im Bewusstsein war – und morgen würden sie ihn ganz vergessen haben. Nur Karl Metsch war etwas leiser, was aber daran lag, dass er schon deutlich über den Geselligkeitspegel hinaus getrunken hatte und nun in einer undurchdringlichen Ethanolkapsel allein für sich existierte und mit einfachen körperlichen Funktionen vollauf beschäftigt war, etwa dem Offenhalten der Augen.

Dafür übernahmen nun die stilleren Gesellen: Joseph Müllerschön, der bei jedem Fest schon vor dem Krieg an einen Dieselmotor erinnerte, der erst langsam in Fahrt kam, begann aus dem Stegreif unanständige Gedichte zu rezitieren, und Armin Füllhorn ergänzte es mit dazu passenden Anekdoten aus seinem Gasthaus und zeigte keinerlei Scheu, die amourösen Affären so mancher Ortsbewohner offenzulegen. Wer etwa hätte gedacht, dass Metzger Habenicht und die Kriegswitwe Bosch, die an Wochenenden im Gasthaus aushalf, mindestens einmal im Monat hinten im Vorratsraum … Und dann war da diese Mesalliance des alten, völlig verarmten Grafen Blankenstein aus Weiden mit der dicken Magd Klothilde, die er neulich sogar zum Essen ausgeführt hatte! Die Damen in der Runde kreischten bei jedem dieser Berichte empört auf und verlangten zugleich nach Einzelheiten. Und Pastor Maximilian Holzapfel tat einfach so, als hörte er all das nicht. Er betrachtete stattdessen die Porzellanfiguren auf dem Tisch, nickte sogar manchmal, wie um sich selbst und den Umstehenden klarzumachen, welch famoses Detail der feinkeramischen Handwerkskunst er gerade entdeckt hatte.

Viele Stunden später klopfte Karl Metsch auf die Motorhaube seines Autos und lallte über die Vorzüge deutscher Ingenieurskunst: »Luft kocht nicht, Luft gefriert nicht – ich sag's euch, das Auto ist den ganzen Ami-Schlitten mit ihrer … ihrer Wasserkühlung auf Jahrzehnte überlegen.

Werdet's schon sehen!« Dann setzte er sich mit seiner Frau endlich in den Volkswagen und fuhr beim Wenden einen jungen Apfelbaum um.

Als auch die übrigen Gäste unter herzlichen Umarmungen und letzten Glückwünschen gegangen waren, begab sich Ludwig Thalmeyer etwas besäuselt, aber zufrieden zu Bett. Ja, es war trotz des Zwischenfalls mit dem Militärgouverneur, der doch zweifellos an Karl Metschs Ansehen und nicht an dem des Gastgebers haften bleiben würde, ein rundum gelungener Geburtstag. Sein Herz klopfte vor Aufregung so stark, dass er die Vibration auf seinem Schlafrock zu sehen glaubte. Eine letzte Zigarette gönnte er sich noch, die er schließlich in dem Porzellanaschenbecher auf dem Nachttisch ausdrückte.

5. KAPITEL

Die Nachwirkungen

»Vater! Um Gottes willen!« Marie hätte vor Schreck fast ihre Tasse mit dem dünnen Kaffee fallen gelassen.

Denn Ludwig Thalmeyer betrat am nächsten Morgen noch im Schlafrock die Küche, was ungewöhnlich war, pflegte er doch zumindest schon Hemd und Weste angelegt zu haben.

»Marie, ich fühle mich nicht so gut.«

Ja, das war deutlich: Dunkle Schatten umgaben die Augen des Patriarchen, die Wangen waren blass, die Lippen blutleer. Die Unterlippe schien sogar leicht zu zittern. Er schlurfte in Pantoffeln, die gar nicht richtig am Fuß festsaßen, wie ein sehr alter Mann über die Küchenfliesen.

»Vielleicht ist es der Alkohol? Ihr habt ja gestern alle ganz schön zugelangt.« In Maries Stimme klangen Trost und Zuspruch. Und beides konnte auch sie selbst gut gebrauchen.

»Ja, meinst du?«

»Lina hat aus den Hühnerknochen eine schöne Brühe gemacht, die wird dich schon wieder …«

Doch Ludwig hob den Arm.

»Ich bekomme nichts … nichts … runter.« Er ließ sich auf einen Stuhl sacken, stützte den Kopf in die Unterarme und wirkte erbärmlich. Zwischen den Fingern schob sich das ungekämmte Haar hervor.

Lina kam herein und brachte dem Herrn einen Kaffee, doch der reagierte kaum und hielt den gesenkten Kopf in den aufgestützten Unterarmen. Der Atem ging flach.

Marie winkte Lina heran. »Schick jemanden zu Doktor Rappenhuth«, flüsterte sie. »Rasch!«

»Kann mir jemand bitte eine Zigarette bringen?«, ließ sich Ludwigs brüchige Stimme vernehmen.

* * *

Doktor Rappenhuth packte seine Sachen zusammen. Die Visite war ihren verlässlichen Ritualen gefolgt. »Rappenhuth wie Pferdemütze, nur mit H«, hatte sich der Doktor beim Betreten der Villa vorgestellt, was er scherzhaft immer tat, auch bei langjährigen Freunden; es war, sobald er im Dienst war, gewissermaßen seine Auftrittsmelodie. Im Kaminzimmer folgten das Befühlen des Pulses und das Abhörens der Lungenfunktion, während ein belangloses Geplauder den Patienten beruhigen sollte. Es ging um das schöne Fest vom Vortag, das köstlich fette Huhn, den unmöglichen Metsch, das heutige arg trübe Wetter.

»Ach, Friedbert, was ist nur mit mir?«, fragte Ludwig schließlich.

»Du bist halt keine neunundfünfzig mehr«, ließ sich Doktor Rappenhuth einen naheliegenden Kalauer nicht nehmen. Ludwig grinste und bekam wieder etwas Farbe im Gesicht.

»Tja, die Diagnose kann dir jedes Erstsemester im Medizinstudium erstellen. Bluthochdruck, unruhiger und viel zu schneller Puls, und die Lunge arbeitet auch nicht mehr so wie früher. Die Zigaretten, mein lieber Ludwig, die Zigaretten sind's. Die müssen wir beide reduzieren.« Wie immer benutzte Doktor Rappenhuth den Plural, den ihm sein Freund jedoch sofort vorhielt.

»Ja, lieber Friedbert, das ist wohl deine ärztliche Pflicht, mir die Zigaretten zu verbieten. Aber der Verzicht ist mir so gut wie unmöglich. Nein, wir wollen gemeinsam an meiner Gesundheit arbeiten, aber die Rollen sind zu ungerecht verteilt, mir fällt ein zu großer Anteil an dieser Arbeit zu!«

Das brachte Rappenhuth wiederum zum Lächeln. »Und dennoch, mein lieber Buddenbrook, muss es sein.«

Beide hatten einander in der dunklen Zeit des Tausendjährigen Reiches mit verbotenen Büchern versorgt und waren große Thomas-Mann-Verehrer geworden, und das Zigarettenzitat des Lübecker Konsuls, das Ludwig Thalmeyer gerade hervorgebracht hatte, hatte beiden ausgesprochen gut gefallen.

»Aber wenigstens nicht mehr so viele!«, schlug Marie vor, die während der Visite im Zimmer geblieben war und mit verschränkten Armen am Kaminsims lehnte. »Oder nicht gleich am Morgen, sondern erst nach dem Mittagessen!« Sie hatte kein gutes Gefühl bei der ganzen Sache. Sie konnte es nicht recht erfassen, aber wirkte ihr Vater in den letzten Wochen nicht ohnehin ständig etwas angeschlagen, auch wenn er immer Haltung bewahrte und vorbildliche Garderobe trug? Natürlich, der bevorstehende Geburtstag hatte an seinen Kräften gezehrt. Aber war da nicht vielleicht mehr?

Doktor Rappenhuth blickte Marie an, die er schon seit ihrer Geburt kannte und die er durch allerlei Kinderkrankheiten – Masern, Mumps, Windpocken, Grippeinfekte,

Röteln – betreut hatte. Sie war, das wusste er, robuster, als sie in ihrer hell schimmernden Haut aussah. Bei ihrem Vater war er sich da nicht so sicher.

»Ja, das wäre in der Tat das Beste«, bestätigte die Pferdemütze mit H. »Ich werde dir ein Antiarrhythmikum besorgen, das ist eine Arznei, die das Herz wieder gleichmäßiger schlagen lässt. Das dauert aber ein bisschen, muss ich dir wohl nicht erklären. Drei, vier Tage, je nachdem. Außerdem solltest du am Morgen nicht nur auf Zigaretten, sondern auch auf Kaffee verzichten. Weißdorntee hat eine enorm beruhigende Wirkung!«

Ludwig Thalmeyer verzog das Gesicht. »Also schön. Dem Tee räume ich eine Chance ein, auch wenn ich dieses englische Getränk nach wie vor kurios finde.«

Dann war die Visite beendet, und der Arzt empfahl sich.

»Ich werde also nicht sterben?«, fragte Ludwig.

»Irgendwann schon, aber nicht heute.«

* * *

Damit sollte Doktor Rappenhuth recht behalten, aber leider nur gerade so eben. Denn in der folgenden Nacht, gegen fünf Uhr am Morgen, als vom Huberschen Hof an der Hauptstraße schon der erste vorwitzig krähende Hahn zu hören war, schloss sich im Schlaf Ludwig Thalmeyers linke, arteriosklerotisch verengte Kranzarterie und brachte das ohnehin angeschlagene Herz für immer zum Stillstand.

6. KAPITEL

Die Schneiderin

Wer gerade in Krisenzeiten die einflussreichsten und am besten in alle Richtungen verknüpften Menschen sucht, der muss viele seiner üblichen Blickrichtungen überdenken und ganz woanders hinschauen. Er wäre gut beraten, den Blick von den Honoratioren abzuwenden und beispielsweise den örtlichen Friseur aufzusuchen.

Aber wer in Selb *au courant* bleiben wollte, der musste in Selb zu Frau Helgard gehen. Sie war die Schneiderin des Ortes und spätestens ab 1941 unverzichtbar geworden, als auch die letzten Stofffabriken und Modeunternehmen auf Kriegsproduktion umgestellt hatten. Sie flickte und stopfte, nähte um und kürzte, schneiderte aus zwei alten Kleidern ein neues, sogar Schuhe konnte sie inzwischen notdürftig reparieren. Und ihr kleines Atelier im Erdgeschoss eines alten Reihenendhauses im Plößberger Weg war eine Anlaufstation geworden. Immer fanden sich drei oder vier Frauen, die auf ihre Ware warteten und den geschwinden Händen von Frau Helgard zusahen. Denn so wurde sie im Ort genannt, *Frau Helgard*, ihr Nachname war nur dem Postboten bekannt. Sie war eine alterslose Person mit spitz zulaufendem Gesicht und altmodischer Innenrolle-Frisur, die ihr Nadelkissen am linken Unterarm wie ein Korpsabzeichen trug. Sie hielt regelrecht Hof, und auch wenn sie leise und ohne viel dramatischen Tremor sprach, so waren ihre Worte doch beharrliche Stiche mit frisch geschliffener Nadelspitze. Und vor allem hatte sie ihre Zuträgerinnen. Als solche dienten die Personen selbst, die ihr die Neuigkeiten referierten, oft ganz unbewusst, indem Frau Helgard etwa beobachtete, wie eine ihrer Kundinnen auf eine Nachfrage reagierte.

Und als Ludwig Thalmeyer starb, da war es Frau Helgard, die in den folgenden Tagen den Ort in allen Details auf dem Laufenden hielt. Bis zu zehn Personen drängten sich angesichts der spannenden Ereignisse in ihrem winzigen Atelier, das zugleich als Wohnzimmer diente und mit Puppen aller Art vollgestellt war, die mit entzückenden bunten Kleidchen versehen waren; Frau Helgard war zeit ihres Lebens mann- und kinderlos geblieben.

Und so erfuhren die Selber von Frau Helgard und ihren steten Gästen, die es brühwarm weitererzählen würden, dass es ein Beileidstelegramm des Militärgouverneurs gegeben hatte, direkt an Marie gerichtet. Hat man denn davon schon mal gehört? Und dass der Doktor Rappenhuth ja ganz untröstlich gewesen sei, weil er doch noch Stunden zuvor den Thalmeyer untersucht und für pumperlg'sund erklärt hatte. Richtig geweint soll er haben bei der Nachricht von Thalmeyers Tod, na, also, ich bitt Sie. Der Sarg sei im Zweispänner zum Friedhof gebracht worden, und die armen mageren Klepper vom Bestattungsunternehmer Marsbert, ganz in schwarz verhangen, aber unter uns, schon ziemlich zerrissener Stoff, hätt man doch vorher wenigstens mal flicken können, hatten ja nicht viel zum Ziehen gehabt, der

Thalmeyer habe sich ja nur vom Tabak ernährt. Aber so, wie die Rappen aussahen, müsse man die wohl auch bald zum Abdecker bringen. Die Beerdigung war nur im kleinen Kreis, wie es der Thalmeyer immer gewünscht hatte, und der neue Pastor soll eine beeindruckende Rede gehalten haben, jaja, einige hatten es gehört, wirklich eine schöne Trauerrede, aber mal unter uns, vielleicht hat er sich ja auch nur einen warmen Platz an der Tafel für die nächsten vierzig Jahre sichern wollen, denn bei den Thalmeyers, das wusste man schließlich, aß man auch in Hungerzeiten gut, und vielleicht habe der feine Herr Holzapfel ja auch ein Auge auf eine der Töchter geworfen. Apropos Töchter, ja, auch die kleine Sophie hat sich mal sittsam angezogen, die hält sich ja sonst für die Dietrich. Und der Metsch, eieiei, der muss sich wieder aufgeführt haben! Dicke Schmatzer auf Sophies und Maries Wangen, er kann's einfach nicht lassen. Na, und die Marie, das wird was Schönes werden, jetzt ist sie ja allein für die Manufaktur verantwortlich, das zerbrechliche Ding, wo doch der Joachim, der Bruder, im Feld geblieben – ach, vermisst? Na schön, offiziell noch vermisst, aber das ist doch so gut wie unter der Erde, entschuldigens bitte, wie soll denn einer noch nach fünf Jahren vom Iwan heimkommen, wie soll das denn gehen, bitte schön? Na, sag ich doch. Und selbst wenn, der Joachim ist ja sehr so ein Musischer gewesen, ob der wirklich zum Fabrikanten getaugt hätte? Und stellens sich vor, zum Leichenschmaus gab's noch Reste vom Geburtstagsfest, heißt es, also gehört hab ich davon, und das ist doch nun wirklich pietätlos, nicht wahr? Ich hätte da ja nix runterbekommen. Na, die Marie jedenfalls, unser Porzellankind, also glauben Sie wirklich, das kann doch nicht gut gehen, da fehlt doch jede kaufmännische Ausbildung. Ist das überhaupt erlaubt, ein Fräulein als Chef? Wenn Sie mich fragen, dann wird die Manufaktur verkauft, an irgend so einen reichen Ami, es herrscht doch jetzt schon der reinste Ausverkauf überall. Ob der Ami dann auch die Flüchtlinge übernimmt? Haha, ja, entschuldigens, aber besser dort oben als hier unten am Ort, man hört ja die tollsten Sachen, klauen sollen die wie die Raben, da sind die Zigeuner nix dagegen, selbst die Wäsche holens von der Leine! Ist doch neulich der Witwe Bosch passiert, ja, genau der, die mit dem Metzger, na Sie wissen schon. Also verurteilen tu ich sie nicht, so hat sie immer ein Kotelett auf dem Teller, und man muss doch sehen, wo man bleibt. Apropos Kotelett, also zum Leichenschmaus im Russischen Hof – wie? Ach ja, richtig, heißt ja jetzt Bayerischer Hof, ja, der Füllhorn ist eben ein kluger Wirt, der weiß, wie Reklame geht –, also beim Leichenschmaus soll es Champagner gegeben haben, ist das denn die Möglichkeit? Na, sie habens halt, das muss man ihnen lassen. Und der Hund, der Schäferhund von dem Ludwig, der soll nichts gefressen haben, keinen Bissen, bis heute nicht. Nicht, dass sie es sich selbst erarbeitet, das war ja wohl der alte Georg Thalmeyer, ja, den kenn ich noch, das war ein Herr, grüßte immer mit seinem Zylinder, wenn er im Ort spazieren ging. Und der Ludwig, doch mal ganz unter uns, also eine Leuchte in geschäftlichen Dingen war er auch nie, seit dem Tod seiner Frau, ja, Kindbett, Sophie, tragisch gewiss, aber seitdem hatte er sich ja richtig in die Töchter verguckt, da fehlte doch wohl ein wenig väterliche Strenge ab und an. Auch gegenüber seinen Mitarbeitern. Also, wie es jetzt da in der Villa und mit dem Porzellan weitergeht, nein, das will ich mir gar nicht vorstellen müssen, na, aber wissen tät ich's schon gern.

Und auf diese Weise erfuhren die einfachen Leute von Selb, wie es so zugegangen war beim Tod und der Beerdigung und dem Leichenschmaus, und wie viel davon der Wahrheit entsprach und wie viel übertrieben oder gar erfunden war, spielte kaum eine Rolle, denn so, wie es Frau Helgard geschildert hatte und wie es in unzähligen Variationen weiter und weitergetragen wurde, hatte es sich eben ereignet, und jeder Einwohner von Selb trug fortan seine eigene, sehr genaue und unumstößliche Vorstellung von den Trauerfeierlichkeiten mit sich herum.

7. KAPITEL

Die Buchführung

Vor der Villa der Thalmeyers blühte die Linde, und die frühsommerliche Luft duftete nach Honig. Seit dem Tod des Patriarchen waren zwei Monate vergangen, und Marie hatte sich in dem Arbeitszimmer ein vorübergehendes Büro eingerichtet. Erst am Ende des Sommers plante sie den Umzug ins Fabrikgebäude und damit ins Büro, in dem ihr Vater so viele Jahre gearbeitet hatte.

Die ersten beiden Wochen nach dem Tod ihres Vaters hatte Marie unter Schock verbracht; das Leben war düster und lief in lähmender Zeitlupe ab. Da half auch der ungewöhnliche warme Frühling nicht, der die Primeln, Gänseblümchen und Forsythien deutlich vor der Zeit aus dem Boden schießen ließ. Sogar die Tulpen aus Linas Zierbeet, des Dienstmädchens ganzem Stolz, zeigten sich schon.

Viel zu plötzlich war der Tod gekommen, gerade als alle Anzeichen auf Leben standen, eine regelrechte Wiedergeburt der Manufaktur, eine Neuaufnahme der Geschäfte. Auch Sophie hatte viel geweint, und die arme Lina war noch grauer, noch etwas buckliger und, wenn das überhaupt ging, noch stiller geworden.

Doch dann riss Marie sich zusammen. Denn daran war nichts herumzudeuteln: Sie stand jetzt in der Verantwortung. Für sich, für Sophie, für Joachim, an dessen Rückkehr sie fest glaubte. Und für die Arbeiter in der Manufaktur und ihre Familien. Es half nichts. *Meine kleine Preußin*, hatte sie ihr Vater oft geneckt, wenn sie bis spät in den Abend ihre Hausaufgaben gemacht hatte. Und beinahe war sie stolz darauf gewesen. Also stürzte sie sich in die Arbeit.

Denn sie hatte eine Abmachung mit sich geschlossen. Bevor sie sich in das Büro drüben in der Manufaktur begeben würde, in dem ihr Vater und zuvor ihr Großvater die Geschicke der Firma geleitet hatten, wollte sie sich fleißig einlesen. Mit der Materie vertraut machen. Bis dahin hatte Buchhalter Walter Willemsen die kommissarische Leitung übernommen.

Marie hatte das altsprachliche Gymnasium in Weiden besucht, aber mit ihrem Latinum und Graecum kam sie in diesem Moment nicht weiter. Also machte sie sich nun mit allem vertraut, was sie brauchen konnte, und da warteten auf sie vor allem die kaufmännischen Grundlagen wie doppelte Buchführung mit Bestands-, Aktiv- und Passivkonten, Eigenkapital, Soll und Haben, Wareneinkaufskosten, Verbindlichkeiten, Wertverluste, Abschreibungen. Wäre doch nur Joachim hier! Ja, für all das hatte ihr älterer Bruder sich nie interessiert, und doch war ihm alles Mathematische immer viel leichter gefallen als ihr. Ob es an seinem geliebten Klavierspiel lag? Die unerbittliche Logik der Takte, die Verhältnisse der Noten, Akkorde und Tonarten zueinander?

Doch Marie hatte Biss. Das war schon damals so gewesen, in der Schule, beim Lernen der vermaledeiten toten Sprachen. Und war die Kontoführung denn etwas anderes als die lateinische Grammatik mit ihren strengen Regeln, Abhängigkeiten und Zuordnungen? Beim Lernen, unterstützt durch die brave Lina, die beständig Tee und Kaffee brachte und etwas Gebäck, wenn sie solcherlei auftreiben konnte, half ihr das kleine rote Buch *Fabrikorganisation für den mittleren und kleineren Betrieb*, das sie in der Bibliothek ihres Vaters gefunden hatte. Und auch Wolfi blieb fast ständig bei ihr unter dem etwas abgenutzten Sekretär aus Akazienholz. Er war tatsächlich abgemagert, hatte erst zwei Wochen nach dem Tod seines Herrchens wieder zu fressen begonnen und sich immer noch nicht ganz erholt.

Als Erinnerung, wozu sie all dies tat, ließ Marie über dem Sekretär zwei gerahmte Fotos anbringen: Eines von der Hochzeit ihres Vaters mit ihrer Mutter. Ihr Vater trug Frack mit Fliege und Einstecktuch und schaute mit etwas alberner Erhabenheit in die Kamera. Ihre Mutter, zierlich und blass und entrückt lächelnd, verschwand beinahe unter einem aufwendig ums Haar drapierten Schleier. Marie konnte sich an sie nur ganz vage erinnern, war die Mutter doch bei Sophies Geburt verstorben – Marie erinnerte sich an ein Lächeln, eine Berührung, einen exotischen Duft, an einen Gutenachtkuss auf die Stirn. Das zweite Foto zeigte Ludwig mit seinen drei Kindern, aufgenommen im Atelier in Marktredwitz, für das man sich fast einen ganzen Vormittag schick machen und ewig still sitzen musste. Marie war höchstens elf Jahre alt, Joachim dreizehn, Sophie sieben.

Und dann, eines Abends, hatte Marie es begriffen. Ja, die Buchführung war eben nichts anderes als eine neue Sprache! Sie konnte sie verstehen. Nun musste sie diese neuen *Wörter*, die sich in engen Spalten und Listen tummelten und fast immer aus Zahlen bestanden, nur noch richtig zu interpretieren lernen, ihre Semantik erfassen, logische Sätze bilden.

Außerdem ließ sie sich zwei Wochen lang jeden Morgen von Brennmeister Hans Schöffel, dessen Familie schon seit drei Generationen im Dienst von Thalmeyer & Cie. stand, die Feinheiten der Porzellanherstellung erklären. Mal saßen die beiden beim Kaffee zusammen, mal gingen sie gemeinsam durch die Manufaktur. Sie wusste, dass es das Thalmeyersche Hartporzellan und das bayerische Geschirrporzellan gab. Aber wie genau unterschieden sie sich? Beide enthielten Kaolin, Quarz und Feldspat, doch das hochwertigere Hartporzellan hatte einen deutlich größeren Kaolinanteil. In den Öfen der Manufaktur wurde das Porzellan zweimal gebrannt und anschließend vor Ort von den spezialisierten Angestellten bemalt, was eine Besonderheit war, griff doch die Konkurrenz in Sachsen meistens auf Künstler außerhalb des Betriebes zurück.

Den Malerinnen und Malern hatte Marie als Kind oft zusehen dürfen, während sie den fauchenden Brennöfen, die Temperaturen von bis zu tausendvierhundert Grad erreichen konnten, lieber fernblieb. Die Öfen, erklärte Hans Schöffel, waren auch der Grund dafür, dass die Manufaktur außerhalb des Ortes angesiedelt war – wegen der Feuergefahr. Zumal ja Selb, wie alle Kinder in der Schule gelernt hatten, vor hundert Jahren in einer der übelsten Feuersbrünste der deutschen Geschichte komplett zerstört worden war. Die Tragödie hatte aber, wie Schöffel mit viel Leidenschaft unterstrich, nichts mit dem Porzellan zu tun, sondern war von einer unachtsamen Magd ausgelöst worden, die in einem Wohnhaus neben der Apotheke eine Kerze umgeworfen hatte.

* * *

Die Tür wurde aufgerissen, und Marie schreckte aus den Gedanken auf. Sophie kam herein und strahlte.

»Gehen wir nachher?«

»Wohin?«, fragte Marie zerstreut.

»Na, aufs Sommerfest. Ich habe dir doch beim Frühstück davon erzählt. Das erste Fest nach dem Krieg. Endlich! Ich freu mich so!«

»Ist das nicht ein wenig früh für uns?«

Sophie verzog das Gesicht. »Wir können nicht nur trauern und arbeiten. Und arbeiten und trauern.«

Marie blickte sie streng an. Ihre kleine Schwester trug ein rotes Kleid mit weißen Punkten und kecker Schleife an der eng geschnürten Taille. Sophie bemerkte die Blicke und warf sich in Pose wie ein Mannequin.

»In dem Kleid willst du gehen? Ich weiß nicht, ob sich das schickt …«

»Das trägt man jetzt so, sagt der Dior.«

»Wer sagt das? Wer ist das?«

Sophie rollte im Scherz mit den Augen. »Scher dich nicht um mich, sondern kümmere dich auch mal um dich. Du kannst jetzt wirklich ein bisschen Abwechslung gebrauchen. Das Leben ist nicht nur Porzellan, weißt du?«

8. KAPITEL

Der Zocker

Mitarbeiter der ersten Stunde nannte er sich stolz. Und er war ja auch am längsten dabei, seit 1924, fast fünfundzwanzig Jahre. Und wie Walter Willemsen es liebte, mit Zahlen zu tun zu haben! Sie waren seine Kolonnen, die er in die Schlacht schickte. Er ließ sie gefährliche Büroklammern überqueren, legte ihnen Bleistifte in den Weg, stapelte sie machtvoll übereinander, unterstrich sie mit dem Lineal zur Unterstützung ihrer Stoßrichtung oder verbannte sie, indem er das Blatt Papier einfach umdrehte oder im Ordner abheftete.

Die doppelte Buchführung war für ihn die schönste Erfindung aller Zeiten, besser als das Automobil oder die Atomkraft, die ihnen allen, wie es hieß, schon bald die Arbeit abnehmen würde.

Aber Buchhalter wurden immer gebraucht, und er liebte sein Tun von ganzem Herzen. Bloß die Sache mit Marie als neuer Chefin passte ihm so gar nicht.

Er war genau mit den Zahlen, liebte seine schwarzen Tintensoldaten und hatte schon als Kind damit begonnen, alles Mögliche zu zählen und in ein Notizbüchlein zu notieren: die Fliesen im elterlichen Badezimmer (728), die von der Mutter im Beet vor der Tür gepflanzten Rosen (35), später Kohlköpfe (1912 wuchsen 24), die Tassen und Teller im Schrank und das Besteck, die Bücher im Wohnzimmer, die Zahl der verlegten Dielen im Kinderzimmer. Noch heute verbrachte er nicht wenige Zeit des Tages damit, Büroklammern und Streichhölzer aus einer Schachtel zu kippen und zu zählen. Er war ziemlich gut darin, die Zahlen zu schätzen, und freute sich, wenn die Ergebnisse der Schätzung nah waren.

Der Vater war ein strammer Sozialdemokrat und Gewerkschafter, der es als lokaler Politiker und sogar stellvertretender Bürgermeister von Marktredwitz zu einem guten Auskommen gebracht hatte. Der Bruder des Vaters lebte mit seiner Frau ebenfalls im Haus und war ein Kaiserlicher, später glühender Deutschnationaler und noch viele Jahre später eines der ersten NSDAP-Mitglieder im Ort gewesen. Jeden Abend gab es heftige Auseinandersetzungen zwischen den ungleichen Brüdern, es wurde gebrüllt und geflucht, Geschirr flog, und so manches Mal wäre der Onkel auf den Vater beinahe mit dem Messer losgegangen. Noch schlimmer war es bei Geburtstagen, denn der ideologische Riss zog sich beinahe symmetrisch durch die Familie und den Freundeskreis. Der kleine Walter zählte beim fünfundvierzigsten Geburtstag seines Onkels, der im Gasthaus gefeiert wurde, exakt zwölf Befürworter und zwölf Gegner des Rätesystems, und er freute sich sehr über diese Ausgewogenheit. Sobald die Rede auf die Politik kam, wurde es so laut, dass er sich die Ohren zuhielt, und mehr als einmal rettete er sich nach oben auf sein kleines Zimmer, in die Welt der Zahlen.

Ja, jetzt nach dem Krieg, da hatte man ja ganz vergessen, wie es früher rund ging, wie aufgeheizt die Atmosphäre überall war, ob am Küchentisch oder am Stammtisch. Selbst in der Tram konnten heftige Diskussionen ausbrechen. Das war wie ein Bürgerkrieg, auch und gerade innerhalb der Familien, und erst recht auf der Straße. Und später gab es ja tatsächlich viele Tote bei Straßenkämpfen, etwa oben in Altona oder natürlich in Berlin. Aber auch in Marktredwitz hatten sie einen Kommunisten so übel zusammengeknüppelt, dass er ein Auge verlor.

Die Zahlen boten Trost. Er war gut im Rechnen, schon immer gewesen. Nur Bestnoten auf der Oberrealschule. Die Zahlen, das war der Halt in seiner Welt. Die Lehre als Buchhalter war nur logisch, denn solche Menschen wurden jetzt gebraucht. Selbst sein Vater, für den nur ein echter Arbeiter ein echter Mensch war, stimmte einer Bürokarriere zu, wenn auch zähneknirschend.

Wie alle Menschen, die mit Zahlen zu tun hatten, glaubte Willemsen irgendwann, er könne sie beherrschen, diese kleinen, scheinbar so gehorsamen Regimenter, die da über die Seiten liefen.

Er hatte schon in der Weimarer Republik damit begonnen, Wetten abzuschließen. Kleine Beträge hier, größere Beträge da. Drüben in England, in dieser Krämernation, da wurde ja mächtig gewettet. Im Fußball kannte er sich aus, und das Herz des deutschen Fußballs schlug ja ganz in der Nähe, keine zwanzig, dreißig Kilometer von ihm entfernt. Er schwärmte für die Spielvereinigung Fürth, schließlich war er als Bub im Stadion gewesen, als die Kleeblätter sich am 17. Mai 1914 auf dem heimischen Sportplatz am Ronhofer Weg gegen den Berliner BC ins Finale vorkämpften – nach einem hochdramatischen 4:3 nach Verlängerung. Im Finale um die deutsche Meisterschaft trafen die Fürther auf den

VfB Leipzig. Nach neunzig Minuten stand es 1:1, in der Verlängerung erzielten die Fürther durch Weicz die Führung, doch den Leipzigern gelang sofort der Ausgleich. Das Spiel wurde jeweils um zehn Minuten verlängert, wie es damals üblich war, und Karl Franz, dieser Fußballgott, der schon das 1:0 geschossen und das 2:1 aufgelegt hatte, erzielte in der 153. Minute den Siegtreffer.

Doch dann kamen die Nürnberger. Vier Spieler der Fürther Meistermannschaft waren im Ersten Weltkrieg im Feld geblieben, darunter Meisterheld Karl Franz, dem im September 1914 nach nur einer Woche an der Front in Lothringen von einem Granatsplitter die Innereien zerrissen wurden. Einer der besten deutschen Fußballer erlag nach zwei Tagen Todeskampf mit zweiundzwanzig Jahren seiner Verwundung. Nicht nur er, sondern auch vier weitere Spieler der Meistermannschaft kamen nicht mehr zurück.

Die Nürnberger hatten sich zum Ende des Krieges mit ungarischen Spitzenspielern verstärkt, darunter dem Linksaußen Péter Szabó und dem Mittelstürmer Alfréd Schaffer, und auch wenn Willemsen sie ausbuhte, wettete er doch auf sie. Die Roten waren die Bösen, keine Frage. Aber sie spielten einen faszinierenden Fußball, ließen den Ball clever laufen, dribbelten zur richtigen Zeit, beherrschten das Spiel ohne Ball, gewannen alles. Und als cleverer Zocker wusste Willemsen: Wette nie auf deine Lieblinge und wette nie gegen deine Feinde. Und so holte er sich in den Wirtshäusern immer eine gute Quote ab. Es gab die *Matchmaker*, die sich schon damals ganz Englisch nannten, bei ihnen bezahlte er, bei ihnen kassierte er ab.

Wie so viele Zocker glaubte er, er könne das Spiel beherrschen, doch dann kamen die ersten Missgriffe. 1922 wurde kein Meister gekürt, weil auch das Wiederholungsspiel zwischen dem Hamburger SV und dem 1. FC Nürnberg unentschieden ausging. Willemsen hatte ein Monatsgehalt auf die Franken gesetzt, und die Matchmaker weigerten sich, das Geld auszuzahlen. Schlimmer wurde es 1923, als die Nürnberger es nicht mal ins Finale schafften und der HSV gegen SC Union Oberschöneweide gewann. 1924, schon in Diensten der Thalmeyerschen Porzellanmanufaktur, musste er sich Geld leihen, denn er hatte gehört, dass sowohl Georg Hochgesang als auch Heinrich Träg, die Nürnberger Stürmer, verletzt ins Finalspiel gegen den FSV Frankfurt gingen. Das war für einen cleveren Quotenleser wie Willemsen eine erstklassige Gelegenheit, auf die Frankfurter zu setzen, und lange sah es gut aus, es blieb auch nach regulärer Spielzeit beim 0:0. Doch dann fiel in der 108. Minute das Tor für die Nürnberger durch Ludwig Wieder, und Willemsen verlor sogar zwei Monatsgehälter.

Klar, dass er diesen Verlust durch kreative Buchführung gutmachen musste. Was war schon dabei? Dafür hatten die Thalmeyers ja einen der Besten seiner Zunft in ihrer Mannschaft, eine *treue Seele*, wie er sich selbst nannte, der die trockene Arbeit am Schreibtisch liebte. Dieser übrigens stand im Büro am weitesten entfernt von den fauchenden Brennöfen, denn den Lärm konnte er nicht ertragen. Er hatte dem Chef erklärt, Zahlen bräuchten Ruhe, und der Chef hatte eingewilligt, und so saß er seit mehr als zwanzig Jahren in einem Büro mit wunderschönem Blick auf den Wald. Das Büro des Firmenchefs, in dem er in den letzten Wochen Platz genommen hatte, gefiel ihm allerdings auch sehr gut.

Willemsen brauchte einfach ein bisschen Luft bei der

Arbeit. Freiheit. Mit dem Alten ließ sich immer reden, das war fein. Der merkte es auch nicht, wenn hier oder da mal ein paar Pfennige fehlten. Was machte das schon? Dafür hatte er Walter Willemsens uneingeschränkte Loyalität. Dass Marie jetzt ihre Nase in Bücher über Wirtschaftsführung steckte, war ihm ganz und gar nicht recht. Denn, um ehrlich zu sein, waren in den letzten Monaten ein paar größere Wetten doch sehr deutlich schiefgegangen, was zu ebenso deutlichen, für jeden anderen Buchhalter sofort sichtbaren Abzweigungen aus dem Firmenkapital geführt hatte.

9. KAPITEL

Die Flak

Im Zweiten Weltkrieg war Willemsen seit dem Frankreich-Feldzug dabei gewesen. Sein gesamter Geburtsjahrgang wurde im Oktober 1939, nach dem Sieg über Polen, einberufen, 676.607 Mann, war in der Zeitung zu lesen, und Willemsen fiel bei der Lektüre die beinahe symmetrische Zahl auf. Der Buchhalter wurde der Infanterie zugeteilt und in Munster kaserniert, und weil der Krieg ruhte, durchliefen sie die Grundausbildung und die Vollausbildung. Sie lernten das Schießen mit dem Karabiner 98k und der Pistole 08, den Kampf mit Bajonett, das Sichern von Stellungen, den Bau von Feldunterkünften, das Bilden eines Spähtrupps und von Vorposten und das Verhalten bei Einsatz von chemischen Kampfstoffen, und Willemsen meldete sich zusätzlich zur Ausbildung zum Richtschützen am Granatwerfer. Als es um die Winkelberechnung ging, merkte er, dass er doch nicht so gut in Mathematik war, wie er immer geglaubt hatte. Er war mehr ein Typ für zweidimensionale Zahlenreihen statt für die Berechnung von dreidimensionalen Parabeln.

Die Stimmung war nicht nur bei den Mannschaften, sondern auch bei Ausbildern und Offizieren bestens. Alle hatten das Gefühl, Teil von etwas ganz Großem zu sein. Polen war in wenigen Wochen völlig überrannt worden, allen war klar, dass es nun gegen den Franzosen ging. Zu Weihnachten 1939 bekamen sie sogar drei Tage Urlaub, und Willemsen war zum Obergefreiten befördert worden.

Abends spielte Willemsen mit seinen Stubenkameraden Karten, Skat und Doppelkopf, aber so richtig Zocken wollte keiner mit ihm. Dann, an einem nebligen Morgen Anfang März, passierte das Unglück bei der Einweisung an der Handgranate. Zu diesem Zweck musste sich jeder Soldat für seinen Wurf in eine in den Boden gegrabene enge Grube stellen, die etwa anderthalb Meter tief war. Dann sollte die Granate mit einem Schleuderwurf – also nicht etwa Überkopf – auf den Übungsplatz geworfen werden. Willemsen war gerade an der Reihe gewesen: Der Ausbilder, Unteroffizier Siebecke, reichte ihm eine Stabgranate, genannt Kartoffelstampfer, und entfernte sich. Der Stiel mit dem angeschraubten Sprengkopf sorgte für größere Wurfweiten als die bei den Feinden übliche Eierhandgranate. Willemsen entsicherte sie, wie sie es an Granaten ohne Sprengladung geübt hatten, mit dem Abreißknopf und schleuderte sie nach vorn.

Obwohl er Ohrenschützer trug und auch noch in der Grube stand, waren der Lärm und die Erschütterung enorm. Nach der Explosion rieselte Sand vom Grubenrand auf seine Knobelbecher. Das, ahnte Willemsen, war ein erster Vorgeschmack auf den echten Krieg.

Nun war Kamerad Seldermann an der Reihe, kein besonders heller Kerl aus Hinterpommern. Er bekam die Granate von Siebecke überreicht, der sie seinen Soldaten beidhändig darbot wie eine Reliquie. Und dann geschah das Unglück:

Seldermann ließ die entsicherte Granate aus den schweißnassen Händen in die Grube fallen, plötzlich schrien alle, der Ausbilder rannte auf ihn zu, Seldermann bückte sich, er schien verzweifelt zu versuchen, die scharfe Granate loszuwerden, endlich bekam er sie zu greifen, er wollte sie anheben – und dann explodierte sie. Die Wirkung in dem Wurfstand würden weder Willemsen noch seine Kameraden je vergessen, für einen Moment schien sich die gesamte Erde unter ihren Füßen auszudehnen, und nach vielen fassungslosen Sekunden, in denen alle erstarrt blieben und kaum zu atmen wagten, schlug etwas neben der Einheit auf: Seldermanns Kopf, der sich vom Körper gelöst hatte wie ein Korken aus der Champagnerflasche. So starben Menschen bei Explosionen – das würde Willemsen bald noch öfter erleben.

Neben der Grube lag Siebecke, von einem großen Splitter am Arm getroffen, unterhalb des Ellbogens stach ein Knochenstück aus der Uniform. Die Kameraden halfen ihm behutsam auf eine Trage und trugen ihn zur Krankenstation, doch auf halbem Weg kam ihnen bereits einer der Stabsärzte mit Sanitätern entgegengelaufen.

Am Abend auf der Stube wurden munter Geschichten erzählt, wie es in der Grube aussah. Willemsen hatte es nicht gewagt, hineinzuschauen. Aber er sagte sich: Für Seldermann war der Krieg zu hundert Prozent vorbei. Für Siebecke vielleicht zu fünfzig Prozent, je nachdem, wie er sich erholte. Und die Sache mit den Prozenten gefiel ihm plötzlich. Er schaute sich seine Kameraden an und kalkulierte, wer es schaffen würde und wer nicht. Der kleine Hewalt – ein listiger Bursche, der würde sich schon durchschlagen. Der dicke, lustige Erhorn? Ein großes Ziel, leicht zu treffen, auch immer der langsamste, wenn es darum ging, in den Schützengraben zu hechten. Willemsen schätzte seine Überlebenschance nur bei 30 Prozent ein. Stemmann, der Leistungssportler, Ass im Geräteturnen? Zäh und blond, wie von Hitler höchstpersönlich gemalt. An dem würden die Kugeln abprallen, so wirkte es jedenfalls. Andererseits war er einer, der sich aus purem Stolz zu den verwegensten Einsätzen melden würde, und er las gern in Ernst Jüngers Kriegstagebüchern. Kein gutes Zeichen. Siebzig Prozent, höchstens achtzig. Und er selbst? Darüber wollte er lieber nicht nachdenken.

Und dann, endlich, im Mai 1940, ging es gegen Frankreich! Züge rollten aus Bahnhöfen in ganz Deutschland ab, alle freuten sich und sangen. Das würde dieses Mal ganz anders werden als 1914! Willemsen und seine Kameraden wurden der zweiundfünfzigsten Infanterie-Division zugeteilt, die der zwölften Armee unterstand, und tatsächlich wurde es ein richtiger Spaziergang. Die Panzertruppen fegten so schnell über die Verteidigungsstellungen der Franzosen und Engländer hinweg, dass die Infanterie kaum hinterherkam. Es ging nahezu ohne Feindberührung erst durch Belgien, dann durch die Champagne und rund um Dijon. Schön war es hier, dachte sich Willemsen. Über ihre Köpfe jagten die Stukas den Franzosen entgegen. Ja, so machte der Krieg Spaß! Am Abend in den Zelten oder den requirierten Unterkünften, meistens auf Bauernhöfen und in Scheunen, erzählten sie sich die Neuigkeiten, die sich in der Etappe verbreiteten: Heinz Guderian, was für ein tollkühner Hund! Und der Rommel, der soll an einem einzigen Tag 240 Kilometer vorgestoßen sein! Sie tranken beschlagnahmten Burgunder und freuten sich des guten Lebens.

Der Frankreich-Feldzug war nach nur sechs Wochen vorbei, Paris war besetzt, eine Rumpfregierung wirkte von Vichy aus. Hitler, dieser Teufelskerl!

Bald wurde Willemsens Einheit an die Normandie verlegt, zum Flughafen Alençon-Valframbert, denn nun begann die Luftschlacht um England. Dorthin wurde ein Geschwader Messerschmitt Bf 110 stationiert. Die zweimotorigen Jäger mit zwei Besatzungsmitgliedern waren eine Pracht, die Piloten und Bordschützen ein verwegener Haufen in ihren Lederjacken und Fliegerbrillen und den noblen Hanhart-Uhren – gern wäre Willemsen mitgeflogen. Bis er merkte, dass immer öfter nicht alle Flugzeuge zurückkamen. Er begann wieder mit dem Rechnen und kalkulierte die Überlebenschancen der einzelnen Piloten. Er fand das ganz normal, und es half ihm, nicht verrückt zu werden.

Die Piloten, die im Juni und Juli noch gescherzt und gezecht und geprahlt hatten, wurden müde, leise. Und es wurden immer weniger. Nach Willemsens Zählung hatte das Geschwader achtzig neue Flugzeuge geliefert bekommen, aber 143 Maschinen im Luftkampf verloren. Wie viele der Piloten gefallen waren und wie viele sich mit dem Fallschirmsprung zumindest in die englische Kriegsgefangenschaft retten konnten, wusste Willemsen nicht.

Und dann war die Luftschlacht um England vorbei. Niemand redete mehr von ihr, es war, als hätte sie nie stattgefunden. Von Hitler hörte man nichts, und erst recht nicht von Göring, der bei den Wochenschauen, die zwei Tage später als in Deutschland auf Filmrolle per Kurier ankamen und im Horst gezeigt wurden, zunehmend dicker und ungesünder aussah. *Drogen*, tuschelte ein Pilot. *Morphium*, tuschelte ein anderer. *Würde ich auch nehmen, wenn sie mir die Eier weggeschossen hätten.*

Und bald tauchten am Himmel andere Flugzeuge auf: englische Flugzeuge. Vor allem Bomber. Willemsen erhielt eine Schnellausbildung an der Flak als Höhenrichtkanonier, und bald war beinahe jeden Tag Fliegeralarm. Die Messerschmitts bekamen Gesellschaft von den Focke-Wulf 190, einmotorigen Abfangjägern. Immer öfter mussten die Piloten in der Nacht raus, sich den gegnerischen Geschwadern entgegenwerfen. Und bald wurde der Flughafen ein beinahe tägliches Ziel. Willemsen und seine Kameraden schossen mit Acht-Achter-Flak, dass die Rohre buchstäblich zu glühen begannen, 15 bis 20 Schuss pro Minute. Die neun Mann – neben Willemsen als Höhenrichtkanonier gab es noch den Seiterichtkanonier (Hewalt stellte sich geschickt an), den Ladekanonier, vier Munitionskanoniere, darunter Erhorn und Stemmann, einen Zündsteller und einen Kommandanten – mussten perfekt zusammenarbeiten, um die fast zehn Kilo schweren Granatpatronen zu laden und das fünf Meter lange Rohr auszurichten.

Und dann war der Krieg ganz plötzlich bei Willemsen angekommen, und zwar ausgerechnet, als er in der Latrine saß. Willemsens Einheit war heute mit der Wartung dran, und der Buchhalter hatte sich nur kurz zu dringenden Geschäften verabschiedet. Der Fliegeralarm war nicht angesprungen, in der Radarleitstelle hatte wohl jemand gepennt. Sprengbomben fielen auf den Flugplatz, eine Wand der Latrine wurde weggeschleudert, sodass Willemsen aus seiner hockenden Position ins Freie sehen konnte. Der Lärm war infernalisch, zwei Focke-Wulfs standen in Flammen, und dort, wo die Flak-Batterie stand, waren nur ein paar grotesk verdrehte Rohre zu sehen. Die Feuerwehr rückte aus, Soldaten liefen auf die Batterie zu, die Jäger warfen ihre

Motoren an, um rasch über eines der unbeschädigten Rollfelder aufzusteigen, und erst jetzt jaulte auch der Fliegeralarm auf. Auch Willemsen näherte sich der Batterie, und schon von Weitem sah er das Desaster: ein Volltreffer. Vierzehn Mann seiner Einheit tot, darunter Hewalt, Erhorn und der blonde Stemmann. Willemsen übergab sich.

Unterdessen schickte Thalmeyer dem Wehrmeldeamt ein Einschreiben, das möglicherweise Willemsens Leben retten sollte. Die Herstellung von Zierporzellan war als nicht kriegswichtig eingestuft worden, die Manufaktur sollte fortan Isolatoren produzieren. Und damit einher ging die UK-Stellung – die begehrte Unabkömmlichkeits-Stellung, die im Jahr 1940 noch viele Deutsche genießen durften, darunter Rüstungsarbeiter, Landwirte, auch die UFA-Schauspieler, über die der feine Herr Goebbels seine schützende Hand hielt.

Die Unverzichtbarkeit eines Buchhalters war äußerst fragwürdig, es war ein gewaltiger Gefallen, den ihm Thalmeyer da getan hatte – während sein eigener Sohn doch bald gegen den Russen geschickt wurde. Ludwig Thalmeyer hatte argumentiert, dass es bei Qualitätsporzellan, wie er für Isolatoren nun einmal notwendig sei, auf eine sehr genaue Kalkulation der beigemischten Stoffe ankäme, und für diese Kalkulation seien sowohl Brennmeister Horst Schöffel als auch Willemsen unverzichtbar. Das war in Schöffels Fall korrekt, und Willemsen ging im Wehrmeldeamt wohl nur durch, weil man noch siegesgewiss war und den Krieg ja praktisch schon gewonnen hatte.

Kurz vor Weihnachten 1940 war Willemsen mit dem Status des kriegswichtigen Zivilisten an die Heimatfront entlassen, Schöffel kam just zum Heiligen Abend in Selb an.

Und Willemsens Einheit wurde nur wenige Wochen später nach Russland verlegt und dort bis 1944 völlig aufgerieben.

10. KAPITEL

Das Fest

Am Goldberg im Süden Selbs, dem Ort des traditionellen Sommerfests, roch es nicht nach Bratwurst und gebrannten Mandeln und Zuckerwatte, so wie früher. Aber einiges wurde doch geboten, was Marie erstaunte. Schon von Weitem erkannte sie, dass sogar ein Riesenrad aufragte. Es war von eher bescheidener Dimension, vielleicht so hoch wie ein dreistöckiges Gebäude, aber eben doch ein Riesenrad, in dem kreischende Backfische mit ihren Boyfriends und Mütter mit kleinen Kindern die Zeit in den kleinen, sich ganz gemächlich drehenden Gondeln genossen.

Noch auf dem Hinweg hatte es plötzlich geregnet, doch ebenso rasch war die Sonne hervorgekommen und hatte die schwarzen Wolken vertrieben, und nun funkelten die Pfützen im schwachen Licht der Schaugeschäfte. Drehorgelmusik drang aus den Buden, es duftete nach nasser Erde und etwas unangenehm nach heißer Kohlsuppe, die es dahinten beim »Delikatessen«-Stand gab.

Vor dem Eingang zur Festwiese standen ein paar Männer jeden Alters herum, murmelten und schimpften und feilschten. Auf kleinen Tischen lagen Silberlöffel, Schmuck,

Taschenuhren, Bücher mit Goldschnitt, Süßwaren und jede Menge Konserven. Immer wieder näherten sich Neugierige, staunten, flüsterten, kramten in ihren Taschen, blickten sich ängstlich um, denn die Amerikaner versuchten all das zu unterbinden. Der tägliche Schwarzmarkt war zum Sommerfest umgezogen.

Gustav, jenen Beschaffer, der frisches Huhn für Ludwig Thalmeyers Geburtstagsfest organisiert hatte, suchte man hier vergebens. Er war auf lukrativeren Feldzügen jenseits der Grenze unterwegs, denn drüben in der Tschechoslowakei und Thüringen war die Not noch viel größer, und wer den Grenzübertritt wagte, konnte mit cleverem Tauschhandel erstaunliche Schätze heimbringen. *Auf Goldstücken lässt sich schlecht kauen*, pflegte er zu sagen. Allerdings schien das Risiko von Mal zu Mal größer zu werden; immer mehr Soldaten patrouillierten, die Hundestaffeln wurden größer und präsenter, die Grenzbefestigungen schienen täglich zu wachsen. Nur die Flüchtlinge wurden gern durchgelassen, denn hungrige Esser konnte man im Osten nicht gebrauchen. Zweimal hatte Gustav sich unter sie gemischt, doch das Wagnis war noch größer als die Wanderung bei Nacht, denn immer wieder wurden Flüchtlinge an der Grenze kontrolliert, und die Soldaten ließen sich gern schmieren. Was hätten sie gesagt, wenn sie unter Gustavs langem Wintermantel einen darunter getragenen Zobelpelz, Silberbesteck und wertvolle russische Ikonen gefunden hätten? Im besten Fall hätte man ihm alles abgenommen, im schlechtesten Fall würde er sowjetischen Kommissaren überstellt werden, die mit Schmugglern und sonstigen Spionen kurzen Prozess zu machen pflegten. Das übliche Urteil lautete in einem solchen Fall: Genickschuss.

Marie wollte weitergehen, aber Sophie blieb neugierig stehen, betrachte die Ringe und Broschen. Einer verkaufte sogar sein Eisernes Kreuz erster Klasse. Allein für die Zurschaustellung konnte er direkt ins Gefängnis wandern.

»Wir verkaufen AEG-Zigaretten und auch gute Amis«, flüsterte einer der Männer Sophie zu. Er hatte Pockennarben und ganz schwarze Fingernägel. Sophie sah zu ihrer Schwester, die den Schwarzmarkt-Slang nicht verstand. »*Amis* sind US-Zigaretten, AEG-Zigaretten sind selbst angebaut, *Aus Eigenem Garten*«, übersetzte sie.

Marie wusste, dass viele nun selbst Tabak anbauten, selbst die Sudetendeutschen bei ihr hatten einen Teil des Gartens zu einer Mini-Plantage gemacht. Die Blätter wurden auf Kuchenblechen getrocknet und mit Essig, Zucker oder Pflaumen aromatisiert. Auf Bezug gab es nur vierzig Zigaretten pro Monat, das reichte für kaum einen Raucher aus.

»In Zahlung nehmen wir aber nur die Amis«, flüsterte der Pockennarbige.

»Wie viel für die Schokolade?«, fragte Sophie und zeigte auf die Cadbury-Tafel.

»Zwei Amis.«

Sophie winkte kühl ab. »In Nürnberg krieg ich für eine Schachtel zwei Tafeln.«

»Das stimmt doch gar nicht«, rief der Pockennarbige, aber Sophie hatte sich schon abgewandt.

»Also gut, einen Ami und eine Nordland«, rief er ihr hinterher, doch Sophie schritt so zügig fort, dass Marie Mühe hatte, ihr zu folgen. »Na schön, na schön! Für so ein hübsches Fräulein auch nur eine Packung Amis. Mach ich halt Verlust.«

Sophie ließ sich zu einem Schulterblick und einem angedeuteten Lächeln herab und schritt durch das mit Girlanden geschmückte Portal des Sommerfestes.

Marie blickte ihre kleine Schwester fast ein wenig stolz an. »Vielleicht verstehst du mehr von Wirtschaft, als du denkst.«

»Meinst du?«

»Bei unserem nächsten Auftrag verhandelst du.«

»Ich kann's ja mal versuchen!«

Links vom Eingang versuchten ein paar Halbstarke, sich unter viel Getöse beim Hau-den-Lukas zu überbieten. Darunter war auch Abel Metsch, der Sohn des Papierfabrikanten, der den Schwestern linkisch zuwinkte.

Marie wollte sich auf den Rundweg durch die Buden und Fahrgeschäfte machen, doch Sophie zog sie zu sich. »Du musst entgegengesetzt zu den anderen gehen, dann triffst du mehr Leute! Muss man dir denn alles erklären?«

Und so schlenderten sie entgegen der üblichen Richtung über das Sommerfest, und tatsächlich traf Sophie sogleich einige Freundinnen, blieb hier und da stehen und zwitscherte fröhlich, während Marie sich umsah. Auch wenn noch vieles darniederlag: Zum ersten Mal seit dem Ende des Krieges und trotz des Todes ihres Vaters spürte sie so etwas wie Aufbruchsstimmung. Im Gegensatz zu Sophie hatte sie eher wenige Bekanntschaften; die meisten Frauen in ihrem Alter, die sie aus der Schule kannte, hatten jetzt schon einen Haushalt zu führen und Kinder zu umsorgen, während sich ihre Männer fröhlich dahinten am Bierstand betranken. Oder im Feld geblieben waren.

Zwei kecke Buben bauten sich vor Marie auf und sangen:

»Wenn hier ein Pott mit Bohnen steht
und dort ein Pott mit Brie,
dann lass ich Brie und Bohnen stehn
und tanz mit der Marie!«

Marie errötete, aber musste auch lachen. Diesen Vers hatte sie seit ihrer Zeit auf dem Gymnasium nicht mehr gehört, und die Buben liefen, ebenfalls lachend, davon.

***

Wieder kam das Riesenrad in den Blick. Und als Marie es genauer betrachtete, wie hypnotisiert dem Lauf seiner Gondeln folgte, da dachte sie ganz plötzlich an ihren Vater, der präsent wurde, regelrecht vor ihr Gestalt annahm. Sie sah ihn nicht – aber sie roch den Duft seines Rasierwassers, der sich mit dem bitteren Tabak seiner Zigaretten vermischte, sie hörte seine Stimme, mit der er ihr so oft die Märchen vorgelesen hatte. Und wie sie später herausfand, hatte er die finsteren Stellen immer ganz eigenwillig entschärft: Hänsel und Gretel wurden nicht von ihren Eltern im Wald ausgesetzt, sondern hatten sich schlicht verlaufen. Und die Hexe wurde nicht im Ofen verbrannt, sondern davongejagt. Dass Schneewittchens Stiefmutter die Eingeweide essen wollte, hatte er ebenso dezent verschwiegen wie das Ende der bösen Königin, die sich in eisernen, glühenden Pantoffeln zu Tode tanzen musste.

Ja, Ludwig Thalmeyer war plötzlich, so seltsam es sich anfühlte, *da.* Sie spürte seine Hand in ihrer Hand, wie damals auf dem Riesenrad. Tränen rannen ihr die Wangen hinab, aber es waren keine Tränen der Trauer. Sie fühlte sich eher erleichtert, weil sie wusste: Die Vergangenheit wird ihr niemals jemand nehmen können.

Denn seit vielen Jahren hatte sie nicht mehr an die Geschichte des Riesenrads gedacht. Es musste 1929 oder 1930 gewesen sein, Marie war noch keine zehn Jahre alt und

Sophie höchstens fünf. Mit ihrem Vater bestiegen sie das Riesenrad, das heute für Marie ganz mickrig aussah – sie hatte in einer Illustrierten einmal ein Bild des Wiener Praters gesehen, ja, *das* war ein Riesenrad –, aber damals war das Riesenrad des Selber Volksfestes mit seinen zwölf Gondeln für sie als Neun- oder Zehnjährige ein geheimnisvolles, gigantisches Gerät wie aus einer Märchenwelt.

Also nahmen sie in einer Gondel Platz. Joachim traute sich nicht so recht, obwohl er bestimmt schon zwölf war. Er sagte, er hätte sich den Bauch zu voll gegessen. Der Vater lachte ihn aus, Joachim schmollte. Außerdem wollte er nach Hause, denn bald würde es regnen – er zeigte auf die dunklen Wolken.

Ludwig nahm also seine beiden Töchter an die Hand, ging zum Riesenrad, bezahlte drei Billetts und machte es sich in einer Gondel bequem, in der sie zu dritt so gerade Platz fanden. Seine langen Beine stießen ans Blech, er verzog zum Spaß schmerzhaft das Gesicht. Marie zu seiner Linken war selig, Sophie kicherte ununterbrochen. Dann ging der Spaß los, ein Dieselmotor sprang keuchend an, das Riesenrad setzte sich in Bewegung und hielt immer wieder schwerfällig an, um weitere Gäste zusteigen zu lassen. »Früher hat da noch jemand kurbeln müssen«, rief der Vater in den Lärm, und Marie wusste nicht, ob er wieder Spaß machte.

Und schon bald waren sie oben, und Marie sah die Umgebung, wie sie sie noch nie gesehen hatte, beinahe aus der Vogelperspektive. Sie waren so hoch wie die Tannen und Fichten des nahen Waldes, bestimmt so hoch wie die Linde vor der Manufaktur. Und tatsächlich: Der Vater zeigte in eine Richtung, und dort konnten Marie und Sophie die Manufaktur erahnen. Marie nickte erfreut, obwohl sie viel zu weit nach rechts schaute und die Gebäude nicht erkannte, aber sie wollte es ihrem stolzen Vater recht machen. Ohnehin war bald nicht mehr viel zu erkennen, es wurde allzu rasch dunkel, doch es war nicht die Sonne, die unterging: Die dicken Regenwolken erwiesen sich als mächtige Gewitterwolken, die sich vor die Sonne schoben; schon fielen die ersten Tropfen, Donner war zu hören. Sophie streckte ihre Zunge aus, um den Regen einzufangen. Marie blickte ihren Vater an, und just in diesem Moment, als sie zum vierten oder fünften Mal am höchsten Punkt angelangt waren, setzte der Motor aus, und das Riesenrad blieb so abrupt stehen, dass die Gondel bedrohlich nach vorn schaukelte. Dann sahen sie aus der erhöhten Perspektive die ersten Blitze, denen der Donner immer rascher folgte. Marie wusste, dass es nicht gut war, bei Gewitter draußen zu bleiben. Und schon gar nicht so weit oben. Sie sah ihren Vater an, der sich nach vorn beugte, um den Mann vom Ticketschalter zu sehen: »He da, was ist los?«

»Der Motor ist wieder zu heiß geworden«, rief eine Stimme von unten. »Wir müssen warten.«

Ludwig Thalmeyer setzte sich wieder gerade hin und lächelte nacheinander seine Töchter an. »Nun ja, so warten wir eben.« Ein lang anhaltender Blitz beleuchtete sein Gesicht wie bei einem Theaterstück.

Dann drückte er die Hände seiner Töchter und blickte starr geradeaus. Marie hatte Angst. Hatte ihr Vater Angst? Damals glaubte sie das nicht, doch heute erinnerte sie sich an einen Schweißtropfen auf der Oberlippe. Oder war es nur der Regen gewesen? Bestimmt war auch er besorgt, weigerte sich aber, es zu zeigen. Es blitzte und donnerte nun beinahe unaufhörlich, der Wind heulte und riss Decken und Planen von den Buden. Fast alle Festbesucher waren fort oder hatten sich irgendwo nach drinnen geflüchtet. Ein Blitz schlug irgendwo in der Nähe ein, es gab ein mächtiges Getöse und einen Knall, der Marie wie taub machte. In der Gondel hinter ihnen schrie jemand, ein Kind begann zu weinen. Auch Marie kämpfte mit den Tränen, doch an der Hand ihres Vaters wusste sie, dass alles gut ausgehen würde. Alle drei waren nun völlig durchnässt.

Endlich sprang der Motor wieder an, der in dem Gebrüll des Donners kaum zu hören war, das Riesenrad setzte sich sprunghaft in Bewegung, wieder kam die Gondel mächtig ins Schaukeln. Nach einer Ewigkeit konnten sie endlich aussteigen, völlig durchnässt.

»Na, das tat doch dem Charakter gut«, meinte der Vater.

Marie verstand damals nicht, was er damit sagen wollte. Heute verstand sie es. Und dann gingen die drei, immer noch Hand in Hand und fröstelnd, zu einem Unterstand, unter dem kandierte Äpfel verkauft wurden. Marie erinnerte sich an das köstlich-klebrige Gefühl auf den Lippen, den süßen Geschmack auf der Zunge. Und an das strahlende Gesicht seines Vaters, der, wie sie heute wusste, nur zu genau verstanden hatte, in welcher Gefahr sie sich noch vor wenigen Minuten befunden hatten – in einem Gewitter, in einer Konstruktion aus Metall, im höchsten Punkt weit und breit. Auch Joachim stand dort, machte sich über die Schwestern in ihren nassen Kleidchen lustig. Er hätte ja gesagt, es würde regnen, nur deswegen sei er hier unten geblieben. Ludwig schüttelte nur den Kopf. Und Marie spürte, dass es hier einen Riss in der familiären Harmonie gab. Und schon damals spürte sie, dass dieser Riss nicht so leicht zu kitten sein würde.

* * *

Vor dem »Haus des Horrors«, zwei zusammengeschobenen doppelachsigen Wagen, die mit schmutzigem schwarzem Stoff umhüllt waren, kam ein Mann auf die Schwestern zu. Er hatte kurze Extremitäten, was seinen Watschelgang erklärte. Der Endvierziger war außergewöhnlich gut angezogen, wenn auch etwas aus der Zeit gefallen, mit Frack und Vatermörderkragen und weißen Lederhandschuhen. Es war Hermann Raps, der Filialleiter der Bayerischen Creditbank in Weiden, eines jener Nachfolgeinstitute der Deutschen Bank, die von den Alliierten 1946 zerschlagen worden war.

Unter der Halbglatze trug er kantige Züge zur Schau, seine Mundwinkel waren ernst und entschlossen nach unten gerichtet. Er ergriff mit beiden Händen Maries Hand.

»Mein Beileid, Fräulein Thalmeyer.« Der Bankier sprach schnell und in einer eigentümlich monotonen Art. Aus dem »Haus des Horrors« drangen immer wieder spitze Schreie und Gelächter nach draußen.

»Danke, sehr freundlich.«

Auch Sophies Hand wurde auf diese Art umfasst, er nickte ihr stumm und ernst zu.

»Mit Ihrer Familie sind wir seit Jahrzehnten verbunden«, sagte er.

»Ja, das wissen wir, und wir hoffen auf weitere Jahrzehnte«, antwortete Marie.

»Nun ja«, sagte der Filialleiter und fuhr sich mit der behandschuhten Hand über den Haarkranz. »Und eben deswegen hätte ich mich sehr über eine Einladung zur Beerdigung – ja, auch zum runden Geburtstag …, nun ja, gefreut, verstehen Sie?«

Marie überlief es kalt. Ja, die Einladung zum Geburtstag, ein valider Punkt: Hatten sie den Bankier tatsächlich vergessen? Aber ihr Vater hatte die Gästeliste selbst angelegt und auch lange darüber nachgedacht, wie es seine Art war, wenn es um Stil, Haltung und Anstand ging. Hatte er Raps übersehen? Gar Gründe gehabt?

»Es waren turbulente Zeiten«, versuchte Sophie ihn mit argloser Stimme zu beschwichtigen. »Unser Vater hatte sich ein kleines Fest gewünscht – und …«, sie schluckte geschickt, »auch eine Beerdigung im engsten Kreis. Beim nächsten Fest sind Sie bestimmt wieder dabei, sofern sich die Schleier der Trauer gelüftet haben.«

Die Schleier der Trauer. Vielleicht, dachte Marie, hatte Sophies eifriger Konsum zweifelhafter Liebesromane doch seine guten Seiten.

Der Filialleiter nickte. »Nun ja, nichts für ungut, Sie wissen ja, mit Ihrem verehrten Herrn Vater habe ich so manches Geschäft erfolgreich über die Bühne gebracht.«

»Seien Sie versichert, dass sich daran nichts ändern wird.«

»Das weiß ich zu schätzen. Wir sollen uns bald einmal treffen, denn es heißt, dass bald eine neue Währung eingeführt wird, und dafür sollten wir Vorkehrungen treffen.«

»Oh, das ist doch eine gute Nachricht, nicht wahr?«

»Man wird sehen«, sagte der Filialleiter. »Wer wird denn jetzt die Firma, nun ja, übernehmen, wo doch der Joachim noch, nun ja …?«

»Das werde ich sein. Jedenfalls so lange, bis mein Bruder zurückkehrt.«

Sophie blickte ihre Schwester erstaunt an. Diesen selbstsicheren Ton kannte sie noch gar nicht.

Raps bemühte sich erkennbar, nicht abschätzig zu wirken, aber es gelang ihm nicht.

»Da haben Sie sich aber viel vorgenommen, junge Dame!«

»Dessen bin ich mir bewusst«, entgegnete Marie kühl.

»Eine schwierige Aufgabe in diesen Zeiten.«

»Ob für einen Mann oder für eine Frau«, ergänzte Sophie keck.

»Nun ja, da haben Sie wohl recht. Dann wünsche ich Ihnen alldieweil gutes Gelingen und auch ein angenehmes Sommerfest.« Der Filialleiter empfahl sich mit einer angedeuteten Verbeugung. Seine Watschelschritte schmatzten im Dreck.

»Was für ein Geck. War da was mit ihm und Papa?«, fragte Sophie, als die kompakte Gestalt außer Hörweite war.

Marie blickte dem Bankier nachdenklich hinterher. »Nicht, dass ich wüsste. Ich werde mich gleich morgen bei Willemsen erkundigen.«

»Aber du hast's ihm tollkühn gegeben, Fräulein Firmenchefin!«

* * *

Auf dem Karussell mit den bunt lackierten Pferden und Krads und Feuerwehrautos kreischten die Kleinen vor Vergnügen. Von dem himmelblauen Flugzeug hatten die Betreiber das aufgemalte Hakenkreuz am Heck abgeschliffen, aber es war immer noch zu erkennen – so wie am Selber Bahnhofsgebäude über dem Hauptportal immer noch das Motto »Räder müssen rollen für den Sieg!« trotz mehrmaligem Übertünchen sichtbar geblieben war. Eine sudetendeutsche Familie näherte sich dem Karussell. Sie wohnten in Maries Wirtschaftsgebäude und grüßten, Marie grüßte zurück. Die Eltern, die am Karussell standen, blickten die Neuankömmlinge verächtlich an. Und ein Mistkerl rief von irgendwo her: »Es gibt drei Schädlinge in Deutschland: den Sperling, den Engerling und den Flüchtling!«

Nein, so richtig war der Krieg doch noch nicht vorbei, dachte Marie. Und dann fiel ihr auf, wie viele der Männer, die hier umhergingen, sich auf Krücken stützen oder bei ihrer Frau unterhaken mussten. Beinahe jedem schien irgendein Körperteil zu fehlen – ein Fuß, ein Arm, eine Hand.

Die Plane des Theaterzelts neben dem Karussell war nach der langen Lagerung arg rissig geworden. Heute war »Tanz in den Abend«, doch morgen sollten Schillers »Räuber« gegeben werden, wie ein Aushang verhieß. Ein ambitioniertes Stück, dachte Marie. Doch derzeit spielte eine Band die Instrumentalversionen der Schlager der Stunde: *Und über uns der Himmel* von Hans Albers, *Amor amor amor* von Johannes Heesters, *Wenn das Herz auch spricht* von Rudi Schuricke.

»Wir müssen warten, bis es Abend wird, dann geht es hier richtig los«, wusste Sophie.

Zwei ältere Pärchen wagten einen Tanz, ein paar Jugendliche standen betont lässig herum und warteten auf Swingmusik. Armin und Ilse Füllhorn grüßten herzlich. Armin, der verhinderte Schauspieler, hatte sich gerade vorn am Schalterhäuschen Karten für die morgige Vorstellung gekauft.

»Sie sollten nicht bloß zuschauen, sondern mitmachen da oben auf der Bühne«, lachte Sophie, und der Wirt fühlte sich geschmeichelt.

»Ja, vielleicht im nächsten Leben. Doch das Gasthaus lässt nicht viel Zeit.«

Ilse Füllhorn, schon immer eher praktisch veranlagt, winkte ab. »Setz dir bloß keine Flausen in den Kopf. Essen und trinken müssen die Menschen immer. Die Bühnenkunst ist eine Flatter.« Diese kleinen Streitgespräche unter Eheleuten waren eine Spezialität der Füllhorns, die damit oft das ganze Gasthaus köstlich unterhielten. Eine kleine Schauspielbegabung hatte die Dame des Hauses also auch.

»Schauen Sie sich's an«, flüsterte Armin Füllhorn verschwörerisch, »Sie werden's nicht bereuen.«

»Aber das ist doch nichts für vornehme junge Damen!«, ging seine Frau empört dazwischen.

»Ich bitte dich, Ilse, das ist Schiller. Das ist größte deutsche Dichtkunst!«

»Aber wenn ein Stück schon *Die Räuber* heißt, dann ist es wohl kaum zur moralischen Erbauung geeignet.«

»Weib, sei still! Du redest wirr, würde der Dichter sagen!«

Marie und Sophie feixten höflich, wichen zurück und ließen die beiden mit ihrer Privataufführung allein.

* * *

Die beiden Schwestern hatten das Oval des Sommerfestes etwa zur Hälfte umrundet, als sie das Kuriositätenkabinett betraten, wo es wirklich einiges zu bestaunen gab: In dem diffusen Licht und einem überaus eigenartigen Geruch sahen sie ausgestopfte Vögel, Schädel von Hunden, Affen, Hirschen und sogar Tigern und Krokodilen, ein komplettes Wolfsskelett, gewaltige Knochen von Dinosauriern, weiter innen echte Schrumpfköpfe und – Marie erschauderte es – deformierte Tiere und sogar menschliche Embryonen mit Missbildungen, in Formaldehyd schwimmend.

Dann hörten sie eine vertraute Stimme. »Das sind alles billige Fälschungen, sag ich dir. Hier, da sieht man sogar noch die Nahtstellen. Nein, was für Dilettanten!«

Und plötzlich standen sie vor Doktor Rappenhuth samt Gattin Gisela. Der Doktor war peinlich berührt von Maries und Sophies Anwesenheit, nahm die Brille von der Nase und putzte sie.

»Ich bin erfreut, Sie wieder unter Menschen zu sehen«, brachte er etwas unbeholfen hervor. Dann gab er sich einen Ruck. »Hätten Sie vielleicht einen Augenblick Ihrer Zeit – am besten nicht hier, sondern draußen?«

Und dann standen sie im Schlamm des Rundweges. Gisela Rappenhuth blieb etwas abseits, und der Doktor räusperte sich. »Es war das, was wir Ärzte einen fulminanten Myokardinfarkt nennen. Ich habe mich bei den Koryphäen unseres Fachs erkundigt, es gibt dafür nicht die geringsten Warnzeichen. Ich habe das wirklich nicht verhindern können. Nicht der beste Arzt ganz Deutschlands hätte das.« Wieder putzte Doktor Rappenhuth sich die Nase, und seine Augen schimmerten ganz feucht.

Marie schüttelte den Kopf. »Ich bitte Sie, Herr Doktor. Als hätten wir Ihnen je einen Vorwurf …«

Dann klatschte es heftig, und Doktor Rappenhuth zuckte zusammen. Hinter ihm stand Karl Metsch, dessen dicke Hand auf der schmalen Schulter des Arztes ruhte.

»So hoher Besuch beim Sommerfest! Der Herr Doktor und die jungen Thalmeyers!«, grölte der Papierfabrikant. »Na, dann darf ich euch doch alle auf ein Bier einladen?«

»Ich fühle mich nicht gut, Karl. Meine Frau und ich werden jetzt gehen.«

»Na, Friedbert, dann verschreib dir mal was Ordentliches,

trink Milch mit Honig und geh früh zu Bett!« Karl Metsch lachte über seinen köstlichen Witz, den er mit ernster Ärztestimme vorgetragen hatte. Dann wandte er sich an Marie und Sophie. »Also dann?«

Marie und Sophie sahen einander an. Da gab es wohl kein Entrinnen.

Vor dem Bierstand waren ein paar Bänke aufgebaut, und Karl Metsch zeigte Anstand: Er bat die Schwestern, sich zu setzen, fragte nach ihrem Getränkewunsch, machte sich über die »Limonade« lustig, die beide erbaten, aber brachte sogleich das Gewünschte und für sich ein Bier. Von Frau Metsch war nichts zu sehen.

Karl Metsch sprach über sein Lieblingsthema: sich selbst. Und mit welch cleveren Tricks, Gefeilsche und Geschacher er es endlich geschafft hatte, die Papierproduktion in seiner Fabrik wieder zum Laufen zu bringen, und dass er nun auch an die Anschaffung von Druckmaschinen denke. Er raunte Wörter wie Expansion und Diversifizierung. Dann legte er die Hand auf Maries Hand, was sie als äußerst unangenehm empfand. »Wenn du Hilfe brauchst, Mädchen: Ich weiß, wie der Hase läuft. Melde dich, wenn du etwas wissen willst.«

Plötzlich wurde es laut am Bierausschank. Zwei US-Soldaten in olivgrünen Ausgehuniformen, die Hemden lässig aufgeknöpft, standen am Tresen und tranken Bier. Eine Gruppe junger Deutscher hatte ebenfalls Bier bekommen, doch es war nicht das gute Bier aus Flaschen, sondern das, was daheim in der Badewanne gebraut worden war. »Hey, wir wollen auch das gute Zeug, nicht das Abwasser!«, rief nun einer.

Der Standbesitzer, ein Fass von einem Mann, der aussah, als wäre er selbst sein bester Kunde, schüttelte energisch den

Kopf. »Hab ich euch doch gesagt: Flaschenbier nur gegen Dollars oder Amis.«

Und dann eskalierte es. Einer der jungen Burschen sprang über den Tresen, was ihm aber nicht bekam, denn unter großem Radau von klirrenden Gläsern wurde er vom Standbesitzer – »dir dreh ich den Gashahn auf Sparflamme, Bürschchen! « – gepackt, emporgehoben und rausgeworfen. Daraufhin versuchten auch seine Kumpels, den Stand zu stürmen, während ein anderer den Soldaten das Flaschenbier aus den Händen reißen wollte, was diese sich nicht gefallen lassen wollten. Und schon war eine Rauferei im Gange.

»Ach ja, die jungen Leute«, kommentierte Karl Metsch.

Doch so schnell, wie die Prügelei begonnen hatte, endete sie auch. Denn am Stand erschien ein ungewöhnlicher Gast: Es war Militärgouverneur John McNarney in Begleitung seines Übersetzers Bob. Zwar reichte schon die Autorität seiner bloßen Erscheinung, aber sicher half es auch, dass Bob eine Maschinenpistole am Gurt trug. John ging zunächst zu den GIs und zischte einen kurzen Befehl, der die GIs so strammstehen ließ, dass es unmöglich strammer ging, ja, man musste sich Sorgen um ihre Rückenwirbel machen. Dann knöpften sie errötend ihre Hemden zu und brachten die Uniformen in Ordnung. Auch die deutschen Burschen hatten sich in Habachtstellung geworfen.

Wie spontan sprang Karl Metsch auf und machte auf großzügig. »So, Burschen, vertragen wir uns wieder«, rief er. »Ich geb 'ne Runde Flaschenbier aus, für Deutsche und für unsere Freunde aus Amerika. Na?«

Der Vorschlag gefiel allen Beteiligten. Auch John McNarney nickte ihm dankbar zu, dann wandte er sich an die Fräuleins, die sich erhoben hatten.

»Die Damen. Auch persönlich noch einmal mein Mitleid zum Tod Ihrem Vater.« Er hatte sie seit den Geburtstagsfeierlichkeiten nicht mehr gesehen, aber ein Telegramm geschickt, als ihm die traurige Nachricht übermittelt worden war, wie der Ort ja dank Frau Helgard wusste. John blickte Marie lange in die Augen. Es war ein seltsamer, forschender Blick, der sie verwirrte.

»Welch hoher Besuch!«, staunte Sophie.

»Auch ein Soldat braucht Zerstreuung mal«, entgegnete McNarney mit einem Lächeln und blickte sich um. »Das Leben, es geht wieder los, nicht wahr?«

»Ein tröstlicher Gedanke«, sagte Marie.

»Wie geht es der Manufaktur?«

»Oh, wir kommen zurecht.«

»Für heute aber keine Arbeitgedanken, Sie denken nur an Vergnügen bitte.«

»Versprochen.«

Und John McNarney und der bewaffnete Dolmetscher setzten ihren Rundgang fort.

Karl Metsch hatte von ihnen abgelassen, weil er Geschäftsfreunde entdeckt hatte; die Schwestern ließen die Limonadegläser stehen und schlenderten in Richtung Riesenrad. Frau Helgard kam gerade aus dem Spiegelkabinett nebenan. Sie grüßte die Thalmeyers mit einer angedeuteten Verneigung und zog mit schnellen Schritten davon.

»Hast du gesehen?« Sophie knuffte ihre Schwester. »Sie hat noch ihr Nadelkissen am Arm. Es stimmt also, was sie im Ort sagen! Normal ist das doch nicht.«

»Eine seltsame Person«, fand auch Marie.

11. KAPITEL

Die Boxer

Vor dem Boxzelt hatten sich schon viele Menschen versammelt. Ein Kerl mit Schnauzbart stand auf einer Trittleiter davor, koberte die Leute und winkte mit Zigaretten. »Hier werdet ihr auch nicht schlechter betrogen als nebenan! Zwei Packungen Lucky Strike, wer gegen unsere Boxer auf den Beinen bleibt! Zehn Packungen, wer sie umhaut!« Er sprach *Lucky* deutsch aus, mit U, und aus dem folgenden scharfen S wurde der *Schtreik*. »Die nächsten Runden beginnen in fünf Minuten. In fünf Minuten!«

Zehn Packungen Amis: Das war ja eine starke Sache! Dafür bekam man zwei, vielleicht sogar drei Kilo Kaffee! Auch hatten die guten Zigaretten in den letzten Wochen noch einmal an Wert gewonnen, denn seit dem Frühjahr war es streng verboten, sie Care-Paketen beizulegen.

Das Boxzelt kostete wahlweise fünf Reichsmark oder zwei Militärmark Eintritt, und Sophie zog Marie, die sich zierte (»ist doch nichts für uns!»), mit hinein (»geht auf mich«).

Es war eng, und man musste sich um einen guten Platz drängeln. Das tat Sophie mit einer Mischung aus Chuzpe und betont damenhaftem Auftreten, bis sie freie Sicht für beide erkämpft hatte. Marie entdeckte viele Bekannte, ein paar Arbeiter der Fabrik und auch den Trompeter der Kapelle. Brennmeister Hans Schöffel lüftete den Hut. Holzhändler Joseph Müllerschön und Karlotto wollten sich das Spektakel ebenfalls nicht entgehen lassen; Vater und Sohn winkten den Schwestern zu. Armin und Ilse Füllhorn waren in letzter Sekunde ins Zelt geschlüpft, konnten daher kaum etwas erkennen und verharrten missgelaunt in der letzten Reihe.

Der Schnauzbart stand nun in der Mitte des Rings, winkte erneut mit den Geldscheinen und stellte seine beiden Kämpfer vor, die zu Wagner – was sonst? – vom Grammofon den Ring betraten. Der eine, der angeblich Igor hieß und angeblich aus Sibirien kam, war ziemlich hager und würde gegen alle kämpfen, die unter achtzig Kilogramm wogen. Alle darüber waren eine Sache für Wladimir, der angeblich als persönlicher Leibwächter Stalins gearbeitet hatte und schon deutlich gefährlicher und muskulöser aussah, aber auch nicht unbezwingbar wirkte, sogar eine ordentliche Plauze hatte.

»Wer traut sich, wer will noch mal, wer hat noch nicht?«

Unter dem Gejohle seiner Freunde schob sich ein schon etwas älterer Mann in den Ring. Er zog sich das Hemd aus und bekam Boxhandschuhe verpasst.

»Keine Bandagen«, stellte Sophie fest. »Das kann böse enden.«

»Oh, die junge Dame kennt sich mit Boxen aus«, spottete Marie.

Tatsächlich hatte Sophie eine gewisse Expertise, war doch der Schwarm ihrer Kindheit Max Schmeling gewesen, von dem sie Zeitungsausschnitte gesammelt und in ihrem Kinderzimmer aufgehängt hatte.

Jeder Kampf sollte drei Runden à drei Minuten dauern. Der Zuschauer war mindestens einen Kopf größer als der Gegner, aber vom Boxen verstand er nicht viel. Er machte ein paar Bewegungen, die er in den Wochenschauen gesehen hatte. Igor tänzelte um ihn herum, niemand setzte einen Treffer. Nach dem Ende der Runde gab es erste Pfiffe. In der zweiten Runde zog Igor dann das Tempo an, und mit einem Aufwärtshaken ans Kinn und einem Volltreffer ins Gesicht war die Sache vorbei. Der Zuschauer taumelte, aber fiel nicht – und signalisierte mit beiden Fäusten, dass er genug hatte. Er blutete zudem aus der Nase, was dem Publikum gefiel. Der Kampf, so die einhellige Meinung, war echt und nicht abgekartet, das Blut war der Beweis. Im Zelt wurde kräftig geraucht, billiges Kraut, sodass Marie die Augen tränten.

Dann trat unter viel Gejohle ein unfassbar dicker Zuschauer hervor, der schon Mühe hatte, unter den Seilen durchzusteigen. Er bekam es mit Wladimir zu tun und bewies beachtliche Steherqualitäten, war aber in der zweiten Runde völlig aus der Puste und musste aufgeben, noch bevor Wladimir einen Wirkungstreffer gelandet hatte. »Den konditionellen Aspekt unterschätzen Laien gern«, rief Sophie ihrer Schwester ins Ohr.

Schließlich betrat ein Kraftsportler den Ring, der sehr selbstbewusst wirkte, ins Publikum winkte und wie ein Westernheld versuchte, mit ausladenden Schwingern zu treffen. Die Schwinger sahen durchaus wirkungsvoll aus, verfehlten aber stets ihr Ziel. Zudem legte er so viel Kraft in die Schläge, dass er danach völlig offen dastand und seine Extremitäten erst einmal wieder sortieren musste. Wladimir sah sich das eine halbe Runde lang an, dann setzte er ein paar Körpertreffer, und die Sache war enttäuschend schnell vorbei. Anschließend wollte keiner mehr.

Murrend verließen die Zuschauer die Manege. Aber Sophie war ganz begeistert und redete mit roten Wangen auf ihre Schwester ein. Sie sprach tatsächlich vom *Pendeln* und von *Jabs* und *Haken* und *Schlägen aus der Meidbewegung*. Ja, zu Zeiten Max Schmelings als Schwergewichts-Weltmeister aller Klassen war halb Deutschland zum Experten geworden.

Doch auf einmal war das Boxen kein Thema mehr: Sophie traf vor dem Zelt zwei alte Schulfreundinnen, mit denen sie noch herumziehen wollte. Marie hatte genug und machte sich auf den Heimweg.

* * *

Es war schon dunkel, deswegen sah Marie die erneut aufziehenden Regenwolken nicht. Als die ersten dicken Tropfen auf den Boden klatschten, war es zu spät, zum Sommerfest zurückzukehren, sie hatte schon mehr als die Hälfte des Weges zurückgelegt. Und es kam noch dicker. Was für ein Sturzregen – ein richtiger Wasserfall, ein Monsun wie in den Tropen! Sie kämpfte sich voran, ihre Schuhe blieben knöcheltief im Schlamm stecken. Dann erleuchteten Lichtkegel in ihrem Rücken den Weg, ein Motorengeräusch kam näher. Marie drehte sich um, konnte aber, von Scheinwerfern geblendet, nicht das Geringste erkennen. War es etwa der Metsch mit seinem Volkswagen?

Doch neben ihr hielt ein Jeep der US Army. Die Beifahrertür öffnete sich.

»Dürfen wir Sie bringen nach Hause?«, fragte Militärgouverneur John McNarney.

Marie freute sich, dann stutzte sie. »Ich werde Ihnen Ihr Auto recht schmutzig machen.«

»Was ein Unsinn. Kommen Sie schon.«

Marie zögerte dennoch. »Ist das denn erlaubt?«

John zeigte zum ersten Mal sein breites, ganz und gar unsoldatisches Lächeln. »Mein Boss sitzt viertausend Meilen entfernt in Washington. Die Chancen sind gut, er es nicht wird erfahren.«

Der Jeep verfügte nicht über ein Planendach, sondern über ein komplett geschlossenes Chassis, außerdem über eine durchgehende Sitzbank, weil der Schalthebel am Lenkrad angebracht war und die Handbremse links vom Fahrer. Am Steuer saß Bob, der wie immer ganz unbeteiligt wirkte. John rückte so weit wie es ging zu ihm hinüber, aber es war eng. Doch es war auch trocken und warm. Der Jeep rumpelte durch die Dunkelheit, und Marie und John saßen Oberschenkel an Oberschenkel und Schulter an Schulter. Marie empfand das ganz und gar nicht als unangenehm. Der Weg zur Thalmeyer-Villa dauerte kaum fünf Minuten, und Marie bedauerte das beinahe, obwohl sie, wie sie glaubte, mit dem klatschnassen Haar, dem durchnässten Kleid und den verschlammten Schuhen zum Gotterbarmen aussah und ihre Sachen wegen des verqualmten Boxspektakels im Zelt rochen, als hätte sie sich in Tabak gewälzt.

»Es war mir eine Freude«, sagte John McNarney, nachdem Marie ausgestiegen war.

»Nochmals herzlichen Dank für Ihre Mühe. Darf ich Ihnen beiden denn etwas zum Trinken anbieten, eine kleine Stärkung?« *Oder schickt sich das nicht?*, dachte sie.

»Gern ein anderer Mal. Auf Wiedersehen, Fräulein Thalmeyer.«

Und der Jeep verschwand mit seinen Lichtkegeln in der Dunkelheit. Lina öffnete die Tür, erschrak beim Anblick ihrer arg mitgenommenen Herrin und bereitete sogleich ein heißes Bad vor.

12. KAPITEL

Die Nähstube

Natürlich wurde das Sommerfest in jedem Detail in Frau Helgards Nähstube ausgebreitet, und es dauerte nicht lange, bis das Gespräch – oder besser: Frau Helgards Monolog – sich um alles drehte, was die Thalmeyer-Schwestern betraf, denn der Monolog und das sanfte, beruhigende Tackern der Nähmaschine gehörten zusammen und flossen übergangslos und harmonisch ineinander. Ja, der Metsch, wenn Sie mich fragen, aber wie er um den Militärgouverneur rumscharwenzelt ist, werdens schon sehen, dem geht's am ehesten wieder gut. Und ich sags Ihnen, was der vertragen kann, der trinkt noch den Russen unter den Tisch. Fünf Bier und Schnaps dazu, als wär's Wasser! Hat sich natürlich bei der Rauferei gleich lieb Kind gemacht beim Militärgouverneur, also wenn Sie mich fragen, hat er noch viel vor, nein, nicht der Militärgouverneur, sondern der Metsch. Was der Ami vorhat, das wissen wir ja alle, haha. Na, hat der dem Porzellankind schöne Augen gemacht oder nicht? Ja, dem älteren, nicht dem jüngeren. Gemeinsam weggefahren sollens sein, aber das kann ich nun wirklich nicht glauben. Das hätte doch Konsequenzen! Na, unser Porzellankind ist ja auch ein hübsches

Fräulein, das muss man wohl konzedieren. Keine Schande für unseren Ort. Für meinen Geschmack ein bisschen blass, fast kränklich, findens nicht, und ob ihre Brüste ausreichen für Nachwuchs, weiß ich auch nicht. Ein bisschen anderwärts ist sie immer, wie in Gedanken, meinens nicht? Na, der Tod des Alten ist ja auch noch nicht so lange her. Hochnäsig, finden Sie? Ja, das könnte sein. Aber dann doch wieder ganz volksnah, beim Boxen warens zu sehen, na, die Sophie, bei der wundert's nicht, aber die Marie, also das muss ja ein Anblick gewesen sein. Das ist doch nicht sehr *ladylike*, wie die Leute heutzutage sagen, nicht wahr? Ihre Mutter hätt's nicht zugelassen, das arme Ding, keine zwölf Stunden hat sie ihre Sophie überlebt. Ja, und die Sophie, faustdick hat sie's, na, das wissen wir ja, Schwing und Jätz, so richtige Negermusik, wo sie tanzen wie die Hottentotten, Mulatten und Kastraten! Wenn das der Ludwig, obwohl, jetzt ist er ja schon lange unter der Erde, da wird man's wohl mal sagen dürfen, viel zu nachgiebig war er mit seinen Kindern, der Joachim gar – Klavier und Chopin, das ist doch nichts für einen, der mal eine Fabrik übernehmen soll. Das wäre der Franziska nicht passiert, ja, Franziska hieß seine Frau, wussten Sie das nicht? Ganz feine Dame, protestantische Hugenottin, französischer Mädchenname DuPlessis oder so ähnlich. Aber mich hat sie immer gegrüßt, da kann man nichts sagen. Und er selbst, also der Ludwig, der war ja auch immer sehr eitel. Gut aussehender Mann, keine Frage. Aber vielleicht ein bisschen zu eitel, verstehens? Nicht, dass es falsch wäre, sich gut zu kleiden, ist doch klar, deswegen arbeite ich ja hier. Unter dem Georg hätts das nicht gegeben, das sag ich Ihnen. Und die Alexandra Metsch, die haben wir schon lange nicht mehr gesehen, oder? Grüßen tut sie auch nur, wenn man sie zuerst, aber meine Sache ist das ja nicht, mit der hab ich nichts zu tun, war auch nie bei mir, hat mal ihr Dienstmädchen geschickt. Hat sich ihr Haar wahrscheinlich wieder mit, ja, kaum zu glauben, aber ich hab's aus erster Quelle, mit Pferdeurin gebleicht. Vielleicht ist da was schiefgegangen, und jetzt traut sie sich nicht vor die Tür.

13. KAPITEL

Der Traum

Alexandra Metsch erwachte und setzte sich mit einem Ruck auf. Sie hatte schlecht geträumt. Wölfe hatten sie gejagt, und sie war ganz nackt gewesen. Sie hatte sich auf einen Baum geflüchtet, doch die Wölfe kletterten rätselhafterweise hinterher. Seit wann konnten Wölfe klettern? Sie kämpfte sich weiter nach oben, Äste peitschten ihr ins Gesicht, Blut lief von den Wangen herab, Mäuler schnappten nach ihr, sie trat verzweifelt mit den Füßen nach unten. Dann hing sie ganz oben in der Baumkrone, die Äste konnten sie kaum halten, die Wölfe mit ihren gefletschten Mäulern und ihrem heißen Atem waren nah, aber konnten nicht ganz zu ihr vordringen. Doch die Baumkrone wogte in einem warmen sommerlichen Sturm, und auch Alexandra konnte sich nicht halten. Sie fiel, aber sie kam nie unten an, denn sie erwachte in der Wirklichkeit.

Was war passiert? Gar nichts. Vorsichtshalber betastete sie ihre Wangen. Nein, kein Blut. Ihren Teil der Bettdecke hatte sie fortgestrampelt. Sie hasste diese Träume.

Ihr Mann schnarchte neben ihr, schlief tief und fest wie seit jeher. Sein Schnarchen war so gleichmäßig, dass es Alexandra Metsch nichts mehr ausmachte, ja, sie nutzte den Rhythmus des Schnarchens, um selbst einschlafen zu können. Der Nacken ihres Mannes, der wie immer auf der Seite lag, von ihr abgewandt, war verschwitzt, die Härchen verklebt.

Im Krieg, da war alles besser gewesen, so komisch das klang. Ihr Mann zu alt gewesen, selbst für den Volkssturm, Abel zu kurzsichtig für die Wehrmacht. Ihr Mann hatte mit einem Attest nachgeholfen, so schlimm war es gar nicht mit der Myopie, aber die Familie ging eben vor. Und so hielten sie als Kleinfamilie durch, hatten es regelrecht gemütlich, fern auch vom Bombenkrieg in den großen Städten. Überhaupt, damals, da war ihr Mann eine viel größere Nummer, hatte praktisch im ganzen Ort das Sagen, ohne groß in der Partei zu sein. Er war halt ein Kungler, den es in solchen Zeiten brauchte, tat jedem gern einen Gefallen, der ihm stets mit Zinsen zurückgezahlt wurde. Und jeder wusste: Wer sich mit den Metschs anlegte, würde bald unangenehmen Besuch bekommen. Denn so wie er Gefälligkeiten verteilte – Schnapsflaschen aus Armeebeständen, Konservenbüchsen, auch mal Schnittblumen für die Dame, und Schnittblumen waren fast nicht zu bekommen, mussten doch auch die Gärtnereien auf Kriegsproduktion umstellen und Gemüse pflanzen –, konnte er auch hier und da einen passenden Halbsatz fallen lassen, was die Volksschädlinge an der Heimatfront anbelangte. Über undeutsche Umtriebe, welsche Musik, unbedachte Äußerungen, Zweifel an den Erfolgsmeldungen von der Ostfront. Auch deswegen war Joachim Thalmeyer zu den Russen geschickt worden statt nach Frankreich oder in den Norden, wie so viele andere Industriellensöhne. Karl Metsch hatte es nie dezidiert ausgesprochen, aber Alexandra wusste es. Und sie war stolz auf die Fähigkeiten ihres Mannes.

Wie würde es jetzt weitergehen? Wäre es wirklich möglich, dass ausgerechnet die hochnäsige Marie die Manufaktur übernehmen würde? Das konnte doch gar nicht sein! Das wäre ja, dachte sie, geradezu ein Affront, vor allem gegen die Metschs! Ein Schlag ins Gesicht aller ehrlicher, aufrichtiger Unternehmer, die sich ihre Führungsposition doch erst mühsam hatten erarbeiten müssen!

Wie alle verbitterten Menschen glaubte Alexandra Metsch, dass alles in ihrer Umgebung nur zu einem einzigen Zweck geschah: ihr Unglück noch zu vergrößern. Und dass die Schwestern so ausgesprochen wohlgeraten waren, passte ihr natürlich erst recht nicht, und das wusste sie auch. Sie hatte bemerkt, wie Karl Metsch ihnen lüstern nachstarrte, immer eine Spur zu lange, so als *sollte* seine Frau es merken. Doch Alexandra machte ihrem Mann keine Vorwürfe, sie fand das ganz natürlich. Und ganz natürlich fand sie es daher auch, dass man sich gegen diese Schwestern, und vor allem gegen Marie, mit allen Mitteln zu wehren hatte. So war eben der Lauf der Dinge, und sie gestand sich zu, notfalls auch zu ganz harten Bandagen zu greifen.

Nein, sie wollte keine Rücksicht mehr nehmen. Ihr Mann hatte Ludwig Thalmeyer gewisse Sympathien – oder besser: Rücksichtnahmen – entgegengebracht, diese typische männliche Kumpelhaftigkeit eben, die nichts als eine Gewohnheit war und keinen tieferen Sinn hatte. *Warmhalten*, nannte das Metsch, *denn wer weiß, wozu einer einem mal nützlich werden könne*. Doch hochwertiges Geschirr aus der Thalmeyerschen Produktion hatten sie genug angehäuft. Geldsorgen hatten sie keine, und irgendwelche Geschäftsbeziehungen zwischen einer Papierfabrik und einer Porzellanmanufaktur schienen unmöglich. Wäre Marie eine gute Partie für ihren Sohn Abel? Du liebe Güte, auf gar keinen Fall. Doch Alexandra Metsch musste sich eingestehen, dass Marie wie auch Sophie tatsächlich eine gute Partie wären, wahrscheinlich sogar die beste in Selb und der ganzen Umgebung. Sie stellte sich plötzlich vor, wie Abel mit Marie intim wurde, wie er ihr die Kleidung abstreifte und sie küsste, und sie schüttelte sich entsetzt. Sie klopfte sich mit ihren kleinen Fäusten auf den Busen, wie um die Vorstellung davonzujagen. Denn sie erschrak bei der Feststellung, dass der Gedanke, ihr Sohn und Marie Thalmeyer würden intim miteinander werden, sie ein klein wenig erregte.

Karl Metsch grunzte und schmatzte und drehte sich auf den Rücken, ohne aufzuwachen. Wie spät war es überhaupt? Der mechanische Wecker zeigte kurz nach sieben Uhr an.

Im Badezimmer betrachtete sie sich im Spiegel. Nun gut, mit Marie und Sophie konnte sie längst nicht mehr mithalten. Selbst in der Blüte ihrer Jahre wäre es ihr schwergefallen. Sie wusste, dass sie keine Schönheit war. Na und? Bald würden auch Marie und Sophie die ersten Falten bekommen, die ersten gräulichen Strähnen, die eingefallenen Mundwinkel ... Sie sah sich auf einmal selbst als ganz alte Frau und schreckte vor dem Spiegelbild zurück. Um richtig wach zu werden, drehte sie den Hahn auf und wusch sich das Gesicht mit kaltem Wasser und etwas Seife. Dann trug sie eine französische Creme auf – die ihr ausgerechnet Ludwig Thalmeyer im letzten Jahr zum Geburtstag geschenkt hatte. Sie kämmte sich das Haar und betrachtete sich danach im Spiegel. Na, so sah sie doch schon annehmlicher aus.

Es kreiste einfach alles um Marie und Sophie, selbst den Tod des Vaters hatten sie irgendwie ausnutzen können, um im ganzen Ort im Gespräch zu bleiben und Mitleid zu erheischen. Über die Metschs sprach niemand.

Doch damit würde nun Schluss sein. Es wurde wirklich Zeit, diesen Thalmeyer-Schwestern baldmöglichst zu zeigen, wer nun das Sagen hatte. Wenn ihr Mann das anders sah, dann musste es eben Mittel und Wege geben, ihn umzustimmen.

14. KAPITEL

Das Treffen

Im Spätsommer 1947 gab es in Selb einige wichtige Veränderungen, sowohl im Ort als auch bei den Thalmeyers. Nicht nur, dass Marie offiziell die Leitung der Manufaktur übernommen hatte und ins Büro im Fabrikgebäude umgezogen war – jetzt verfügten die Thalmeyers endlich wieder über einen Telefonanschluss, der doch vieles ungemein erleichterte. Und auch einen Lieferwagen hatten sie wieder bekommen, nachdem ihre gesamte Flotte von immerhin acht Autos teils im Krieg von den Deutschen und teils nach dem Krieg von den Amerikanern requiriert worden war. Nun konnten sie mit einem Borgward B 1000 ihre Ware unabhängig von Spediteuren ausliefern. Der Frontlenker hatte schon einige Kilometer hinter sich, aber Brennmeister Hans Schöffel kannte sich auch mit störrischen Lkw-Dieselmotoren aus und half dem Wagen immer wieder auf die Sprünge.

Auch in Selb gab es zwei Neuerungen. Endlich eröffnete wieder die Apotheke. Der alte Konrad Waldbauer hatte sich zur Ruhe gesetzt und konnte sich nun seinem kauzigen Hobby der Vogelbeobachtung widmen. Der neue Apotheker hieß Harry Kruskopp. Er hatte sein Pharmaziestudium 1943 beendet und wurde sogleich eingezogen, verhinderte zum Glück aber die Versetzung zur SS und überstand den Krieg in der Militärverwaltung, wie er erzählte, im Gegensatz zu etwa fünfzehnhundert seiner Kollegen, die fielen, und weiteren fünfhundert, die sich als SS-Offiziere wegen zahlreicher Kriegsverbrechen vor den Gerichten verantworten mussten.

Weil unbescholtene Apotheker rar waren, mussten Nachrücker keine Übernahmegebühr zahlen. Der Neue, so hieß es nicht nur bei Frau Helgard, war ein fesches Mannsbild, auch wenn er mit starkem Akzent sprach, denn er stammte *oben vom Meer*, was Frau Helgard sehr hochnäsig dahersagte.

Und eine italienische Trattoria hatte eröffnet! Der Besitzer, Giuseppe Esposito (»Giuseppe steht für Joseph«, wusste Sophie), war mit seiner deutschen Frau und dem Sohn aus dem völlig zerstörten Nürnberg nach Selb gekommen. In Nürnberg hatte er das erste Haus am Platz gehabt, ein richtiges Nobelrestaurant, wo all die Nazigrößen eingekehrt waren. Die Geschichte der Trattoria, die schon in Nürnberg und jetzt auch hier in Selb Bella Venezia hieß, ließ Marie sich deswegen von Sophie ganz genau erzählen, weil John McNarney sie dahin eingeladen hatte. Der Giuseppe, wusste Sophie, wurde sogar von den Nazis verhaftet, obwohl dieselben Nazis vorher immer so gern bei ihm gegessen hatten.

Doch bis zu der Verabredung waren es noch fast zwei Wochen. Sie musste sich zunächst auf die Manufaktur konzentrieren und dafür sorgen, dass alle Arbeiter jeden Monat ihren Lohn bekamen. Und das waren nicht wenige: Fünfundzwanzig Beschäftigte, darunter Bossierer, Dreher,

Former, Hüttenknechte, Malerinnen, das brave Bürofräulein Hennemann, Buchhalter Willemsen und Brennmeister Schöffel.

Die Nachfrage nach Porzellan war da, es galt mitunter sogar als Währungsersatz, doch kaum jemand hatte Geld, und bei jedem kleinen Auftrag musste Marie von Neuem abwägen, den Preis ganz freihändig aushandeln. Denn kaum einer hatte Dollars zur Verfügung, die es einfacher gemacht hätten. Selbst Tauschgeschäfte wurden immer wieder angeboten. Buchhalter Willemsen, der in seiner Zeit als Interimschef das Büro Ludwig Thalmeyers bezogen und es mit einem enttäuschten Seufzen Marie überlassen hatte, erwies sich als keine große Hilfe. Allzusehr auf kalte Zahlen fixiert, schien ihm die Geschmeidigkeit zu fehlen, die es in Krisenzeiten brauchte.

Und dann gab es auch noch das logistische Problem der Kaolinbeschaffung, das für die Porzellanherstellung so wichtig war – und für das berühmte Thalmeyersche Hartporzellan umso mehr! Ausgerechnet Karl Metsch brauchte das Kaolin für seine Papierfabrik aber auch, und so blieb es nicht aus, dass die Gruben- und Transportunternehmer die Thalmeyers und die Metschs gegeneinander auszuspielen versuchten. Zumal die Lieferungen aus der Sowjetischen Besatzungszone längst eingestellt und fast alle westdeutschen Betriebe auf das Kaolin aus der Hirschau-Schnaittenbacher Senke angewiesen waren.

Und so blieb Marie nichts übrig, als sich mit Metsch zu treffen.

* * *

Die Papierfabrik, ein Backsteinbau im Nordwesten des Orts direkt an der Straße nach Hof, hatte den Krieg wie durch ein Wunder ohne jeglichen Treffer überstanden, und selbst die gewaltigen Walzen wurden nicht abgebaut, denn die Alliierten brauchten dringend Papier vor Ort für ihre zahlreichen Bekanntmachungen, Erlasse und Gesetze. Daher hatte die Fabrik schon im Juni 1945 wieder die Produktion aufnehmen können, und weil Metsch nie in der Partei gewesen war, sondern nur in der Deutschen Arbeitsfront, einer Organisation, die von den Amerikanern als nachrangig eingestuft wurde, durfte er auch Besitzer und alleiniger Geschäftsführer bleiben.

Im Vorzimmer arbeitete eine Sekretärin, und auch Alexandra Metsch war da, die Marie mit einem Lächeln begrüßte, das bis zu ihren Backenzähnen reichte. Dann geleitete sie den jungen Gast ins Büro ihres Mannes. »Ich lass euch allein, denn so ein Herumgeschäfteln ist doch nichts für mich«, kokettierte sie und schloss die Tür.

Marie musste sich zunächst an die Düsternis in Metschs Büro gewöhnen. Ein kleines Fenster hinterm Schreibtisch, dessen Gardinen auch noch halb zugezogen waren, schwere Möbel aus dunklem Holz, in schwarzen Einbänden gefasste Unterlagen. Ein Regal war Flugzeugmodellen jeder Art gewidmet, zumeist Doppeldeckern aus dem Ersten Weltkrieg, liebevoll und detailgetreu zusammengebastelt bis zu den Drahtstreben zwischen den Tragflächen. Ein Ölgemälde von Clausewitz war schon ziemlich abgedunkelt, passend zum Büro. *Galerieton* nannte man das bei den alten Meisterwerken, fiel Marie ganz unpassend ein.

»Noch mal mein allergrößtes Bedauern, ich hoffe, es geht Ihnen gut«, eröffnete Karl Metsch etwas ungelenk das Gespräch. Marie nickte, und Metsch zeigte auf den Besucherstuhl.

Der Schreibtisch, an den er sich nach der Begrüßung wieder setzte, war geradezu obszön groß, und sein Sessel aus schwarzem Leder mit Drehgestell und hoher Rückenlehne war deutlich höher als der Besucherstuhl.

»Was für ein feiner Kerl, Ihr Herr Vater. Artillerieleutnant im Großen Krieg, den wir jetzt wohl Ersten Weltkrieg nennen sollen. Tüchtig und tapfer.«

Karl Metsch betätigte eine dieser neuen Gegensprechanlagen, auf die er sehr stolz war. »Fräulein Rohr, wären Sie so freundlich?«

Und Fräulein Rohr, bei der es schwer zu sagen war, ob der leicht panische Ausdruck auf ihrem Gesicht angeboren oder der Tätigkeit bei Karl Metsch geschuldet war, kam sogleich mit einem Tablett hereingeschwebt, auf dem zwei Kaffeetassen, Milch, Zucker und etwas Gebäck standen.

Metsch deutete mit seinem Stummelfinger auf die Tassen: »Natürlich nur das beste Thalmeyer-Porzellan!«

Das hatte Marie längst registriert.

»Leider entspricht der Kaffee«, setzte Metsch nach, »nicht der Güte der Handwerkskunst, in der er serviert wird.«

»Vielleicht fragen Sie einmal bei unserem Gustav nach?«

»Ach, ich habe meine eigenen Quellen. Aber sie sprudeln eben mal mehr, mal weniger.« Beide tranken einen Schluck Kaffee, der besser war, als Metsch ihn angekündigt hatte.

»Wie macht sich denn das schöne Fräulein als Firmenlenkerin?«

»Ich denke, es geht voran, bei allen Schwierigkeiten in diesen Zeiten.«

»Wenn nur dieses Kaolin nicht wäre, oder?«

Marie stellte die Tasse ab. »Ja, aber ich denke, wir sollten in dieser Hinsicht zusammenarbeiten, um nicht von den Grubenbesitzern und den Spediteuren übervorteilt zu werden.«

Karl Metsch grinste. »Sie sind ja schon mit allen Wassern gewaschen! Ja, wenn uns der Krieg das eine gelehrt hat, dann wohl das Mauscheln, nicht wahr?«

Marie hatte sich ihren Vorschlag gut überlegt und erläuterte ihn nun in kurzen, klaren Worten: Die Firmen Thalmeyer und Metsch sollten als gemeinsame Käufer auftreten, um größere Mengen abzunehmen und damit einen besseren Preis zu erzielen, statt jede Woche aufs Neue einander überbieten zu müssen.

Metsch hatte Marie, wie es schien, mit konzentriertem Blick zugehört. Dann stand er auf und blickte aus dem kleinen Fenster. »Ja, der Krieg war doch eine freudlose, schlimme Zeit«, sagte er wie abwesend, als hätte er Maries Anregungen gar nicht gehört. Dann zog er die Gardinen ganz zu. »Auf so vieles musste man verzichten. Und jetzt gilt es doch, das eine oder andere nachzuholen.«

Und dann passierte etwas, was Marie erst im Nachhinein in der Entstehung richtig begriff. Ja, sie war ein naives Mädchen und verstand es zu spät. *Viel zu behütet aufgewachsen*, hätte Frau Helgard vermutlich gesagt.

Denn Karl Metsch, in seinen geschäftlichen Stresemann gekleidet, der schon hier und da etwas ins Fleisch schnitt, schritt um den Schreibtisch, wurde in Maries Blickfeld immer größer, war nun auch von seinem süßlichen, schon mit Schweiß vermengtem Kölnisch-Wasser-Geruch präsent. Er rückte sehr, sehr nah an seinen Gast heran.

»Wir einigen uns, nicht wahr?«, fragte er lauernd.

»Aber selbstverständlich, deswegen – deswegen bin ich ja hier«, gab Marie zurück und lehnte ihren Oberkörper zurück.

Karl Metsch hatte sich ihr nun von der Seite genähert und legte erst die eine, dann die andere Hand auf ihre Schultern.

»So ein guter *Deal*, wie die Amerikaner sagen«, schnurrte Metsch. »Ein guter *Deal* unter Geschäftsleuten.«

»Nun, ich denke schon«, redete Marie hastig, »daher glaube ich ja auch, dass ein gemeinsames Auftreten ...«

Und dann schoben sich Karl Metschs kleine, dicke, begehrliche Finger von der Schulter hervor, arbeiteten sich voran und schlossen sich plötzlich um Maries Brust, in einem so unerhörten wie schmerzhaften Griff, dass Marie empört aufschrie und aufspringen wollte, aber Metsch lehnte sich mit seinem ganzen Gewicht auf sie, sodass sie in den harten Besucherstuhl gepresst wurde. Doch dann schoss sie mit aller Kraft nach oben, Metsch geriet für einen Moment aus der Balance, und sie verpasste ihm eine Ohrfeige, dessen Klatschen, wie später kolportiert worden, in der ganzen Fabrik widerhallte.

Fräulein Rohr und Alexandra Metsch, von dem Tumult angelockt, standen erschrocken in der Tür.

Marie stürmte grußlos an ihnen vorbei.

Metsch befühlte seine Wange, auf der Striemen sichtbar wurden. »Ist es denn zu glauben?«, schnaufte er und zupfte sich seinen etwas derangierten Anzug zurecht. »Das freche Gör macht hier eine Szene wie eine Prinzessin. Hält sich wohl für was Besseres, das Miststück!«

Alexandra Metsch blickte ihren Mann mit einem unbestimmten Ausdruck von der Seite an. Dann trat sie ans Fenster, schob die Gardinen zur Seite und blickte Marie

Thalmeyer nach, die mit hastigen Schritten in Richtung Ortszentrum verschwand.

* * *

Gleich am nächsten Morgen stand Alexandra Metsch mit ihrem rätselhaft blondierten Haar, über das der ganze Ort sprach, bei Frau Helgard, zum ersten Mal seit dem Krieg, denn die Schneiderin war doch eigentlich kein Umgang für sie. Sie zeigte wieder ihr wölfisches Lächeln, das die Backenzähne hervorblitzen ließ. Frau Helgard erschauerte einen Augenblick lang.

»Es gibt einiges umzunähen. Mein lieber Karl hat doch einiges an Wohlstandskilos zugelegt«, sagte sie mit freundlicher Stimme, sodass auch Frau Helgard sich entspannte. Aus einer Reisetasche holte sie ein paar Anzüge hervor. »Es eilt nicht, aber auf diese Hose hier warte ich gern, die hätte er gern schon heute. Er hat ja immer so viel zu tun, der brave Mann.«

Frau Helgard nickte erfreut und machte sich gleich an die Arbeit. Und nur nach wenigen Minuten bekam Frau Helgard eine ganz andere Version der Vorkommnisse zu hören, die sich am Vortag in Karl Metschs Büro zugetragen hatten.

15. KAPITEL

Der Apotheker

Harry Kruskopp, der junge Apotheker, war bald Stammgast in Armin Füllhorns Bayerischem Hof. Sein voller Schopf glänzte skandinavisch blond, und zwischen den kräftigen, etwas weit auseinanderstehenden Zähnen trug er fast immer eine Zigarette nach amerikanischer Art lässig im Mundwinkel. Er lachte gutmütig über die Scherze, die man mit ihm machte – dieser eigenartige Name! Dieser kuriose Dialekt! – und zeigte sich auch außerhalb der Dienstzeiten hilfsbereit: Ja, es war vorgekommen, dass er mitten in der Nacht die Apotheke aufgesperrt hatte, um eine Salbe zu holen, weil ihm einer im Wirtshaus eine nässende Rötung an der Hüfte gezeigt hatte. Er konnte hinreißend von dem Leben oben an der Küste erzählen und kannte sogar Witze, die man auch Frau und Kindern daheim weitersagen konnte. Er galt als lustige Erscheinung, als Exot. Jeder mochte ihn, und selbst Frau Helgard hatte Mühe, etwas Schlechtes an ihm zu finden, zumal die weiblichen Einwohner des Orts seltene Einigkeit in der Anhimmelung des Neuankömmlings zeigten. Allenfalls etwas Frivoles wollte die Schneiderin an ihm ausgemacht haben, aber viel mehr hatte sie nicht zu bieten, so sehr sie sich auch umhören mochte.

Schnell wurde er Skat- und Doppelkopf-Kumpan der Älteren und würfelte mit den Jüngeren. Was bei aller Sympathie kaum jemandem auffiel: Er gewann nahezu immer. Denn er war mit allen friesischen Salzwassern gewaschen. Die Dorfkneipe in Dagebüll mit Walfängern, Kutterkapitänen und Torfstechern, in der er praktisch seine gesamte Jugend verbracht hatte, hatte ihn mit allen legalen und illegalen Tricks in den üblichen Tresenwettbewerben vertraut gemacht, und seine Ausgeschlafenheit war *no match* für die einfältigen Wirtshausbesucher im Nordosten des sich herausbildenden bayerischen Bundeslandes.

Dennoch hatten alle Einwohner mit der positiven Beurteilung des Norddeutschen recht. Was sie jedoch nicht erkannten, war sein Ehrgeiz, es nach ganz oben zu schaffen.

Denn Harry Kruskopp kam aus bettelarmen Verhältnissen. Noch sein Urgroßvater und sein Großvater waren Torfstecher gewesen, der Vater hatte als Hilfsfischer auf dem Krabbenkutter eines entfernten Cousins gearbeitet, bis der Vater, ein überzeugter Kommunist, von den Nazis erst eingesperrt und dann in ein Strafbataillon gesteckt und schließlich in der Kesselschlacht von Minsk getötet wurde. Nur wegen seiner brillanten Noten setzte sich ein Schulleiter für den Sohn ein, der ihn auf das Gymnasium in Husum schickte, dessen Direktor ein alter Studienfreund gewesen war. Und weil der kleine Harry schon mit zwölf, dreizehn Jahren von einem einnehmenden Wesen war, fand sich immer ein Förderer: ein Lehrer, der ihn mit Essensgeld versorgte, eine Witwe, bei der er wohnen durfte. Und er dankte es mit erstklassigen Noten. Doch bald sorgte er selbst für Geld, indem er die Gymnasiasten aus den ersten Familien der Küste – Ärztesöhne, Bürgermeistersöhne, Reedersöhne

– bei allerlei Gelegenheiten, vor allem aber am Billardtisch, um ihr Taschengeld erleichterte. Und schon damals war ihm niemand gram, es galt beinahe als Auszeichnung, gegen diesen Fischersohn verloren zu haben.

Doch er wollte nie wieder Hunger leiden. Nie wieder überall in der am häufigsten geflickten Kleidung von allen erscheinen. Er wollte das Leben, das ihm noch bevorstand, in größtmöglichem Komfort verbringen. Nicht, dass er sich zur Ruhe setzen wollte, harte Arbeit machte ihm gar nichts aus. Aber er wollte sich absichern, um nie mehr zurück in die Armut zu fallen, von der er genug erlebt hatte. Für immer auf gleicher Höhe mit den Sorglosen: Das war sein Antrieb.

Und deswegen hatte er ein Auge auf eine ganz bestimmte Person geworfen.

16. KAPITEL

Das Werben

Sophie Thalmeyer hatte in Harry Kruskopps Apotheke nach einem Mittel gegen Kopfschmerzen gefragt, und Harry hatte ihr in einer verschwörerischen Geste die Mangelware Aspirin über den Tresen geschoben. Die Packung war noch für die Wehrmacht produziert worden, daher trug sie den warnenden Aufdruck *Spezialpackung für Deutschland – die Ausfuhr ist untersagt.*

»Nicht verraten«, hatte der junge Apotheker ihr zugeraunt.

Und so hatte es begonnen. Beinahe täglich brachte ein Fahrradbote aus dem Ort Blumen zur Villa der Thalmeyers und zu Sophies Händen persönlich, ohne dass sich der Apotheker als Absender zu erkennen gab. Aber er sorgte natürlich klug dafür, dass es von selbst rauskam, ohne dass er viel tun musste. Und wie sollte das auch in dem Ort geheim bleiben?

Sophie reagierte auf diese Geschenke augenscheinlich kühl, sorgte aber doch dafür, dass die Blumen präsentabel im Haus aufgestellt waren. An schicken Vasen hatten sie und Lina ja die freie Auswahl. Und wenn gar kein Platz mehr war, brachte Sophie den Strauß einfach rüber zu Marie ins Büro.

»Ist ja formidabel!«, freute sich die junge Chefin. »Na sag mal, der Kruskopp hat ja einen Narren an dir gefressen! Dem hast du schön den Kopf verdreht!«

Sophie winkte ab: »Ach, dieser Pillendreher.« Er war ja nicht der erste Mann, der sich in Sophie verguckt hatte.

»Es heißt, er ist ein fähiger und gut aussehender Mann. Vielleicht laden wir ihn einmal zum Essen ein? Das würde sich doch schicken.«

»Wie du dir immer Sorgen machst, ob sich etwas schickt oder nicht«, spottete Sophie.

»Ja, du kannst munter vor dich hin leben«, gab Marie verärgert zurück, »aber ich leite nun einmal diese Firma, bis Joachim zurückkommt. Damit sind gewisse Pflichten verbunden, wie du dir ja wohl denken kannst.«

Sophie atmete genervt aus.

»Und zu den Pflichten gehört auch ein gewisses Gebaren«, ergänzte Marie.

»Siehst du, und ich glaube eben, die Zeiten haben sich geändert«, entgegnete Sophie, »aber ich will dich ja gar nicht gram machen. Wir schauen einmal, ob diese Blumen nur eine Laune sind, die bald wieder vergeht. Doch wenn der liebe Apotheker nicht locker lässt, dann wäre ein Essen doch etwas Nettes.«

* * *

Nein, die Blumenflut riss nicht ab, im Gegenteil, die Sträuße schienen von Woche zu Woche bunter und üppiger zu werden. »Das ist ja wie im Amazonas«, stöhnte Lina, denn so langsam gingen ihr tatsächlich die Vasen aus. Und Marie erwischte ihre Schwester ein paarmal, wie sie ihren Kopf tief ins Bouquet steckte. So ganz kalt, dachte sie, schien sie der junge Apotheker nicht zu lassen.

Doch sie hatte ihr eigenes Kribbeln im Bauch, ein für sie ganz ungewohntes Gefühl. Denn am heutigen Abend hatte sie ihre Verabredung mit John McNarney – im neuen Italiener Bella Venezia. Sie wusste nicht genau, warum sie so nervös war. Natürlich, der Militärgouverneur hatte viel Einfluss. Und er hatte ihrem Vater eine wichtige Position im Nachkriegsdeutschland in Aussicht gestellt. Und sie war immerhin eine Thalmeyer! Also war es doch ganz verständlich, dass er sich mit ihr treffen wollte. Oder war es nicht so? Und von dieser amerikanischen *Date*-Kultur, diesen unbefangenen Rendezvous in öffentlichen Gaststätten, hatte man ja inzwischen in Filmen und Romanen etwas mitbekommen. Hatte Sophie recht? Sollte sie sich weniger darum scheren, was die anderen dachten? Waren tatsächlich andere Zeiten angebrochen?

Und dann dieses neue italienische Restaurant. Bella Venezia, ausgerechnet! Denn Marie hatte immer nach Italien reisen wollen, Rom, Florenz, Capri, aber vor allem natürlich nach Venedig! Und jetzt war Venedig zu ihr nach Selb gekommen! Aber was genau hatte es mit alldem auf sich?

Der Militärjeep, den Marie schon von der Heimfahrt vom Sommerfest kannte, fuhr vor. Natürlich war Bob dabei, denn so lautete die Vorschrift. Und es war ja auch kein echtes Rendezvous, sondern eine geschäftliche Verabredung. Die letzten Sommertage zeigten sich von ihrer schönsten Seite, auch die Gewitterwolken, die kurz drohend erschienen waren und erfrischenden Wind durch den erhitzten Ort gepustet hatten, waren davongezogen. Die Temperatur hatte sich auf angenehme achtzehn Grad heruntergependelt.

Marie hatte ein ockerfarbenes, schwarzgepunktetes Kleid mit Kragen und großem Taillengürtel angezogen, dessen Ärmel nur bis zum Ellenbogen reichten. Dazu trug sie einen Hut mit Blumengebinde sowie schwarze Lackleder-Pumps mit kleinem Absatz. Sie fühlte sich ein wenig fremd, doch Sophie redete ihr gut zu.

»Unsinn, das ist beinahe noch viel zu sittsam.«

»Aber all das nur für eine geschäftliche Verabredung?«

»Geschäftlich? Und im Dezember kommt der Weihnachtsmann«, spottete die kleine Schwester.

* * *

John McNarney trug zum ersten Mal, seit Marie ihn kannte, keine Militäruniform, sondern einen schicken, schmal geschnittenen Anzug. Er hielt Marie, die die sechs Stufen der Freitreppe herabschritt und sich beinahe wie ein Filmstar fühlte, die Tür auf.

Sophie und Lina ließen es sich nicht nehmen, die Szene vom Küchenfenster aus zu beobachten.

»Na, das hat doch Swing, oder etwa nicht? Was meinst du?«, fragte Sophie.

Lina räusperte sich, und Sophie blickte sie an. »Jetzt zier dich nicht und sag schon.«

»Ein stattlicher Mann.«

»Nicht mein Fall, aber ich stimme dir zu.«

»Aber es ist kompliziert.«

»Ach was. Mein armes Schwesterchen. Der Krieg hat ihr doch die Tanzjahre genommen.«

»Und was werden die Leute im Ort sagen?«

»Lass die Leute tratschen, das hat uns doch nicht zu

interessieren. Hauptsache, die neue Chefin hat mal was anderes im Kopf als ihr Porzellan.«

»Porzellan ist gut.«

»Aber ein Mann ist besser«, kicherte Sophie.

Und Lina kicherte mit.

17. KAPITEL

Der Strauß

Und noch jemand warb.

Wie jeden Morgen machte er mit großer Sorgfalt sein Bett. So wie er es in der Wehrmacht gelernt hatte. Denn egal, was der Tag für unaussprechliche Schrecken bereithalten würde – am Abend wartete das gemachte Bett, und das konnte ein Trost sein. Ein schwacher Trost zwar, aber im Feld musste man nehmen, was man kriegen konnte. Die Matratze hatte schon bessere Zeiten gesehen, auch das Laken hatte Löcher, aber es war sauber. Die Decke aus Kamelhaar – seinen wertvollsten Besitz – faltete er zu einem Quadrat zusammen und legte sie ans Fußende. Er betrachtete stolz sein symmetrisches, straff gezogenes Werk.

Heute war in mehrfacher Hinsicht ein besonderer Tag für Volkmar Raudinger, der in der Dorfkapelle die Trompete spielte und auch bei Ludwig Thalmeyers Geburtstagsfest aufgetreten war. Er hinkte von seinem kleinen Schlaf- und Wohnzimmer, in dem neben dem Bett noch ein alter Schrank und ein zerschlissener Stoffsessel standen, in die winzige Küche. Dort funktionierte bereits das elektrische Licht. Es roch nach Kartoffelschalen. Er sah aus dem Fenster. Frau

Helgard, die ihr Atelier direkt unter ihm hatte, schloss gerade auf.

Er griff zu dem Regal, das er selbst über dem Abfluss angebracht hatte, und holte eine Blechdose herab. Der erste echte Kaffee in diesem Jahr! Ja, sogar seit dem Krieg! Wann hatte er das letzte Mal echten Kaffee getrunken? Vielleicht 1940, in Flandern? Oder Anfang 1941 in Reims, als ihm eine Krankenschwester ein paar Tage nach der Operation eine kräftige Tasse organisiert hatte? »Zur Feier des Tages«, hatte sie gesagt, denn der Unterschenkel musste nicht amputiert werden. Er würde ihn nur mit dem Wadenbeinknochen nie mehr richtig belasten können – der Krieg war für ihn vorbei. Das Schrapnell der Granate hatte ihn völlig unvermittelt erwischt, er war nicht einmal an der Front gewesen, sondern zur Requirierung von Benzin geschickt worden, und bis heute wusste er nicht, ob es Partisanen waren oder die Explosion eines Blindgängers, vielleicht eine Fliegerbombe – denn gerade war die Luftschlacht um England verloren worden, und die britischen Bomber begannen ihre ersten Flüge in Richtung Frankreich. Die Vickers Wellingtons und Short Stirlings, geleitet von Spitfires und Hawker Hurricanes, erschienen in den Tagen vor seiner Verletzung beinahe täglich am Himmel, der Flakbeschuss schien den Piloten gar nichts auszumachen, und Görings Abwehrgeschwader kamen kaum hinterher.

Tempi passati. Er setzte Wasser auf, zündete einen kleinen Gaskocher an und häufte mit allergrößter Sorgfalt etwas Kaffeepulver in einen Papierfilter. Wie das duftete! »Frisch gemahlen«, hatte ihm der Bäcker versprochen. Es hatte ihn einige Reichsmark gekostet, aber heute sollte es so sein. Es war sein neununddreißigster Geburtstag.

Er hatte davon geträumt, seine Kollegen von der Kapelle einzuladen, später im Bayerischen Hof, aber so sehr er auch rechnete: Das überstieg einfach seine finanziellen Möglichkeiten. Mit der Versehrtenrente war gerade mal seine eigene Versorgung möglich – und auch die nur wacklig, trotz seiner Sparsamkeit.

Doch heute gönnte er sich etwas. Der Kessel pfiff, er drehte das Gas aus, ließ das Wasser eine Minute lang abkühlen, dann goss er es behutsam in den Filter. Und jetzt war es wie im Paradies: Der Kaffeeduft entfaltete sich mit einer Wucht, dass ihm schwindlig wurde. Alle Mühsal der Welt, der muffige Duft in seiner kleinen Wohnung, die steten Schmerzen in seinem Bein – alles war in diesem Moment fort, es gab nur noch ihn und den Kaffee und den Duft, diesen selig machenden Duft.

Er wartete noch eine Weile, bis sich der Kaffee ein wenig abgekühlt hatte. Mit der Tasse in beiden Händen, darauf achtend, bloß keinen kostbaren Tropfen zu verschütten, hinkte er zum Sessel, setzte sich vorsichtig nieder und trank ebenso vorsichtig den ersten, heißen Schluck. Ja, das war das Leben! Er war auch gar nicht mehr in seiner kleinen, engen Wohnung, sondern ganz woanders, beinahe über den Dingen schwebend. Dass Regen einsetzte und gegen die Scheiben trommelte, bekam er gar nicht mit.

Dann fiel sein Blick auf etwas, das in der Wohnung wie ein Fremdkörper wirkte. Der Blumenstrauß, richtig. Gestern hatte er ihn besorgt. Mit dem Überlandbus war er bis zum Floristen nach Marktredwitz gefahren, und der hatte ihm einen wirklich schönen Strauß zusammengestellt, aus bunten Blumen, deren Namen Volkmar Raudinger teilweise noch nie im Leben gehört hatte. Rosen kannte er, aber Bartnelken,

Germini, Santini oder Inkalilien waren ihm ganz neue Begriffe.

Doch jetzt stand der Strauß bei ihm, in Papier eingeschlagen, und mit den Stielen in einem Kochtopf, denn eine Vase hatte er nicht. Das erinnerte ihn an seinen Plan. Er lächelte zufrieden, der Kaffee war wunderbar, und wer weiß, was der Tag, sein Geburtstag, noch so für ihn parat hatte. Er erhob sich, stellte die Tasse ab und war jetzt wieder ganz in der Gegenwart. Wieder blickte er aus dem Fenster, dann auf die Uhr. Er hatte noch gute zwei Stunden Zeit.

* * *

Denn Frau Helgard pflegte stets um zwölf Uhr einen kleinen Spaziergang zu machen. »Die Beine vertreten«, nannte sie es, und kein Wetter konnte sie davon abhalten, kein Regen, kein Schnee, kein Sturm. Und tatsächlich sah Volkmar Raudinger, wie Frau Helgard, mit einem leuchtend roten Regenschirm bewaffnet, ihr Atelier abschloss und die Hauptstraße entlangging.

Das war seine Gelegenheit. Er hinkte aus seiner Wohnung im Obergeschoss des Reihenendhauses die knarzige Treppe herab, öffnete die Haustür und blieb vor dem Eingang des Ateliers wenige Meter links davon stehen. Die Tür aus ganz vergilbtem Glas hatte einen schnörkeligen Messinggriff, und Volkmar Raudinger verknotete geschickt den bunten Strauß und achtete darauf, dass die kleine Grußkarte, die an einem der Stiele befestigt war, ein klein wenig versteckt blieb. Ein blechernes Vordach schützte die Blumen und die Karte vor dem Regen. Lange hatte er überlegt, was er draufschreiben könnte. »Mit geschätzten Grüßen Ihres Nachbarn Volkmar

R.«, hatte er schließlich geschrieben. Nur nicht zu kühn werden.

Das Blumengeschenk kam ihm ganz stimmig vor, obwohl es doch *sein* Geburtstag war. Aber wer wusste das schon? Und Volkmar Raudinger mochte Frau Helgard nun einmal sehr, und irgendwann würde er es ihr ja nun einmal sagen müssen. Da waren die Blumen doch ein guter Anfang.

Volkmar Raudinger war jedenfalls zufrieden mit seinem Plan und stellte sich ans Fenster. In fünf Minuten würde Frau Helgard zurückkommen. Der Geschmack von Kaffee lag noch immer auf seiner Zunge, der Duft hing immer noch im Raum. Das Leben war gut und aufregend.

Ein Junge von vielleicht zwölf Jahren lief die Straße entlang, die Schiebermütze gegen den Regen tief ins Gesicht gezogen. Als er die Blumen sah, blieb er stehen. Der Junge sah sich um und näherte sich dem Strauß. Volkmar Raudinger atmete vor Schreck tief ein, sein Herz schlug schneller. Der Junge stand jetzt ganz nah vor den Blumen und sah sich erneut in alle Richtungen um, und Volkmar Raudinger klopfte an die dünne Scheibe, doch sein Klopfen war im prasselnden Regen nicht zu hören. Dann passierte es: Der Junge schnappte sich die Blumen und lief die Straße hinab.

Volkmar Raudinger hinkte die enge Treppe hinunter, ja, er sprang regelrecht mit seinem gesunden Bein. Es dauerte dennoch eine Weile, und als er die Haustür aufgerissen hatte, war der dreiste Bengel verschwunden. Dennoch unternahm Volkmar Raudinger den Versuch einer Verfolgung – doch er hatte seinen Stock vergessen, und auf dem nassen Kopfsteinpflaster rutschte er sogleich aus und schlug hart auf dem Boden auf. Er stöhnte und blieb liegen und begann vorsichtig, seine Gliedmaßen zu bewegen. Der Regen klatschte ihm ins Gesicht. Nein, gebrochen war nichts.

Und da kam auch schon Frau Helgard um die Ecke, schrie erschrocken auf und näherte sich mit kleinen, hastigen Schritten.

»Sie Dummerchen, bei dem Wetter sollten Sie mit Ihrem Bein aber nicht vor die Tür!« Sie klappte den Regenschirm zusammen und half Volkmar Raudinger hoch.

Auf dem Boden lag etwas Weißes, Volkmar Raudinger griff rasch danach. Es war die Grußkarte, die der Bengel zurückgelassen hatte. Die Schrift war im Regen völlig zerlaufen.

18. KAPITEL

Der Italiener

Es war ein anderer Planet, und schon am Eingang wurde das deutlich. Denn da stand ein Junge, höchstens elf oder zwölf, mit schwarzem Haar, scharfem Mittelscheitel und keckem Blick. Er hieß die Gäste willkommen, nahm ihnen den Mantel ab und führte sie zu ihren Plätzen. Kein Vergleich zu den rustikalen Wirtshäusern, die Marie kannte! Dort fühlte sie sich manchmal beinahe als Eindringling – als jemand, der die Besitzer störte.

Doch hier wirkte es so, als seien sie ehrlich willkommen. Aus dem Grammofon klang fremdartige, aber sehr schöne, etwas wehmütige Musik. Ein Mann sang von *tanti fiori per Maddalena*, Marie verstand so einiges, weil das Italienische doch verblüffend nah am Lateinischen war.

John und Marie setzten sich in ein Separee, und Bob, der bewaffnet und in Uniform war, bekam einen Tisch in der Nähe, mit Blick zur Tür. »Standard procedure, I'm sorry«, entschuldigte sich John, aber Marie war vollauf damit beschäftigt, all die neuen Eindrücke aufzusaugen.

Die Tische waren klein, auch das kein Vergleich zu den langen Wirtshaus-Bänken, und mit rot-weiß karierten

Decken belegt. An der Stirnwand des Restaurants hing ein großes Ölgemälde vom Vesuv, der, wie Marie wusste, nun allerdings wenig mit Venedig zu tun hatte, aber sie sah auch zwei große Aquarelle mit Gondeln auf dem Canal Grande. Beim Blick auf die übrigen Gäste fiel ihr auf, dass im Bella Venezia beinahe nur amerikanische Soldaten verkehrten.

»Die kommen alle hierher aus die Kaserne in Weiden«, erklärte John. »Viele Italoamerikaner, die Sehnsucht haben nach ihrer Heimat und sich freuen über gutes Essen.«

»Ich muss gestehen, dass ich wenig über die italienische Küche weiß. Nudeln sind mir vertraut, aber eine Pizza habe ich noch nie gegessen.«

»Noch nie? Das müssen wir ändern heute.«

Und schon kam der Wirt an den Tisch, ein schmaler Mann Mitte vierzig mit wachen Augen, gebogener Nase und schwarzem Haar, das ihm in einer eleganten Welle auf den weißen Hemdkragen fiel. Das Kind vom Eingang musste sein Sohn sein, die Ähnlichkeit war offensichtlich. Er begrüßte John wie einen alten Freund – und zwar auf Italienisch. Und John antwortete zu Maries Erstaunen ebenfalls auf Italienisch!

Dann wechselten beide auf Deutsch, und der Besitzer, der sich als Signor Esposito vorstellte, sprach ausgezeichnet, fast akzentfrei, sogar mit einem kleinen fränkischen Dialekt. Marie war so frei, ihn dafür zu loben – und er erzählte ihr, dass er schon in den Dreißigern in Nürnberg ein italienisches Restaurant aufgemacht hätte, was sich bald zum Treffpunkt der Stadt entwickelte. Das wusste Marie ja schon von Sophie. Aber die folgende Begebenheit wusste sie nicht: »Einmal war sogar der Hitler da«, flüsterte der Signore. »Der mochte doch so gern seine Nudeln mit Tomatensoße.«

Giuseppe blieb wegen eines Augenleidens – er war auf dem rechten Auge seit der Geburt nahezu komplett blind – von der Einberufung ins italienische *esercito* verschont, doch 1943 wurde das Restaurant von Brandbomben völlig zerstört, und dann kapitulierte ja auch noch seine italienische Heimat, und er wurde als Zwangsarbeiter in die Siemens-Schuckertwerke geschickt, Munition herstellen. Und nach dem Krieg – ja, da hatte er nicht so recht gewusst ob zurück nach Italien oder es noch mal mit der Gastronomie riskieren. Aber er hatte sich, wie man ja sehe, dann doch fürs Restaurant entschieden. Bloß an Nürnberg war nicht mehr zu denken, die Innenstadt sei ja ein Trümmerhaufen, wie in anderen Städten, das werde wohl Jahrzehnte dauern, bis da je wieder Leben zurückkehre.

»Genug von Krieg«, fuhr John dazwischen, »heute wird genießen! Kannst du glauben, Fräulein Thalmeyer hat noch nie eine Pizza gegessen?«

Signor Esposito stemmte die Hände in die Hüften und blickte sie mit gespielter Entrüstung an. »Noch nie in Ihrem ganzen Leben?« Dann grinste er. »Aber Sie sind ja auch noch jung.«

»Und Sie haben Glück«, assistierte John. »Bei Giuseppe gibt es ausgezeichnete Pizza.«

»Ja, die mache ich höchstpersönlich selbst. Aber Sie müssen auch die Pasta meiner Frau probieren. Sie hat gerade Ragout gemacht, *alla piemontese*, frisch und ganz köstlich.«

* * *

»Woher können Sie denn Italienisch?«, fragte Marie, als Giuseppe in die Küche zurückgekehrt war.

»Oh, ich bin aufgewachsen in New Jersey. Dort gibt es nur Iren wie mich und Italiener, und bisschen habe gelernt ich von Freunden in die Schule. Und auf die Straße.«

»Mit meinem Latein und Griechisch komme ich nirgends weiter. Sie sprechen lebendige Sprachen. Das gefällt mir.«

»Oh, vielen Dank.« Der Militärgouverneur deutete eine kleine Verbeugung an. Dann senkte er die Stimme. »Apropos Sprache, darf ich bitten Sie um einen kleinen Gefallen?«

Marie nickte.

»Sehen Sie, bei uns, also im Englisch, da gibt es nicht Du und Sie, im Deutsch aber schon. Und das Sie mir ist kompliziert, darf ich von jetzt an sagen Du?«

Die Sache mit der Grammatik gefiel Marie. Das war nämlich eine wirklich charmante Ausrede. Ihr fiel zum ersten Mal auf, dass auch John ein paar Sommersprossen auf den Wangen hatte, trotz des dunklen Hauttons. Das musste das irische Erbe sein.

Schon bald kam eine Pizza, die köstlich duftete, aus ganz frischen Tomaten, mit zerlaufenem Käse und einem Gewürz, das Marie ganz und gar nicht identifizieren konnte – ein bisschen süßlich, ein bisschen scharf, ein bisschen herb, auch etwas bitter und rauchig. Ein bisschen wie Majoran, aber so kräftig war doch kein Majoran?

Sie fragte Signor Esposito, der, als hätte er sich mit John McNarney abgesprochen, Marie ebenfalls seinen Vornamen anbot und sich über die Nachfrage freute.

»Oregano«, sagte er. »Auf Deutsch auch Wohlgemut, so steht es jedenfalls in meinem Lexikon. Hierzulande sehr selten, in meiner Heimat praktisch bei jedem Gericht dabei! Ich musste mir schon in Nürnberg selbst ein kleines Beet anlegen.«

Dann folgte noch ein Vortrag Giuseppes über Pizza, deren Teig nämlich ganz dünn gehörte, auch wenn in seinem Nürnberger Restaurant der Karl Holz, der Gauleiter von Franken und ein ganz schlimmer Kerl, der schon ein paarmal in Italien gewesen war, den Teig immer besonders dick wollte, »so wie eine Torte, pfui!«

Giuseppe war voller Energie und sehr auf dem Quivive, dabei nicht angetrunken wie etwa Armin Füllhorn in seinem Gasthaus, wenn der seine kleinen Schauen und Imitationen präsentierte, sondern offenbar ganz nüchtern. Dann kam Frau Esposito, gebürtige Vonnegut, aus der Küche und begann mit ihrem Mann einen spielerischen Disput auf Deutsch und Italienisch über seine ewige Trödelei mit den Gästen, die doch in Ruhe gelassen werden und nicht mit Küchengeschichten behelligt werden wollten, was Marie und John entschieden bestritten.

Die Pizza schmeckte jedenfalls köstlich, und Marie fühlte sich, als wäre sie in den Süden gereist. Alles war so fremd und so angenehm zugleich. Auch der Wein – das war doch was anderes als das, was sie von daheim kannte. Nicht so süßlich wie der Rheinwein, den ihr Vater bevorzugt hatte, sondern rau, kräftig, herb, ein guter Begleiter zur Pizza. Der Wein kam aus der Toskana und hieß Chianti, den Marie wie *China* aussprach, doch sie erfuhr, dass im Italienischen das ch immer zum k wurde. Das alleinige c wurde dagegen vor e und i gezischelt, vor a, o und u wiederum zum k. Und wenn irgendwo gar ein cch auftauchte, dann sollte das k mit besonders viel Verve ausgesprochen werden, so wie in Radicchio. All das erklärte Giuseppe mit großer Geduld, und Marie hörte fasziniert zu.

Und schon kam die Pasta auf den Tisch. »Alla piemontese«,

erklärte Giuseppe erneut. »Mit Kaninchenfleisch und Kaninchenleber. Denn wir haben frische Kaninchen bekommen.«

»Kurios! Ragout wird bei uns mit Sahne zubereitet, nicht mit Tomaten. Aber das schmeckt ja wirklich formidabel.«

»Selbst angebaute Tomaten. Nicht ganz so intensiv wie aus meiner Heimat Kampanien, wissen Sie, wo das ist?

»Natürlich«, entgegnete Marie stolz. »Neapel, der Vesuv« – sie zeigte auf das Wandbild – »und auch Pompeji. Neunundsiebzig nach Christus, überliefert von Plinius dem Älteren, der extra mit einer Galeere von Rom aus in See stach, um von dem Inferno zu berichten.«

Giuseppe lief rot an, und seine Augen schimmerten ganz feucht. Dass eine *tedesca* so etwas wusste! Er stammte aus Ercolaneo, Herkulaneum, und war zwischen den Ausgrabungen aufgewachsen. Er breitete die Arme aus und wollte Marie herzen, aber im letzten Moment hielt er sich zurück. John und Marie lachten, doch in diesem Moment war Marie als Teil der Familie Esposito adoptiert worden.

»Wie man nur so viel über Essen sprechen kann«, flüsterte Marie.

John lachte. »Oh, Sie kennen Italiener schlecht. Pardon, du kennst.«

»Es ist ja nicht unangenehm, im Gegenteil. Vom Krieg haben wir doch alle genug.«

»Du sagst oft *formidabel.* Ich mag es. Ich kenne das Wort aus Frankreich. *Formidable.*«

»Warst du den ganzen Krieg an der Westfront?«

»Nein, richtig los für mich es ging im Süden.«

John erzählte von der Landung auf Sizilien im Juli 1943 – denn er war wegen seiner Sprachkenntnisse der amerikanischen siebten Armee zugeteilt worden –, dem Vorrücken über den Apennin, dem erbitterten Widerstand der doch schon längst geschlagenen Wehrmacht auf der *Gotenlinie*, die quer durch die Emilia-Romagna verlief. Aber auch von Gastwirten, die ihnen den besten Wein auftischten, den sie vor den Deutschen versteckt hatten, und ihnen aus dem Nichts die erlesensten Speisen servierten. Und John, Sohn irischer Einwanderer, der sich als Bub mit den Italienern in New Jersey so manche wilde Straßenschlacht geliefert hatte, lernte das Land ganz neu zu schätzen. Fast so wie Marie jetzt. Denn das Hauptgericht war eine perfekte Vermählung aus Nudeln mit dem Ragout. Die Nudeln waren bissig und knackig, woraufhin Giuseppe, der jetzt auch auf den vollen Vornamen verzichten und Bepi genannt werden wollte, über die richtige Kochzeit von Nudeln aus Hartweizengrieß referierte. Marie war das nicht unangenehm, all diese Abschweifungen gaben ihr einen kleinen Anker. Denn was wollte John McNarney eigentlich von ihr? Und kaum hatte sie es gedacht, sprach er es offen aus.

»Du hast dich sicher gefragt, warum wir gehen essen.«

»Nun ja, ich würde lügen, wenn nicht. Du bist ein bedeutender Mensch, der ein Land aufbauen soll, und ich – nun, unsere Manufaktur stellt Tassen her.«

John freute sich sehr über diese Entgegnung. »Porzellan ist ein Kulturgut, du darfst nicht dein Licht unter den … äh …«

»Scheffel stellen«, soufflierten Marie und auch Bob vom Nebentisch gleichzeitig, denn die Musik hatte gerade ausgesetzt, was alle drei belustigte.

»Du darfst nicht dich klein machen, meine ich. Tassen und Teller und Schalen und Vasen, all das ist Kulturgut, nicht wahr? Was sehen wir in Römische Museen des alten Rom? Tassen und Teller und Schalen und Vasen. Und auch zum Aufbau einer Nation sehr wichtig.«

Nun senkte John McNarney die Stimme.

»Du weißt ja, ich habe dein Vater vorgeschlagen, als Bürgermeister zu kandidieren.«

Marie nickte.

»Was spricht dagegen eigentlich, als Frau Bürgermeister zu werden. Oder, wie sagt man, Bürgermeisterin?«

Leichte Panik stieg in Marie auf. Erst die Manufaktur, dann einen ganzen Ort leiten? »Ich glaube nicht, dass ich das kann.«

»Oder traust du dir nicht? Die Zeiten sind geändert, weißt du.«

Eine Frau als Bürgermeister – der Gedanke war ihr nie gekommen. Und doch stand ja gerade letzte Woche in der Zeitung, dass Ahrensburg im Norden eine Bürgermeisterin gewählt hatte. Ganz so ungewöhnlich war es also nicht mehr. Und warum sollte es auch? Immerhin hatten Frauen ja auch das Wahlrecht, warum sollten sie dann keine Ämter bekleiden dürfen?

»Wir haben Mrs. Landres, die schon vor zwanzig Jahren Bürgermeisterin in Seattle wurde! Sie war ganz berühmt!«

»Ich glaube nicht, dass ich es schlecht machen würde, aber ich habe die Manufaktur, und mir fehlt ganz einfach die Erfahrung in Verwaltungsfragen.«

John wurde ganz ernst. »Erfahrung ist überschätzt. Die mit Erfahrung liegen in Grabern oder sitzen in Gefängnis. Euch Deutschen die mit Erfahrung haben all das eingebrocken.«

Bepi brachte die Nachspeise, *tiramisú* mit echtem Kaffee,

und beide waren um die Ablenkung froh. Es schmeckte »formidabel«, wie Marie mit Absicht und Betonung sagte. Bepi ging mit einem Grinsen in die Küche zurück, und John freute sich.

»Echter Kaffee, beachtlich!«

»Bepi hat gute Beziehungen zu uns Amerikanern. Und wir essen gern gut.«

Es war ein Abend, wie ihn Marie lange nicht erlebt hatte, alle Sorgen waren vergessen, die Trauer war verdrängt. Sie hatte zwar nur ein Glas Wein getrunken, aber sie fühlte sich angenehm heiter und beschwipst. Diese fremde Musik, die exotischen Speisen – und, ja, auch ihre Begleitung: Die Probleme des Alltags kamen ihr ganz weit weg vor.

Und auf der Heimfahrt sorgte sie selbst dafür, dass sie auf der Sitzbank den Kontakt zu John hielt, Oberarm an Oberarm. Nur die Verabschiedung vor der Thalmeyerschen Villa verlief etwas ungelenk. Weil John ja schlecht über sie hinwegklettern konnte, öffnete Bob ihr die Tür, und John stieg nach ihr aus.

»Versprichst du mir, darüber nachzudenken? Ich glaube, du hast gute Chancen bei der Wahl. Ich weiß, dass die Zentrumspartei einen Kandidaten sucht, und auch die SPD. Und bevor es wird dieser Metsch …«

»Metsch?« Der Name traf sie wie ein Messerstich.

»Ja, es heißt wohl, er würde gern. Für die Zentrumspartei, die jetzt heißt CDU oder CSU, ich glaube, sie müssen sich noch entscheiden. Ich bin kein Fan von er. Mit dir wäre die Kooperation besser, und es gibt viel zu tun.«

Metsch als Bürgermeister? Das waren wirklich keine guten Aussichten. »Ich denke darüber nach.«

»Formidabel!«, lächelte John, und auch Marie lächelte.

»Vielleicht weißt du ja schon was bis nächste Woche.«

»Bis zur nächsten Woche schon?«

»Ja, dann gehen wir wieder zum Italiener, wenn es dir gefallen hat.«

»Aber gern. Doch dann zahle ich.«

John zog Luft ein. »Kommt nicht in Frage. Das wäre ja unerhört, ein Fräulein für den Herrn, also nein.«

»Die Zeiten ändern sich. Hast du selbst gesagt.«

19. KAPITEL

Die Entscheidung

Und dann kamen die Lastwagen immer seltener. Der Bedarf an Kaolin stieg im ganzen Land, und der Besitzer der größten Kaolingrube in der Region lieferte bevorzugt an Metsch, der hohe Preise bezahlte. Gut, dass Marie einige Tonnen an Notvorrat gekauft hatte. Doch wie lange würde das Kaolin reichen? Die anderen Gruben bauten viel zu wenig ab, außerdem lagen sie weiter von der Manufaktur entfernt: Die Transportkosten wurden so hoch, dass es sich selbst für die hochwertigsten Stücke nicht mehr rechnen würde.

»Wie lange halten wir noch durch?«, fragte Marie.

»Etwa vier Monate, bei gleichbleibender Produktion«, rechnete Buchhalter Willemsen vor.

»Eher weniger«, wusste Brennmeister Schöffel. »Etwas Schwund ist immer.« Beide hatten sich in Maries Büro im ersten Stock der Manufaktur eingefunden, um über die neue Situation zu beraten.

Marie hatte mit diesen Engpässen gerechnet. Wohl auch ohne Karl Metsch wäre es so weit gekommen, lagen doch viele Gruben im Osten Deutschlands, und die Lieferungen von dort waren längst eingestellt worden. Und sie hatte sich einen Plan überlegt.

»Es bleibt uns nichts anderes übrig, als zunächst weniger Kaolin zu verwenden, um die Produktion aufrechterhalten zu können«, sagte die Chefin.

Schöffel und Willemsen sahen einander überrascht an.

»Ja, meinen Sie damit, dass wir weniger Stücke produzieren sollten?«, fragte der Brennmeister.

»Nein, ich meine damit, dass wir auf Weichporzellan umstellen.«

Willemsen schrie spitz auf. »Das können Sie nicht tun! Das Thalmeyersche Hartporzellan ist doch schon sprichwörtlich, seit drei Generationen in der Welt berühmt.«

»Oh doch, das können wir tun. Überlegen Sie doch mal. Bald soll eine neue Währung eingeführt werden. Die Wirtschaft springt wieder an. Doch die meisten Menschen haben nur noch Scherben als Geschirr. Der Nachholbedarf ist riesig. Und wir befriedigen die Nachfrage. Außerdem sparen wir Energie wegen der niedrigeren Brenntemperaturen.«

Schöffel nickte, aber Willemsen konnte sich gar nicht beruhigen. »Dann können wir ja bald Spülbecken herstellen!«

»Es ist nicht dauerhaft. Die Produktion unseres Hartporzellans wird nur ausgesetzt, bis wieder genug Kaolin zur Verfügung steht.«

»Aber Porzellan muss ein exklusives Produkt bleiben!«

»In erster Linie muss die Manufaktur die Menschen ernähren, die in ihr arbeiten.«

»Das ist ja Verrat an Ihrer Familie!«, empörte sich Willemsen.

Marie blickte den Buchhalter scharf an. »Mäßigen Sie Ihre Worte. Ich bin mir sicher, mein Vater und mein Großvater hätten in dieser Situation genauso entschieden.« Marie wunderte sich selbst über ihren harten Ton. Aber später am Abend, als sie über den Streit nachdachte, würde sie darauf sehr stolz sein.

Der Buchhalter wollte noch etwas sagen, doch dann stürmte er kopfschüttelnd aus dem Büro.

Marie wandte sich an Schöffel. »Wir werden die bisherigen hochwertigen Geschirrlinien auf Weichporzellan umstellen.«

»Ja, das ist am einfachsten. Die Gussformen sind vorhanden.«

»Ich werde die Preise kalkulieren und alle Zwischenhändler anschreiben. Wann können wir beginnen?«

»Ich muss die Öfen herunterregeln und zwei, drei Testläufe durchführen. Geben Sie mir bis morgen Nachmittag.«

* * *

Und dann fuhr der Militärjeep John McNarneys vor. Das durchdringende Geräusch des Ottomotors mit zuschaltbarem Allradantrieb war Marie inzwischen vertraut, und der Motor hörte sich ganz anders an als der ächzende Diesel ihres Borgwards oder die stotternden Maschinen der Lieferanten-Transporter, die meist noch notdürftig zusammengeflickt waren.

John McNarney sprang eilig heraus, und Marie kam ihm treppab entgegen. Johns Gesicht war ernst, und Maries Herz schlug schneller.

Doch unten am Treppenabsatz lächelte John. »Es gibt Nachricht von dein Bruder!«

Marie riss die Augen auf. »Joachim! Lebt er? Wo ist er?«

John holte einen Zettel aus der Brusttasche »General

Kusnezov hat mich informiert, ein Kriegsgefangener mit dem Namen Joachim Thalmeyer ist in Gefangenenlager Nummer 5110/48, Oblast Woikowo, registriert.«

»Und kommt er frei?«

»Noch nicht. Aber eine gute Nachricht: Das Lager ist nur für hohe Offiziere, die Bedingungen sollen gut sein.«

»Aber er war doch kein hoher Offizier?«

»Ja, ich weiß. Es könnte sein, dass er wegen besonderer Fähigkeiten überstellt wurde dorthin. Ist er nicht Musiker? In euren KZ es gab ja auch Kapellen. Musik macht gute Chancen.«

Marie blickte enttäuscht. »Er kommt nicht frei?«

»Marie. Hör mir zu. Er lebt. Das ist unter den Umstand, in dem er sich befindet, das beste Nachricht.«

»Aber ihr habt doch auch alle Gefangenen schon freigelassen, bis auf die von der SS und die ganz hohen Tiere!«

»Wir sind nicht die Russen. Und ihr habt dort anderen Krieg geführt als im Westen.«

»Gibt es irgendeine Möglichkeit, mit ihm Kontakt aufzunehmen? Können wir ihm einen Brief zukommen lassen?«

John schüttelte den Kopf: »Direktive der vier Besatzungsmächte: Briefe aus das unmittelbare Gebiet der Zonengrenze werden nicht zugestellt in andere Länder. Spionagegefahr.«

»Können wir ihm nicht über dich etwas schicken? Nur eine ganz kurze Nachricht?«

»Ich kann es versuchen, aber nicht versprechen.« John versuchte, optimistisch zu klingen, was ihm gut gelang.

20. KAPITEL

Das Lager

»Wir müssen nur ein paar Tage durchhalten, dann kommen wir frei«, hatte Ottmar Schreiner gesagt.

»Der Hitler lässt uns doch nicht hängen. Der tauscht uns aus, wirst sehen. Arisches Blut ist viel zu wertvoll. Fünf Russen gegen einen Deutschen. Wir haben doch genug von denen«, hatte Ottmar Schreiner gesagt.

Joachim Thalmeyer hatte Ottmar Schreiner gleich nach seinem Einberufungsbefehl kennengelernt, noch auf der Zugfahrt von Nürnberg über Berlin zur Front. Der Hauptgefreite war ein gut gelaunter Rheinländer mit unerschütterlichem Optimismus, der sich mit seinen geschickten Zaubertricks schnell Freunde machte. Mal ließ er Münzen verschwinden, mal holte er Spielkarten aus den Westentaschen seiner ahnungslosen Zuschauer. Er hatte krauses, dichtes Haar und eine breite Nase. Die Brauen unter den irritierend hellblauen Augen waren zusammengewachsen, und weil er generell »ordentlich Pelz wie ein russischer Bär« besaß, wie die Kameraden spotteten, musste er sich zweimal am Tag rasieren und hatte dennoch fast immer Bartschatten, was ihm ein verwegenes Erscheinungsbild gab.

Selbst der Kommandant ihrer Einheit hatte es aufgegeben, ihn deswegen zu ermahnen. Im Gegensatz zu Joachim hatte er schon Fronterfahrung. »Hier, schaut mal!« Er zeigte seinen Kameraden eine Narbe am Unterschenkel. »Im Westen geholt. Im Puff über ein Weinfass gestolpert.«

Sechzehnte Armee, dreißigste Infanterie-Division. Nach Osten ging es, neuen Lebensraum erobern. Und wie flott sie zunächst voranmarschierten! Minsk, Witebsk, Smolensk, schließlich ans Ufer der Wolga, schon fast auf der Höhe Moskaus. »Wirst sehen, Weihnachten sind wir wieder zu Hause«, hatte Ottmar gesagt.

Und dann: die ersten Niederschläge des Herbstes. Regen wie Trommelfeuer, wochenlang und ohne Pause. Knietiefer Schlamm. Selbst die Panzer kamen kaum noch voran. Drüben wurde der Widerstand stärker. Es gab Tote in der Einheit. Dem Kalle, gerade neunzehn Jahre alt, wurde der Kopf weggerissen von einer Panzergranate, der Körper war noch einige Sekunden stehen geblieben, und Joachim würde diesen Anblick nie vergessen. Doch der Herbst war nichts gegen den ersten Winter. Eine Kälte, zehnmal schlimmer als die schlimmste Kälte in Oberfranken. Keine Kleidung half mehr. Abfallende Finger und Zehen. Aber sie hatten ja noch zu essen. Und sie feierten sogar Weihnachten, hatten einen kleinen Christbaum mit Lametta und Patronenhülsen geschmückt, einer hatte einen Stern geschnitzt. Es gab Kaffee und Rum und Zigaretten, der Kommandant ihrer Einheit stimmte Weihnachtslieder an. Von den anderen Frontabschnitten kamen beunruhigende Nachrichten. Vor Moskau sollte es eine schwere Niederlage gegeben haben, und in Demjansk seien hunderttausend deutsche Soldaten eingekesselt. »Alles Propaganda der Russen«, winkte Ottmar Schreiner ab.

Als das Wetter besser wurde, gerieten sie unter Beschuss. Erst nur tagsüber, bald auch in der Nacht. Sie gewöhnten sich an die Einschläge, zumal sie nie ihr Ziel fanden. Erste vorgerückte Stellungen mussten aufgegeben werden. Weiter im Süden waren *Frontbegradigungen* im Gange – sprich: Rückzugsbewegungen. Dann zielte die gegnerische Artillerie besser. Eine Granate schlug im benachbarten Unterstand ein und tötete gleich fünf ihrer Kameraden.

Und dann, beinahe ohne es zu merken, bewegte sich auch die sechzehnte Armee rückwärts, wurde zurück nach Westen gedrängt. Der zweite Winter war ein Desaster, weil nun auch die Lebensmittel nicht mehr durchkamen. Und die Stalinorgeln standen vorn, jene neuen Raketenbatterien, die Dutzende Geschosse auf einmal abfeuerten, mit einem demoralisierenden Pfeifen über die Front flogen und ganze Abschnitte verwüsteten. Bei der ersten Kurlandschlacht wurde ihre Einheit von sowjetischen Divisionen eingekesselt. Der Kommandant ignorierte den Führerbefehl, bis zur letzten Patrone zu kämpfen, und ergab sich.

»Nur ein paar Tage durchhalten.«

Aus den paar Tagen waren drei Jahre geworden. Drei Jahre! Drei Weihnachten, drei Geburtstage! Und was war mit ihrer Heimat passiert? Die Städte, so hieß es bei den Latrinen, wo die Gefangenen Neuigkeiten austauschten, lägen in Trümmern, die Zivilbevölkerung sei ausradiert, alle Männer erschossen, alle Frauen und Kinder versklavt, und der Hitler, dieser miese Verräter, hat seinen Tod nur vorgetäuscht und soll sich nach Südamerika abgesetzt haben!

Wo mochten seine Schwestern jetzt sein? In einem Lager wie dem seinen? Zweimal pro Jahr hatte er einen Brief schreiben dürfen, doch eine Antwort hatte er nie bekommen.

Sie marschierten jeden Tag zur Baustelle, oft bei minus zwanzig Grad. Die tiefstehende Sonne ließ den erbärmlichen Tross lange Schatten auf den gefrorenen Boden werfen. Sie waren im Straßenbau eingesetzt, wuchteten Pflastersteine von Ochsenkarren und Tiefladern auf den Weg. Von den neunzig Mann ihrer Einheit, die die Kampfhandlungen überlebt hatten, waren inzwischen achtzehn verstorben, einer wurde wegen angeblichen Ungehorsams erschossen. Es gab nur zweimal am Tag eine dünne Suppe, die Ruhr grassierte, Läuse und Wanzen hausten in den verfilzten Haaren, nagten an den ausgemergelten, schrundigen Körpern. Zwanzig Gefangene schliefen in den fensterlosen Räumen einer aufgegebenen Kaserne, die wohl mal für je sechs Soldaten ausgelegt waren. Es gab weder Toiletten noch Duschen, die Latrinen, von den Gefangenen selbst ausgehoben, befanden sich in einer Forstung fast zweihundert eisige Meter von der Kaserne entfernt.

Dann, eines Tages, ließ der Kommandant alle der etwa achthundert Gefangenen – beinahe täglich wurde es einer weniger – antreten. Sie hatten den Mann, der ganz asiatische Gesichtszüge trug, bislang nur aus der Ferne gesehen. Wer hier Musiker sei, fragte er in gutem Deutsch. Niemand rührte sich. Der Kommandant fragte ein zweites Mal, und Joachim Thalmeyer meldete sich. In einer der letzten Reihen ging ebenfalls ein Arm hoch. Und zu Joachims Überraschung hob auch Kamerad Ottmar Schreiner, der neben ihm stand, den Arm. »Alles, was kommt, kann nur besser sein als das hier«, flüsterte er.

Die drei wurden dem Kommandanten in seinem Verhau vorgeführt. Dort war es warm, und es roch nach Rasierwasser – ein Duft, den Joachim seit Jahren nicht mehr wahrgenommen hatte. Der Kommandant, der trotz seines feisten Gesichts schlank wie alle anderen hier war, erledigte Papierkram.

»Welche Instrumente?«, fragte er, ohne die Gefangenen eines Blickes zu würdigen.

»Klavier«, sagte Joachim.

»Geige«, sagte der Kamerad aus einer der letzten Reihen.

»Tamburin«, log Ottmar Schreiner.

Der Kommandant blickte von seinen Papieren auf und sah Ottmar Schreiner an. Dann machte er weiter mit seinen Formularen.

* * *

Für die drei ging es fast genau in Richtung Süden, der Mittagssonne entgegen. »Ins Warme«, wie Ottmar, der ewige Optimist, bemerkte. Sie mussten nicht zu Fuß gehen, sondern saßen auf der Pritsche eines Lastwagens, in mehrere Decken gehüllt. Mit ihnen fuhren zwei russische Soldaten, zwei weitere Soldaten saßen im Führerhaus. Die Fahrt war teilweise arg holprig, nur dort, wo andere Kriegsgefangene die Straße schon ausgebaut hatten, ging es flott voran. Immer wieder sah Joachim durch die Öffnung der Plane am Heck Bautrupps am Straßenrand – das einzige Zeichen von Leben in dieser endlos scheinenden, baumlosen Ödnis.

Nach geschätzten zwei Stunden Fahrt änderte sich die Landschaft allmählich, sie wurde hügeliger, sogar baumreicher, und bald fuhren sie in Kurven durch einen dichten Nadelwald, bis der Lkw nach einer weiteren halben Stunde mit einem scharfen Bremsen anhielt. Die Soldaten scheuchten die drei Deutschen von der Pritsche.

Vor ihnen erhob sich ein hübsches großes Gutshaus. Und rund um sie herum ging es ganz lebhaft zu. Ein paar Männer gingen spazieren, andere arbeiteten im Garten, einer las, in eine dicke Decke eingehüllt. Und das Verblüffende: Alle von ihnen trugen deutsche Offiziersuniformen! Joachim und Ottmar schauten sich verwundert um. Ja, die Männer waren zweifellos Deutsche, außerdem rasiert und beinahe wie frisch aus dem Generalstab! Wo waren die Bewacher?

Nummer 5110/48, Oblast Woikowo, war tatsächlich eine Besonderheit unter den etwa sechstausend Gefangenenlagern der Sowjetunion. Hier waren die höchsten deutschen Offiziere untergebracht, die erstaunliche Freiheiten genossen. Zwangsarbeit gab es nicht, die Ernährungslage war ordentlich. In Selbstorganisation hatten die Offiziere einen Gemüsegarten angelegt oder betätigten sich als Zimmerleute, hielten das Dach in Schuss und hatten den Anstrich des Gutshauses erneuert. Sogar Spaziergänge im nahen Wald waren erlaubt, ohne dass es einer Aufsicht bedurfte – an einen Fluchtversuch dachte ohnehin keiner, auch weil um sie herum Hunderte Kilometer Waldlandschaft lagen. Alle Männer hatten einen akkuraten Haarschnitt und wirkten von gesunder Gesichtsfarbe.

Die gute Behandlung der Generalmajore, Generalleutnants und Generäle hatte einen tieferen Sinn. Der sowjetische Geheimdienst NKWD hoffte, aus den hohen Offizieren Agenten zu machen, um sich gegen Hitler zu wenden. Jetzt, wo der Krieg vorbei war, wollte man die Generäle zu überzeugten Kommunisten umdrehen, die entweder beim Aufbau von Polizeikräften in der Sowjetischen Besatzungszone halfen oder, bei der Rückkehr in den Westen, wichtige Informationen über die Pläne der Alliierten liefern könnten.

Nun waren auf Vorschlag des Generalmajors der Luftwaffe Leopold Graf Fugger von Babenhausen sogar Musiker aus den nahen Gefangenenlagern zusammengezogen worden, um ein Orchester zu gründen.

Es hätte, den Umständen entsprechend, recht angenehm sein können. Doch dann hatte Ottmar Schreiner eine fatale Idee.

21. KAPITEL

Romantische Tage

Irgendwann gab Sophie nach und willigte ein, mit Harry Kruskopp spazieren zu gehen. Es war ein schwüler, sommerlicher Sonntag, die Wege rund um Selb und am Selbbach entlang wurden nach dem Kirchgang von Familien erwandert. Das Oberhaupt schritt für gewöhnlich voran, mit den Händen hinter dem Rücken, und ließ den Blick kreisen, blieb hier und da stehen, erklärte der Familie einen Baum, eine Pflanze oder das Leben. Es folgte die Dame des Hauses mit der lärmenden Kinderschar, und manchmal waren auch noch ein paar Alte dabei, die Mühe hatten, Schritt zu halten. Alles schien voller Idyll, auch die Gewitterwolken verzogen sich. Der Apotheker wurde von allen Entgegenkommenden mit größter Hochachtung gegrüßt, selbst die ehrbarsten Honoratioren lüfteten den Hut. Natürlich lag es daran, dass Harry Zugang zu gefragten und wirkungsvollen Medikamenten hatte, um die ihn selbst Doktor Rappenhuth nur beneiden konnte – die Bewohner von Selb waren auch dank Harry Kruskopp sicher die gesündesten im ganzen Landkreis, bekamen problemlos Kopfschmerzmittel und neue Antibiotika, Beruhigungspillen und Vitaminspritzen und Schlaftabletten. Aber es lag auch an dem Eindruck, den der aus dem hohen Norden Zugereiste hier in Oberfranken hinterlassen hatte. Er hatte für alle ein freundliches Wort übrig, sein Humor war nicht billig und zynisch wie aus dem Wirtshaus, sondern gutmütig und warmherzig, zudem glänzte er mit einem erstaunlichen Gedächtnis: Er konnte sich nach nur einer Begegnung Namen und Krankheitsgeschichten der Kunden merken und wusste auch genauso schnell, wer mit wem verwandt und verschwägert war. »Hat sich Ihre Nichte vom Husten erholt?«, fragte er eine beinahe fremde Person und traf damit ins Schwarze. Das machte einen ungemeinen Eindruck.

Und in seinem Werben um Sophie hatte er eine bemerkenswerte Hartnäckigkeit gezeigt und spazierte nun ganz unbefangen neben ihr, keineswegs eingeschüchtert und verliebt oder aufgekratzt und albern wie so viele andere Männer aus dem Dorf. Sophie musste häufig staunen, wenn er seine Geschichten vom Meer erzählte, von den Fischkuttern und Walfängern, den tapferen Kapitänen und verwegenen Matrosen, den Kriegsschiffen und Transatlantiklinern. Sie plauderten so lange, bis sie am Wunsiedler Weiher standen. Und dort schlug Harry plötzlich einen Weg ins Unterholz ein und bedeutete Sophie, ihm zu folgen. Sophie zögerte, dann ging sie ihm nach. Am Ufer war es rutschig, er nahm ihre Hand, nach ein paar Metern blieb er stehen.

»Überraschung!«, rief er und trat zur Seite.

Sophie blickte auf ein rotes Ruderboot, und in dem Ruderboot lag ein Körbchen mit einer Flasche Sekt und zwei Gläsern. Harry half ihr beim Einsteigen, dann schob er das Boot ins Wasser und sprang geschickt hinterher, ohne sich die Schuhe nass zu machen. Dann griff er die beiden Ruder, befestigte sie in den Dollen links und rechts (»an Back- und Steuerbord«, hatte Sophie gelernt) und bewegte das Boot mit sicheren, langen Zügen über den Weiher.

»Und wie kommen wir wieder ans Ufer?«, fragte Sophie etwas bang.

Harry zeigte sein verbindlichstes Lächeln. »Nun mach dir mal keine Sorgen, ich bin schon auf der Nordsee bei Windstärke acht gerudert.« Dann holte er die Ruder ein, griff zum Sekt, öffnete mit geübtem Griff die Flasche und schenkte ihnen ein.

* * *

Und so ging es in den folgenden Tagen weiter. Erst gingen sie in Armin Füllhorns Bayerischem Hof gemeinsam essen. Dann organisierte Harry, der inzwischen auch eine Angestellte hatte, von einem Freund in Weiden ein Auto (es kostete ihn nur ein Lächeln) und fuhr mit Sophie nach Nürnberg zum großen Markt, auf dem es, ganz legal oder zumindest unter dem Tresen, schon wieder fast alles zu kaufen gab, vom Kaviar bis zum Pelzmantel. Auch die Aufräumarbeiten in der schwer zerstörten Stadt waren seit Sophies letztem Besuch Ende 1946 vorangekommen, manche Straßen waren schon ganz von Trümmern geräumt. Am Donnerstag schenkte Harry ihr in einer Weidener Boutique ein neues Kleid, und am Freitagabend führte er sie ins Bella Venezia aus, und es war kein Wunder, dass Harry und Bepi sich längst blendend verstanden und Bepi sich sogar weigerte, eine Rechnung für den teuren Chianti auszustellen, den Harry kennerhaft bestellt und mit Genuss getrunken hatte.

Der erste Kuss nach jenem Abend war die logische Folge,

und Sophie musste sich eingestehen, dass es dieses Mal anders war. Harry war nicht wie die anderen Jungen aus dem Dorf, die ihr zulächelten, oder wie die älteren Männer, die sie lüstern begafften. Nein, dieses Mal war es eine tiefe, ernste Angelegenheit.

22. KAPITEL

Die Versammlung

Mitte 1947 war die Versorgungslage in den von den Alliierten besetzten Zonen Deutschland spürbar besser geworden. Flüchtlinge ersetzten die fehlenden Arbeitskräfte in der Landwirtschaft, auch die großen Schlacht- und Mastbetriebe produzierten fleißig. Beinahe exemplarisch für die allmählich anschwellenden Bäuche stand Karl Metsch, der sich innerhalb weniger Monate wieder an das feiste Vorkriegsniveau herangeschlemmt hatte – mit einer konsequenten Diät aus Wurst, Speck und Bier. Der Mensch, pflegte er zu sagen, sei nun mal kein Beilagenesser, und seine Ahnen hätten sich ja nun nicht an die Spitze der Nahrungskette hervorgearbeitet, um jetzt Gemüse und Obst kauen zu müssen.

Jedenfalls hatten sich in Füllhorns Bayerischem Hof im kleinen Saal (»geschlossene Gesellschaft«) sieben Herren versammelt, die Bier und Schnaps tranken und Zigarre rauchten. Die Bestuhlung knarzte, an der Wand hing ein inzwischen beinahe unidentifizierbares Ölgemälde niederer Qualität, das irgendeinen fränkischen Grafen zu Pferde zeigte. Die Luft war so dick, dass man keine zwei Stühle weit schauen konnte; die junge, stämmige Bedienung aus dem

Sudetenland, der die Augen tränten, kam mit dem Heraustragen der Aschenbecher kaum hinterher. Es tagte der Selber Bezirksausschuss der Christlich Sozialen Union, jener Partei, die aus der Weimarer Zentrumspartei und der Bayerischen Volkspartei hervorgegangen war, im Gegensatz zu diesen beiden aber Christen beider Konfessionen vereinen wollte und nicht, wie früher, nur die Katholiken. Sonst hätte die neue Partei in der evangelischen Enklave hier im Nordosten der US-Zone auch einen schweren Stand gehabt. Anderswo war man weiter, denn in der Britischen Zone hatte sich die Partei unter dem Namen Christlich Demokratische Union schon großflächig organisiert und einen Siebzigjährigen als Vorsitzenden gewählt, der, so die einhellige Meinung, wohl eher repräsentative Pflichten wahrnehmen würde statt ein künftiges hohes Amt zu bekleiden. Der alte Herr hieß Konrad Adenauer und war der ehemalige Oberbürgermeister von Köln gewesen. Na, mal sehen, wie viele Wochen der durchhalten würde.

»Die Messerschmitt Zwo-Sechs-Zwo hätte alles geändert«, sagte Armin Füllhorn gerade. »Dass der Hitler aber auch so dumm war, sie als Vergeltungswaffe einzusetzen!«

»Und die Heinkel Hundertelf mit dem Doppelrumpf! Die hätte dem Iwan schön einheizen können! Aber nein, musste ja alles an die Westfront geschickt werden!« Hermann Raps schüttelte wie fassungslos den Kopf.

»Separatfrieden mit dem Westen, dann alle gemeinsam nach Osten«, sagte Metsch. »Habe ich doch immer schon gesagt. Und im Vertrauen: Der McNarney hat mir zugestimmt!«

Gern diskutierten die Herren, ob man nicht doch hätte gewinnen können. In diesen Kreisen war der Krieg noch lange nicht vorbei und würde es nie sein.

Bei der Sitzung des Kreisverbandes der Christlich Sozialen Union ging es um zweierlei. Es sollte ein Delegierter bestimmt werden, der beim großen Parteitag einen Vorsitzenden auch für die amerikanische Zone wählen würde – und für den Ort Selb wurde ein Bürgermeister gesucht. Bislang hatte nur die SPD einen Kandidaten aufgestellt, den Zimmermann Wehling, doch die Partei galt als verdächtig: Zu präsent stand der Russe vor den Toren des Ortes, als dass die Bürger einem möglicherweise wankelmütigen Sozialisten vertraut hätten. Nein, es galt als ausgemacht, dass ein Politiker das Rennen machen würde, der so weit rechts im politischen Spektrum stand, wie das gerade so erlaubt war. Und das bedeutete: Wer sich an diesem Tag als Kandidat durchsetzte, würde so gut wie sicher Bürgermeister werden.

Karl Metsch wusste das natürlich, und so mancher andere wusste das auch. Und niemand war entschlossener als Metsch, der Wortführer der sieben Versammelten, sich zum Kandidaten aufstellen zu lassen. Des Weiteren hatten sich Filialleiter Herman Raps, Doktor Rappenhuth und Gastgeber Armin Füllhorn eingefunden, außerdem der Spediteur Ohnegleich, ein Kriegsheimkehrer namens Wortmann und Volkmar Raudinger, der Trompeter der Ortskapelle. Metsch musste bloß seinen Konkurrenten loswerden, den Spediteur, der seinerseits Interesse bekundet hatte, in die hohe Politik zu gehen.

Die Tagesordnungspunkte tröpfelten dahin, wie es sich bei einem neu zu gründenden Verband gehörte, doch dann wurde es spannend, denn es ging zunächst um die Wahl des Delegierten für den Landesparteitag. Karl Metsch legte sich ins Zeug – und wie: Es gelte, den fähigsten Mann nach München zu schicken, und das sei zweifellos Spediteur Ohnegleich, ein Mann von Wucht und Würde, der die Interessen ihres kleinen und doch bedeutenden Fleckens in Oberfranken durchsetzen könne, ein Mann, dem mit all seiner Erfahrung auch eine Karriere in der höchsten Politik zuzutrauen sei, ja, auch als Patriot müsse man nun nicht nur an sich selbst, sondern auch an Deutschland denken.

Das Bizarre war: Alle durchschauten das Manöver des Weglobens, auch Spediteur Ohnegleich selbst. Doch Metsch war wie ein Sturm, der immer lauter und stärker wurde, und es wäre wohl zwecklos gewesen, irgendwelche Barrikaden aufzurichten. Und so wurde in der offenen Abstimmung tatsächlich Ohnegleich zum Delegierten des Landesparteitages bestimmt.

Und als die Wahl zum Bürgermeister-Kandidaten anstand, da konnte das ja, als wäre es ein Naturgesetz, nur Karl Metsch werden, der, wie er selbst in aller Bescheidenheit zugab, vielleicht nur über einen beschränkten Horizont verfüge, aber diesen beschränkten Horizont eben besser kenne als alle anderen, und er glaube, er wäre der richtige Mann, um den Ort trotz der Bedrohung aus dem Osten, trotz der Flüchtlinge und der darniederliegenden Wirtschaft, trotz des Hungers und der zu erwartenden Tausenden Kriegsheimkehrern, aus den Trümmern zu einer neuen, strahlenden Zukunft zu führen.

Bei der namentlichen Abstimmung wurde er ohne Gegenstimme gewählt. Er nahm die Wahl an.

Daheim angekommen, zitterte er vor Erregung und musste sich einen starken Cognac einschenken. Auch Alexandra Metsch strahlte. Nun würde sie tatsächlich bald – wie wunderbar das klang! – *Frau Bürgermeister* sein.

23. KAPITEL

Der Herr der Fliegen

Abel Metsch wuchs wohlbehütet auf, die Erziehung übernahm die liebende Mutter, auch der Vater zeigte sich immer sehr nachgiebig und ließ die geforderte Strenge allzu oft vermissen. Doch was sollte er auch tadeln? Abel war ein prächtiger Junge, vielleicht etwas anfällig, denn er litt häufig an Ohrenentzündungen und war im Winter ständig erkältet.

Im Sandkasten konnte Abel Metsch sich stets gegen die anderen Kinder durchsetzen; dabei halfen ihm manchmal radikale Mittel, etwa der Gebrauch der blechernen kleinen Schaufel, aber die Beschwerden der Eltern prallten an Alexandra Metsch ab, denn die anderen Kinder waren ja bloß neidisch auf das schöne Spielzeug, das Abel besaß und völlig zu Recht nicht teilen wollte. Wir sind doch nicht bei den Kommunisten! Die Narbe der Wunde quer über der Stirn, die der kleine Matthias von der Schaufel zurückbehielt, blieb ihm bis ins Erwachsenenalter und seinem Tod bei einem Tieffliegerangriff in den Ardennen erhalten.

Die anderen Kinder mochten Abel Metsch nicht, aber sie hänselten ihn auch nicht. Er hatte schon als Sechsjähriger etwas rätselhaft Gefährliches, er war eine beunruhigende

Erscheinung, insbesondere, wenn er mit unermüdlichem Eifer Ameisen mit der Lupe verbrannte oder gefangene Fliegen in ein Glas mit gefangenen Spinnen setzte. Alexandra Metsch freute sich über das ausgeprägte naturwissenschaftliche Interesse ihres einzigen Sohnes. Die anderen Kinder schauten Abel bei seinen Experimenten zu, blieben aber auf Distanz.

Auf der Volksschule hatte er, selbst ein Außenseiter, ein sicheres Gespür dafür, wie er die Klasse dazu bringen konnte, sich gegen einen der anderen Außenseiter zu positionieren. Er erkannte die Schwächen der anderen, und manchmal war es ja ganz einfach: Daniel, der Judenbengel, viel zu gut in der Schule, richtig frech vor allem zu Abel, hübsch mit seinem blonden gewellten Haar. Sieht aus wie ein Mädchen, ließ Abel an passender Stelle und vor passendem Publikum fallen, und seitdem hieß Daniel Daniela, denn irgendjemand hatte diesen Namen in die Gruppe geworfen, vielleicht sogar Abel Metsch selbst. Als der Wind sich auch ganz oben drehte und Juden es immer schwerer hatten, spotteten sogar die Lehrer, bis Daniel irgendwann verschwunden war und nicht mehr zurückkam. Mit Familie ausgewandert in die Schweiz, hieß es.

Der große Zampano der Klasse aber war Peter, der beste Sportler von allen. Er konnte klettern wie ein Affe und flink kopfrechnen noch dazu. Die anderen scharten sich um ihn, wenn er Geschichten von seinem Vater erzählte, der angeblich ein Fliegerheld im Weltkrieg und mit dem Roten Baron ganz dicke gewesen sei. Abel hatte eine harte Nuss zu knacken, und als Erstes brauchte er Informationen. Dem Zehnjährigen war klar: Die Sache mit dem heroischen Vater würde er nie widerlegen können, ohne Einsicht in

Militärakten zu bekommen, doch fand Abel heraus, dass der Vater zwei Dörfer weiter als Häusler bei einem Großbauern arbeitete – die niedrigste Form der landwirtschaftlichen Arbeit, die beinahe an Leibeigenschaft heranreichte: Häusler waren Bauern ohne Landbesitz, arbeiteten also auf den Feldern der reicheren Bauern und bekamen dafür eine schäbige Unterkunft zugeteilt.

Eines Tages in Stammeskunde sollten die Kinder über die Berufe ihrer Väter erzählen und was sie darüber wüssten und ob sie ebenfalls die Berufe ergreifen wollten. Peter begann erneut, die Geschichte von den Lufteinsätzen über Verdun zu erzählen. Die Klasse hörte schon nicht mehr ganz so begeistert hin, denn Abel hatte immer wieder kleine Zweifel einstreuen lassen. Und dann beschloss Abel, in einer besonders dramatischen Beschreibung eines Doppeldecker-Luftkampfs, den Peter mit beiden Händen anschaulich nachahmte, ein für alle Mal diesen Heldensagen ein Ende zu machen.

»Und jetzt schaufelt dein Vater Jauche hinten in Rehau!«

Für einen Moment war es still in der Klasse. Abels kecker Spruch war riskant und würde wohl schmerzhaft werden, und tatsächlich sprang Peter, flink wie er war, über zwei Pulte und schlug mit beiden Fäusten auf Abel ein, bis er vom Stammeskunde-Lehrer fortgezogen wurde. Was für den Rest der Klasse die Richtigkeit von Abels ungeheuerlicher Behauptung bewies.

Beide bekamen Senge vom Lehrer und einen strengen Verweis, der für Abel auf Alexandra Metschs unermüdliches Einwirken auf eine strenge Verwarnung reduziert wurde und somit zwar im Klassenbuch, nicht aber im Zeugnis auftauchen würde.

Die Wahrheit war von nun an ausgesprochen und blieb

für immer in der unerbittlichen kleinen Welt eines Klassenzimmers, und der beliebteste Junge der Klasse hatte jede Menge Kratzer bekommen. Immer, wenn Peter von den Fliegergeschichten seines Vaters begann – die wahr oder unwahr sein mochten –, dann begannen die Klassenkameraden, die Nase zu rümpfen, als würde es plötzlich streng riechen. Diese kleine, despektierliche und äußerst wirkungsvolle Geste hatten sie sich bei Abel Metsch abgeschaut.

24. KAPITEL

Verschwendete Jugend

Ludwig Thalmeyer hatte in den Zwanzigerjahren durchaus mit den Deutschnationalen sympathisiert, hielt ein Kaiserreich für die erhabenste Staatsform und erhoffte sich nach der Niederlage im Krieg und den schmachvollen Verträgen von Versailles die Rückkehr der Hohenzollern auf den Thron – vielleicht nicht Wilhelm II., der sich doch als allzu aufbrausend und wenig staatsmännisch gezeigt hatte, aber so eine schmucke Royalty ist doch eine Zierde für den Staat! Und Wilhelm Prinz von Preußen, der rechtmäßige Thronfolger, das schien doch ein vernünftiger Mann zu sein. Ein guter Reiter, ein stattlicher Kerl. Hatte sich gegen die Ausblutungstaktik in den Schützengräben des Erstens Weltkriegs ausgesprochen, war ein Duzfreund von Politikern jeder Couleur. Könnte man mit dem nicht reden?

Hitler, dieser Schreihals, machte ihm dagegen Unbehagen. Man würde diesen Mann doch nicht ernsthaft regieren lassen?

Und doch kamen die Braunhemden an die Macht, zogen singend auch durch die Straßen Selbs. Und schon verlor Ludwig Thalmeyer seine Kinder. Joachim kam erst ins

Deutsche Jungvolk und dann in die Hitlerjugend, Marie und Sophie mussten erst im Jungmädelbund und dann im Bund Deutscher Mädel mitmachen. Das gab Ludwig Thalmeyer eine ziemlich deutliche Vorstellung davon, was dem Land bald blühen würde. Er hatte nach dem Tod seiner Frau darüber nachgedacht, nach Amerika auszuwandern, den Familienbesitz zu verkaufen und mit dem Kapital drüben ganz neu anzufangen, doch dann kam der Börsencrash dazwischen, und alle Pläne zerschlugen sich. Hätte er es nur getan!

Mit der vulgären NSDAP wollte Ludwig Thalmeyer nichts zu tun haben. Und dass sie jetzt noch seine Kinder erziehen wollten, fand er empörend. Aber was konnte er tun?

Am übelsten hatte es Joachim erwischt. Zweimal die Woche traf man sich, jeden Mittwoch zum Heimabend, jeden Samstag draußen in der Natur. Vor jedem Heimabend sangen sie das Lied der Hitlerjugend:

Uns're Fahne flattert uns voran!
In die Zukunft ziehen wir Mann für Mann!
Wir marschieren für Hitler durch Nacht und durch Not
mit der Fahne der Jugend, für Freiheit und Brot!
Uns're Fahne flattert uns voran!
Uns're Fahne ist die neue Zeit!
Und die Fahne führt uns in die Ewigkeit!
Ja die Fahne ist mehr als der Tod!

Dann mussten sie das Leben des Führers auswendig lernen. An den ersten Satz würde sich Joachim für den Rest seines Lebens erinnern: »Adolf Hitler wurde als Sohn eines österreichischen Zollbeamten am 20. April 1889 in Braunau am Inn geboren …« Jeder Hitlerjunge sollte außerdem pro

Tag zehn Seiten aus *Mein Kampf* lesen, eine Lektüre allerdings, die nicht einmal die glühendsten kleinen Nazis durchhielten. Dann begann der Jungzugführer oder Fähnleinführer mit seinem Thema, am liebsten »Rassenkunde« oder »Blutschande«, für zwei elend lange Stunden.

Das war schon alles schwer erträglich, aber die Samstage waren die eigentliche Hölle. »Hitlerjungen sind zäh wie Leder, flink wie die Windhunde und hart wie Kruppstahl!«, mussten sie jeden Samstag rufen, bevor es im Gleichschritt und mit Gesang raus in die Natur ging, zu jeder Jahreszeit, bei jedem Wetter.

Joachims Rottenführer war ausgerechnet der jüngere Abel Metsch, der schon 1932, vor der Machtergreifung der Nazis, ins Jungvolk eingetreten war, damit zu den besonders vertrauenswürdigen Stammkräften gehörte und auch ältere Kameraden befehlen durfte. Abel war klug genug, die direkte Konfrontation mit Joachim Thalmeyer zu vermeiden, aber als Thalmeyer an einem der Samstage einmal zu spät erschien – eine Todsünde! – konnte er nicht anders, als ihn zusammenzubrüllen, und er ließ ihn den ersten Kilometer im Entengang hinter der Gruppe watscheln.

Joachim war nie ein begeisterter Sportler gewesen, aber er bewies doch eine beeindruckende Zähigkeit und hielt durch. Das wiederum empfand Abel als Provokation, und von da an hatte er den jungen Thalmeyer auf dem Kieker. War dieses ganze Porzellan mit all den sinnlosen Verzierungen nicht auch irgendwie jüdisch? Und er bekam ja mit, wie die Eltern daheim über die Thalmeyers redeten, diese feinen Fabrikanten, die sich für was Besseres hielten. Im Sport, etwa beim Geländekampf, teilte Abel ihn immer in die schwächere Gruppe, in der diejenigen waren, die von den

Stärkeren bevorzugt verdroschen wurden. Joachim wurde in den Schwitzkasten genommen, bis er keine Luft mehr bekam, und beim Reiterkampf musste er entweder einen viel zu schweren Jungen schultern oder wurde umgekehrt auf einen ganz wackligen Kameraden mit dünnen Beinchen gesetzt.

Schlimmer war das Boxen, wo Abel regelrechte Strategien ausheckte, welcher Junge mit seiner Kampfweise Joachim am übelsten zusetzen würde. Letztlich kam es immer aufs Gleiche raus: Beide bekamen Boxhandschuhe, und der Stärkere verprügelte Joachim dann, bis das Blut spritzte.

Doch nichts, was Joachim durchmachen musste, reichte an Franks Leiden ran. Der Junge war nicht der Hellste, sein Vater war im Krieg gefallen, und sie erzählten sich, er habe darauf ein Jahr nicht gesprochen. Und das merkte man irgendwie. Er fiel peinlich auf, wenn sie im Gleichschritt marschierten. Sie mussten dabei synchron die Hände schwenken, doch dieser Junge hatte irgendeine motorische Störung, er konnte das nicht. Selbst Abel Metsch gab auf, Scharführer Xander übernahm und schrie wie von Sinnen: »Hände schwenken, verdammt noch mal!« Alle marschierten im Gleichschritt und schwenkten wie üblich mal den linken, mal den rechten Arm. Frank schwenkte beide Arme gleichzeitig, sodass er alle, die hinter ihm marschierten, aus dem Takt brachte, und natürlich sah damit die gesamte Rotte unfreiwillig komisch aus, aber für Komik hatten die jungen Nazis keinen Sinn: Die Rotte musste zum Strafexerzieren antreten. Den Jungen wurde gesagt, sie sollten sich Frank in der Freizeit mal vorknöpfen, sonst würden sie jedes Mal wieder bestraft. »Erzieht ihn euch selbst!«, befahl der Scharführer. Am Samstag drauf war es wieder das Gleiche, Frank kriegte das einfach nicht so wie sie hin und begann sogar zu flennen. So etwas Undeutsches! Aus der Volksgemeinschaft ausgeschlossen gehörte der! Er musste zum *Spießrutenlauf* antreten, wie die von Abel höchstselbst erfundene Bestrafung hieß (für die er vom Gebietsführer ein Lob und einen Eintrag im Jahresbuch erhielt): Frank ging durch eine Zweierreihe von Kameraden, die ihm alle, wenn er an ihnen vorbei war, mit voller Wucht in den Hintern, den Rücken oder, wie es die besonders gemeinen Jungen machten, in die Kniekehle treten mussten. Joachim trat bewusst gebremst zu, eher ein Stupser mit der Schuhspitze, was Abel sich merkte. Frank fiel dreimal nach vorn und musste unter großem Gejohle die letzten Meter robbend verbringen. »Jawoll, so nähert man sich dem Feind«, rief einer, und alle grölten.

Am darauf folgenden Samstag tauchte Frank nicht auf. Zwei Jungs wurden zu seiner Mutter geschickt. Die war ganz verzweifelt, denn Frank hatte das Haus in der Nacht verlassen, ohne Nachricht. Abel, immerhin, hatte ein komisches Gefühl, Joachim sowieso, und sie schickten Suchtrupps los. Eine gute Geländeübung, befand Abel, denn Späher seien wichtig im Krieg, und Joachim bemerkte, dass seine Stimme nicht mehr die festeste war. Sie schwärmten aus und suchten im ganzen Gelände. Als zwei Jungs an die Bahnböschung der Linie Selb–Hof kamen, die ihr Spielgebiet begrenzte, fanden sie ihn. Oder das, was von ihm übrig geblieben war. Er musste sich in der Dunkelheit vor einen Güterzug geschmissen haben.

Der Vorfall wurde nicht weiter verfolgt, Abel und Scharführer Xander kamen mit einer Rüge davon. Tränen wurden nicht vergossen, hart wie Kruppstahl hatten sie zu sein.

Scharführer Xander sollte den Ausbruch des Zweiten Weltkriegs, für den sie doch alle gedrillt wurden, auch nicht mehr miterleben. Denn bei einem sommerlichen Zeltlager in Lichtenfels, als der Himmel in einem prächtigen Ultramarin schimmerte, gingen sie gemeinsam im Main schwimmen, und Scharführer Xander erfand eine Mutprobe: Die Jungs mussten auf Lastschiffe klettern, die von Schleppern gezogen wurden, und von dort ins Wasser springen. Das machte sogar Joachim großen Spaß, denn er konnte schwimmen, eine Fertigkeit, die damals nicht allen Jugendlichen beschieden war. Selbst Abel Metsch blieb lieber am Ufer stehen, mit der Ausrede, dass er ja alles zu überwachen hatte.

Korrekterweise wollte Scharführer Xander seinen Anvertrauten gegenüber ein Beispiel besonderen Mutes geben: Er kletterte statt auf die motorlosen Lastschiffe auf das motorisierte Schlepperschiff. Beim Sprung ins Wasser geriet er in die Schiffsschraube. Feuerwehrleute holten die zerfetzten Reste aus dem Fluss und wickelten sie in eine Decke. Und das war das Ende des Scharführers Xander.

25. KAPITEL

Die Rückzahlung

Natürliche Auslese, dachte sich Abel Metsch. Es war wie mit den Ameisen, die er mit seiner Lupe zu versengen suchte. Die Cleveren verschwanden schnell in den Ritzen des Bürgersteigs, unter Blättern oder zurück in den Bau. Nur die Dummen flitzten wie aufgescheucht umher, bis sie der heiße, unerbittliche Strahl Abels wie die göttliche Rache traf. Sie hatten es verdient zu sterben. So wie Frank. Oder auch Xander.

Als Hitlerjunge blühte Abel auf. Er wurde befördert, vom Rottenführer zum Oberrottenführer, dann zum Kameradschaftsführer, und er konnte sich Hoffnungen machen, vom Ehrenamt zum Hauptberuflichen befördert zu werden. Bei den Jungs genoss er Respekt. Glaubte er.

Denn geblendet von Hierarchie und Ideologie, merkte er nicht, wie sich der perfekte Sturm zusammenbraute. Macht korrumpiert. Viel Macht korrumpiert viel. Und macht blind. *Schtischta* hieß er bei den Jungs, weil er den Befehl *Stillgestanden!* laut, militärisch kurz und voller Inbrunst hervorbrachte. Irgendwann bekam er es mit und freute sich darüber. Waren doch gute Jungs, sollten sie ihren Spaß haben. Und still standen sie ja vor ihm.

Gefürchtet waren seine Exerzitien, wie er sie gern nannte. Er galt als härtester HJ-Hund Oberfrankens, und das war gut so. Den kleinen Heinz ließ er Hundefutter essen, weil er beim Geländelauf Letzter geworden war, und Ferdinand bekam verfaulten Fisch, weil er – ist das denn möglich? – keinen einzigen Klimmzug schaffte. Jauche-Peter musste eine Grube ausheben und dann wieder zuschütten, weil seine Mannschaft im Geländespiel Letzter geworden war. Und immer wieder diese Boxkämpfe! Mit großem Vergnügen sah Abel Metsch, wie Joachim Thalmeyer stets aufs Neue ordentlich verdroschen wurde. Es diente ja einem höheren Ziel: Bluten für den Führer.

Die Jungen hatten keine Chance aufzubegehren. Aber irgend etwas musste geschehen, sonst würde hier noch jemand ernsthaft Schaden nehmen. Selbst den Jungen, denen das ganze Geländebrimborium gefiel, die die HJ-Uniform gern trugen und irgendwie an diesen Lebensraum im Osten glaubten und die Stimme des Führers mochten – selbst denen wurde es langsam zu bunt. Auch die Kräftigen, die beim Boxen die Schmächtigeren verprügeln sollten, verloren langsam die Lust.

Die Jungs flüsterten nach den HJ-Nachmittagen, und sie verstummten, wenn Abel Metsch sich näherte. Sie mussten vorsichtig sein, vielleicht gab es Spitzel, aber es wurde immer häufiger geflüstert und etwas lauter gemurmelt, die verschwörerische Gruppe wurde größer und größer, bald gehörte die gesamte Schar dazu. Abel Metsch gab nichts drauf, wahrscheinlich ging es um Fußball, und da mochte er einfach nicht mitreden. Die Franken beherrschten ja alles, die Nürnberger und die Fürther vor allem, und manche der Jungs waren sogar schon mit ihren Vätern im Stadion gewesen.

Sollten sich die Jungs ruhig mal ablenken. Es würde schon noch hart auf hart kommen, dann war Disziplin gefragt. Ein guter Anführer muss seinen Untergebenen auch mal Spaß gönnen.

Eines schönen Spätsommerabends versammelten sich zwanzig Jungen im Schatten eines Eichenhains. Die Eichen standen neben einem Feldweg, der zum Anwesen der Metschs führte. Die Dämmerung kippte in die Dunkelheit, der zunehmende Mond gab gerade ausreichend Licht. Abel Metsch kam daher, gut zu erkennen an seinen weißen Beinen, die wie Stelzen aus der HJ-Sommeruniform ragten. Ja, physiologisch war er eindeutig ein Muttersöhnchen. Die Jungen hatten sich mit Kohle die Augenpartie geschwärzt. Als ihr Opfer sich näherte, zogen sie ihre mitgebrachten Mützen tief ins Gesicht und das HJ-Halstuch über Mund und Nase, nur ein schmaler Schlitz für die dunkel umrandeten Augen blieb frei. Die Truppe sah, besonders in dem düsteren Licht, wirklich furchterregend aus.

Bereits am Vorabend hatten sie auf ihn gelauert, den Überfall aber abbrechen müssen, denn Mutter Metsch war im Garten erschienen und hatte schon von Weitem nach ihrem Sohn gerufen. Sie wollten nichts riskieren und verschoben alles auf den nächsten Abend.

Nun war die Zeit reif. Die Jungen sprangen aus dem Gebüsch und warfen sich auf Abel Metsch, der mit einem spitzen Schrei zu Boden stürzte. Sofort stopften sie ihm einen Knebel in den Mund und verbanden ihm die Augen. Dann zogen sie ihn ins Waldstück. Abel Metsch zappelte und wimmerte, aber je zwei Mann hatten seine Extremitäten gepackt, er war hilflos.

Tiefer im Hain war alles vorbereitet. Zuerst rissen sie ihm

die Kleider vom Leib. Dabei erkannten sie, dass er sich in die Hose gemacht hatte, und kicherten. Sie hatten vereinbart, möglichst wenig zu reden, nicht dass der feine Kameradschaftsführer noch jemanden an der Stimme erkennen würde. Sie warfen den schmutzigen Nackedei auf den Boden und schmierten ihn mit Schuhcreme ein, Peter und Heinz und Ferdinand und Joachim und all die anderen, die Großen und Starken und die Kleinen und Schmächtigen. Dann zerschnitt Peter ein paar alte Daunenkissen und verstreute die Federn über Abel Metsch, dessen Kopf sich verzweifelt nach links und rechts bewegte.

»Was für ein hässlicher Vogel«, rief einer der Jungen, der nicht an sich halten konnte, und alle lachten.

Das sollte Abel Metsch eine Lehre sein. Sie richteten ihn auf und ließen ihn los. Abel hustete und biss verzweifelt auf den Knebel. Dann rissen sie ihm die Augenbinde ab und stürmten davon. Abel Metsch würde es hüpfend bis nach Hause schaffen. Aber erst dann, wenn alle seine Untergebenen längst daheim waren, sich die Kohle abgewaschen hatten und brav beim Abendessen im Familienkreis saßen.

* * *

Alexandra Metsch tobte, heulte und fluchte. Sie würde es allen zeigen, aufknüpfen sollte man diese Bastarde und Volksschädlinge! Sie würde zur Schule gehen, zur HJ-Führung und auch zur Gestapo, diese Ungeheuerlichkeit war ja ein Anschlag auf den Führer selbst und auf ganz Deutschland und konnte auf keinen Fall geduldet werden! Sie wusch Abel Metsch in der Badewanne, um ihrem Mann den Anblick zu ersparen. Dafür war Abel ihr dankbar. Ohne dass etwas gesagt werden musste, schlossen die beiden ein Schweigegelübde.

Doch früh am Morgen des nächsten Tages, es war der erste September 1939, läuteten um kurz vor fünf Uhr die Glocken in Selb und in allen umliegenden Gemeinden und in ganz Deutschland. Alexandra Metsch hatte ohnehin vor Wut kaum schlafen können und wachte sofort auf, während ihr Mann wie immer selig schnarchte. Was war passiert? Die Menschen versammelten sich um ihre Volksempfänger. Deutsche Soldaten hatten einen heimtückischen polnischen Angriff zurückgeschlagen und waren nun ins Nachbarland vorgerückt. Der Krieg hatte begonnen!

26. KAPITEL

Die Unterstützung

Im September 1947 nahmen die meisten Fußballligen in den Westzonen den Spielbetrieb wieder auf. Viele Vereine schlossen sich mit Teams aus Nachbarorten zusammen, denn junge, gesunde Männer waren schwer zu finden. Auch die Sponsorensuche gestaltete sich als schwierig, und deswegen stand nun Horst Bayreuther in Marie Thalmeyers Büro. Er hatte sich in einen Dreiteiler geworfen und drehte seinen Hut nervös in den Händen. Da er sonst sein Leben im Turnanzug verbrachte, sah er deplatziert aus und fühlte sich auch so.

Marie bot ihm einen Platz an, er ließ sich ächzend niedersinken. Trotz seiner akkurat gescheitelten Haare, der frischen Rasur und dem energisch nach vorn gestreckten Kinn wirkte er gealtert, wie so viele Menschen in diesen Zeiten.

»Sie haben also wieder den Vorsitz der Spielvereinigung Selb übernommen«, half ihm Marie ins Gespräch.

»Ja, nun, einer muss ja … und Sie kennen mein Pflichtgefühl …«

»Natürlich. Ich finde das ausgesprochen löblich.«

»Gerade vierzehn Spieler haben wir zusammengetrommelt, davon zwei Torleute. Da sollte sich keiner schwer verletzen.

Gut, dass ein paar Sudetendeutsche aushelfen. Einer will sogar in der dritten Liga gespielt haben. Im Training tanzt er alle aus. Wir sind bester Hoffnung.«

»Das sind doch gute Nachrichten?«

»Na, wissens, Sie können ja ahnen, wie es um die Jungs bestellt ist. Eine ziemlich zerrupfte Truppe. Schuhe noch aus der Zeit von Willem Zwo und gerade zwei Lederbälle fürs Training und fürs Spiel. Ein Rasenmäher mit Handbetrieb, die Spieler wechseln sich ab. Wir tun ja, was wir können, aber ein bisschen Hilfe würde uns das Leben schon erleichtern.«

»Und deswegen sind Sie hier.«

»Nun ja, schon Ihr seliger Vater und sogar Ihr Großvater, also, die haben uns immer unterstützt. Und nachdem die anderen Unternehmer im Ort …«

»Was ist denn mit Papierfabrikant Metsch?«, fragte Marie und bemühte sich um einen unschuldigen Ton. »Der hat doch immer Geld gegeben.«

»Ja, wissens, seit er Bürgermeister ist, hält er sich zurück mit seinen Zuwendungen. Er will Neutralität bewahren, hat er gesagt.«

Ja, tatsächlich, Karl Metsch war seit knapp zwei Wochen der stolze Bürgermeister von Selb. Bei der Wahl hatte er fast siebzig Prozent der Stimmen bekommen. Marie bereute es nicht im Geringsten, nicht angetreten zu sein, obwohl John McNarney sie noch einige Male dazu gedrängt hatte. Es wäre ein allzu harter Kampf gewesen, unter dem alles gelitten hätte – nicht nur sie, sondern auch die Manufaktur und ihre Angestellten. Eine *Bürgermeisterin*: ob die Zeit dafür überhaupt schon reif gewesen wäre? Und ihr war auch klar, dass das alles für Metsch nur ein erster Schritt sein würde. Er sparte sich sein Geld, um damit einflussreichere Menschen als den Präsidenten eines Dorfklubs umgarnen zu können. Sie musste aufpassen.

»Und deswegen bin ich hier«, sagte Bayreuther nun entschlossen.

»Ich dachte mir schon, dass Sie keine Porzellanfiguren kaufen wollen.«

Nun lächelte zum ersten Mal auch Bayreuther. »Sie müssen entschuldigen, Fräulein Thalmeyer. Die Situation ist wirklich desperat.«

Marie musste nicht lange nachdenken. Sie hatte Fußball immer gemocht und war früher mit ihrem Vater oft bei den Spielen des VfL Selb gewesen, eines Zusammenschlusses der beiden konkurrierenden Ortsvereine FK 09 und SV 13, den die Nazis forciert hatten und der nie so recht funktionierte. Aber die Atmosphäre hatte ihr doch immer sehr gefallen, ganz im Gegensatz zu ihrer jüngeren Schwester, die sich gelangweilt hatte und allenfalls die Waden der Spieler benotete. Und Joachim war ohnehin nie mitgekommen, der hatte ja nur seine Musik im Kopf gehabt.

»Morgen haben wir unser erstes Heimspiel. Wir würden uns sehr freuen, wenn Sie uns mit Ihrem Besuch, also, Ihrer Anwesenheit beehren! Und, wir haben auch einen hohen Gast, wissens, der Militärgouverneur höchstpersönlich. Auch wenn ich nicht weiß, was diese Amerikaner von Fußball verstehen.«

Marie lächelte, denn von Johns Kommen wusste sie schon. Die beiden hatten sich für das Spiel verabredet, nachdem das vereinbarte zweite Dinner im Bella Venezia aus *»urgent reasons«* hatte ausfallen müssen, wie John ebenso geheimnisvoll wie auch bedauernd am Telefon mitgeteilt hatte.

»... haben uns also überlegt, verstehens, die Porzellanmanufaktur Thalmeyer als Hauptunterstützer unseres

Vereins zu gewinnen«, holte der Gast Marie aus ihren Gedanken zurück. »Wir sind beides ehrbare Unternehmen, die gut zueinander passen und den Ort Selb würdig, äh, repräsentieren würden.«

»An welche Unterstützung hatten Sie denn gedacht?«

»Wissens, wenn wir genug Schuhe und Trikots hätten und dann noch ein paar Bälle, dann wäre uns schon sehr geholfen.«

Das war weder einfach noch billig. Aber Maries Idee vom Weichporzellan hatte der Manufaktur tatsächlich volle Auftragsbücher beschert – bei allerdings schmaleren Margen. Und Brennmeister Schöffel, der aus Herzogenaurach stammte, hatte einen Bruder, der in der großen Dassler Schuhfabrik arbeitete.

»Ich denke, wir können da zu helfen versuchen«, nickte Marie.

Bayreuther sprang ganz erregt auf. »Ich danke Ihnen, ich danke Ihnen sehr, Fräulein Thalmeyer! Ich wusste, dass Sie uns nicht hängen lassen! Sie haben bei uns doch schon mit Ihrem verehrten Vater zugeschaut, als Sie noch« – er hielt die Handfläche an den Oberschenkel – »so klein waren!«

»Ich habe Sie sogar selbst noch spielen sehen«, gab Marie zurück. »Sie waren ein guter Außenläufer!«

Bayreuther winkte verlegen ab. »Oh, das war ein ganz anderes Leben. Darf ich denn morgen mit Ihrem Kommen rechnen?«

»Aber Herr Bayreuther! Als würde ich mir das erste Heimspiel nach fünf Jahren entgehen lassen!«

* * *

»Na, Fräulein Chefin, bei den Dasslers, da geht es gerade rund, ich weiß ja gar nicht, wo ich anfangen soll«, wusste Schöffel, den Marie ins Büro einbestellt hatte. Braver Arbeiter, der er war, lehnte er den angebotenen Platz ab und stand lieber.

»Familieninterna sind mir auch nicht so wichtig, die Frage ist nur, ob wir ihnen Schuhe abkaufen können und Bälle und vielleicht auch …«

»Nein, Fräulein Chefin, Sie verstehen das nicht, die Firma fliegt gerade auseinander, aber so richtig!« Brennmeister Schöffel, sonst ein eher besonnener Geselle, redete sich in Rage. Denn die Brüder Adolf und Rudolf, die Gründer der Schuhfabrik Dassler, mit deren Produkten Jesse Owens bei Olympia 1936 unter den entsetzten Augen des Führers der Herrenrasse einfach davongelaufen und -gesprungen war, hatten sich zerstritten. Aber nicht so, wie es ja in den besten Familien und vor allem unter Geschwistern vorkomme, sondern so richtig, wie Schöffel noch einmal betonte. Vor allem die jeweiligen Ehefrauen hätten kräftig gezündelt, der Adi soll den Rudi sogar bei den Amerikanern denunziert haben, um die Firma allein zu leiten, worauf dieser für ein Jahr in Haft gewesen war, eine ganz schmutzige Geschichte, und anscheinend seien die Brüder sogar mit Fäusten aufeinander losgegangen, das Tischtuch sei völlig zerrissen, auch der örtliche Klerus, der zu vermitteln versucht hatte, musste aufgeben, und nun sei der Bruder Rudolf einfach auf die andere Seite des Ufers der Aurach gezogen und war dabei, seine eigene Schuhfabrik aufzubauen, das müsse man sich mal vorstellen. Das könne doch überhaupt nicht funktionieren, so viele Turnschuhe könne man doch gar nicht verkaufen! Adi Dassler jedenfalls habe Dassler in *Adidas* umgetauft, und

Rudolf Dasslers Firma solle wohl *Ruda* oder vielleicht sogar *Panther* oder *Puma* heißen.

»Und was ist jetzt mit den Schuhen?«

Brennmeister Schöffel blickte eine Zeit lang verwundert, als wäre er aus einem Traum aufgewacht und wüsste nicht, wo er sich gerade befand. Dann fiel es ihm wieder ein. »Ach ja, die Schuhe. Also, gleich morgen frag ich meinen Bruder. Ich denke schon, dass da was geht. Billig wird's aber nicht, Sie kennen doch die Franken. Ein Land, das wie eine Münze heißt …«

27. KAPITEL

Das Heimspiel

Selb hatte etwas über zehntausend Einwohner, und es sah so aus, als wären wirklich alle von ihnen zum ersten Heimspiel des SV Selb erschienen – und alle feierten diesen weiteren kleinen Schritt aus der düsteren Vergangenheit, diesen Baustein, der, so winzig er auch war, zum Fundament einer helleren Zukunft beitragen würde. Die Rappenhuths und Füllhorns und Müllerschöns waren da, Pastor Maximilian Holzapfel unterhielt sich mit Bankier Raps, Buchhalter Willemsen rückte Bürofräulein Margot Hennemann auf den Echtpelz, der aus besseren Zeiten stammte. Die Ortskapelle mit Kapellmeister Gotthard und Trompeter Volkmar Raudinger spielte auf, am Bierstand wurde ausgeschenkt, die Männer hatten sich in ihre besten Anzüge geworfen. Niemand störte der leichte Nieselregen, der zum Glück auch bald aufhörte.

An der Stirnseite hatte eine Holztribüne mit zehn Sitzreihen und einem schmalen Dach, das nur die obersten drei Reihen überragte, den Krieg überstanden. Sie wirkte ziemlich morsch, aber niemand machte sich große Gedanken um die Sicherheit. Wer die Bombenangriffe überstanden hatte, der sorgte sich nicht um ein paar knirschende Holzlatten. Als eine der Ersten hatte sich Sophie gesetzt und winkte Marie zu. Klar, dass sie nur wegen Harry hier war, der auch just vom Bierstand kam, mit großen Schritten über die Sitzreihen stieg und zwei Biergläser in den Händen balancierte.

Auch Marie ging nun in Richtung Tribüne, die tatsächlich in der obersten Reihe mit Papierwimpeln für Ehrengäste geschmückt war. Vereinspräsident Horst Bayreuther fungierte als Platzanweiser, scheuchte Unberechtigte weg und winkte schließlich Marie zu sich. Sechs Plätze genau auf der Höhe der Mittellinie waren freigehalten, und in diesem Moment erschien auch schon John McNarney samt Dolmetscher. Beide waren in Zivil gekleidet, und offenbar führte Bob dieses Mal auch keine Waffe mit sich. Die amerikanischen Gäste bekamen selbstverständlich die mittleren der sechs Plätze, Marie und Bayreuther setzten sich links daneben. Das hatte Marie geschickt eingefädelt, denn sie ahnte, für wen die beiden noch leeren Plätze bestimmt waren, und diese beiden Gäste würden so nicht an ihr vorbei müssen.

Und tatsächlich: Als schon alle saßen und der Schiedsrichter das Spiel gerade anpfeifen wollte, kam Karl Metsch samt Gattin hereinstolziert. Er, der auf jeder Feier unangenehm früh zu erscheinen pflegte, hatte sich den Politikertrick zu eigen gemacht, möglichst spät zu kommen, um alle Blicke auf sich zu ziehen. Und zu zeigen, dass man ein vielbeschäftiger Mensch war, der es gerade so zu den vereinbarten Terminen schaffte. Genau genommen, hatte Frau Bürgermeisterin ihrem Gatten von diesem Trick erzählt. Unter großem Hallo bahnten sie sich einen Weg durch die vollbesetzte Tribüne und erreichten ihre Ehrenplätze.

»Willst du was gelten, mach dich selten«, flüsterte Marie

John ins Ohr. Der brauchte eine Weile, bis er das Sprichwort verstanden hatte, dann lachte er. »A good one!«

Karl Metsch schüttelte John McNarney, der sich höflich erhob, die Hand, grüßte mit einem jovialen Winken Horst Bayreuther und nickte Marie kühl zu. Frau Bürgermeister hatte sich dagegen hingesetzt, ohne einen der anderen Ehrengäste auch nur anzusehen.

Und dann konnte das Spiel unter den Augen von Horst Bayreuther, Marie Thalmeyer, John und Bob und Karl und Alexandra Metsch sowie den vielen Zuschauern, die sich rund um die Spielbahn verteilt hatten, endlich angepfiffen werden. Die Selber spielten in ihren Traditionsfarben weiß und schwarz, die Gegner vom Arbeiterturnverein Höchstädt waren in rote Trikots gekleidet. Die Mannschaften verband eine lange und innige Abneigung, gehörten sie doch beide zu den ältesten in der Gegend. Dass der ATV Höchstädt drei Jahre vor dem SV Selb gegründet worden war, ließen die Höchstädter die Selber immer gern wissen.

Metsch saß nicht genau neben McNarney und versuchte dennoch immer wieder, mit ihm ins Gespräch zu kommen, aber die allgemeine Lautstärke machte ein Gespräch über mehrere Plätze unmöglich. Und dieser Umstand kam sowohl John als auch Marie ganz gelegen.

»Weißt du denn, wie Fußball funktioniert?«, fragte Marie.

»Nein, nicht richtig. Es ist kein Baseball, das sehe ich.«

Also erklärte Marie es ihm und unterbrach ihre Ausführungen immer dann, wenn es eine Torchance für eine der beiden Mannschaften gab und der Lärm anschwoll. Sie erklärte die Rolle des Torwarts und die Aufgaben der Verteidiger und Mittelläufer, der Außenläufer und Halb- und Mittelstürmer, und dabei zeigte sie auf die Spieltrikots.

»Siehst du, unsere Neun? Das ist der Mittelstürmer. Er versucht, den Ball ins Tor zu schießen, und er wartet auf die Pässe der Halb- und Außenstürmer.«

»Du, und was ist diese komische *Abseits*?«

Marie räusperte sich. Auch wenn man es wusste, war es doch immer schwer zu erklären – dazu noch jemandem, der offenbar zum allerersten Mal ein Fußballspiel sah.

Sie räusperte sich erneut. Ja, es war nicht einfach. »Also, wenn ein Stürmer den Ball bekommt, darf er nicht letzter Mann sein, sondern es muss noch mindestens ein Verteidiger zwischen ihm und dem Torwart stehen.«

»Das macht keinen Sinn, oder?«

»Ja, weißt du, das soll verhindern, dass die Mittelstürmer einfach vor dem Torhüter stehen bleiben. Und deswegen dürfen, also, müssen sie …«

»Wenn der Stürmer den Ball annimmt im gegnerischen Halb und nicht mindestens zwei Gegner befinden zwischen ihm und die Torlinie: Das ist Abseits?«

Marie dachte nach. Ja, das war verblüffend gut erklärt, und als sie John dafür loben wollte, blickte sie in ein jungenhaftes Grinsen, und sie verstand sofort: Natürlich kannte John den Fußballsport gut, er hatte sie nur zum Narren gehalten! Sie deutete ihm einen Stoß auf den Oberarm an, hielt sich aber im letzten Moment zurück.

Unterdessen hatte der Selber Mittelstürmer ein schönes Tor erzielt, einen Flachschuss ins rechte untere Eck von der Strafraumgrenze. Das Stadion jubelte, und die Tribüne schwankte regelrecht.

Karl Metsch hatte von allen Zuschauern auf der Tribüne als Letzter mit dem Jubeln aufgehört und war noch am längsten stehen geblieben, als hätte er das Tor selbst erzielt.

Nachdem sich die Menge beruhigt hatte, begann John zu berichten: In New Jersey gab es so viele Italiener, dass die Kinder auf der Straße kaum Baseball, sondern immer Fußball gespielt hätten, selbst in der Schule wollte keiner zum Football und erst recht nicht zum Basketball. »Und als die Italiener vierunddreißig und achtunddreißig Weltmeister wurden, oh, was meinst du, was da in unserem Stadt war los!« Aus den Fenstern hingen italienische neben amerikanischen Fahnen, die Menschen tanzten auf den Straßen, überall wurde Wein ausgeschenkt, wie John berichtete.

»Und dann haben wir uns in Italien und später in Frankreich ein bisschen vergnügt, wenn vorgingen keine Kämpfe. Wir waren viel mit englischen Soldaten zusammen, die waren sehr überrascht, wenn ein Ami konnte spielen Fußball.«

Und dann, als kurz vor der Halbzeit das zweite Tor für die Selber fiel, beugte sich John plötzlich vornüber, und sein Lächeln erstarb. Er presste die Lippen zusammen, und sein Adjutant redete leise auf ihn ein. Johns Gesicht war ganz weiß, an der Stirn trat eine Ader hervor.

»John, kann ich was tun?«, fragte Marie entsetzt.

»Schon … schon gut, es ist nichts weiter«, stieß er mühsam hervor. Dann nickte er seinem Adjutanten zu. »Let's go.« Bob nickte und half dem General routiniert auf. John wirkte um mindestens ein Jahrzehnt gealtert und musste von Bob gestützt werden. Gut, dass alles noch stand und über das Tor jubelte, sodass die beiden Amerikaner in dem unübersichtlichen Trubel zügig verschwinden konnten, auch Metsch hielt sie nicht auf. Er hatte in seinem ostentativen Triumphgehabe über den zweiten Treffer auch nichts von dem plötzlichen Schwächeanfall des Amerikaners mitbekommen und nahm sicher an, dass die beiden sich nur kurz die Beine vertreten wollten. Vereinspräsident Bayreuther dagegen hatte die Szene mit sorgenvoller Miene betrachtet.

»Ich sehe nach, was los ist«, rief ihm Marie ins Ohr und folgte den beiden Amerikanern. Dazu musste sie ebenfalls an Bürgermeister Metsch und Gattin vorbei, die ihr finster hinterherblickten.

Auf dem Parkplatz standen ein Dutzend Autos; so langsam griff die Motorisierung der Selber um sich. Aber der Jeep war natürlich ganz leicht ausfindig zu machen. John stand an die Kühlerhaube gelehnt, den Blick nach oben gerichtet. Bob machte das Auto startklar.

Als Marie näher kam, sah sie erleichtert, dass Johns Gesicht schon wieder eine gesündere Farbe angenommen hatte. Nur auf der Stirn stand noch etwas Schweiß, den er sich mit einem Stofftaschentuch abtupfte.

»Entschuldige die Szene«, lächelte er verlegen.

»Ich bitte dich. Was ist denn passiert?«

»Eine Kriegsverletzung. Nichts Schlimmes. Etwas Stahl in der Lunge. Ende vierundvierzig, bei Bastogne.«

»Was sagen denn die Ärzte? Können sie das nicht operieren?«

John schien gar nicht zuzuhören und sah in die Ferne. »Ardennenoffensive. Da ist ein Geschoss explodiert direkt neben unser Fahrzeug. Mein Fahrer ist getötet worden. Mit zwanzig Jahren. Wer bin ich, dass ich klage?« Dann blickte er Marie an, war wieder im Hier und Jetzt. »Die Ärzte sagen, eine Operation ist riskant. Der Splitter hat sich richtig versteckt, sagen die Ärzte, an der linken Lunge, ganz nah am Herz. Manchmal da sind Probleme mit Atmen. Aber es geht ja auch so, du siehst.«

Marie wusste nicht, was sie sagen sollte, und legte ihre

Hand auf Johns Oberarm, und er legte seine Hand auf ihre Hand. In diesem Moment sprang der Dieselmotor des Jeeps an. John bedeutete Bob, noch etwas zu warten.

»Morgen bin ich ganz bestimmt wieder fit, denn ich kann nicht versetzen dich schon wieder.«

»Morgen? Was ist denn morgen?«

»Na, ich wollte einladen zum Italiener. Vielleicht zur zweiten Pizza von deinem Leben?«

28. KAPITEL

Swingmusik

Die Konzerte im Lager waren ein Erfolg. Die Musiker erwiesen sich als größtenteils begabt, ein Oberstleutnant der Artillerie hatte Erfahrung als Dirigent einer HJ-Kapelle und immer mehr Instrumente erreichten das Lager, dazu Notenblätter jeder Stilrichtung. Von ersten Versuchen der Kammermusik war man bald zu einem richtigen Orchester angeschwollen, und jeden Sonntag veranstaltete man einen Konzertabend. Ausgerechnet Wagner erfreute sich bei den Russen größter Beliebtheit, und die Rienzi-Ouvertüre wurde bald zu einem festen Programmpunkt und bildete meist den Abschluss des Abends.

Joachim Thalmeyer dagegen hatte jeden zweiten Abend für zwei Stunden in der Offiziersmesse Klavier zu spielen, wo sich bis zum Einbruch der Dunkelheit die Deutschen aufhalten durften und anschließend für die russischen Kommandanten Platz zu machen hatten. Während die Deutschen sich zumeist Klassik wünschten – einige der hohen Herren schnauzten Joachim im Kasernenton an, als hätten Dienstgrade noch immer etwas zu bedeuten –, waren die Russen neugierig auf die moderne amerikanische Musik. Ein paar Stücke kannte Joachim noch aus dem Kopf, etwa *In The Mood, Minnie the Moocher* und *Saxa-Woogie*, einige andere Melodien versuchte er aus dem Kopf herzuleiten und ließ sich zum Aufschreiben der Noten Papier und Bleistift geben, was ihm nur widerwillig gestattet wurde. Da Swing nur auf dem Klavier ohne Begleitung ohnehin schwierig war, improvisierte Joachim, indem er klassische Stücke mit Swing-Achteln spielte, was verblüffend gut funktionierte, denn eine gute Melodie, stellte er fest, blieb in jeder Taktform eine gute Melodie. Tagsüber musste er, der handwerklich über keinerlei Fähigkeiten verfügte, in der Gartenbrigade arbeiten und manchmal auch mithelfen, Brennholz im Wald zu schlagen, was vor allem bei Minustemperaturen extrem anstrengend war. Die russischen Bewacher waren streng, aber keine Sadisten. Niemand musste hungern, niemand wurde geschlagen. Für das Klavierspiel bekam Joachim eine Essensration extra, sodass es ihm, den Umständen entsprechend, einigermaßen passabel erging. Oberstleutnant Rostow, der stellvertretende Lagerkommandant, der gut Französisch sprach, lobte Joachim für seine Stücke und stellte ihm sogar an manchen Abenden ein Glas Wodka aufs Klavier. Er hatte ein freundliches Gesicht und sogar eine kleine Wampe, die er sich auch durch die harten Kriegsjahre bewahrt hatte. Der Lagerkommandant dagegen, von den deutschen Inhaftierten »Die Eminenz« genannt, blieb kühl und unnahbar. In seiner aufrechten Haltung und dem stets erhobenen Kinn wirkte er geradezu deutsch, ein Kommisskopf.

Und dann war da noch Fjodor. Ein einfacher Wachsoldat mit ganz weißer Haut, hellen Augen und kindlichen Zügen. Ein kleiner Flaum wuchs auf seiner Oberlippe, während das Haar sich an den Schläfen schon ein wenig zurückzog, was er mit seiner Soldatenmütze aber sorgsam zu verbergen pflegte. Zwischen ihm und Joachim war über die Wochen eine besondere Vertrautheit entstanden. Fjodor, der aus Perm stammte, sprach ganz wenig Deutsch, und Joachim hatte ein paar Brocken Russisch aufgeschnappt. Wenn sie allein waren, brachten sie einander etwas mehr von der Sprache des anderen bei, doch wenn Soldaten oder Gefangene in Sicht kamen, schlug Fjodor sofort einen kalten Befehlston an – ein Schauspiel, über das beide, wenn sie wieder allein waren, schmunzeln mussten.

Immer mal wieder steckte Fjodor ihm Schokolade und russische Zigaretten zu. Es gab zufällige Berührungen: die Fingerspitzen, die Hände, einmal, beim Feuer geben, an der Wange. An mehr war nicht zu denken.

29. KAPITEL

Der Plan

Es hatte sich schnell herausgestellt, dass Joachims Kamerad Ottmar Schreiner völlig unmusikalisch und selbst als Paukist oder wenigstens an der Triangel nicht zu gebrauchen war. Zur Strafe wurde er zum Latrinendienst versetzt.

»Wie läuft's?«, fragte Joachim ihn am Abend seines ersten Einsatzes in der Unterkunft. Sie teilten sich ein schwankendes Hochbett aus dünnem Metall, Ottmar lag unten. Das Licht war gelöscht, aber hier und da wurde im Achterzimmer noch gemurmelt.

»Soll ich dir ein Geheimnis verraten? Offiziere stinken auch nicht anders. Aber ich glaube, ich hab Glück gehabt.«

»Wieso das?«

»Ich habe einen Plan«, flüsterte Ottmar. »Und die Latrine kommt mir nur gelegen.«

»Was denn für einen Plan?«

»Na, um abzuhauen!«

Joachim blickte ihn an »Mensch, lass das sein, das ist doch Unsinn!«

»Willst du die nächsten dreißig Jahre in Russland bleiben? Ich jedenfalls nicht, das sag ich dir!«

»Dreißig Jahre? Aber was redest du denn?«

»Hab's genau gehört, wie es die Offiziere gesagt haben. Glaubst du, die lassen uns je gehen? Nach all dem, was wir ihnen angetan haben? Wir arbeiten hier, bis wir alt und krumm sind, und dann geht's ab in den Wald, und wir dürfen uns noch selbst das Grab schaufeln, und das war's dann.«

Joachim dachte fieberhaft nach. War es möglich, dass sie für immer hier bleiben mussten? Würde er je den Vater und die Schwestern wiedersehen? Die etwas entrückte Marie und die lebhafte Sophie? Viereinhalb Jahre war es her, dass er sie zum letzten Mal umarmt hatte, Anfang dreiundvierzig, beim letzten Fronturlaub, der ihm gestattet worden war. Er hatte erlebt, was die Truppen der Gestapo und SS im rückwärtigen Heeresgebiet angerichtet hatten, direkt hinter ihnen. Die Verhaftungen, die Erschießungen, die in Brand gesteckten Dörfer – mussten die einfachen Soldaten sühnen? Ganz unwahrscheinlich schien es nicht, und ganz unberechtigt kam es ihm auch nicht vor …

»Was ist dein Plan?«

»Gib mir Zeit, ich muss noch ein paar Dinge ausbaldowern, aber dann …«

»Ruhe da drüben!«, zischte jemand durch die Dunkelheit.

* * *

»Der Plan sieht so aus«, berichtete Ottmar am nächsten Abend, als Joachim spielfrei hatte und sie gemeinsam in der Mensa Kohlsuppe mit etwas Speck und Brot aßen. »Wir müssen die Latrine täglich leeren. Alles in den Kesselwagen füllen. Eine echte Drecksarbeit, ich sag's dir.«

»Kann ich mir vorstellen.«

»Der Kesselwagen wird einmal pro Woche von einem Lkw abgeholt, der damit zur Sickergrube fährt. Der Lkw und der Kesselwagen werden bei der Ein- und Ausfahrt überhaupt nicht kontrolliert, denn den Gestank gibt sich keiner freiwillig. Die Posten winken ihn immer durch, musst mal drauf achten. Und es ist auch immer nur ein Fahrer, der unbewaffnet ist.«

»So weit verständlich. Aber ich verstehe noch nicht, wie du das zur Flucht nutzen willst.«

»Na, es ist doch ganz einfach. Wir verstecken uns im Kesselwagen und werden ganz von selbst aus dem Lager gefahren.«

Das *wir* überhörte Joachim zunächst, denn er hatte eine viel drängendere Frage: »Du willst dich im Kesselwagen verstecken? Der ist doch voller …«

»Nein, natürlich ist er das in dem Fall nicht! Ich arbeite ja unbeaufsichtigt, ab und an schlendern mal Russen vorbei und machen sich über mich lustig. Nicht, dass ich das, was sie sagen, verstehen würde, aber der Tonfall, na ja, ist ja auch egal. Ich werde den Wagen eine Woche lang nicht füllen. Eine Woche müsste funktionieren, ohne dass jemand was merkt.«

»Aber selbst leer muss es doch barbarisch stinken da drinnen!«

»Ja, daran habe ich auch schon gedacht. Wir müssen uns feuchte Tücher vor die Nase binden. Am besten noch mit ein paar Kräutern, die du aus dem Garten mitnimmst. Die Fahrt ist ja nicht lang, höchstens fünf Minuten.«

»Und wenn wir draußen sind: Was dann?«

»Wir werden den Russen höflich bitten, uns den Lkw zu überlassen, und er wird es uns sicher nicht abschlagen können, denn wir sind ja zu zweit.«

»Aber selbst wenn das klappt: Es sind doch überall Soldaten! Wir werden nicht mal bis zum nächsten Ort kommen!«

»Unsinn! Der Krieg ist doch schon seit zwei Jahren vorbei! Die sind alle längst zu Hause, arbeiten wieder in ihren Kolchosen! Und wir wollen ja auch nur so weit fahren, wie es gerade geht, dann geht's zu Fuß weiter, immer Richtung Westen, immer Richtung untergehende Sonne. Bist du dabei?«

* * *

Der Fluchtplan klang verrückt. Aber welcher Fluchtplan hatte schon jemals vernünftig geklungen? Joachim schätzte, dass sie mindestens zweitausend Kilometer bis nach Deutschland – oder nach dem, was einmal Deutschland war – zurücklegen mussten. Das war selbst mit einem Lkw eine unvorstellbar lange Reise, und Joachim glaubte ohnehin nicht, dass sie mit einem Militärfahrzeug weit kamen. Im besten Fall könnten sie so lange fahren, bis der Tank leer war, und das dürfte in ein-, zweihundert Kilometern der Fall sein. Zu Fuß schaffte man auf guten Wegen und bei ausreichender Nahrung vielleicht vierzig Kilometer pro Tag. Aber gab es überhaupt Wege? Und wo sollten sie die Nahrung herbekommen? Beide hatten heimlich zu hamstern begonnen, aber die Vorräte, die sie sich von den Essensrationen abzwackten und unter der Matratze versteckten, würden auch nur ein paar Tage reichen. Und dann: Was wäre in der Nacht? Sie hatten ihre alten Mäntel mit Lumpen und Flicken zwar so weit instandgesetzt, dass sie tagsüber bei der Arbeit nicht froren, aber die Nächte in Russland – das war doch noch einmal etwas ganz anderes, und in drei Monaten spätestens würde der Winter kommen. Bei minus vierzig Grad halfen keine dicken Mäntel mehr und auch keine Feuerstätten im Freien, sondern nur noch bollernde Öfen in geschlossenen Räumen. Und als Letztes: Was wäre, wenn sie erwischt würden? Sofortige Todesstrafe? Tod durch Arbeit oder Tod durch Verhungern, so wie die Russen, die das Pech hatten, in deutsche Kriegsgefangenschaft geraten zu sein, damals, bei dem glorreichen Vorrücken der deutschen Wehrmacht in den künftigen Lebensraum im Osten?

Ottmar Schreiner grinste nur, als Joachim ihm all seine Einwände vortrug. »Einfach machen«, sagte er immer wieder, und am Tag vor dem geplanten Ausbruch sagte er auch: »Was ist die Alternative? Die nächsten Jahrzehnte hier verbringen? Nie mehr heimkehren, nie mehr die Familie sehen? Wir beide, du und ich, wir haben den Krieg überlebt. Bomben, Maschinengewehre, Panzergeschütze, Stalinorgeln. Der Krieg ist vorbei, und eine Flucht zu überstehen, ist dagegen doch ein Kinderspiel!«

Joachim dachte wieder an seine Schwestern. An die Villa und die große Linde davor und die Versteckspiele als Kinder in der Manufaktur. An den Duft vom Kuchen aus Linas Ofen. An den Sonntagsbraten am Tisch und das funkelnde Porzellan überall. An den Selbbach und die Sonntagsspaziergänge mit dem Vater. Er dachte an die Musik aus seinem Grammofon, seine geliebten Platten von Artie Shaw, Chick Webb, Art Tatum und Count Basie, und an den Klub in Weiden, wo er mit seinen Freunden tanzte (*hottete*, nannten sie es), bis die Nazis es verboten. Ob Wolfi noch lebte, der immer bei ihm im Bett schlafen wollte, was der Vater verbot, sodass Joachim wartete, bis der Vater eingeschlafen war, bevor er die Tür öffnete und Wolfi leise zu sich pfiff?

Und dann ergriff ihn ein schrecklicher Gedanke: *Lebte seine Familie überhaupt noch?* War die Thalmeyersche Villa längst zerstört, die Manufaktur von den Russen geschleift? Immerhin hatten sie ja auf Kriegsbetrieb umschalten müssen, Befehl direkt aus Berlin. Diese verdammten Isolatoren. Hatten sich die Russen oder die Amerikaner dafür gerächt und die Familie verhaftet oder gar an die Wand gestellt oder in irgendein Lager gebracht, wo sie langsam verhungerten?

Seine Briefe waren unbeantwortet geblieben. Bislang hatte er gedacht, sie waren einfach nicht durchgekommen. Aber die viel entsetzlichere Möglichkeit hatte er bislang verdrängt: Hatten sie keinen Adressaten mehr gefunden?

Und genau diese Gedanken waren es, die ihn dazu bewogen, sich Ottmar Schreiner bei seinen Fluchtplänen anzuschließen.

30. KAPITEL

Der Ausbruch

Sie hatten sich mehrlagige Tücher vors Gesicht gebunden, die mit Kräutern aus dem Garten gespickt waren, vor allem Petersilie. Auch hatte Ottmar Schreiner sein Bestes getan, den Kesselwagen nicht nur nicht zu füllen, sondern so gut es ging zu reinigen. Doch der Gestank im Inneren war immer noch so durchdringend, dass Joachim die Augen tränten. Sie waren vor fünf Minuten hineingestiegen, über die große Luke am Heck. Es war ein erbärmlicher alter Einachser, der von irgendeinem Hof requiriert worden war und sogar noch auf Rädern mit Holzspeichen dahinratterte. Ottmar Schreiner hatte kalkuliert, dass das Gewicht der beiden ausreichen würde, den Wagen nicht allzu leicht wirken zu lassen. Und da näherte sich auch schon der Lkw, der den Einachser zur Sickergrube im Wald fahren sollte. Sie hörten, wie sie angekuppelt wurden, und dann setzte sich das Gespann in Bewegung, ganz langsam, denn der Weg war voller Schlaglöcher, und der Lkw-Fahrer wollte keinen Achsenbruch riskieren. Dennoch wurden Ottmar und Joachim mächtig umhergeworfen, weil weder der Lkw noch die Kupplung oder gar der Kesselwagen in irgendeiner Form gefedert waren. Am Eingangstor verlangsamte der Fahrer, dann kam das Gespann zum Stehen. Sie hörten Stimmen, offenbar eine Unterhaltung mit dem Wachpersonal, die Wörter klangen undeutlich durch das Blech zu ihnen. Gab es Probleme? Doch schon bald zog der Lkw wieder an.

»Gleich haben wir's überstanden«, flüsterte Ottmar. Sie trugen beide alles an Kleidung, was sie hatten auftreiben können, und Ottmar hatte einem Kameraden sogar noch einen Wintermantel gestohlen. Die Taschen hatten sie sich mit Brot und Speck und Karotten vollgestopft, Ottmar hatte noch ein großes Küchenmesser und einen Hammer einstecken können.

Joachim mochte sich kaum Gedanken darüber machen, auf was er sich da eingelassen hatte. Seit einigen Tagen hatte er, der doch nie gläubig gewesen war, sogar allabendlich zu beten begonnen. War das ein schlechtes Omen?

Die Fahrt gestaltete sich auf dem Feldweg, der in den Wald führte, als noch ruppiger, und weil es in dem zylindrischen Kessel keinerlei Haltemöglichkeiten gab, stießen beide immer wieder heftig gegen die Blechwand.

Dann hielt der Lkw und begann zu manövrieren. Bald würde das Heck genau über der Sickergrube sein, wie Ottmar wusste. Ottmar entriegelte die Luke und sprang raus, Joachim sprang hinterher.

In diesem Moment war der Lkw zum Halten gekommen. Aus dem Führerhaus kletterte ein Soldat und verharrte verblüfft mit einem Fuß auf dem Tritt, als er die beiden Deutschen auf sich zukommen sah.

Joachim erschrak. Der russische Soldat war Fjodor! Und: Er war bewaffnet.

»Verdammt«, zischte Ottmar und stürzte auf Fjodor zu,

der nervös an seiner Koppel herumfummelte. Dann zog er die Pistole, doch Ottmar war schneller und schlug ihm mit der Faust ins Gesicht. Fjodor taumelte gegen die aufgeschwungene Fahrertür und rutschte zu Boden. Ottmar sprang auf ihn und schlug wie besessen auf ihn ein; zweimal knackten Knochen.

»Das reicht!«, schrie Joachim und versuchte, ihn von dem längst bewusstlosen Russen fortzuziehen, doch Ottmars Gesicht war eine hasserfüllte Fratze.

»Die verfluchte kleine Tunte!« Ottmar erhob sich endlich und trat noch einmal in die Rippen des Russen, der schon längst bewusstlos war.

Dann nahm er ihm die Pistole und die Armbanduhr ab, entkoppelte den Anhänger und sprang ins Führerhaus. »Bloß weg von hier, komm endlich!«

Joachim blickte auf den blutüberströmten Fjodor, der immer noch bewusstlos auf dem Feldweg lag.

»Mann, mach hin! Es geht nach Hause!«

Joachim hatte in seinen Jahren an der Ostfront viel Leid gesehen, Schwerverletzte und Tote auf beiden Seiten. Doch dieser sinnlose Gewaltausbruch veränderte etwas in ihm. Er kniete sich neben Fjodor und wischte ihm Blut vom Gesicht.

»Hab's mir doch gedacht«, brüllte Ottmar über den startenden Motor des Lkw. »Du bist auch so einer wie dieser Fjodor. Ihr Tunten! Werdet glücklich miteinander!«

Beinahe hätte Ottmar den Russen beim Wendemanöver noch überrollt. Dann holperte der Lkw auf dem Feldweg davon.

31. KAPITEL

Das Verhör

Als Gefängnis diente der Kohlenkeller des Landguts. Joachim saß auf dem Boden, denn Mobiliar gab es nicht. Wie lange er schon hier war, wusste er nicht genau; die Düsternis war so durchdringend, dass er kaum unterscheiden konnte, ob ein Tag zu Ende gegangen war oder ein neuer Tag begonnen hatte. Joachim hatte sich in der Dunkelheit angewöhnt, genau hinzuhören, und anhand der Schritt- und Arbeitsgeräusche, die dumpf von oben zu ihm drangen, konnte er vermuten, dass mittlerweile zwei Tage vergangen waren.

Immerhin lebte er noch. Aber er hatte auch seit zwei Tagen nichts zu essen und vor allem auch nichts zu trinken bekommen. Seine Zunge war bereits angeschwollen, der Hals war wund, er konnte kaum schlucken.

Draußen bei der Sickergrube hatte er versucht, Fjodor unterzuhaken und zurück ins Lager zu schleppen, aber ein bewusstloser Mann wog einfach zu viel. Nach ein paar Minuten hatte er es erschöpft aufgegeben, und ihn am Fuß eines Baumstamms abgesetzt. Fjodor atmete noch, aber sein Atem klang schrecklich: flach, unregelmäßig, pfeifend. Joachim zog seinen Mantel aus und wickelte ihn so, dass er Fjodors Kopf stützte. Aus dem Mantel, den er darunter trug, improvisierte er eine Decke. Sollte er zurück ins Lager gehen und Hilfe holen? Es waren etwa zwei Kilometer, das würde höchstens zwanzig Minuten dauern. Aber konnte er Fjodor in diesem Zustand wirklich allein lassen? Und was würde mit ihm selbst geschehen?

Motorengeräusch näherte sich. Es waren zwei Russen auf einem Motorrad. Sie hatten eine Panne vermutet, als der Wagen nicht zurückgekehrt war. Beide stiegen ab und zogen ihre Pistolen.

»*Das Hände hoch, Deutsch!*«

Joachim hob die Arme und stand auf. Einer der Russen kniete sich zu Fjodor, dann blickte er lange Joachim an, schließlich sagte er etwas zu seinem Kameraden, was Joachim nicht verstand. Er setzte sich aufs Motorrad und raste ins Lager zurück, während sein Kamerad die gezückte Pistole auf Joachim gerichtet hielt.

Fünf Minuten später kamen zwei russische GAZ-61-Autos herangefahren. Eine beinahe unübersichtliche Zahl von Soldaten stieg aus und kümmerte sich um Fjodor, der in den Fond des Wagens gehievt wurde. Joachim wurde in den zweiten Wagen gestoßen, zurück ins Lager gebracht, knapp verhört und gleich in den Kohlenkeller gesperrt.

Und hier kauerte er nun, in der Dunkelheit des vermutlichen zweiten Tages, und jene Dunkelheit würde ihn wohl, wenn er nicht vorher verdurstete oder verhungerte, über kurz oder lang wahnsinnig machen. Aus seiner Kleidung hatte er sich eine Bettstatt gebaut, irgendwo raschelten Mäuse. Immerhin war es nicht kalt, jedenfalls noch nicht. Kaum vorstellbar, dass man hier unten im Winter lange überleben würde.

Schritte kamen die Treppe hierab. Kräftig und militärisch. Die Tür aus dicken Holzdielen öffnete sich, Joachim blinzelte in das schwache Licht. Zwei Soldaten zogen ihn vom Boden hoch und führten ihn aus der Zelle, wo zwei weitere Soldaten mit Maschinenpistolen warteten. War das sein Erschießungskommando?

Doch es ging nicht nach draußen, hin zur gefürchteten Mauer bei den ehemaligen Stallungen. Dort hatte es, als das Lager noch gemeinen Soldaten vorbehalten war, mehrere Erschießungen gegeben, vor allem von SS-Angehörigen. Die Einschusslöcher waren alle in Hüfthöhe, was Joachim verdutzte, bis Ottmar es ihm erklärt hatte: Die Verurteilten mussten sich vor der Exekution niederknien.

Nein, er wurde nicht zur Mauer geführt. Sondern ins Büro des Kommandanten. Die Eminenz hatte als einer der wenigen hohen Offiziere Stalins Säuberungen überlebt und war im Krieg mit seiner Panzerstoßtruppe als erste Einheit in Ostpreußen auf deutsches Gebiet vorgedrungen. Er trug den Kutusow-Orden, eine der höchsten militärischen Auszeichnungen der Roten Armee. Oberstleutnant Rostow war ebenfalls anwesend. Beide blickten den Gefangenen scharf an. Die vier Soldaten zogen sich auf ein Nicken der Eminenz zurück.

Dann wandte sich der Lagerkommandant in Französisch an Joachim: »Ich hätte Sie schon gleich draußen an der Grube erschießen lassen können.«

Joachim krächzte. Es war ihm nach zwei Tagen ohne Flüssigkeit unmöglich zu sprechen. Rostow deutete auf einen Tisch, wo ein Glas Wasser bereitstand. Er trank es hastig und begann zu husten.

»Ich … ich habe wirklich nicht … nicht gewollt, dass …«

Der Kommandant hob die Hand. »Laut Genfer Konvention sind Fluchtversuche aus Kriegsgefangenenlagern nicht strafbar. In diesem Krieg hat sich allerdings keine Seite an irgendetwas gehalten, das in der Genfer Konvention steht. Habe ich recht?«

Joachim nickte.

»Konventionen hin oder her, strafbar ist es, einen russischen Soldaten zu töten.«

Joachim war entsetzt. »Ist Fjodor tot?«

»Kamerad Ponomarjow ist mehr dort als hier, sagt unser Lagerarzt.«

Joachim fuhr sich mit den Händen durchs Gesicht. Das waren grässliche Neuigkeiten.

»Aber Oberstleutnant Rostow hier ist ein großer Freund Ihres Klavierspiels, und er überredete mich, Ihnen noch eine Chance zu geben. Vielleicht sind Sie ja wirklich unschuldig, und all das hat Ihr Kamerad angezettelt, wer weiß.«

»Ich bin …«

Wieder ließ sich der Kommandant nicht unterbrechen. »Deswegen haben wir uns entschlossen, die Aussage von Kamerad Ponomarjow abzuwarten. Sofern er sich erholt. Wenn er stirbt, werden Sie ihn sofort begleiten müssen.«

Joachim nickte. »Bitte richten Sie ihm aus, dass … dass ich ihm alles Gute wünsche und dass mir alles sehr leidtut.«

Nun sprach Rostow: »Ich weiß nicht, ob Sie nach diesem Krieg noch an Gott glauben. Aber wenn ja, dann wäre es jetzt an der Zeit, ihn um einen großen Gefallen zu bitten.«

32. KAPITEL

Der Brief

Dieses Mal hatten sie sich direkt im Bella Venezia verabredet. John saß schon, als Marie eintrat, und war in ein lebhaftes Gespräch mit Bepi Esposito verwickelt. Im Bella Venezia waren Krieg und Trümmer ganz weit weg. Alles duftete fremd und verlockend, und die Schlager vom elektrischen Grammofon hatten eine süße Melodie, die nach zwölf Jahren Marschmusik und Sirenengeheul nur guttat. Dazu die schönen Stimmen, die sanften, sich ganz leicht verbindenden Wörter der romanischen Sprache – es war wirklich ein Paradies. Luca, Giuseppes Sohn, nahm Marie mit routinierter Gestik den Mantel ab.

»Wo ist Bob?«, wunderte sich Marie, als sie sich zu John setzte. *Solo per te, Lucia* spielte das Grammofon.

»Ich habe frei gegeben.«

»Und das geht so einfach?«

John breitete die Arme aus. »Ich bin der Boss, oder?«

Und schon kam Bepi mit einem Teller Vorspeisen an. Das Konzept der *antipasti* war Marie neu, und sie genoss die in Wein eingelegten Sardellen mit Pinienkernen, die *bruschette* mit frischen Tomaten aus Giuseppes Garten, sowie die *affettati*, ganz dünn geschnittener Schinken – roh, das war wirklich ungewöhnlich! – und Käse. Dazu öffnete Giuseppe einen Riesling und ließ die Flasche auf dem Tisch. Marie blickte aufs Etikett. Jahrgang 1946, die Produktion im Südwesten an den großen Flüssen war wieder angelaufen.

»Schade, dass du nicht bist Bürgermeisterin«, sagte John.

»Es ging einfach nicht. Ich muss mich um den Wiederaufbau der Manufaktur kümmern. Wir haben große Schwierigkeiten, an die Rohstoffe zu kommen.«

»Dann hätten wir uns treffen können«, sagte John, als hätte er sie nicht gehört. »Öfter, und immer ohne Ausrede!«

Marie blickte ihn an. Was hatte er damit gemeint?

Und schon kam Bepi mit zwei Tellern Spaghetti an, die er mit Tomaten und Speck garniert hatte. *Guanciale* nannte er das, es war besonders zarter, fettreicher Wangenspeck.

Marie und John griffen zum Messer, um die Spaghetti zu zerschneiden, doch Bepi stöhnte auf, blieb bei Marie stehen und ließ sich Gabel und Löffel bringen.

»Die Amerikaner, liebes Fräulein Thalmeyer, können Kriege gewinnen, aber Spaghetti essen können sie nicht.«

»Keine Messer?«, fragte Marie.

»Keine Messer, *mio dio*! Das kann ich ja gar nicht mit ansehen, das tut mir in der Seele weh! Dafür hätte mich die *nonna* ohne Abendessen ins Bett geschickt. Schritt eins ist die Aufwicklung mit Hilfe eines Löffels, schauen Sie, Fräulein Thalmeyer.« Er nahm einen Esslöffel in die linke Hand und hievte darauf mit der Gabel, die er in der rechten Hand hielt, eine ordentliche Portion Spaghetti von Johns Teller. Dann ließ er die Gabel in den Fingern kreisen und kreierte so eine stabile Spirale rund um die Zinken, die er John weiterreichte, welcher das Kunstwerk mit Genuss aß.

Nun war es Luca, der seinem Vater neues Besteck brachte – nein, es war nur eine Gabel sowie ein kleiner Teller. »Doch die wahre Kunst ist die Aufwicklung ohne Hilfsmittel, nur mit der Gabel. Schauen Sie hier, das ist für Sie, Fräulein Thalmeyer. Erlauben Sie?«

Bepi nahm ein paar Nudeln von Maries Teller und legte sie auf dem kleinen Teller ab. Dann begann er geschickt zu drehen, und schon wieder war eine perfekte Spirale entstanden, die er Marie beinahe feierlich übergab.

»Ich fürchte, dazu braucht man lebenslange Übung«, sagte Marie.

Bepi hob den Zeigefinger. »Zwei-, dreimal in meinem Restaurant, und Sie werden es können wie eine Neapolitanerin, ohne auch nur hinzusehen!«

Marie versuchte es zuerst mit dem Löffel, unauffällig aus der Ferne vom Inhaber beäugt. Und das klappte bald schon recht gut.

»Wir müssen feiern«, sagte John und erhob das Glas.

»Gern, aber …«

»Es geht um deinen Bruder.«

Marie wurde schwindlig, alles um sie herum waberte in einem bunten Nebel. »Was ist mit ihm?«, hörte sie sich fragen.

»Ich habe dir ja gesagt: Briefe aus Zonenrandsektoren in andere Länder werden nicht geliefert, und Briefe aus Russland werden auch nicht zugestellt in das Zonenrand. Alle haben Angst vor Spionage.«

»Und deswegen hören wir nichts von Joachim.«

»Richtig. Aber jetzt konnte ich was deichseln, oder wie ihr nennt das.«

John griff in die Innentasche seines Jacketts und holte

einen braunen Umschlag hervor, der einen Brief enthielt. Maries Herz klopfte schneller.

»Zumindest den letzten Brief habe ich bekommen.«

Maries Hände zitterten, als sie nach dem Brief griff. »Wie hast du das gemacht?«

»Ein paar Telefonate, ein guter russischer Freund auf der anderen Seite und eine Stange Chesterfield.«

* * *

Russland, den 24.4.1947

Mein lieber Vater, liebe Marie, liebe Sophie, lieber Wolfi,

ich habe von euch auf alle meine Briefe noch keine Antwort erhalten und erkläre mir das nur mit den Wirren der Zeit und den vielen [redacted] *überall, die vermutlich* [redacted] *Doch der stellvertretende Lagerkommandant hat mir zugesichert, dass die Briefe der deutschen Gefangenen ordnungsgemäß zugestellt werden, und daher schreibe ich euch und hoffe, dass dieses Schreiben euch in bester Gesundheit erreicht.*

Das Wichtigste daher zuerst, wie immer: Ich lebe, und es geht mir gut. Das Lager, in das ich nun verbracht worden bin, liegt etwa [redacted] *von Moskau entfernt und ist ein alter Gutshof, den wir alle mit viel Freude in Schuss halten und der uns im Gegenzug Schutz vor der Sommerhitze und sicher auch Geborgenheit bietet, wenn der strenge Winter heranrückt, von dem wir glücklicherweise noch ein paar Monate entfernt sind.*

Vater, du sollst wissen, die vielen teuren Klavierstunden und so manche Ermahnung von dir, wenn ich nicht ausreichend fleißig geübt hatte, haben sich letztlich aufs Vorzüglichste bezahlt gemacht. Denn in diesem Lager sind viele [redacted] *untergebracht, und aus den umliegenden Lagern wurden Musiker zusammengezogen, sodass wir fast jeden Abend musizieren. Ein richtiges Orchester haben die Russen zusammengestellt, und ich sitze in der Offiziersmesse alle zwei Abende am Klavier. Zuerst spiele ich für die Deutschen, später dann für die Russen. Das Klavier ist etwas verstimmt, aber wir erwarten bald einen echten Bösendorfer, kannst du dir das vorstellen? Da sitze ich nun* [redacted] *Kilometer von euch entfernt und werde vielleicht bald wieder auf so einem prächtigen Flügel spielen dürfen! Es wird genau so sein wie daheim, auch wenn ich mir ein paar neue Stücke memoriert habe, was gar nicht so einfach ist, denn wir haben kaum Noten.*

Wir bekommen ausreichend zu essen und sogar frisches Obst und Gemüse aus einem kleinen Garten, den die [redacted] *angelegt haben. Auch ich bin dort eingeteilt, und die Arbeit macht mir sogar Spaß, obwohl du ja weißt, lieber Vater, dass ich, zu deinem Kummer, nie ein geschickter Handwerker war, aber für das Jäten, Säen,*

Beschneiden und Ernten reichen meine »zwei linken Hände, und alles Daumen«, wie du zu sagen pflegst, dann doch.
Marie, wie geht es dir? Hilfst du dem Vater fleißig in der Manufaktur? Ich hoffe, euch ganz bald unterstützen zu können, auch wenn ich immer gesagt habe, dass du von uns dreien unternehmerisch die Versierteste bist, und dass ich gern auf das Recht des Erstgeborenen verzichte. Aber das sind Dinge, die wir regeln können, nachdem wir endlich einander in die Arme geschlossen haben. Ich hoffe, dass das sehr bald passiert. [redacted] *haben uns versichert, dass wir schon sehr bald,* [redacted] *dieses Lager verlassen dürfen.*
Und meine liebe kleine Sophie, du Wildfang? Hörst du immer noch die Musik, die verboten war? Ich habe hier viele Musiker kennengelernt und einiges an Neuem gelernt. Ich kann es kaum erwarten, euch all das vorzuspielen.
Und darf Wolfi, der gute Wolfi, immer noch nicht oben schlafen und muss draußen bleiben? Ich weiß noch, wie er bei den ersten [redacted] *und den hohen Sirenen angefangen hat, bitterlich zu jaulen. Ich hoffe, es geht ihm gut, und ab und zu fällt ein Happen für ihn vom Tisch ab, auch wenn Vater immer etwas dagegen hat. Aber in diesen Zeiten müssen wir alle zusammenhalten.*

Ich wünsche euch allen frohe Sommertage und hoffe, dass die Manufaktur noch steht. Ich vermisse die Linde im Hof und die Hitze der Brennöfen und Wolfis nasse Schnauze, die mich anstupst, wenn er Hunger hat, und vor allem vermisse ich euch.

Mit den herzlichsten Grüßen aus dem großen Russland,

Euer Joachim

PS: Grüßt die brave Lina, und ich freue mich auf ihr Geschnetzeltes und die Gemüsepfanne und vor allem ihr Zoiglfleisch!

PPS: Mithilfe eines russischen Freundes habe ich hier die Adresse [redacted] auf Kyrillisch angegeben. Bitte schreibt mir doch, damit ich mir keine Sorgen um euch machen muss!

óбер-ефрéйтор Йоахим

Область [redacted] 5110/48

Союз Советских [redacted]

* * *

Schon bei den ersten Zeilen waren Marie Tränen in die Augen geschossen. Der arme Joachim wusste noch nicht einmal, dass Vater verstorben war! Doch er lebte, und es ging ihm gut, wie er schrieb. Aber hätte er überhaupt etwas anderes schreiben können?

»Ich denke, das ist alles wahr«, beruhigte John sie. »Es ist ein VIP-Lager.«

»Ein was?«

»*Very important persons*. Wir wissen, das Lager ist etwas Besonderes. Joachim wird behandelt gut.« Er hatte seine Hand auf die ihre gelegt.

»Ja, das sind gute Nachrichten«, schluchzte Marie und fasste sich wieder.

»Besser als so viele andere, die kommen aus dem Osten.«

Marie rang sich ein Lächeln ab. »Wer hätte gedacht, dass die Musik am Ende gewinnt?«

»In dieser Zeit ein, wie sagt ihr – *Hoffnungsschein*?«

»Fast. Hoffnungsschimmer.«

Bepi Esposito hatte als guter Gastgeber erfasst, dass jetzt ein schwerer süditalienischer Rotwein benötigt wurde, den er heranbrachte und sich schnell wieder zurückzog.

»Glaubst du, er kommt wirklich zurück?«

»Ich bin sicher. Vielleicht noch in diesem Jahr.«

Nach dem Dessert – es gab einen Biskuit mit kandierten Früchten und Rum, den Bepi *zuppa inglese* nannte –, fragte John: »Hast du Lust auf einen Spaziergang?«

»Oh, das würde mir guttun!«

Zum Anwesen der Thalmeyers waren es vom Ortszentrum etwa fünfzehn Minuten zu Fuß. Es war dunkel geworden, der Halbmond erhellte das Firmament mit erstaunlicher Kraft. Sie gingen an dem neuen, schmucken Peugeot 202 vorbei, den sich Armin Füllhorn geleistet hatte und auf dessen schwarzem Lack das Licht der Sterne funkelte. Vögel raschelten in den Baumkronen, als wäre es Frühling. Schweigend gingen die beiden dahin, und dann nahm John Maries Hand. Als sie einer schlammigen Pfütze auswich, wählte Marie den Weg, der sie noch näher an John heranschob. Unter der Linde vor dem Haus küssten sie sich, und der Kuss ließ Marie alles vergessen, den Krieg, die Trümmer, den Hunger, die Angst, die Manufaktur, selbst Joachim. Der Kuss war mehr als ein Kuss. Er war wie ein Vorgeschmack auf bessere Zeiten.

Dann war es Marie, die die Initiative ergriff: »Lina hat frei, und Sophie ist sonst wo. Wenn du noch auf einen Kaffee reinkommen willst …«

John wollte.

33. KAPITEL

Schmetterlingsärmel

Frau Helgard hatte noch mehr zu tun als sonst. Die Röcke sollten nach der neuen Mode nur noch knielang sein, die Schulterpolster, die Frau Helgard ohnehin immer allzu maskulin gefunden hatte, sollten entfernt werden wie ein schlechtes Andenken an die Vergangenheit – was sie ja auch waren –, und alle Damen wollten plötzlich ihre in der Not schlank gewordene Figur betonen und dann auch noch die Schmetterlingsärmel haben, die Frau Helgard allzu aufreizend fand. Auch Pelzbesätze kamen wieder in Mode, und so mancher Backfisch wollte gar Röcke, die schon *oberhalb* des Knies aufhörten. Und diese verschwenderischen Falten überall! Zu den Blue Jeans, die nun auch schon Selb erreicht hatten, wurden *Sloppy Joes* getragen, schlichte Strickpullover, und diese konnte man gut im Kleiderschrank finden und für kleines Geld aufbereiten lassen. Die Kundschaft kam und ging wie immer, und dieses Mal blieben die Damen gern etwas länger, denn es gab ja brandheiße Neuigkeiten von den Thalmeyer-Schwestern. Spätes Mädchen, wenn Sie mich fragen, sagte Frau Helgard, als sie eine Naht auftrennte, die Marie wird ja schon dreißig im nächsten oder übernächsten

Jahr, nicht wahr? Natürlich, der Krieg hat so manche Zeit- und Heiratspläne durcheinandergeworfen, aber für einen aus dem Ort war sie sich ja immer zu gut. Obwohl, ich hab's aus erster Hand, den Metsch, den hatte sie richtig zu verführen versucht. Aber wenn ich's Ihnen doch sage! Ja, tut immer so etepetete, aber dann setzen sich wohl die animalischen Instinkte durch, genug davon, diese Themen sind ja mehr als unschicklich. Autsch, jetzt hab ich mir doch selbst die Nadel in den Finger, muss wohl doch mal zum Glunzndogda, ich seh immer schlechter. Aber nein, es ist nicht der Metsch, sondern der Mister Gouverneur, ist das denn zu glauben? So ein richtiges Amiliebchen ist sie geworden, dabei hört man doch, dass die Amis das gar nicht dürfen, na, bei gewissen Positionen macht man sich seine Gesetze halt selbst, nicht wahr? Und der Metsch hat ja auch seine Alexandra, ganz eng sind die, richtige Freunde, nicht wie eine übliche Ehe. Wie am ersten Tag, habe ich gehört. Und dann die Sophie! Ja, die kleine Lebedame hat sich den Apotheker geangelt. Oder er sich sie? Bei diesen jungen Leuten weiß man ja nie, wer die Hosen anhat, die Zeiten sind doch allzu modern geworden für meinen Geschmack, und früher war nicht alles schlechter. Aber der Harry, das ist schon ein Fescher, keine Frage, und ein Arzt oder Apotheker in der Familie, also, wie gut so was ist, merkt man ja erst in schlechten Zeiten. Die kleine Thalmeyer bekommt jetzt erst mal keinen Schnupfen mehr, habe ich recht? Und vertragen kann der Kruskopp was, Allmächtiger, aber so sind die Friesen da oben. Da gibt's schon am Morgen Rum in den Tee. Hilft ja auch nichts bei dem Wetter. Und bestimmt hat er auch Pillen gegen den Kater, von denen unsere Bierstenze nur träumen können. Aber wenn Sie mich fragen, ist das Grundübel einfach, dass in der Manufaktur ein Mann fehlt. Der Ludwig, das ist schon ein großer Verlust, und ob der Joachim das je ersetzen kann? Und es ist ja auch noch fraglich, ob er zurückkehrt. Doch-doch, er lebt, haben's das etwa nicht gehört? Er hat einen Brief abgeschickt, der tatsächlich durchgekommen ist. Da hat aber einer viel Glück gehabt, finden Sie? Na, ich lass das mal unkommentiert. Wär ja nicht der Erste, der drüben wankelmütig wird und plötzlich für die Roten arbeitet. Und haben's gehört? Drüben an der Grenze hat der Iwan letzte Woche zwei Tschechen erschossen. Deutsche, sagen Sie? Na, so genau weiß man das nicht, und erfahren tun wir's bestimmt nicht mehr. Bloß, weil diese armen Kerle die Grenze überqueren wollten, ist das nicht schlimm? Wo soll das nur hinführen?

34. KAPITEL

Der zweite Versuch

Es kam ihm völlig natürlich vor. Schließlich lebten Volkmar Raudinger und Frau Helgard ja schon unter einem Dach, jedenfalls die meiste Zeit. Nämlich immer dann, wenn sie unten in ihrer Schneiderei arbeitete. Manchmal lauschte er den vielen Stimmen der Frauen, die mit ihren Mänteln und Röcken kamen, die erst enger, dann geflickt und inzwischen wieder etwas weiter gemacht werden mussten. Wörter verstand er nie, aber er empfand das Gemurmel als wärmend, fast wie seinen alten Kohleofen.

Er hatte sich nie viel aus Frauen gemacht, hatte den Zoten seiner Kameraden im Schützengraben nur mit einem stummen Lächeln zugehört. Er war nicht vom anderen Ufer, auch da hatte er im Krieg so einiges gesehen, aber er glaubte einfach nicht an so komische Dinge wie die Liebe. Was sollte das denn sein? Er hatte mal eine Illustration von Amor mit seinen Pfeilen gesehen. Was für eine wunderliche Vorstellung!

Erst als ihm der Beinknochen weggerissen wurde und er erst im Feldlazarett lag und später ins Militärhospital von Köln verlegt wurde, da dämmerte es ihm, dass Frauen doch was für sich hatten. Sie brachten ihm Essen und Trinken und Morphium, das so wichtige Morphium, das immer knapper wurde. Im Feldlazarett war es die füllige Schwester Mathilde, die von den Versehrten den Spitznamen Dicke Bertha erhielt, wie hätte es anders sein können? Mathilde nannte sich ganz fröhlich bald selbst so, es machte ihr anscheinend gar nichts aus. Umgekehrt nannte sie die Soldaten »meine Zerschossenen«. Natürlich machte ihr der Spitzname doch was aus, wie Volkmar Raudinger zu erkennen glaubte, und er redete sie stets mit Schwester Mathilde an, was die Dicke Bertha ganz komisch fand. Doch als er im Militärhospital von Köln seinen Feldrucksack öffnete, da lag ganz oben eine Tafel Schokolade, die ihm Schwester Mathilde zugeschoben haben musste.

Und in Köln war es eine Doppelgängerin von Frau Helgard, die ihn pflegte und die ihm bei den ersten Schritten half. Er durfte das linke Bein nur ganz sachte belasten, denn sein Gewicht wurde ja noch vom Wadenbeinknochen gehalten. Er würde für den Rest seines Lebens auf einen Stock angewiesen sein. Aber was ihn tröstete: Der Krieg war für ihn vorbei und er hatte sowohl im Feldlazarett als auch hier in Köln viel schlimmere Fälle gesehen: Menschen, die blind geworden waren, denen Arme oder Beine abgerissen worden waren, die mit wandernden Granatsplittern im Körper leben mussten, denen das halbe Gesicht zerfetzt worden war. Und jene, die es nicht mehr lange machen würden, die, obwohl schon mehrfach geflickt, so stark bluteten, dass die Schwestern beinahe stündlich die Wäsche wechseln mussten. Sie waren überhaupt nur noch hier, weil sich hohe Tiere für sie eingesetzt hatten, Offiziere oder solche von der Partei. Doch der Tod kam immer schnell.

Von den *Purpurnen*, wie die Schwestern die hoffnungslosen Fälle nannten, kamen täglich bis zu fünfzig. Die meisten schafften es nicht mal durch die erste Nacht. Oft versuchten Angehörige, zu ihnen vorzudringen, obwohl das Militärhospital militärisches Sperrgebiet war, aber verzweifelte Mütter ließen sich auch von Drohungen mit Waffengewalt nicht abhalten. Manche schafften es unter großem Geschrei bis ins Gebäude, und das zunehmend entnervte Wachpersonal knüppelte sie mit Gewehrkolben nieder.

Unterdessen drehte Volkmar Raudinger zweimal pro Tag seine Runden. Immer mit Schwester Gertraud, der Schwester mit der hübschen, spitz zulaufenden Nase und der kecken Innenrolle-Frisur unterm Häubchen. Sie hatte außerdem einen entzückenden rheinischen Dialekt, einen heiteren Singsang, der so gar nicht hierher passen wollte und deswegen ganz genau hierher passte.

Sowohl bei Schwester Mathilde als auch bei Schwester Gertraud hinterließ er durchaus einen gewissen Eindruck. Volkmar Raudinger wusste nämlich nicht, dass er eigentlich ein ganz ansehnlicher Bursche war.

Es war Sommer geworden, und die beiden spazierten inzwischen durch den struppigen Garten, obwohl Volkmar Raudinger sich ganz gut machte, schon recht passabel mit dem hölzernen Spazierstock umging und eigentlich gar keine Begleitung mehr brauchte. Schwester Gertraud erzählte von ihrem Verlobten, der bei der U-Boot-Waffe war, U65 im Atlantik, unter Kapitänleutnant Joachim Hoppe, dabei war ihr Verlobter doch so ein Lulatsch, wie würde der bloß in die engen Kojen passen? Sie erzählte von ihrer Kindheit im Kirchenchor, dem dicken Mathelehrer in der Volksschule, dem sie Knoblauch aufs Pult schmierten, dem Garten ihrer

Eltern, wo Tomaten und Mohrrüben wuchsen. Volkmar Raudinger musste über das Wort *Mohrrüben* grinsen. Die heißen doch Karotten! Aber Schwester Gertraud kicherte, bestand auf der Mohrrübe und hakte sich fester bei ihm unter.

Und sie mochte es, dass ihr Patient zuhörte. Wirklich zuhörte und nicht über seine nässenden Wunden sprach, nicht über seine Fronterlebnisse (die waren doch alle ziemlich gleich – vor allem immer ziemlich gleich schrecklich), und erst recht nicht irgendwelche unschicklichen Angebote unterbreitete. Dieser Volkmar Raudinger war ein feiner Kerl, dachte sie, ein *Gentleman*, wie es die Leute früher nannten, auch wenn das Englische inzwischen verpönt war.

Wenn Luftalarm ausgelöst wurde und alle Ärzte, Schwestern und Patienten, die transportfähig waren, in den Bunker flüchten mussten, dann achtete Schwester Gertraud darauf, dass Volkmar Raudinger nicht zurückblieb. Die Sirenen heulten immer häufiger, zu den britischen Bombern gesellten sich amerikanische Maschinen, deren Technologie es ihnen ermöglichte, auch in der Nacht anzugreifen – und Köln war ein nahes und kriegswichtiges Ziel. Auf den Pritschen im Bunker hockten sich die beiden nebeneinander, und als einmal eine Sprengbombe so nah einschlug, dass der Putz von den Betonwänden rieselte und das Licht kurzfristig ausging, da ergriff Schwester Gertraud Volkmar Raudingers Hand.

Nur wenige Tage später wurde er entlassen, um Platz zu machen für noch mehr Verstümmelte, Zerfetzte, Ausblutende, die von allen Fronten herantransportiert wurden. Zum Abschied küssten sie sich schüchtern auf den Mund. Und von diesem Kuss zehrte er den ganzen restlichen Krieg lang.

Zurück in Hof, fand er das Bahnhofsviertel komplett zerstört. Das Haus, in dem seine Wohnung lag, war ein Trümmerhaufen aus Ziegeln. In der Stadt gab es nichts mehr, zudem strömten Flüchtlinge aus dem Osten herbei, war doch die Bahnlinie trotz des Bombardements noch nicht zerstört. Als Klempner konnte er ohnehin nicht mehr arbeiten, er bezog eine Rente und Lebensmittelkarten nach dem Reichsversorgungsgesetz und bekam auch eine Schwerbeschädigtenzulage. Eine der Frauen, die ihm auf der Post jeden Monat die Rente aushändigten, wusste über ihre Halbschwester von einer gerade frei gewordenen Wohnung in Selb, im Stockwerk über einem Schneideratelier. Und da Schwerbeschädigte bei der Zuweisung neuen Wohnraums bevorzugt behandelt wurden, bekam er sie.

* * *

Er hatte Schwester Gertraud ein paar Briefe geschrieben, die in den Kriegswirren wohl nie ankamen, jedenfalls erhielt er nie eine Antwort darauf. Einmal, noch 1945, ein paar Monate nach Ende des Krieges, überlegte er, bis nach Köln zu fahren und sich zu ihr durchzufragen, doch angesichts der undurchsichtigen Lage, der zahlreichen Passierscheine, die er benötigen würde, und der Sorge, ob er es mit seinem Bein überhaupt schaffen würde, schreckte er vor der langen Reise dann doch zurück. Er hatte ja hier schon genug zu tun, um nicht zu verhungern. Er konnte nicht auf die Felder oder in den Wald oder gar in den nächsten Ort gehen, um etwas Essbares zu finden, und Dinge zum Tauschen hatte er ja schon überhaupt nicht. Immerhin fand er schnell Anschluss an die Kapelle des Selber Heimatvereins, in die der

Krieg, wie überall, eine tödliche Schneise geschlagen hatte. Irgendwo trieb man eine Trompete für ihn auf, die er noch ganz passabel bediente; er hatte in der Schützenkapelle von Hof gespielt, vor dem Krieg, eine Ewigkeit her. Er musste fleißig üben, denn er merkte, wie geschwächt er noch war, und konnte zunächst keinen Ton lange halten oder auch nur mehrere Minuten am Stück spielen. Bald klopfte es von unten; die Schneiderin beschwerte sich über den Lärm. Fortan hinkte er, die Trompete in einem alten Tornister auf dem Rücken, an den Rand eines nahen Feldes zum Üben, jeden Tag, wenn das Wetter mitspielte, und bald wurde er sicherer, spielte immer länger. Manchmal kamen Kinder vorbei und neckten ihn, auch Spaziergänger verirrten sich mitunter auf diesen Feldweg, der doch nur mitten in ein Waldstück führte und an einer Lichtung urplötzlich endete.

Als er nach zwei Wochen an einem Sonntag zurückkam, stand ein Topf Suppe auf dem Fußabtreter. Ein kleines Dankeschön. Von Frau Helgard. Und so ging es viele Monate lang, und fast jeden Sonntag. Die Suppe schmeckte mal nach Rindfleisch und mal nach Huhn und war schön fettig, mal schmeckte sie nach knackigem, klein geschnittenem Gemüse, und aber immer nach so einer Art Menschlichkeit.

Seine Kollegen von der Kapelle redeten nicht schön über die Schneiderin, eine rechte Tratschtante sei das, die über alles im Ort Bescheid wisse, und wenn sie nicht Bescheid wisse, dann würde sie einfach was erfinden. Volkmar Raudinger zuckte nur mit den Schultern. Denn er wusste, dass Frau Helgard genauso allein war wie er. Wie so viele.

Und dieses Mal, so nahm er es sich vor, musste es mit dem Blumenstrauß aber klappen.

* * *

Der Blumenhändler von Marktredwitz konnte sich noch an ihn erinnern und zwinkerte ihm gutmütig zu. Er hielt ihn wohl für eine Art Casanova und stellte ihm erneut einen Strauß zusammen, es gab sogar Nachlass, weil der Blumenhändler in Volkmar Raudinger Stammgastpotenzial zu erkennen glaubte. Im Überlandbus zurück musste er einen Fahrschein kaufen, hantierte etwas hilflos mit Stock und Blumenstrauß, um an seinen Geldbeutel in der Innentasche des alten Jacketts zu kommen, doch der Busfahrer winkte ab und bedeutete ihm mit einem Kopfnicken, einfach Platz zu nehmen. Das war ein gutes Omen, fand Volkmar Raudinger, und bestärkte ihn in seinem Beschluss, dieses Mal keine törichten Überraschungen zu planen, sondern Frau Helgard den Strauß höchstselbst in die Hand zu drücken.

* * *

Im Inneren der Schneiderei war Stimmengemurmel zu hören. Er hatte am Fenster gewartet, doch ausgerechnet heute schien es besonders voll zu sein. Der Tag neigte sich schon dem Ende entgegen, das Abendrot verdunkelte sich zu einem satten Violett, und bis morgen wollte er es mit den frischen Blumen auch nicht aufschieben. Ein paar der Kundinnen verließen den Laden, aber die Stimmen klangen einfach nicht ab. Er musste eben bis zum Geschäftsschluss warten. Doch ausgerechnet heute hatten zwei Kundinnen aus Schönwald Frau Helgard aufgesucht, dem kleinen Ort einen Kilometer vor Selb, in dem Frau Helgard wohnte, und würden sie auf dem Heimweg begleiten.

Da war nichts zu machen, Volkmar Raudinger humpelte die Treppe hinab, ohne Stock, um den Blumenstrauß zu halten und sich mit der anderen Hand am Geländer abzustützen.

»Frau Helgard!« rief er, nachdem er etwas hilflos die Tür mit der freien Hand und der Schulter geöffnet hatte. Alle drei Frauen, die schon auf der anderen Straßenseite waren, drehten sich um.

Und dann hörte Volkmar Raudingers Plan auf zu existieren. Er hatte sich ein paar Worte zurechtgelegt, die nun so unerreichbar waren wie die Mondsichel, die sich knapp über dem Horizont am Abendhimmel zeigte. Er rang nach Worten, alle drei Frauen blickten ihn gespannt an, ihre Augen wurden größer und größer, schienen sich ihm geradezu anzunähern, nahmen bald sein gesamtes Gesichtsfeld ein. Er stand mitten auf der Hauptstraße, auf dem Kopfsteinpflaster, das noch aus Kaiserzeiten stammte, aber ein Auto kam glücklicherweise nicht vorbei.

»Ja, Frau Helgard ... ich habe diesen Strauß ...« Er bemerkte, dass er ihn gar nicht ausgewickelt hatte, und riss hastig das Papier ab, in das die Blumen eingeschlagen waren. »Also, dieser Strauß ... ich dachte ... auf gute Nachbarschaft ... und danke für alles, liebe Frau Hel ... Frau Helgard.«

Er drückte Frau Helgard den Strauß in die Hände, verbeugte sich zackig-militärisch, und hinkte zurück zur Haustür.

Die beiden Kundinnen von Frau Helgard kicherten und fragten sich, wer dieser Sonderling bloß war.

Und zum allerersten Mal seit vielen Jahren war es Frau Helgard, die lange nachdenklich schwieg und die anderen reden ließ.

35. KAPITEL

Schuld und Sühne

So fühlte es sich also an, das Ende.

Die nächsten Tage schlief Joachim nicht. Er hoffte, verzweifelte, betete. Und je länger er über seine Situation nachdachte, desto wütender wurde er auf Ottmar Schreiner und auch sich selbst. Was für ein unfassbar dummer Plan! Was für eine barbarische Ausführung! Und Joachims Leben hing nun am Leben eines anderen. Immerhin: Er war nicht erschossen worden. Und er bekam nun jeden Morgen einen Krug Wasser sowie ein paar Stunden später eine Schüssel mit etwas, das in seiner Situation wohl als Nahrung durchzugehen hatte.

Joachim aß, auch wenn das Essen den Hunger nicht stillte, sondern geradezu manifestierte. Sättigung schien für immer aus seinem Magen gewichen.

Ob Ottmar Schreiner, dieser miese Hund, es geschafft hatte? Aber wenn er geschnappt worden wäre, säße er doch schon längst mit ihm in der Zelle? Oder hätte man ihn gleich niedergemacht? Auf der Flucht erschossen: Das hörte man ja öfter.

Am fünften Tag schob man einen weiteren Mann in seine

Zelle. War es Ottmar Schreiner? Joachims Augen hatten sich der Dunkelheit angepasst, doch der kurze Moment des Lichteinfalls durch die Zellentür schmerzte und blendete eher, und der Neuankömmling blieb nur schemenhaft zu erkennen. Er hockte sich auf den Boden, machte sich ganz klein, verbarg den Kopf zwischen den Armen. Nein, das war nicht Ottmar, das war jemand anders. Aber wer? Es konnte doch nur ein bedauernswerter Kamerad sein?

Joachim wusste nicht, ob der Mann ihn überhaupt gesehen hatte.

»Hallo«, flüsterte er. Keine Reaktion.

»*Priwjet*«, versuchte er es auf Russisch. Wiederum keine Antwort. Der Mann blieb einfach stumm sitzen, stundenlang und in derselben kauernden Haltung. Über ihnen wurde es allmählich stiller, die Nacht brach heran. Der Mitgefangene schlief in seiner gekrümmten Position ein und atmete gleichmäßig mit einem leichten Schnarchton. Auch Joachim fiel in eine Art Schlaf, unruhig und traumlos.

Am nächsten Morgen schrak Joachim auf. Zwei Soldaten erschienen in der Zelle. Joachim versuchte mit von den Händen abgeschirmten Augen etwas zu erkennen und sah gerade noch ein Stück russischer Uniform. Sein Zellengenosse war ein Russe. Er wurde mit scharfen Tönen aus der Tür geschoben, die Zelle schloss sich wieder. Joachim horchte angestrengt, ob er Schüsse des Exekutionskommandos und die Einschläge in die Mauer hören würde. Weit entfernt glaubte er tatsächlich ein trockenes Klacken zu vernehmen.

Wer der Mann war, was er verbrochen hatte und ob und wie er starb, würde er nie erfahren.

Und zwei endlos lange Tage und bittere Nächte später war

er an der Reihe. Sie brachten ihn erneut nicht zur Mauer – *noch nicht*, dachte Joachim –, sondern ins Büro der Eminenz.

Dort war neben dem Kommandanten wiederum Oberstleutnant Rostow anwesend. Und auf einem Stuhl saß Fjodor. Er sah böse aus. Beide Augen waren geschwollen und schwarz, eine Wunde auf der Stirn und ein Riss in der Unterlippe waren genäht worden, mindestens ein Vorderzahn fehlte. Einen Arm trug er in der Schlinge. Er drehte sich langsam mit einem ausdruckslosen Blick zu Joachim. Der begann zu schwanken, einerseits aus Schwäche, andererseits von Scham überwältigt. Die Soldaten, die dieses Mal im Raum geblieben waren, wohl um ihn gegebenenfalls gleich zur Wand zu bringen, mussten ihn stützen.

Die Eminenz und Rostow flüsterten miteinander und hatten Joachims Eintreten kaum registriert. Dann übernahm Rostow, während die Eminenz ungerührt Akten las und ganz unbeteiligt wirkte.

»War er es, der dich angegriffen hat?«, fragte der Oberstleutnant auf Russisch.

Von Fjodors Antwort hing Joachims Leben ab.

Wieder blickte Fjodor ihn mit seinen hellen Augen an. Der Blick war kalt und unnahbar und beängstigend gereift. Es war der Blick eines Menschen, der in den Abgrund gesehen hatte und das Gesehene nie wieder vergessen würde.

Die Bewegung war kaum wahrzunehmen, aber Fjodor schüttelte ganz langsam den Kopf.

Und Rostow klatschte in die Hände und wandte sich auf Französisch an Joachim. »Na, das sind ja ausgezeichnete Nachrichten für Sie.«

Er wusste: Er würde leben. Vorerst.

»Es bleibt immer noch die Flucht, ohne die das alles nicht

passiert wäre«, machte Rostow beinahe gut gelaunt weiter. »Füsilieren werden wir Sie nicht, aber die Abende am Klavier haben sich vorerst erledigt, so sehr ich das auch persönlich bedauere. Sie werden auf halbe Ration gesetzt, damit Ihnen nicht erneut dumme Gedanken kommen.«

Nun sagte die Eminenz zum ersten Mal etwas, das Joachim aber nicht verstand. Rostow nickte.

»Richtig. Und statt im Garten zu arbeiten, kümmern Sie sich ab sofort bitte möglichst liebevoll und gründlich um die Latrine Ihrer Kameraden. Denn da fehlt ja jetzt Ihr feiner Freund.«

36. KAPITEL

Die Verlobung

Ja, um ein paar Runden im Bayerischen Hof würde Harry Kruskopp mit seinen vielen Freunden und dem hohen Ansehen, das er im Ort genoss, nicht herumkommen, aber für die eigentliche Verlobungsfeier schien es ihm schicklich, im kleinen Kreis zu feiern, zumal ja Sophies große Schwester, die er nur flüchtig kannte, gewissermaßen ihren Segen geben musste, weil die Mutter schon bei Sophies Geburt gestorben, der Vater vor wenigen Monaten verschieden und der älteste Sohn in Russland in Gefangenschaft geraten war. Und da war es gut und nützlich, fand Harry ohne bösen Hintergedanken, auch Marie von sich zu überzeugen.

Neben Marie und John, der offiziell lediglich als Freund der Familie vorgestellt wurde, war noch Pastor Holzapfel anwesend, mit dem sich Harry von allen Menschen am allerbesten verstand, waren sie doch fast auf den Tag gleich alt und beide neu im Ort. Und dann noch in so honorigen Positionen! Und so ein Pastor, fanden Marie und Sophie, gab der ganzen Feier etwas Offiziöses.

Und noch jemand war anwesend: Bepi Esposito. Denn sonntags hatte das Bella Venezia Ruhetag und John hatte

Harry bei einer ihrer Begegnungen – Harry war immer überall, niemand wusste so recht, wie er das anstellte – von dem modernen »Catering« berichtet, einer Idee, die in den Vereinigten Staaten ungemein populär war. Und Harry dachte, dass es doch einen guten Eindruck machen würde, dieses *Catering* für die Verlobungsfeierlichkeiten auf die Beine zu stellen und die Einladung in die Thalmeyersche Villa mit Eigeninitiative zu versüßen, sofern dies nicht, wie er wortreich vorbrachte, als Beleidigung der ganz bestimmt vorzüglichen Kochkünste des Küchenpersonals empfunden werde. Also hatte Harry zunächst mit Bepi gesprochen, der sich zu allen Schandtaten bereit erklärte, und dann in der Vorbesprechung der Feier Marie berichtet, die überhaupt nichts dagegen hatte, denn die italienische Küche schmeckte ihr sehr. Auch, weil es Bepi möglich schien, mit einfachsten Mitteln vorzügliche Gerichte zu kreieren, und man nie wusste, wie die Versorgungslage in den Tagen zuvor sein würde. Sophie, aufgeschlossen und auch etwas sorglos wie immer, fand die Idee erst recht entzückend.

Lina setzte einen äußerst skeptischen, beinahe unwilligen Ausdruck auf, als sie von Marie darüber unterrichtet wurde, dass ein Küchenchef hinzugezogen werden würde, und auch noch ein Ausländer, der ganz fremde Dinge auf ihrem Herd anstellen würde. Und es wirkte, als wäre sie tatsächlich ein kleines bisschen eingeschnappt.

Am Sonntagvormittag, als Bepi Esposito mit zwei Kisten voller Nahrungsmittel angerückt und in die Küche geleitet worden war, passierte nach einiger Zeit des Töpfegeklappers etwas Seltsames. Aus der Küche klangen erstickte, atemlose, noch nie gehörte Geräusche, sodass Marie besorgt die Tür aufriss – und dort sah sie Lina lachen! Tatsächlich, das

Geräusch war ihr so fremd, weil es wohl das erste Mal seit Kriegsausbruch war, dass Lina sich königlich amüsierte. Als sie Marie im Türrahmen stehen sah, verstummte das Lachen zu einem Glucksen, doch dann brach es erneut aus Lina heraus, und auch Marie musste mitlachen, obwohl sie den Anlass gar nicht kannte. Bepi grinste breit und widmete sich wieder seinen Pfannen. Ja, der Apotheker mochte Charme haben, aber auch der Mann aus Kampanien ließ sich nicht lumpen.

Sophie hatte sich in einen beigefarbenen Etui-Rock mit eng sitzendem schwarzen Oberteil geworfen, das ihre weiblichen Formen perfekt betonte. Sie schien in den letzten Monaten üppiger geworden zu sein, was ihr ausgezeichnet stand. Marie trug ein blaues Kleid mit Knopfleiste und weißem Schal. Auch sie wagte den kniefreien Look.

Zufällig erschienen alle drei Herren zugleich und pünktlich um zwölf Uhr – Pastor Holzapfel hatte den Gottesdienst ein paar Minuten eher enden lassen.

Bepi und Lina servierten zum Riesling-Sekt deutsche und italienische Canapés, die nach der neuen Mode im Stehen genossen wurden, dann bat Marie die Anwesenden zum Tisch. Nach der Suppe stand sie auf und klopfte mit einem Silberlöffel ans Sektglas, bereit, eine Rede zu halten. Ihre einst so schüchterne Schwester, dachte Sophie, war in den letzten Monaten wirklich ein anderer Mensch geworden.

»Wir feiern heute zwei Ereignisse, die beide von ausgesprochen freudiger Natur sind. Und das«, setzte sie hinzu, »wurde nach den zurückliegenden Monaten ja auch wirklich einmal Zeit.« Die Versammelten lächelten, Harry klopfte zustimmend aufs Holz. Als alle ihn verwundert ansahen, zuckte er die Schultern. »So machen wir das im Norden.«

Wie immer war Harry fröhlich, charmant und aufgekratzt zugleich und lachte über die Scherze der anderen. Außerdem riss er schon die zweite Flasche Sekt auf.

Marie hob das Glas nicht nur, um die Verlobung ihrer kleinen Schwester mit dem Apotheker zu feiern, sondern auch die guten Nachrichten aus Russland, die von Joachim eingetroffen waren. Eifrig wurden Neuigkeiten und Gerüchte ausgetauscht, und beinahe wie immer ging es um den Russen, der ja nur wenige Kilometer entfernt war, den Stacheldrahtzaun an den Grenzen, die immer häufigeren schwer bewaffneten Patrouillen am Zaun.

Als Vorgericht gab es Pasta mit frischen, zerrupften Tomaten und etwas Basilikum. Wie fantastisch das schmeckte! Alle lobten Bepi, der dann sagte: »Das Einfachste ist immer das Schwierigste.«

John McNarney und Harry verstanden sich ausgezeichnet, was Marie und Sophie erleichtert einander mit ganz kurz zusammengekniffenen Augen signalisierten, eine schwesterliche Geheimsprache, für Außenstehende kaum zu entschlüsseln.

Das Thema, das John und Harry besprachen, war jedoch ernst. Immer noch herrschten große Versorgungsprobleme, vor allem in den städtischen Ballungsräumen, aber auch in den Flüchtlingslagern. Immer wieder kam es zu Massenschlägereien zwischen Städtern, die am Wochenende zum Kartoffelklau aufs Land fuhren, und Bauern, die ihre Ernte verteidigten. Besonders im Ruhrgebiet war die Situation hart, hatte doch der Kölner Kardinal Frings gerade erst den Mundraub ausdrücklich vom Siebten Gebot – »Du sollst nicht stehlen« – ausgenommen, woraufhin die Städter nun ohne schlechtes Gewissen zum *Fringsen* auf die Felder fuhren und Kartoffeln, Karotten, Salatköpfe und Rosenkohl klauten. Auf den Höfen von Selb hielt sich der Mundraub in Grenzen, auch, weil von den großen Städten im Umland noch keine Bahnlinien hierher führten. Die Amerikaner hielten sich mit Investitionen in die Infrastruktur so nah am russischen Zonenrand zurück, man wusste ja nie.

»Obstbäume und Gemüsegärten«, sagte Harry gerade, »da müsste die Politik aktiv sein, die Bürger dazu auffordern. Das ist genau so wichtig wie die Errichtung von Schweine- und Hühnerställen. Ist ja schön und richtig, dass die Leute satt werden, aber Vitamine sind genauso wichtig wie Proteine!« Nun wandte sich Harry an Marie und Sophie. »Ihr müsst Joachim unbedingt schreiben, dass gerade in seiner Situation Vitamine am wichtigsten sind. Glaubt mir, es gibt neue Studien, dass fast alle Krankheiten auf Vitaminmangel zurückgehen! Er soll alles versuchen, so viel wie möglich Obst und Gemüse zu essen, und dafür auch mal sein Fleisch hergeben.«

»Obst ist wertvoller als Fleisch?«, zeigte sich Pastor Holzapfel skeptisch.

»Wenn ich's dir sage! Nichts gegen Fleisch, wir müssen ja auch alle wieder zu Kräften kommen. Aber schreibt ihm das! Äpfel und Mohrrüben! Dann kommt er gesund und munter wieder zurück.«

»Karotten heißen die bei uns«, lächelte Sophie ihren frisch gebackenen Verlobten an. Harry blickte kurz verwirrt, aber dann korrigierte er sich. »Natürlich, Karotten.«

Alle stießen auf Joachims Wohl an, und Marie stellte sich ihren Bruder in Russland vor, wie er an einem Bösendorfer-Flügel saß und vor russischen Soldaten aufspielte. Irgendetwas an diesem Bild wirkte aber seltsam, doch sie hatte ja den Brief gelesen, und zwar so oft, dass sie ihn fast auswendig kannte. Joachim schrieb ja, dass es ihm gut ging!

Aber vielleicht war es schwesterliche Intuition, die sie Böses ahnen ließ. So wie damals, als Joachim als Zehnjähriger beim Klettern aus der Linde gefallen war und sich den Knöchel gebrochen und laut aufgeschrien hatte. Auch damals war sie schon aus dem Haus gestürmt, noch bevor Joachims Schmerzensschrei zu hören gewesen war. Als sie das später erzählte, wollte ihr keiner glauben, sodass sie es selbst fast verdrängt hatte. Jetzt fiel es ihr wieder ein, und sie sorgte sich noch ein wenig mehr.

Dann tat Harry wiederum etwas Kurioses: Er brachte seinen Teller höchstselbst zum Abwasch in die Küche. »Macht man so im Norden«, rief er zur allgemeinen Erheiterung im Rausgehen. In der Küche hörten die Gäste durch die Tür die gespielte Empörung von Lina und Bepi über diese Insubordination, dann hörten sie Gelächter. Sophie folgte ihrem Verlobten.

In der Küche sah sie, wie Harry sich ein Glas Wein fast bis zum Rand eingeschenkt hatte und es nun in einem Zug austrank. Bepi und Lina schauten ihn halb bewundernd, halb verdutzt an. Er setzte das Glas ab und zuckte mit den Schultern, Sophie drohte ihm aus Spaß mit erhobenem Zeigefinger: »Das macht ihr wohl auch so im Norden?«

Harry zuckte mit einem unschuldigen Lächeln die Achseln.

Mangelernährung herrschte heute in der Thalmeyer-Villa nicht, denn Lina hatte über Gustav fast zwei Kilo Rinderkoteletts organisieren können. Bepi belegte die Scheiben mit rohem Schinken und Salbei und briet sie in Butter. Schon der Duft aus der Küche war einmalig.

»Saltimbocca«, erklärte Bepi stolz. »So gut, dass es wie von selbst in den Mund springt. Eigentlich nimmt man Kalb dafür, aber so geht's auch.«

Die Nachspeisen gehörten wieder Lina, die aus Kürbismus, Kondensmilch, Ei und Zucker einen Kürbiskuchen gezaubert hatte – ein Geschmack, der für Marie in der Vergangenheit immer das endgültige Ende des Sommers angekündigt hatte. John McNarney war hocherfreut und ließ sich ein zweites Stück geben. »*Pumpkin Pie*, erinnert mich an das Heimat. Bloß hier ist es besser als bei uns.«

* * *

In der ersten gemeinsamen Nacht als verlobtes Paar war Harry grob zu Sophie. Er bewohnte ein kleines Apartment direkt oberhalb der Apotheke und zog sie in sein Schlafzimmer. Aber er hatte sicher nur zu viel Wein getrunken, und es war ja auch ein freudiger Anlass gewesen, und das konnte ja mal passieren bei solchen Festen. Dennoch hatte Sophie es sich etwas romantischer vorgestellt, als ins Bett gestoßen zu werden und dann neben einem Mann zu liegen, der im Anzug und in Schuhen neben ihr einfach eingeschlafen war.

37. KAPITEL

Der Rückkehrer

Nur zwei Tage später setzte tatsächlich der erste Herbststurm ein, so wie es Linas Kürbiskuchen angekündigt hatte. Die herzförmigen Blätter der Linde wirbelten davon, Regen drang durch das Behelfsdach in die Manufaktur, der Wind rüttelte an den Fensterläden, die in Richtung Osten lagen. Auch die Temperaturen fielen empfindlich. Kohle war streng rationiert, und so behalf man sich mit den Kaminen im Speise- und im Arbeitszimmer, denn Holz war im Fichtelgebirge glücklicherweise keine Mangelware.

Marie und Sophie liefen vom Büro hinüber ins Haus, denn auch Sophie hatte sich nun ein Arbeitszimmer drüben eingerichtet, und kamen ordentlich zerzaust an. Lina machte ihnen einen Kaffee, und sie setzten sich vor den Kamin.

Dann klingelte es. Marie und Sophie wunderten sich. John konnte es nicht sein, er hatte die ganze Woche in Nürnberg zu tun. Für Harry war es noch zu früh, er machte seine Apotheke meistens erst gegen neunzehn Uhr zu, weil er ja erst um elf Uhr öffnete, um, wie er sagte, ausschlafen zu können.

Lina kam aus der Küche zu den beiden Schwestern und

blickte sie fragend an. Es klingelte erneut, Marie nickte, und Lina ging zur Tür.

»Mal sehen, wer es dieses Mal ist«, grinste Sophie. »Wollen wir wetten? Ich sage, ein Scherenschleifer. Du könntest auf einen dieser neuen Vertreter für Reinigungsmittel tippen, vielleicht der mit Trockenschaum für den Teppich?«

»Aber um diese Zeit?«, wunderte sich Marie.

Lina kam so bleich und erschrocken zurück, dass Marie und Sophie aufsprangen.

»Da ist ein Mann«, brachte Lina hervor, »der … der sagt, er kommt von Ihrem Bruder.«

* * *

Der Mann, der nun vorm Kamin saß, eine Tasse Kaffee in der einen und ein mit Schinken belegtes Brot in der anderen Hand, wirkte wie eine Albtraumgestalt. Ein schwarzer, schlimm verfilzter Bart bedeckte fast das ganze Gesicht, die Augen waren unter den zusammengewachsenen Brauen kaum auszumachen. Die Kleidung, ein eklektischer Mix aus Militär- und Zivilkleidung, hing ihm in mehrlagigen Fetzen herab, sodass die Konturen seines Körpers nicht zu erkennen waren, aber er schien sehr, sehr abgemagert zu sein. Die Militärstiefel waren rissig, eine der Sohlen hatte sich beinahe vollständig vom Rahmen gelöst.

»Ottmar ist mein Name, gnädige Frau. Ottmar Schreiner.«

Mit großem Appetit genoss er die dargereichten Gaben, während Marie und Sophie ihn anstarrten wie ein Fabelwesen. Er stank erbärmlich, hatte sich wohl seit Monaten nicht gewaschen oder die Kleider gewechselt.

»Ich komme direkt aus Russland, müssen Sie wissen,

meine Fräulein. Dreitausend Kilometer zu Fuß, manchmal auf Zügen in der Nacht, stehend, immer irgendwie Richtung Westen. Der Joachim und ich, wir haben viele Abenteuer durchgestanden. Kann ich vielleicht noch …« Er hielt die Tasse Kaffee hoch, Lina holte die Kanne aus der Küche.

»Was ist mit Joachim? Wie geht es ihm?«

Ottmar Schreiner schloss die zugewucherten Äuglein und genoss den Kaffee, der seine Kehle herabrann. »Mein erster echter Kaffee seit … meine Güte, seit drei oder vier Jahren bestimmt! Habe ganz vergessen …«

Sophie wollte etwas erwidern, aber Marie hielt sie zurück. Sie legte ihre Hand auf Ottmar Schreiners Schulter. »Sie müssen sehr erschöpft sein.«

»Das können Sie laut sagen, Fräulein. Wären Sie mir arg böse, wenn ich mich ein Weilchen aufs Ohr lege? Und dann erzähle ich Ihnen alles.«

»Aber wie steht es um unseren Bruder?«

»Es geht ihm blendend, ganz blendend.«

Marie und Sophie sahen ihm nach, als er die Stufen zu den Schlafzimmern nahm.

»Ganz blendend, wirklich«, rief Ottmar Schreiner am obersten Treppenabsatz noch einmal über seine Schulter.

* * *

Ottmars Nickerchen dauerte die ganze Nacht, und erst am nächsten Vormittag war er aufgewacht. Marie hatte ihn zu Joachims Zimmer begleitet und ihm ein paar frische Sachen sowie Rasierzeug von Joachim rausgelegt. Als er zum späten Frühstück herabkam, sah er schon annehmlicher aus, aber trotz seiner frischen Rasur immer noch arg mitgenommen und abgemagert. Doch seine Äuglein leuchteten nun wacher, und nach zwei Tassen Kaffee begann er gegenüber den ungeduldigen Schwestern endlich mit einem leichten rheinischen Singsang von seinen Erlebnissen und von Joachim zu erzählen. Und der erste Satz, den er sagte, einen ganz schlichten Satz, breitete sich im ganzen Anwesen aus wie die Kaminwärme. Ottmar sagte mit großem Nachdruck: »Joachim geht es gut.«

Und dann berichtete er vom Krieg, dem harten Einsatz an der Ostfront, den vielen toten Kameraden, den brennenden Dörfern, der Kälte, dem ständigen Pfeifen der Stalinorgeln. Zweimal habe er im Feld Joachim das Leben gerettet, und er erzählte es in allen Einzelheiten, wie es nur professionelle Lügner hinbekommen. Bei der ersten Rettung erschoss er einen heranstürmenden Rotarmisten, der mit gezücktem Messer in der einen und einer Handgranate in der anderen Hand auf Joachim zustürmte. Joachim konnte sich nicht verteidigen, weil sein G 43 in der Kälte Ladehemmung hatte. »Es war halt nicht für minus vierzig Grad gemacht.«

Beim zweiten Mal zog Ottmar Schreiner Joachim gerade noch rechtzeitig aus dem Schützenloch, auf das gerade ein T-34-Panzer zufuhr, um den sogenannten Hochachsentanz aufzuführen: Der Panzer drehte sich durch das Vorwärtsdrehen der ersten Kette und dem Rückwärtsdrehen der zweiten Kette direkt über dem Erdloch, dadurch wurden die Wände zusammengedrückt, und der Soldat wurde zerquetscht. Doch Ottmar konnte Joachim erneut retten, weil dieser die Gefahr hatte kommen sehen, jener aber nicht. Sophie schlug die Hände vor die Augen – was für ein schrecklicher Tod wäre das gewesen!

Dann: die Gefangennahme bei Witebsk, das Lager, die

harte Arbeit im Straßenbau und der Hunger. Schließlich der Glücksfall: die Verlegung in das Offizierslager, wo Joachim als Pianist brillierte und er, Ottmar, als Conférencier und Teufelsgeiger.

»Erzählen Sie uns alles!«

Er berichtete, wie sehr Joachim von den russischen und den deutschen Offizieren geschätzt werde, wie er das ganze Lager mit seinen Swingmelodien unterhielt, wie er Extrarationen und sogar Wodka erhielt, wie er Freundschaften mit den ganz hohen Tieren von beiden Seiten schloss – »also, um die Zukunft Ihres verehrten Herrn Bruders müssen Sie sich keine Sorgen machen, der wird ganz weich fallen«, sagte Ottmar fröhlich.

»Aber warum ist er dann noch nicht frei?«

»Wenn Sie mich fragen, ist er geradezu unersetzlich geworden. Man will auf seine Künste einfach nicht verzichten! Ich als Conférencier hingegen – verstehen Sie mich nicht falsch, ich war sehr gut, aber man hielt mich für ersetzbar, und so ließ man mich gehen.«

Und er erzählte, dass er mit Joachim einen Pakt geschlossen habe – wer es zuerst zurück in die Heimat schaffe, solle zur Familie des anderen gehen und berichten. Dieser Verpflichtung sei er nun nachgekommen. Außerdem habe Joachim ihm versichert, dass ihn seine Familie in den harten Zeiten ganz sicher unterstützen werde, denn immerhin habe er ihm ja zweimal das Leben gerettet, wie gesagt, einmal vor dem Rotarmisten und einmal vor dem schrecklichen Tod unter einem russischen Panzer, nicht wahr?

»Wir Thalmeyers halten unser Wort«, erklärte Marie. »Das versteht sich doch von selbst. Bleiben Sie zunächst bei uns, bis Sie wieder zu Kräften gekommen sind.«

Ottmar Schreiner nickte zufrieden. Dann hob er die Hand und winkte Lina heran. »Können Sie mir wohl noch einen Kaffee bringen?«

* * *

Ottmar Schreiner war schon bald wieder putzmunter und gut gelaunt. Er schlief bis fast zum Mittag, schlug sich den Bauch voll und unterhielt die Schwestern am Abend mit abenteuerlichen Geschichten von seiner Flucht zu Fuß quer durch Russland. An den Bahngleisen habe er sich orientiert, sei fast immer nachts unterwegs gewesen, habe aus Vorgärten Obst und Gemüse geklaut, wurde zweimal beschossen und einmal von Soldaten mit Spürhunden verfolgt, die er nur abschütteln konnte, indem er seinen Mantel davonwarf. Kurz hinter Bahnhöfen, wenn die Güterzüge noch langsam fuhren, sprang er auf, hockte sich auf Kohleberge und Holzstämme, und einmal fuhr er fast fünf Stunden lang in einem Viehwaggon mit Milchkühen – »das war so schön warm!«

»Aber warum mussten Sie sich denn verstecken, wenn Sie doch offiziell aus der Gefangenschaft entlassen wurden?«

Ottmar Schreiner winkte ab. »So ein Fetzen Papier ist doch nichts wert. Und so mancher Rotarmist ist ein Dreckschwein. Du zeigst ihm den Schein, und wenn du nicht noch ein paar Sachen zum Tauschen dabei hast, zerreißt er ihn vor deinen Augen und schickt dich zurück ins Lager oder macht gleich kurzen Prozess mit seiner Tokarew. Die macht unschöne Löcher, das kann ich Ihnen aber sagen.«

Schon am zweiten Tag zwang er den Schwestern das Du auf, ab dem dritten Tag ließ er sich den Kaffee gern von Lina direkt aufs Zimmer bringen. Er genoss das Leben in

Joachims Zimmer, in der Küche und im Speisesaal, kleidete sich in Joachims besten Anzügen und begann ein Leben als Flaneur. »Das Marschieren liegt mir einfach im Blut.« Er ging durch die Straßen Selbs und grüßte majestätisch links und rechts. Auch in der Manufaktur schaute er gern nach dem Rechten und beschwerte sich einmal sogar bei Marie über einen Lehrling, der ihn nicht gegrüßt hatte, und verlangte eine Maßregelung desselben, was Marie aber verweigerte. Sie sorgte stattdessen dafür, dass Ottmar in eine kleine Wohnung einziehen konnte, die gerade im ehemaligen Wirtschaftsgebäude frei geworden war. Ottmar wackelte mit dem Kopf, als wäre dieses Angebot unter seiner Würde, sagte dann aber zu. Außerdem bot Marie ihm eine Anstellung in der Manufaktur an, worüber sich Ottmar angesichts seines noch schwankenden Gesundheitszustandes Bedenkzeit ausbat.

38. KAPITEL

Der Zauberer

Von jedem Menschen existieren unzählige Versionen in den Köpfen all jener Menschen, die ihn kennen, und keine jener Versionen gleicht einer anderen. Doch wenn die Menschen, die ihn kannten, an Aribert Schreiner dachten, Ottmars Vater, dann waren sie sich doch alle einig, dass dieser Mann ein ganz mieser Schuft sei, um den man tunlichst einen großen Bogen machen sollte.

Geboren in Duisburg als Sohn eines Köhlers und einer Aufwartefrau im Dreikaiserjahr 1888, überlebte er als einziger von vier Geschwistern die Kindheit, um schon mit vierzehn Jahren zum ersten Mal im Zuchthaus zu landen, weil er zwei ältere Jugendliche zusammengeschlagen hatte, die sich über seine schmutzige Kleidung lustig gemacht hatten. Fortan klaute er sich seinen Lebensunterhalt zusammen und stellte sich dabei so geschickt an, dass er nur zwei weitere Male für kurze Zeit einsitzen musste. Als Kriegsfreiwilliger zog er Anfang 1916 an die Westfront und brach in der eigenen Kompanie innerhalb von zwei Wochen bei banalsten Streitigkeiten ein Nasenbein und einen Kiefer, und seine Kameraden hofften ernsthaft, er würde beim nächsten Sturmangriff im

Stacheldraht verbluten. In der Schlacht an der Somme wurde er bei einem Gasangriff von einer Granate der eigenen Einheit getroffen, erblindete kurzzeitig und kehrte nach einem Monat im Feldlazarett als Kriegsinvalide heim.

Der Krieg hatte ihn noch stumpfer und noch stärker gemacht. Dass er schon recht bald eine Frau fand, mit der er auch noch einen Sohn zeugte, grenzte an ein Wunder, und die Frau, eine schon mit 19 Jahren ältlich aussehende Aachenerin, sollte die Wahl ihres Ehemanns bald bitter bereuen. Zunächst schloss sich Aribert Schreiner den Kommunisten an und prügelte sich im ganzen Ruhrgebiet mit den Braunhemden, doch eine Karriere innerhalb der Partei blieb ihm aufgrund seiner mangelnden Intelligenz verwehrt. Zumal er einem hohen Funktionär aus Köln bei einer Diskussion über den künftigen Kurs – mit oder ohne die Genossen aus Russland? – einen Eckzahn ausschlug.

Bei den Braunen sah das schon ganz anders aus. Das waren ja auch Sozialisten, sagte er sich, und dort brachte er es schnell an die Spitze der Bewegung. 1925 zog er mit seiner Frau und dem achtjährigen Sohn, der Ottmar hieß, zunächst nach München, wo ihm eine Stelle beschafft wurde: Er sollte Parteigrößen chauffieren – oder solche, die sich dafür hielten, denn noch war die NSDAP eine unbedeutende Splittergruppierung mit drei Prozent der Stimmen und vierzehn Sitzen im Reichstag. Außerdem wurde er in die neu aufgestellte Schutzstaffel berufen, die den Saalschutz bei NSDAP-Veranstaltungen bildete.

Nach solchen Veranstaltungen kam er keineswegs erschöpft zurück in die kleine Wohnung in München-Neuhausen, sondern auf eine gefährliche Art aufgekratzt. Denn nach den Saal- und Straßenschlachten mit Kommunisten und Sozialdemokraten soffen die Kameraden wie die Löcher.

1930 beorderte ihn die Partei zurück ins Ruhrgebiet, wo er bei der SS eine Offizierslaufbahn einschlug, als er vom Sturmscharführer zum Untersturmführer ernannt wurde. 1933, beim Machtantritt der Nazis, hatte er es sogar bis zum Obersturmführer gebracht.

Straßenschlachten gab es keine mehr, aber der Alkohol floss nun, im nicht enden wollenden Siegestaumel, noch reichlicher. Wenn Ottmar und seine Mutter Glück hatten, schlief Aribert auf dem Sessel ein. Wenn sie kein Glück hatten, gab es die Bestrafung, die der SS-Mann auch sturzbetrunken mit großer Sorgfalt durchführte und in drei Stufen unterteilte: eine flache Hand gab es für schlechtes Essen oder wenn Ottmar keine Manieren zeigte. Miese Schulnoten und Ermahnungen wurden zu Ottmars Glück nicht bestraft, denn die »Scholastik«, wie Aribert Schreiner meinte, sei ohnehin »jüdisch durchsetzt«. Einen Gürtel gab es für nicht fertiges Essen, eine schmutzige Küche oder nicht ordentlich genug geputzte Stiefel am Morgen, was Ottmars Aufgabe war. Und die Faust gab es für jegliche Art von unnötigem Lärm und Radau. Da er sich meist nur noch lallend artikulieren konnte, war oft unklar, welche Geräusche er genau meinte, aber schon das Knarzen der Stuhlbeine über dem welligen Linoleumboden hatte ausgereicht, Aribert explodieren zu lassen.

Und wehe, man wich seinen Schlägen aus – was für Ottmar zwar ein Leichtes war, aber einmal verlor sein Vater dadurch das Gleichgewicht und stürzte über den Esstisch, der mitsamt dem darauf für ihn abgestellten Abendessen zu Bruch ging. Darauf holte sich Aribert Schreiner zunächst den Sohn und dann die Mutter heran und drosch auf beide so heftig ein, dass sie sich für eine Woche nicht aus dem Haus trauten.

Die Rettung lag in den Spielkarten, die Ottmar zu Weihnachten geschenkt bekommen hatte. Er brachte sich ein paar Mischtechniken bei und stahl aus der Bibliothek das Buch »Patiencen, Kartentricks & Zaubereien«. Und bald ließ er vor seinem Vater Karten verschwinden und wie von Geisterhand wieder erscheinen, manchmal sogar aus dem Spiegelkragen der schwarzen SS-Uniform. Aus dem Karo-Buben wurde eine Herz-Dame, und wenn der Vater eine Karte ziehen sollte, erriet der Sohn sie sofort – oder ließ sie oben auf dem Deck wieder auftauchen. Bald konnte er Karten regelrecht schweben lassen, und der Vater amüsierte sich in jedem Zustand, von nüchtern bis stockbesoffen, prächtig darüber. Und an solchen Abenden blieben der Ehefrau und dem Sohn die Prügel erspart. Weil die Zahl der Tage aber die Nummer der einstudierten Tricks überstieg, lernte Ottmar, die Kunststücke geschickt und immer wieder mit einer neuen Pointe zu verkaufen. Und somit wurde Ottmar Schreiner, um sich und seiner Mutter aufgeplatzte Lippen, Blutergüsse und Striemen zu ersparen, ein richtig guter kleiner Magier, ein Blender mit großer Klappe.

1939 wurde der für seine Härte und Unnachgiebigkeit geschätzte SS-Offizier an die Ostfront abkommandiert, um als nachrückende Einheit mit seinen Männern für Recht und Ordnung im völkischen Sinne zu sorgen und den künftigen Lebensraum für das deutsche Volk vorzubereiten. Für Ottmar und seine Mutter brachen ein paar ruhige Monate an, bis 1940 auch Ottmar einberufen wurde.

Seine Mutter sollte in der Nacht vom 14. auf den 15. Oktober 1944 bei dem RAF-Bombenangriff auf Duisburg ums Leben kommen, sein Vater wurde nur wenige Tage später von einem russischen Scharfschützen im Unterleib getroffen und verblutete nach zwei qualvollen Tagen in einem ostpreußischen Lazarett. Aber all das sollte Ottmar Schreiner, damals schon in Gefangenschaft, erst viel, viel später erfahren. Nicht, dass ihm der eine wie der andere Todesfall irgend etwas ausgemacht hätte.

39. KAPITEL

Die Hypothek

Maries Idee, auf das Weichporzellan umzustellen, erwies sich als weitsichtig. Denn vorläufig interessierte sich niemand für die berühmten Thalmeyer-Figuren; die Familien, die sich nach den zahl- und namenlosen Schrecken des Krieges Stück für Stück ihren Alltag zurückerobern wollten, brauchten zunächst einmal Geschirr, denn die meisten Hausstände waren durch Luftangriffe und Vertreibung arg reduziert. Selbst wenn die Häuser nicht unmittelbar getroffen worden waren, hatten die Druckwellen der Bomben nicht nur das Fensterglas, sondern auch das Küchenporzellan zersplittern lassen.

Und so kam es, dass die Manufaktur im Herbst 1947 volle Auftragsbücher hatte und den Mangel an Kaolin, der für das wertvollere Thalmeyersche Hartporzellan notwendig war, umgehen konnte. Buchhalter Willemsen weigerte sich dennoch, den Erfolg anzuerkennen. Er gerierte sich, als hätte man ihn um sein Lebenswerk betrogen. Dabei hätte er allen Grund gehabt, der Familie dankbar zu sein, war es doch Ludwig Thalmeyer gewesen, der ihn 1943 vor der Ostfront bewahrt hatte, als die Manufaktur auf Kriegsproduktion umstellen und Isolatoren fertigen musste. Willemsens bloße buchhalterische Tätigkeit wurde dank Ludwig Thalmeyer als kriegswichtig eingestuft, während Ludwigs eigener Sohn einberufen wurde.

Natürlich blieben die Schwierigkeiten bestehen. Noch immer war die Währungsfrage ungelöst, und das Nebeneinander der unterschiedlichen Gelder, von der Reichsmark über die Alliiertenmark bis zum britischen Pfund und amerikanischen Dollar, machte ein beinahe tägliches Abwägen erforderlich. Hier war es Sophie, die mit viel Geschick mit Großkunden wie Kaufhäusern verhandelte, welche ihre Tore wieder geöffnet hatten. Mindestens einmal die Woche war Marie zudem bei Raps, dem Filialleiter der Bayerischen Creditbank in Weiden, um Teile der Kredite abzubezahlen, die die Thalmeyers aufgenommen hatten, damit die Manufaktur in Betrieb bleiben konnte. Auch das Dach war nun endlich instandgesetzt worden, was allerdings fast die ganzen Einnahmen der ersten Jahreshälfte von 1947 gekostet hatte. Das Verhältnis zwischen Raps und den Thalmeyers blieb unterkühlt; der Bankier hatte es offenbar immer noch nicht verwunden, bei Ludwigs Geburtstagsfeier ignoriert worden zu sein. »Raps ist wie die böse Fee Malefiz, die nicht zu Dornröschens Taufe eingeladen wurde«, gluckste Sophie. Marie konnte nur hoffen, dass die eigenartige Distanz, die Raps bewahrte, für die Manufaktur keine Nachteile mit sich bringen würde. Denn sie wusste, dass die Kreditraten wirklich knapp kalkuliert worden waren. Jedwede Indisposition – der Ausfall eines Ofens beispielsweise oder ein zahlungsunfähiges Kaufhaus – hätte gravierende Folgen gehabt.

Gut, dass die provisorische bayerische Landesregierung in

Abstimmung mit den Amerikanern ein Förderprogramm aufgelegt hatte, das Unternehmen im Grenzgebiet Investitionszulagen, Zinszuschüsse und Steuererleichterungen gewähren sollte – während umgekehrt auf der anderen Seite der Zonengrenze die Tschechen und Ostdeutschen zwangsumgesiedelt wurden. Auf russisch verwaltetem Gebiet wurde eine fünf Kilometer breite Sperrzone geschaffen, die nur mit Passierscheinen betreten werden durfte. Das sollte der »Grenzsicherung« dienen. Auf westlicher Seite waren die Bewohner fassungslos, dass ihnen gegenüber nun Geisterdörfer lagen.

Bürgermeister Karl Metsch hatte der Landesregierung eine Liste besonders förderungswürdiger Betriebe vorgelegt. Die Liste war nicht öffentlich, kursierte aber dennoch bald in der Region. Metsch hatte politisches Gespür dabei bewiesen, seinen eigenen Betrieb nicht auf die Liste zu setzen. Doch mündlich setzte er sich vehement bei seinen Verbindungsleuten, etwa dem von ihm weggelobten Delegierten Ohnegleich, für günstige Kreditkonditionen ein – die Initiative müsste eben nur von der Landesregierung selbst kommen.

Auch die Manufaktur Thalmeyer fehlte auf der Liste. Dabei beschäftigte sie mittlerweile fast dreißig Angestellte und war der größte Betrieb des Orts.

Raps ließ seine frisch eingestellte Sekretärin bei Marie anrufen und bat um ein Gespräch außerhalb der üblichen Konsultationszeiten.

* * *

Hermann Raps fackelte nicht lange und schien auf die Gelegenheit regelrecht gelauert zu haben. Mit einem

Grinsen, das tatsächlich auch der bösen Fee Malefiz gut zu Gesicht gestanden hätte, bot er seinem Gast einen Stuhl an.

»Gute Nachrichten von Ihrem Bruder, wie ich höre?«

»Ja. Er ist noch in Russland, aber wohlauf.«

»Und die Geschäfte der Manufaktur laufen gut, wie ich höre.«

»Das tun sie«, entgegnete Marie. »Die Menschen haben Nachholbedarf.«

»Schön, schön.« Der Filialleiter stellte die Hände wie zum Gebet auf und trommelte die Fingerspitzen gegeneinander. Dann tat er so, als würde er ein Dokument suchen, dabei wusste er ganz genau, wo auf seinem Schreibtisch es sich befand; Marie hatte ihn leicht durchschaut. Dann zog er mit übertriebener Geste ein Blatt Papier hervor.

»Und doch stehen Sie nicht auf der Liste der von der Landesregierung in Zonenrandlage zu fördernden Unternehmen?«

»Vielleicht haben wir ja eine Förderung gar nicht nötig?« Marie war klar, dass Raps genau wusste, warum die Thalmeyersche Manufaktur nicht auf der von Bürgermeister Karl Metsch kuratierten Liste zu finden war.

Der Filialleiter lächelte. »Das mag sein, aber wir müssen wohl oder übel über die laufenden Kredite sprechen.«

»Warum müssen wir das?«

»Die Voraussetzungen haben sich geändert.«

»Inwiefern?«

Raps trommelte die Fingerspitzen noch intensiver aneinander. »Die Bonität eines Unternehmens, das von der Landesregierung als nicht förderungswürdig eingestuft wird, leidet. Zumal in dieser Situation, an diesem Ort, mit der russischen Armee in Schussweite.«

Und das heißt?«

»Wir als Bank sind nicht nur uns gegenüber, sondern auch dem Allgemeinwohl gegenüber dazu verpflichtet, auf eine schnellere Rückzahlung der Kredite zu drängen, um unsere Forderungen abzusichern.«

Marie blieb gefasst, denn sie hatte mit so etwas rechnen müssen. Dennoch war es ein herber Schlag.

»An welche Form der schnelleren Rückzahlung haben Sie gedacht?«

Raps schlug eine Einmalzahlung in Höhe von zwölf Monatskrediten vor – oder die Verkürzung des Kredits, der noch sechs Jahre laufen sollte, auf vier Jahre.

Beides war für Marie völlig unmöglich zu stemmen. Daher schlug sie einen Handel vor, der Raps vor Schreck japsen ließ.

»Haben Sie sich das gut überlegt?«

»Ich bin die Geschäftsführerin. Glauben Sie, ich hätte mir keine gründlichen Gedanken darüber gemacht?«

»Wenn das schiefgeht«, stöhnte Hermann Raps, als hätte er plötzlich ein schlechtes Gewissen bekommen, »möchte ich nicht in Ihrer Haut stecken.«

40. KAPITEL

Harry enthüllt

Harry Kruskopp war der Erste, der merkte, dass da etwas nicht stimmte. Der Friese mochte charmant, fröhlich und auch gutmütig sein – aber er war alles andere als dumm. Ein sozialer Aufsteiger erkennt einen anderen sozialen Aufsteiger sehr genau und beobachtet die Kniffe des Konkurrenten mit Argusaugen.

Und so kam es beim sonntäglichen Kaffee und Kuchen in der Thalmeyerschen Villa beinahe zum Eklat. Doch zunächst tischte Lina guten Kaffee und selbst gebackene Torten auf. Langsam schien die Mangelwirtschaft Vergangenheit zu werden, wenngleich das Besorgen der Zutaten immer noch schwerfiel. Zu Gast waren John McNarney samt Adjutant Bob und auch Harry Kruskopp. Während Sophie und Harry als Verlobte ungeniert miteinander turtelten – etwas allzu ungeniert, fand Lina –, hielten sich Marie und John zurück, obwohl der ganze Ort schon darüber sprach. Eine kurze Berührung der Hände an der Tortengabel, ein langer Blick, ein Lächeln: Mehr zeigten sie an Tisch nicht, obwohl sie ja im Kreis der Familie waren. Das heißt, nicht ganz, denn Ottmar Schreiner hatte sich geschickt selbst eingeladen und unterhielt nun die Anwesenden mit seinen Geschichten darüber, wie er praktisch zu Fuß ganz Osteuropa durchquert hatte, wie er bei einer alten Vettel einen Tee bekam, der ihm das Leben rettete, wie er sich vor polnischen Partisanen, die auf Rache aus waren, in einem Schweinestall versteckte und wie er, als Erntehelfer getarnt, einen Kontrollposten an der Grenze überlistete, der mit angelegtem Maschinengewehr auf ihn zielte.

Marie war noch nicht ganz bei der Sache. »Überlegen Sie sich das gut«, hörte sie Bankier Raps sagen, »Sie gehören zu den wenigen Menschen, die noch ein Haus haben, das im Krieg nicht von den Bomben kaputtgeschmissen wurde.« Und: »Es ist hochriskant, mit Privateigentum für ein Unternehmen zu haften.« Das Gespräch mit dem Bankier war erst zwei Tage alt und hatte der Porzellanmanufaktur einen Aufschub gewährt, doch der Preis dafür war hoch gewesen: Sie hatte das Thalmeyersche Anwesen, die Heimat ihrer Familie seit zwanzig Jahren, mit einer Hypothek belastet; würde es Probleme mit dem Porzellan geben, wären sie in Gefahr, alles zu verlieren.

»Aber wo war denn bei all diesen haarsträubenden Abenteuern Ihr Entlassungsschein, den das Lager doch für Sie ausgestellt hat?«, fragte Harry den Heimkehrer ganz unschuldig. Und Ottmar lächelte.

»Ach, der Entlassungsschein, wissen Sie, der ist auch so gar nix wert. Das ist ein kyrillischer Wisch, der spätestens in Polen nichts mehr nützt. Lesen kann ihn sowieso keiner, da könnte man auch den Ausriss eines Telefonbuchs vorzeigen.«

Alle lachten.

Ottmar Schreiner hatte seinerseits schnell erkannt, wo Harry Kruskopps Problem lag, denn lange genug hatte er es bei seinem Vater beobachtet: Der so umgängliche Apotheker soff. Beinahe so schlimm wie Ottmars Vater. Ausfallend wurde er nicht, aber das konnte auch nur eine Frage der Zeit sein. Er griff ständig zum Glas und nahm gewaltige Schlucke und musste sich daher selbst ständig nachschenken, was er mit allerlei Finten zu kaschieren pflegte – so tat er etwa, als würde er allen anderen ebenfalls nachschenken wollen, zog die Flasche aber zurück, weil die anderen Gläser ja noch voll waren. Aber wenn er die Flasche schon mal in der Hand hatte, dann ließ er den Hals vor dem Absetzen noch einmal in sein eigenes Glas stürzen. Doch Harry Kruskopp hatte den Vorteil, dass er bei den Thalmeyers etabliert war – und wie er etabliert war! –, Ottmar hingegen noch nicht.

»Ja, aber es gibt doch organisierte Transporte der entlassenen Soldaten, oder etwa nicht?«

Nun verstand Ottmar, dass ihm Gefahr drohte. Aber drohende Gefahr kannte er seit seiner Kindheit.

»Das stimmt, aber ich war der Einzige aus meinem Lager, der nach Hause geschickt wurde. Also musste ich erst auf eigene Faust zum nächsten Bahnhof laufen. Bloß um zu sehen, dass der kaputtgebombt war. Hier bringt dich in den nächsten Jahren kein Zug nach Hause, hab ich mir gesagt.«

»Haben Sie den Entlassungsschein denn noch? Ich würde ihn ja zu gern einmal sehen.«

»Oh nein, den hab ich gleich hier in der Westzone verbrannt. So was aufzuheben bringt Unglück, heißt es im Lager.« Ottmar wandte sich an McNarney. »Ist es nicht so, Herr Gouverneur, dass die Kriegsheimkehrer auf vielerlei Wegen zurückkommen?«

John McNarneys Deutsch war nicht gut, aber er verstand genug, um zu merken, dass hier etwas in der Luft lag. »Oh well, viele Wege führen nach Westen. Ich habe gehört die tollsten Geschichten.«

Ottmar Schreiner lehnte sich triumphierend zurück. Der Punkt war an ihn gegangen, und bald drehte sich das Tischgespräch um allgemeine Themen wie die russische Evakuierung des Grenzstreifens, die Vorteile von frischer gegenüber haltbarer Milch, die Wiederverwendung von Küchenabfällen und die Preise von Pelzmänteln und amerikanischen Zigaretten auf dem Schwarzmarkt.

Harry wandte sich erneut an Ottmar. »Geige haben Sie gespielt in Russland, hat mir Sophie erzählt?« Auch Marie blickte den Heimkehrer nun interessiert an, und Ottmar fühlte, wie sich ein dicker, rauer Strick um seinen Hals legte. Aber die Offensive war die beste Verteidigung.

»Oh ja, die Russen waren ganz verrückt danach!«

»Na, was für ein Glück, dass die Russen Sie trotzdem freigelassen haben.«

»Ja – ja, nicht wahr?«

»Während Joachim dort bleiben musste. Eben weil er so gut spielte, wie Sie sagten.«

»Nun ja, die Russen, man weiß halt nie …«

»Jedenfalls habe ich eine Geige zu Hause bei mir. Mächtig verstimmt und ganz sicher keine Stradivari.«

Ottmar Schreiner merkte, wie ihm der Strick allmählich die Luft abschnürte.

»Bring sie doch das nächste Mal mit«, schlug Marie ihrem Schwager in spe vor.

Sophie klatschte in die Hände. »Eine feine Idee! In diesem Haus ist es sowieso zu still, Musik tut da nur gut.«

»Also, aber gern, nach der Flu…, also der Heimkehr bin ich vielleicht etwas außer Übung …«

»Oh, das macht nichts, unsere Ansprüche sind nicht gerade gestiegen, nachdem wir zwölf Jahre lang das Horst-Wessel-Lied aushalten mussten. Welche Stücke spielen Sie denn?«

»Oh, eigentlich alles, zum Beispiel … Mozart … Beethoven …«

Harry grinste. »Ah, die berühmten Geigenarrangements von Beethoven, wer kennt sie nicht?«

Ottmar lächelte erleichtert und merkte dieses Mal nicht, dass Harry nur noch die Falltür betätigen musste, um ihm endgültig das Genick zu brechen.

»Und Sie spielen sicher auch Stücke von Testore, Amati und Guarneri?«

Ottmar nickte eifrig. Dabei handelte es sich bei den Namen nicht um Komponisten, sondern um Geigenbauer. Doch Harry beschloss, ihn für heute leben zu lassen. Es reichte ihm vorerst, zu wissen, dass mit diesem Ottmar Schreiner etwas gewaltig nicht stimmte.

* * *

Daheim über der Apotheke schenkte sich Harry ein Glas Cognac ein und stürzte es in einem Zug hinab. Seine Augen waren schon glasig, und er gönnte sich ein zweites Glas, dann knöpfte er das Hemd auf und legte sich ins Bett.

Sophie kam gerade aus dem Bad und hatte ihr Nachthemd an, in dem sie zum Anbeißen aussah. Aber Harry blickte nur nachdenklich an die Decke. Ihm war schwindlig geworden, denn er hatte selbst nach seinen Maßstäben etwas zu viel getrunken – das war immer das Problem, wenn es schon zum Nachmittag mit Alkohol losging. Er hatte zuvor eine Aspirin genommen, das half meistens, aber dieses Mal spürte er schon den heraufziehenden Kater.

»Sag mal, dieser Ottmar ...«

»Ein lustiges Kerlchen.« Sophie trug etwas von der guten englischen Gesichtscreme auf, die ihr Harry hatte besorgen können. Die Creme duftete nach reifen Zitronen.

»Joachim hat nie von ihm erzählt? Als er noch Soldat war, auf Heimaturlaub?«

»Nein, nie.« Sophie glitt neben ihn.

»Auch nicht in dem Brief, den er euch geschickt hat?«

»Es ist ja der einzige, den wir von ihm bekommen haben.«

»Ja, stimmt. Wohnt Ottmar noch bei euch?«

»Nein, drüben im Wirtschaftsgebäude bei den Flüchtlingen.«

»Verstehe.« Harry rieb sich das Gesicht. »Haltet ihn auf Distanz, in Ordnung?«

Sophie war beunruhigt. »Wie meinst du das?«

»Irgendetwas stimmt mit ihm nicht. Ich weiß nicht genau, was es ist, aber sag es auch deiner Schwester.«

»Er hat doch das Leben meines Bruders gerettet! Zweimal! Und dann das Versprechen zwischen ihm und Joachim! Obwohl ...« Plötzlich verstand Sophie, worauf Harry hinauswollte. »... obwohl wir das nur von ihm selbst wissen«, beendete sie ihren Satz.

»Ganz genau.«

41. KAPITEL

Im Trockenen

Der Wind wirbelte das Laub vor ihnen auf, es duftete nach morschem Holz und regengetränkter Erde, im Unterholz raschelte es, die Äste in den Baumkronen wippten. Es war einer dieser Spaziergänge, bei denen man sich schon auf den Kamin und den heißen Kaffee anschließend freute. Der Spätherbst zeigte sich im Fichtelgebirge von seiner launischen Seite. Noch in der Nacht hatte es ein Gewitter gegeben, doch nun hatten sich die Wolken vorläufig verzogen, die tief stehende Sonne brach mit harten, hellen Strahlen hervor. Es hatte sich merklich abgekühlt, ihr Atem war in der beinahe schon winterlichen Luft sichtbar. Marie und John hatten die Wanderung am Ortsende von Silberbach begonnen, und nun schritten sie auf dem sanften Anstieg zum Großen Hengstberg. Bob war bei ihnen, hielt aber gut fünfzig Meter Abstand. Marie und John, beide in Mäntel gehüllt, gingen Hand in Hand, und Marie genoss diesen Moment, den ihr keiner nehmen konnte, kein Metsch, kein Raps. Die Manufaktur, zwei Kilometer Luftlinie hinter ihnen, existierte in diesen so wertvollen Augenblicken überhaupt nicht.

Marie und John waren ein Paar. Sie gaben sich keine

größere Mühe mehr, es zu verbergen, aber sie zeigten es auch nicht überdeutlich wie Sophie und Harry, die in aller Öffentlichkeit herumpoussierten. John war eben doch ein Fremder, ein *Ami*, ein *Besatzer*. Im Ort wurde getuschelt, keine Frage, und Marie konnte nur erahnen, was im amerikanischen Hauptquartier geredet wurde. Denn eine Liaison mit einem Amerikaner war für eine Deutsche zwar gesellschaftlich mehr als problematisch, für einen amerikanischen Angehörigen der Streitkräfte jedoch war eine solche Beziehung bis vor wenigen Monaten sogar strafbar gewesen. Noch während des Krieges hatten die Alliierten Broschüren an ihre Streitkräfte ausgegeben, die jeglichen Kontakt mit den Feindinnen untersagte. Drastische Comiczeichnungen warnten vor Liebeleien mit verlockenden deutschen Frauen, die den Namen »Veronika Dankeschön« trugen, abgekürzt V.D. für *veneral diseases* – angebliche Geschlechtskrankheiten, die späte Rache der Nazis an den Siegern. Mochte dieses Verbot auch inzwischen aufgehoben sein, war es der Karriere eines hohen Offiziers wohl kaum förderlich, eine Beziehung mit einer Deutschen einzugehen.

John hatte nicht viel Zeit, höchstens einen Nachmittag in der Woche, und den pflegte er stets in Selb mit Marie zu verbringen. Oder sie unternahmen etwas: So hatte in Weiden das Kino wieder eröffnet und zeigte den Film *Philadelphia Story* mit Cary Grant und Katharine Hepburn, den sich beide vor zwei Wochen angesehen hatten. Und letzte Woche waren sie im Theater Hof gewesen, das zum Winter mit einem Notspielplan wieder eröffnet hatte. Es gab »Die Zauberflöte«, es war Johns erste Oper, und Marie, die das Werk von der Schallplattensammlung ihres Vaters gut kannte, erklärte ihm, was genau da auf der Bühne vor sich ging – was nicht ganz leicht war, denn Logik gehörte bei Papageno und Papagena, bei Sarastro, Tamino und Monostatos und der Königin der Nacht nicht gerade zu den Stärken der Zauberflöte. Marie musste einiges erläutern, damit John nicht den Faden verlor; kein Wunder, dass die Sitznachbarn immer wieder zischelten und um Ruhe baten. Ein Fotograf der *Oberfränkischen Stimme* machte anschließend ein Foto vom Militärgouverneur, und ein Reporter fragte ihn nach seiner Meinung zum Stück. »Die Handlung ist wirklich wild, aber die Musik ist gut«, antwortete John, und der Reporter musste lachen. Marie fand, dass es das eigentlich ganz gut zusammenfasste.

Marie und John spazierten am Roglerbrunnen vorbei und wandten sich dann gen Westen, wo ihnen der Wind direkt ins Gesicht blies. Sie hakten einander unter, und John erzählte von seinen Streichen und Abenteuern als Bub in New Jersey. Marie konnte von den Geschichten gar nicht genug bekommen, Amerika war für sie nach den dunklen Jahren so fremd, so unerreichbar, aber zugleich auch so präsent, dank der Kinofilme, dank Sophies Bücher, dank Joachims Swingmusik. Und dank des Mannes an ihrer Seite.

Und neben John fühlte Marie sich – *sicher*. Seit ihrer Jugend hatte es nur Krieg und Mühsal und Leid und Tod gegeben. John war für sie, wie Amerika selbst, ein Versprechen auf eine bessere Zukunft.

Was Marie anging, machte sie sich nicht viel aus dem Dorfklatsch. Sie war schon in der Schule im Gegensatz zu Sophie immer eher Außenseiterin gewesen, und sie wusste, dass man ohnehin über sie tuschelte. Mit Ende zwanzig noch unverheiratet, dann Geschäftsführerin eines der größten Unternehmen im Ort, dazu mit ihrer Blässe und den hohen Wangenknochen inmitten ländlich-untersetzter Physiognomien: Sie bot jede Menge Angriffsfläche, ohne etwas dafür zu können. Sie beachtete die hässlichen Gerüchte erst gar nicht. Und sie wusste ja noch nicht einmal, wie Alexandra Metsch bei Frau Helgard die Übergriffe ihres Mannes umgedeutet hatte.

Gerade als sie die Villa erreicht hatten, setzte wieder heftiger Regen ein. Sie hasteten die Stufen empor, legten ihre Mäntel ab und wärmten sich vor dem Kaminfeuer auf. Lina brachte Kaffee und belegte Brote. Der Regen trommelte gegen die Scheiben und wurde noch einmal stärker, der Sturm schien das Glas regelrecht nach innen zu wölben. John und Marie ließen es sich schmecken. Bob hatte sich in die Küche gesetzt. Sophie übernachtete wie immer in den letzten Tagen bei Harry.

»Ich weiß nicht, ob du bei diesem Wetter bis nach Nürnberg zurückfahren solltest«, fand Marie. »Die Straßen sind gerade bei Regen ziemlich übel.«

»Bob ist ein guter Fahrer. Der hat uns gefahren durch Stahlgewitter und Bombentrichter. Das ist doch nur ein bisschen nass heute.«

»Na, dann lass doch Bob zurückfahren.«

John nahm Maries Hand. »Ja, vielleicht sollte ich das wirklich tun.«

Und John schickte Bob heim und blieb über Nacht bei Marie.

42. KAPITEL

Die Order

Die Adventszeit 1947 erinnerte Marie an die Weihnachtsstimmung, die vor dem Krieg – also in einer weit entfernten, beinahe wie eine Fieberfantasie wirkenden Vergangenheit – so verbreitet gewesen war. Es duftete nach Kerzenwachs und Tannennadeln und Lebkuchen und Zimtgebäck. Das ganze Land schien die düsteren Schleier abzuschütteln und durch Lametta zu ersetzen. Kinderaugen leuchteten wieder, die Selber strömten zum kleinen Weihnachtsmarkt am Goldberg. Es war nicht so bitterkalt wie noch im grimmigen Winter des Vorjahrs, als Menschen in den Ruinen ihrer Häuser erfroren und verhungerten.

Noch immer wurden Väter und Sönne betrauert, die im Feld geblieben waren. Noch immer wurde um Menschen geweint, die im Bombenkrieg getötet worden waren. Die Sehnsucht der Millionen Vertriebenen nach ihrer Heimat war unverändert groß. Die Presse berichtete immer ausführlicher von den entsetzlichen Verbrechen der Nazis, an denen so viele Menschen beteiligt waren, viele Deutsche schämten sich. Und die Jagd auf die Schuldigen, die sich im Chaos der Nachkriegszeit noch gut verstecken konnten, hatte gerade erst so richtig begonnen. Die ganz Großen hatte man schon abgeurteilt, etwa in den Nürnberger Prozessen; nun ging es den regionalen und lokalen Nazigrößen an den Kragen.

Und doch blickten die Menschen erstmals nach vielen Jahren wieder vorsichtig nach vorn. Trams und Bahnen und Züge fuhren wieder, immer mehr Autos brummten mit ihren Verbrennungsmotoren über die neu asphaltierten Hauptstraßen, die Trümmer in den Städten waren weitgehend beiseite geräumt, überall wurde Zement angerührt, die meisten Notunterkünfte konnten endlich aufgegeben werden.

Am Samstag vor dem dritten Advent saßen Marie und John bei Bepi im Bella Venezia, der seine Tische mit Fichtenzweigen und roten Kerzen dekoriert hatte und beiden einen besonderen Nachtisch versprochen hatte. Doch zuvor gab es besonders große Pizzen mit Schinken und Käse, dazu zwei Gläser Amarone-Wein. Der schwere Rotwein aus Venetien funkelte verlockend im Glas, die Pizza duftete verführerisch.

John wirkte bedrückt, und Marie ahnte, dass etwas nicht stimmte. Doch sie wollte es nicht von sich aus ansprechen, in der Hoffnung, dass sich alles irgendwie von selbst erledigen würde.

»Es gibt ein Problem«, sagte er schließlich.

»Ist was mit Joachim?« Beständig kreisten die Gedanken der Thalmeyer-Schwestern um ihren Bruder. Briefe, die sie ihm geschrieben hatten, blieben nach wie vor unbeantwortet.

»Nein, es gibt ein Problem mit mir. Ich muss zurück in die Staaten.«

Marie ließ Messer und Gabel sinken. »Warum?«

»Order vom Außenministerium. Dem kann ich schwer mich widersprechen.«

»Wann musst du aufbrechen?«

»Am 21. Dezember legt der Truppentransporter ab in Bremerhaven.«

»Noch vor Weihnachten also.« Marie spürte, wie die zuversichtliche Stimmung, die sie sich trotz der Schwierigkeiten regelrecht aufgezwungen hatte, irgendwohin verschwand wie die Rauchfahne der Kerzenflamme in der Mitte des Tisches.

»Übermorgen ich muss los.«

»Übermorgen schon …«

John nahm Maries Hand. »Ich habe mich auch gefreut auf ein gemeinsames Fest.«

»Wie lange wirst du fortbleiben?«

»Mindestens ein halbes Jahr. Washington braucht meine Expertise. Es gibt viel zu organisieren, neue Gräben tun sich auf. Die Russen, weißt du.«

»Ein halbes Jahr.« Marie sagte es flüsternd, wie zu sich selbst. Und schon wieder würde, nach dem Bruder und dem Vater, ein Mann aus ihrem Leben verschwinden.

Dann strahlte John ganz unvermittelt. »Aber ich habe eine Idee. Komm doch mit!«

»Nach Amerika?«

»Natürlich nicht mit unser Schiff. Aber ich kann dir sicher besorgen eine Passage auf ein anderes Schiff. Schon sehr bald.«

»Für immer? Mit dir?« Das war eine aufregende Vorstellung, und doch war das völlig unrealistisch. »Das geht nicht. Ich kann die Manufaktur nicht zurücklassen.«

»Überleg es dir. Ein Neuanfang in den Staaten.«

Marie schüttelte den Kopf. Undenkbar.« Wobei – war es wirklich so undenkbar? »Jedenfalls bis Joachim aus Russland zurück ist«, setzte sie nach.

»Das verstehe ich.«

»Erst dann kann ich weitersehen. Ich bin nun in der fünften Generation, und ich bin der Familie verpflichtet.«

»Das ist sehr ... europäisch gedacht, und doch ich verstehe es.« John hob das Glas Wein. »Dann bleibt mir nichts anderes übrig, als zurückzukehren so schnell wie möglich!«

Auch Marie hob das Glas und rang sich ein Lächeln ab. »So schnell wie möglich!«

* * *

Bepi kam mit seiner angekündigten Nachspeise, einem *panettone*. Das war ein großer, ganz weicher Teigzylinder mit kandierten Früchten und Rosinen, eine typische Spezialität zu Weihnachten, sagte er. Dazu brachte der kleine Luca eine Flasche Süßwein. Der Sohn wurde, wie es Marie schien, von Besuch zu Besuch stärker in den Wirtschaftsbetrieb eingebunden, erledigte die neu zugewiesenen Aufgaben aber mit großem Eifer und Ernst.

»Porzellan könnte auch in den USA zu einem *status symbol* werden, weißt du? Vielleicht ist das ja eine Gelegenheit zur Expandierung?« John ließ nicht locker, was Marie schmeichelte und den Trennungsschmerz, den sie schon vorausahnte, ebenso vorausahnend ein wenig linderte.

Marie und John hofften beide auf ein baldiges Wiedersehen, und beide waren bereit, in diesen chaotischen Zeiten alles dafür zu tun. Und doch sollte der Kuss, den sie sich an jenem Abend vor dem Bella Venezia zum Abschied gaben, bevor John in den Jeep zu seinem Fahrer Bob stieg, der letzte sein.

TEIL II: 1948

43. KAPITEL

Die Heimkehr

Weihnachten und Neujahr waren nur so dahingeflogen und Marie hatte sich in Arbeit gestürzt, gemeinsam mit Willemsen den Jahresabschluss erledigt, Auftragspläne für die kommenden Monate geschrieben, die Korrespondenz mit Händlern und Lieferanten erledigt – jeder bekam von Marie einen persönlichen Brief zum Jahresbeginn, was sie volle drei Tage kostete – und mit Linas Hilfe einiges im Haus in Ordnung gebracht. Sie hatte schon früher handwerkliches Geschick bewiesen, und nun, ohne Mann im Haus, musste sie selbst ran, wenn die Heizung nicht mehr wollte, wenn eine Lampe flackerte, wenn das Heißwasser nicht mehr lief. Es war ihr unangenehm geworden, für jede Kleinigkeit Brennmeister Schöffel kommen zu lassen.

Harry und Sophie hatten mit Marie die Festtage verbracht, und Lina hatte sich selbst übertroffen mit der Gans, die Gustav organisiert hatte und von der sie zwei Abende lang aßen, und am dritten Abend gab es dann noch Gänseklein als Aufstrich zum Brot. Zu Silvester hatte Harry Nachtdienst, Marie und Sophie feierten allein und öffneten um Mitternacht eine Flasche Champagner, die Harry ihnen organisiert hatte.

Am 2. Januar gab es das traditionelle Neujahrsfrühstück mit der Belegschaft der Manufaktur. Dazu setzten sich die zwei Dutzend Mitarbeiter an einen langen Tisch mitten in der Fabrikhalle. Marie hielt eine kleine Rede, Brennmeister Schöffel hob das Glas zum Trinkspruch. Im letzten Jahr hatte es noch trockenes Brot, alte Wurst und gestreckten Kaffee gegeben, doch in diesem Jahr sah der Tisch schon deutlich üppiger aus. Jeder Mitarbeiter bekam Bohnenkaffee, dazu gab es frische Brötchen, Honig, Käse, Aufschnitt, Kekse und zum Abschluss einen Kräuterschnaps.

Dann wurde der Weihnachtsschmuck verräumt und der Tannenbaum zu spritzendem Kaminholz zerhackt, und schon bald hatte Marie wieder alle Hände voll zu tun, den Betrieb am Laufen zu halten.

Und als vier Tage später an jenem Wintermorgen die Strahlen der tief stehenden Sonne über die dünne Schneeschicht hinwegstrichen, die sich in der Nacht über die Landschaft ausgebreitet hatte – Marie konnte es nicht beschwören, aber im Nachhinein glaubte sie doch, dass sie etwas geahnt hatte. Irgendetwas war merkwürdig an diesem Morgen. Der Kaffee schmeckte so eigenartig, dass auch Sophie es auffiel, die gerade ihren Kopf in Maries Büro steckte. Nicht schlecht, aber eben anders. Marie bekam zum ersten Mal einen kleinen elektrischen Schlag, als sie zu ihrem Locher griff. Die Sonne erleuchtete ihr Büro so gründlich, dass sie die Staubteilchen schweben sah. Und vor dem Fenster tauchte ein Rotkehlchen auf, das auf der Fensterbank unter dem Schnee Essbares suchte. Zum ersten Mal überhaupt sah Marie dort einen Vogel.

Es lag etwas in der Luft.

* * *

Und dann hörte Marie hastige Schritte von der Villa zur Manufaktur kommen. Dass sie die Schritte auf dem Kies überhaupt hörte, war ebenfalls ungewöhnlich, denn die Angestellten hatten die Brennöfen, die normalerweise für ein beständiges Brummen sorgten, wegen der wöchentlichen Reinigung ausgestellt und erkalten lassen, sodass eine eigentümliche Stille über dem gesamten Anwesen lag.

Diese schnellen Schritte machten nicht nur Marie hellhörig, sondern auch Sophie. Beide Schwestern schauten aus ihren Büros und sahen Lina die Metalltreppe emporkommen – ein Anblick, der letzte Zweifel ausräumte, dass etwas ganz Unerhörtes vorgefallen sein musste. Lina stand atemlos vor ihnen und wollte etwas sagen, doch das musste sie gar nicht. Marie und Sophie stürmten an ihr vorbei.

Und dann sahen sie die zerrissene Gestalt, die auf den Stufen vor der Villa Platz genommen hatte, mitten im Schnee und zusammengekauert. Der löchrige Armeemantel konnte sie kaum vor der Kälte schützen, die Soldatenstiefel hatten keine Schnürsenkel mehr, und statt einer Hose trug die Gestalt eine Art Wickelrock aus vielerlei miteinander verknoteten Stofffetzen.

Die Nachricht, dass Joachim Thalmeyer aus russischer Kriegsgefangenschaft zurückgekehrt war, hatte sich auf wundersame Weise beinahe in Sekundenschnelle in der ganzen Manufaktur und binnen weniger Minuten im ganzen Ort herumgesprochen.

* * *

Ottmar Schreiner hatte wieder einmal Glück gehabt. Es war, als würde ihn Fortuna im erwachsenen Leben für all das entschädigen, was sie ihm in der Kindheit verwehrt hatte. Denn der lästige Apotheker erinnerte sich gar nicht mehr an die Episode mit dem Geigenspiel – diese alkoholische Vergesslichkeit kannte er gut von seinem Vater –, und alle anderen hatten geahnt, dass Ottmar das Thema aus irgendeinem Grund unangenehm schien, also erwähnten auch sie es nicht mehr. Vielleicht, so dachten die mitfühlenden anderen, verband er ja das Geigenspiel mit dem Horror des Krieges und der Gefangenschaft?

Und Ottmar Schreiner war mal wieder fein raus.

Nach wie vor wohnte er mietfrei im Wirtschaftsgebäude und hatte bereits zahlreiche Silberwaren und auch einige Porzellanfiguren aus den Thalmeyerschen Beständen zusammengestohlen. Lina war das Fehlen des Bestecks bald aufgefallen, und einmal erwischte sie Ottmar, wie dieser erneut ein Messer verschwinden ließ. Sie stellte ihn zur Rede, doch Ottmar lachte nur und zauberte mit einem Taschenspielertrick einen wertvollen Dessertlöffel aus ihrer Schürzentasche hervor. Ottmar sagte ihr, dass er im Fall eines Anschwärzens sie zur Komplizin erklären würde und das auch ganz leicht mit seinen kleinen Kniffen beweisen könne. Das ließ Lina verstummen.

Und es war nicht nur Silber und Porzellan, auch bei Joachims Habseligkeiten hatte er sich bereichert, etwa mit goldenen Manschettenknöpfen und einer Taschenuhr von Lange & Söhne, von den Hemden und Hosen gar nicht zu reden, die er längst als seinen rechtmäßigen Besitz ansah. Einige Paar Lederschuhe, die nur eine halbe Nummer zu groß für ihn waren, hatte er ebenfalls längst von Joachims Zimmer hinüber ins Wirtschaftsgebäude geschmuggelt.

Auch Ottmar hatte erfahren, dass sein Kriegskumpan Joachim Thalmeyer zurückgekehrt war. Er hatte es als einer der Ersten gehört, mit den stets wachen, animalischen Sinnen.

Ottmar Schreiner blieb keine andere Wahl. Ein letztes Mal sah er sich vor dem alten Spiegel an, zog sich das Hemd (Joachims Hemd) zurecht und straffte die Brust. *Vorneverteidigung* nannte er das. Das hatte ihm zeit seines Lebens geholfen. Dreistigkeit, viel Charme und viel Schau.

* * *

Vor der Thalmeyerschen Villa hatte sich die Belegschaft versammelt, alle umarmten Joachim, Tränen flossen. Der Heimkehrer sah schlimm aus, er hatte mindestens zwanzig Kilo verloren, war blass und unrasiert. Aber er lächelte. Und trank den Kaffee, den Marie ihm nach draußen gebracht hatte, während Lina oben ein heißes Bad einließ und frische Sachen rauslegte und ein fürstliches Mittagessen vorzubereiten begann.

Und dann kam Ottmar Schreiner. Mit ausgebreiteten Armen stürmte er die Stufen empor und direkt auf Joachim zu, und die Arbeiter machten ihm Platz, wussten sie doch von der innigen Beziehung der beiden, die Ottmar nie müde gewesen war, vor aller Welt zu betonen und sogar immer weiter auszuschmücken.

Joachim blickte so erschrocken, als wäre ein Gespenst erschienen. Er hatte nicht damit gerechnet, Ottmar Schreiner je wiederzusehen – und schon gar nicht auf seinem Anwesen, bei der Heimkehr zu seiner Familie.

»Joachim! Junge! Wir haben's geschafft!«, rief Ottmar und wollte Joachim umarmen.

Joachim Thalmeyer war kein tapferes Kind gewesen. Er hatte sich noch nie in seinem Leben geprügelt und lieber Reißaus genommen, wenn es Senge von Mitschülern oder gar von Älteren zu geben drohte. Er wusste gar nicht, wie man so richtig mit der Faust zuschlug. Doch er machte seine Sache verblüffend gut: Sein erster Schlag traf Ottmar an der Wange, nicht mit voller Wucht, aber doch so sehr, dass dessen Grinsen erstarb und er ganz verblüfft dreinblickte. Joachims zweiter Schlag hatte schon ein besseres Timing. In diesem zweiten Schlag legte er, obwohl er so ausgemergelt war, all seine Kraft und auch all seine Wut, die sich nach dem Standgericht im Kriegsgefangenenlager so richtig aufgebaut hatte, Tag für Tag.

Denn für den Latrinendienst wurde Joachim als zu schwächlich eingestuft, aber das Klavierspielen kam auch nicht mehr infrage, sodass er als überflüssiger Esser galt und zunächst ins Ursprungslager zurückgeschickt werden sollte, was bei seiner Konstitution und der harten Arbeit, die ihn dort erwartete, möglicherweise den Tod bedeutet hätte. Doch als schließlich Weisung aus Moskau kam, insbesondere die Gebrechlichen und Kranken heim nach Deutschland zu schicken, da hatte Joachim Glück, dass ihn der stellvertretende Lagerkommandant und Musikliebhaber Oberstleutnant Rostow auf die Liste setzte. Und so war er mit anderen zu einem namenlosen Bahnhof gebracht worden, wo nach einem Tag Wartezeit eine Dampflokomotive mit Viehwaggons heranächzte, und von dort ging es in allmählich größer werdende Bahnhöfe und mit immer mehr angekoppelten Waggons voller zerzauster, hungriger und lahmer Menschen, die einst Soldaten gewesen waren, gen Westen, über Minsk, Brest und schließlich Warschau, wo alle auszusteigen hatten und von polnischen Soldaten untersucht wurden. Joachim erging es übel, weil das Geburtsdatum auf seinem Entlassungsschein nicht mit dem Geburtsdatum auf dem alten Wehrpass übereinstimmte – ein Zahlendreher, der in dem ersten Gefangenenlager passiert war –, und beinahe hätte er nicht weiterfahren dürfen. Über Kattowitz, Prag und Pilsen und einem fast dreitägigen Aufenthalt an der Grenze erreichte der Zug schließlich Nürnberg. Und in jeder Stunde, jeder Minute dieser Odyssee, die fast zwei Wochen dauerte und von Hunger, Durst und unbeschreiblichen hygienischen Zuständen geprägt war, hatte Joachim nicht nur an seine Familie gedacht, sondern auch an Ottmar Schreiner, der Fjodor fast erschlagen und auch ihm selbst beinahe den Tod eingebrockt hatte, und dieser kristallklare Hass half Joachim, all die entsetzliche Mühsal dieser langen Reise, die längst nicht alle freigelassenen Gefangenen überlebten, zu überstehen.

Der zweite Schlag traf Ottmar Schreiner mitten aufs Nasenbein. Es gab ein knirschendes Geräusch, und Ottmar stürzte rückwärts die Treppenstufen hinab. Unten hielt er sich die Nase, zwischen seinen Fingern sickerte helles Blut hervor.

»Was habe ich denn getan?«, war Ottmars letzter kläglicher Versuch, seine Haut zu retten.

»Du Schwein!«, rief Joachim ihm zu, und in seiner sanften Stimme lag so viel Wut und Verachtung, wie sie noch niemand je von ihm gehört hatte.

Marie hatte jede Menge Fragen. Doch die Antworten hatten Zeit. Vorerst war die Sache sonnenklar.

»Herr Schöffel, nehmen Sie zwei Ihrer kräftigsten Burschen und helfen Sie Herrn Schreiner beim Packen«, ordnete sie an. »Er war lange genug hier und soll in zehn

Minuten verschwunden sein. Wenn er sich weigert, führen Sie ihn zur Polizei.«

Sophie schaute bewundernd und überrascht zugleich zu ihrer älteren Schwester. Wo war nur der Backfisch abgeblieben, der lieber auf dem Zimmer blieb, statt zum Abschlusstanz in der Schule zu gehen?

* * *

Vater war tot, aber Joachim Thalmeyer hatte noch keine Kraft zum Trauern aufbringen können. Es war unwirklich genug, dass er jetzt hier in der Villa angekommen war, in der er geboren und aufgewachsen war und so viele unvergessliche Stunden verlebt hatte. Frisch gebadet und rasiert, saß er mit Marie und Sophie bei der ersten echten Mahlzeit seit Jahren am Tisch, konnte nicht anders als hastig schlingen und berichtete von all den Schrecken, die er im Krieg und in den Lagern erlebt hatte – und was es mit Ottmar Schreiner, diesem Halunken, wirklich auf sich hatte. Marie und Sophie schenkten ihm nach, umarmten ihn immer wieder, Marie wischte sich die Tränen aus dem Augenwinkel. Nun waren die Geschwister wieder vereint. Der Krieg schien endgültig zur Vergangenheit geworden zu sein, ein böser Traum, ein ferner Abgrund.

Und dann ging er in sein Zimmer, seine Füße berührten Teppichboden, und es war ihm, als schritt er auf Schäfchenwolken. Er setzte sich aufs Bett und machte sich mit dem Gefühl vertraut, eine Matratze zu haben. Er weinte vor Glück. Dann fiel er in einen langen Schlaf, aus dem er erst spät am nächsten Tag erwachte.

44. KAPITEL

Der Neuanfang

Ottmar Schreiner wurde hinausgeworfen, nun gut. Es hatte keinen Sinn, es in Selb weiter zu versuchen. Es waren ja gute Wochen gewesen, in denen er wieder zu Kräften gekommen war. Als ewiger Optimist wusste er, dass es ihm schon bald besser gehen würde, außerdem waren die Nachrichten doch überall erfreulich. Deutschland kam wieder auf die Beine, und mit ihm auch der wackere Ottmar Schreiner, es konnte ja gar nicht anders sein. In weiser Voraussicht hatte er längst seine Sachen gepackt, war immer zur Flucht bereit gewesen. Insbesondere in dem braunen Lederkoffer mit dem Zahlenschloss hatte er alles gehortet, was er aus der Thalmeyerschen Villa entwendet hatte. Die geklauten Sachen hatten einen enormen Wert auf dem Schwarzmarkt und würden ihm einen Start ins neue Leben erleichtern, egal wo. Gut gekleidet war er obendrein, Joachim Thalmeyer sei Dank. Und dieser Brennmeister mit den beiden Lehrlingen war so naiv gewesen, seine Sachen nicht zu durchsuchen – sie hatten ihn nur misstrauisch beim Packen beobachtet, dabei hatte er ja die entscheidenden Gegenstände schon längst verstaut, reisefertig eingewickelt in Zeitungspapier, um Kratzer und Beschädigungen der wertvollen Ware zu vermeiden.

Sie hatten ihn sogar mit dem Lieferwagen nach Weiden zum Bahnhof gebracht, na, was für ein Luxus! Dort hatten sie abgewartet, bis er den nächstbesten Zug bestiegen hatte, der zufälligerweise bis nach München fuhr.

München: warum nicht? Sollte es das Schicksal doch auswählen! Eine große Stadt, die im Krieg sogar verhältnismäßig wenig abbekommen hatte, kein Vergleich jedenfalls zu seiner Heimat, dem Ruhrgebiet. Dort, hatte er in den Zeitungen gelesen, hatten die Bomber ganze Arbeit geleistet. Vielleicht wäre der Süden ein guter Ort für einen Neustart. Niemand kannte ihn dort, und er hatte nie Probleme gehabt, schnell Anschluss zu finden. Und mit den Thalmeyerschen Preziosen würde ihm ein Beginn richtig leichtfallen. Die Nasenwurzel schmerzte, aber egal.

Er trug sich am späten Abend im Hotel Odeon am Isartorplatz in die Gästeliste ein, setzte sich ins Restaurant und bestellte Schweinsbraten mit Knödeln, das teuerste Gericht auf der Karte, dazu einen Moselriesling. Und dann ließ er sich Zettel und Bleistift und eine zweite Flasche Wein bringen, denn er schmiedete zu gern Pläne. Wie würde er die nächsten Tage angehen? Die Episode bei den Thalmeyers hatte er keineswegs als Niederlage begriffen, sondern als eine Art Aufpäppelungslager. Ausgeruht, mit guten Hemden ausstaffiert und mit Fleisch auf den Rippen, würde er dieses neue Leben voller Elan angehen. Er schrieb sich auf, an welche Firmen er sich würde wenden können. Er überlegte, welche Referenzen er für welche Arbeitsstelle würde erfinden müssen. Alles Kleinigkeiten, die dem Neubeginn nicht im Weg stehen würden. In diesen Zeiten kam es nicht auf Papierkram an, sondern auf den sicheren Auftritt.

Am späten Abend auf dem Hotelzimmer packte er zunächst den Koffer mit seinen Kleidungsstücken aus und räumte alles fein säuberlich in den windschiefen Schrank, dessen Tür nicht richtig schloss. Dann öffnete er den Koffer mit seinen Preziosen – seinem Startkapital – und stutzte. Er sah die sorgsam in Zeitungspapier eingeschlagenen Gegenstände unterschiedlicher Größe. Doch irgendetwas stimmte nicht. Das Kartenspiel hatte ihn geschickt gemacht, und diese Fingerfertigkeit benutzte er auch beim Falten von Kleidung, beim Packen und beim sorgsamen Einwickeln. Diese Falten, die nicht ganz sauber verliefen: Waren die wirklich von ihm? Auf dem Rücken spürte er ein Kribbeln, seine Stirn wurde heiß. Er griff nach dem kastenförmigen Paket, in dem sich eine der berühmten Thalmeyerschen Porzellanfiguren befinden sollte; es war irgendein Heiliger mit gespreizten Engelsflügeln. Doch schon beim Ertasten mit seinen in unzähligen Bluffs und Betrügereien geschulten Fingerkuppen merkte er, dass da etwas nicht stimmte. Unter dem Papier befand sich nichts Filigranes. Hastig riss er die Packung auf – und hielt einen unförmigen Klumpen Gips in der Hand. Der Schweiß brach ihm aus, seine Hände begannen zu zittern. Er riss die übrigen Pakete auf. Überall das Gleiche: Gips in unterschiedlichen Formen, so wertlos wie Staub. Stöhnend fiel er aufs Hotelbett. Wie konnte das sein? Und was war nun mit seinen Zukunftsplänen? Ohne Papiere und auch noch völlig pleite?

So langsam reimte er sich zusammen, was vorgefallen sein musste. Er hatte ja bei der älteren Thalmeyer darum gebeten, dass Lina einmal pro Woche bei ihm sauber machen und die

Betten beziehen solle. Die Thalmeyer hatte gezögert, aber es schließlich akzeptiert. Und diese Lina musste ihm auf die Schliche gekommen sein. Ja, natürlich, sie wusste ja, dass er sich gern einmal bediente. Und er hatte ihr ja gedroht … Also musste sie heimlich immer wieder die Sachen ausgetauscht haben. Der betrogene Betrüger sah seine schöne Zukunft in den Strudeln der nahen Isar untergehen.

* * *

Ziemlich genau zur gleichen Zeit legte Lina den letzten Silberlöffel zurück in den Besteckkasten. Sie hatte das wertvolle Diebesgut ihrerseits immer wieder entwendet und geschickt durch Abfall ersetzt. Um bei Schreiner keinen Verdacht zu erregen, hatte sie die zurückerbeuteten Gegenstände zunächst bei sich in der Schlafkammer aufbewahrt, und nun war alles gereinigt und zurück an seinem Platz in der Thalmeyerschen Villa. Niemand beobachtete sie bei der abendlichen Tätigkeit, aber wer sie gesehen hätte, wäre erstaunt über ihr untypisches breites Lächeln gewesen, das ihr ganzes Gesicht leuchten ließ.

45. KAPITEL

Metsch zieht die Schrauben an

Und dann, Anfang Februar 1948, kamen die Lkw-Transporte mit dem Kaolin nicht mehr. Zwar benötigte die Thalmeyersche Manufaktur für das Weichporzellan deutlicher weniger Kaolin, aber ganz ohne das Gesteinspulver ging es dann doch nicht. Die Transporte blieben am Montag aus, dem wöchentlich festgesetzten Liefertermin, dann am Dienstag, dann am Mittwoch. Sophie versuchte, die Spediteure telefonisch zu erreichen, aber das war vergeblich, niemand hob ab.

Marie litt seit Tagen unter starken Bauchschmerzen, und Lina hatte sie zur Bettruhe verdonnert. Doch dieser Zwischenfall konnte nicht warten. Sophie klopfte vorsichtig an. Marie saß aufrecht im Bett, las die Tageszeitung und trank einen Kräutertee, den Joachim ihr gebracht hatte. Sophie schilderte die Lage.

»Steckt Metsch dahinter?«, fragte Marie.

»Möglich. Aber ich weiß nichts Genaues. Zwei Brennöfen haben wir schon stilllegen müssen.«

»Und keiner geht ans Telefon?«

Sophie schüttelte den Kopf.

»Also fahren wir persönlich dort vorbei.«

»In deinem Zustand?«

»Na, es wird schon gehen.« Mühsam richtete sich Marie auf und stand im Nachthemd vor Sophie. »Du wirst mir beim Ankleiden helfen müssen.«

»Und heute Nachmittag lässt du Rappenhuth kommen!«, insistierte die kleine Schwester. »Nicht, dass da was mit dem Blinddarm ist.«

* * *

Die Thalmeyersche Porzellanmanufaktur arbeitete nahezu ausschließlich mit Spediteur Ohnegleich zusammen, der zwar ein Parteifreund Karl Metschs war, dennoch einem guten Geschäft den Vorzug gab. Brennmeister Schöffel hatte den Borgward angeworfen, saß am Steuer und fuhr die Schwestern zum Büro des Spediteurs an der Ausfallstraße nach Weiden.

Ohnegleich war nicht in seinem Büro, sondern mal wieder in politischen Angelegenheiten in München, denn derzeit mussten noch letzte Feinheiten am Grundsatzprogramm justiert werden, das Ende Dezember 1946 von den Delegierten der Christlich-Sozialen Union beschlossen worden war. Doch Ohnegleichs Stellvertreter, ein nicht unfreundlicher junger Mann namens Zwacker, erklärte den Schwestern, dass die Schuld nicht bei der Spedition lag – die Grubenbesitzer hatten in den letzten Tagen kein Kaolin zum Abtransport mehr herausgegeben. Marie und Sophie blickten einander an. Der Entschluss war klar: Auf zu der Grube, aus der fast neunzig Prozent des Thalmeyerschen Kaolins stammten!

Die Fahrt gen Süden dauerte beinahe anderthalb Stunden, es ging über Marktredwitz, Neustadt und Weiden bis Wernberg-Köblitz und von dort scharf für etwa fünfzehn Kilometer nach Westen. Und dann waren sie an der gewaltigen Kaolingrube von Schnaittenbach angelangt.

Es wirkte, als stünden sie auf der Spitze einer Pyramide, die in gewaltigen hellen Steinterrassen tief nach unten in die Erde führte. Die Erde war voller feinem Staub, und beinahe blieb Marie die Luft weg, als sie in das gewaltige Loch sah. Tief unten hatte sich Wasser gebildet, das teilweise gefroren war, und auf einer der Terrassen beluden zwei Bagger einen Kipplader. Einige Arbeiter waren tief unten mit der Ausbesserung der Rampe beschäftigt.

Aus einem Verschlag kam ein ganz kleiner Mann heraus, der sich auf einen Stock stützte.

»Fräulein Thalmeyer, wie schön, dass Sie mich einmal besuchen kommen!«

Der Mann war sehr alt und trug eine Brille, das weiße, schüttere Haar fiel ihm auf die Schultern. Er trug einen Dreiteiler, der hier irgendwie fehl am Platz wirkte – aber ihm durchaus stand. Eine goldene Kette ließ eine Taschenuhr in der Westentasche vermuten.

»Sie müssen Herr Stuhlfauth sein. Sehr erfreut.«

»Richtig. Ja, ich kenne Sie. Sie waren schon einmal mit Ihrem Vater hier, da waren Sie …«, der Greis ächzte, als er seine Hand in Kniehöhe hielt, »… höchstens so groß.« Diese Geste schien Marie geradezu zu verfolgen. »Aber die Gesichtszüge sind unverkennbar eine Thalmeyer. Sie müssen Marie sein – und Sie sind demnach Sophie!«

Marie und Sophie nickten lächelnd, dann stellte Marie Brennmeister Schöffel vor. Ihm gab der Alte die Hand. »Sie machen also all die schönen Sachen mit meinen Steinen.« Hans Schöffel verbeugte sich militärisch knapp.

»Wir hatten bislang nur schriftlich miteinander zu tun«, sagte Marie. »Ausgezeichnet, dass wir das jetzt einmal ändern können.«

»Wollen Sie in mein Büro kommen? Es ist nicht so repräsentativ wie das Ihre, nehme ich an, aber es erfüllt seinen Zweck.«

* * *

»Die Sache ist ganz einfach«, erklärte Stuhlfauth in seinem Verschlag direkt am Grubenrand, der gar nicht wie ein Büro aussah, sondern eher wie ein Lesezimmer, »Karl Metsch hat Kaolin auf Vorrat gekauft.«

Stuhlfauth saß in einem Ohrensessel aus rotem Stoffbezug, seine Besucher auf einem älteren, zum Ohrensessel überhaupt nicht passenden Sofa, über das eine Decke mit Blumenmuster ausgebreitet war. Es roch nach Ersatzkaffee und kaltem Tabak. Stuhlfauth war starker Raucher und zündete sich eine Chesterfield an. Marie lehnte ab, Sophie und Schöffel griffen zu.

»Das verstehe ich nicht«, wunderte sich Marie. »Sie haben doch gar keine Vorratslager.«

Stuhlfauth lächelte. »Doch, dort unten in der Grube.«

Jetzt verstand Marie: »Er hat Kaolin gekauft, das noch nicht einmal abgebaut ist?«

»Ganz recht. In unserem Metier unüblich, aber in der Landwirtschaft gang und gäbe, wissen Sie? Man nennt das *die Ernte an den Halmen kaufen.* Es ist ein hohes Risiko für den Käufer, der dementsprechend weniger zahlt. Und der

Bauer freut sich über einen Batzen Geld, noch bevor er in die Felder geht. Dafür hat er aber auch am Ende weniger, als wenn er es nach der Ernte verkaufen würde.«

»Ein Spekulationsgeschäft«, fasste es Marie zusammen.

»Ganz recht. Als Geschäftsmann konnte ich Metschs Vorschlag schlecht ablehnen.«

»Und deswegen fehlt uns das Kaolin.«

»Nicht nur Ihnen, seien Sie versichert. Ich verstehe Ihre Probleme, aber ich muss meine Steine loswerden und brauche das Geld dringend. Wir Grubenbesitzer sind ja mächtig in der Bredouille, seit die Grenzen geschlossen sind und die Meißner nichts mehr von uns beziehen können. Die Hälfte des Marktes ist uns ganz plötzlich weggebrochen. Da war Metschs Angebot ein Geschenk des Himmels, zumal er den vollen Preis im Voraus zahlte.«

»Was bei einem solchen Geschäft ungewöhnlich ist.«

»Sehr ungewöhnlich.«

Keine Frage: Metschs Geschäft richtete sich – zumindest *auch* – gegen die Thalmeyers. Doch dann hatte Marie plötzlich eine Idee. »Wollen Sie Ihre Grube verkaufen?«

Sophie blickte ihre ältere Schwester entsetzt an, auch Schöffel riss die Augen auf. Stuhlfauth war ebenfalls erkennbar überrascht. Dann lächelte er.

»Ich bin ein alter Mann. Kinder waren mir und meiner seligen Frau nie vergönnt. Sagen wir es einmal so: Ich wäre nicht abgeneigt, über eine Teilhabe nachzudenken.«

Maries Plan nahm in ihrem Kopf Gestalt an. »Ich denke, wir sollten uns in den nächsten Tagen einmal in Ruhe zusammensetzen.«

»Ich bin schon etwas vergesslich, aber ich bin nicht töricht. Billig wäre das Ganze nicht, das muss ich Ihnen leider sagen.«

»Ich bin bereit, genau den Preis zu zahlen, den Ihre Grube wert ist.«

»Das ist eine Geschäftsfrau nach meinem Geschmack!«, freute sich der Alte.

Marie beugte sich vor. »Kann ich jetzt vielleicht doch eine Zigarette haben?«

* * *

»Das können wir uns doch nie im Leben leisten«, stöhnte Sophie auf der Rückfahrt nach Selb.

»*Du* bist doch sonst die Draufgängerin!«

»Ja, aber doch keine Selbstmörderin!«

»Überleg mal. Wenn wir direkten Zugriff aufs Kaolin haben, dann haben wir den gesamten Prozess im Griff, und keiner kann uns reinpfuschen! Dann können wir auch wieder mit der Produktion von Hartporzellan beginnen. Das gute Thalmeyersche Hartporzellan, unser großer Schlager!« Marie fasste sich an den Bauch, die Schmerzen wurden stärker.

»Ja, natürlich, in der Theorie klingt das auch alles schlüssig. Aber wie wollen wir das bezahlen?«

»Wir haben ja Sachwerte, die wir der Bank als Sicherheit überlassen können.«

»Aber auf dem Haus ist doch schon eine Hypothek, hast du gesagt!«

»Dann nehmen wir eine zweite auf. Aufs Grundstück, auf die Manufaktur selbst.«

»Das ist doch verrückt!«

»Wir müssen es riskieren! Sonst bleiben wir immer ein Spielball für die anderen.«

Sophie verschränkte die Arme. »Wir sollten mit Joachim darüber sprechen.«

»Das werden wir.«

Joachim hatte in den zwei Wochen seit seiner Rückkehr wie in einem Kokon gelebt, etwas apathisch, noch nicht ganz daheim. Aber er kam allmählich wieder zu Kräften. Harry Kruskopp hatte ihm neuartige Vitamintabletten aus amerikanischen Armeebeständen besorgt, und jeden Morgen zwang er sich, einen Esslöffel Lebertran zu schlucken. Beim Mittag- und Abendessen mit den Schwestern blieb er still, die Belange der Manufaktur interessierten ihn wenig; täglich besuchte er das Grab seiner Eltern. Er war kein Geschäftsmann und wollte keiner sein, dennoch hatte Sophie recht: Weitreichende Entscheidungen mussten mit ihm besprochen werden, es betraf schließlich die ganze Familie. Und …

Ein Krampf riss Marie aus ihren Gedanken, sie krümmte sich zusammen.

»Was ist denn?« Sophie legte den Arm um die Schultern ihrer Schwester.

»Diese verflixten Bauchschmerzen …«

»Wir fahren dich sofort zu Rappenhuth. So kann das ja nicht weitergehen.«

»Nein, lass nur, es wird schon.«

In diesem Moment erwischte Schöffel ein übles Schlagloch. Marie schrie auf, die Schmerzen ließen sie fast bewusstlos werden.

»Keine Widerrede.«

Und Schöffel drückte aufs Gas.

* * *

Rappenhuth lächelte, als sich Marie unter Schmerzen von der Liege aufrichtete und wieder anzog. »Ich denke, wir können uns den HCG-Test ersparen.«

HCG-Test? Marie verstand nichts. »Es ist nicht der Blinddarm?«

»Ganz sicher nicht.«

»Und ein Magengeschwür?«

»Oh nein, viel besser.«

Was konnte *besser* sein als – oh nein. Jetzt endlich setzte sich in Maries Kopf das Puzzle zusammen, und die folgenden Worte Rappenhuths drangen wegen des Rauschens in ihren Ohren und des Tumults im Hirn nur ganz aus der Ferne zu ihr.

»Sie bekommen ein Kind«, sagte der langjährige Arzt der Familie.

46. KAPITEL

Ein gefährliches Spiel

Tatsächlich war Marie schon im dritten Monat schwanger. Das Ausbleiben der Regel hatte sie auf die Aufregung der letzten Wochen geschoben – Johns Abreise, Joachims Rückkehr, die vielen Schwierigkeiten der Manufaktur. Sophie nahm sie in die Arme, auch Joachim freute sich mächtig, als sie zurückgekehrt waren und Marie es ihm vor dem Kaminfeuer berichtete. Sein Gesicht bekam zum ersten Mal richtig Farbe. Doch dann begann er zu grübeln. »Aber – wenn das Kind zur Welt kommt und unehelich ist, dann …«

»Was dann?«

»Gibt das keine Probleme?«

»Ach was«, winkte Sophie ab. »Wir sind doch nicht mehr unter Hitler. Das bisschen Klatsch im Ort werden wir schon noch aushalten. Aber –«, sie wandte sich an Marie, »du musst es John natürlich sofort sagen!«

»Ich schreibe ihm noch heute Abend«, nickte Marie, obwohl sie sich aus irgendeinem Grund gar nicht so sicher war.

»Und vielleicht klappt es mit der Hochzeit«, freute sich Sophie und kniff Marie übermütig in den Arm. »Vielleicht heiratet ihr ja noch vor uns!«

Denn Sophie und ihr Apotheker redeten schon seit einigen Wochen über eine baldige Heirat.

* * *

Doch zunächst musste das Kaolin-Problem gelöst werden. Die Vorräte gingen rasch zur Neige, und auch der letzte Brennofen würde bald erkalten müssen. Die Geschwister trafen sich zum Krisengespräch, auch Brennmeister Schöffel und Harry, Maries Schwager in spe, kamen auf den Kaffee am Abend hinzu.

»Das Risiko ist enorm, keine Frage, aber das Risiko hat uns Thalmeyers erst dorthin gebracht, wo wir heute sind«, referierte Marie. »Wir kennen die Geschichten doch alle!« Wie der Schreinermeister Alois Thalmeyer im Großbrand von Selb im Jahr 1856 fast alles verloren hatte und draußen vor den Toren mit einem selbst gemauerten Brennofen erstmals Porzellan herstellte und mit einem Eselskarren von Haus zu Haus fuhr, um seine Waren anzubieten. Wie sein Sohn Korbinian, Maries Urgroßvater, mitten im Preußisch-Österreichischen Krieg die Manufaktur errichtete und auf Hartporzellan setzte, das sich damals doch kaum jemand leisten konnte. Wie Opa Georg die noblen Berliner Familien belieferte und die Thalmeyerschen Kunstwerke zu begehrten Sammelobjekten wurden. Wie Vater Ludwig die Villa bauen ließ und den Betrieb mit großen Opfern durch den Ersten Weltkrieg, die Wirtschaftskrise und die Nazizeit gebracht hatte.

»Nur wegen des Risikos, das die Generationen vor uns beinahe täglich eingegangen sind, stehen wir heute hier«, schloss Marie. Und am Ende überzeugte Marie alle: Die Übernahme der Grube – oder zumindest eine substanzielle

Teilhaberschaft – war die einzige Möglichkeit, steten Zugriff auf das Gestein zu bekommen, das so entscheidend für die Porzellanherstellung war. Egal, welche Störfeuer Metsch, dessen Name bei dem Krisengespräch nie erwähnt wurde, auch zünden würde.

* * *

Hermann Raps, wie immer selbst für einen Bankier eine Spur zu elegant gekleidet, zog die Mundwinkel noch ein wenig weiter nach unten.

»Ich fürchte, das ist undurchführbar.« Sie saßen in Raps' Büro in der Weidener Filiale der Bayerischen Creditbank. Eine Vorzimmerdame hatte Kaffee gebracht, den Marie aber nicht anrührte.

»Sie haben praktisch keinerlei liquide Mittel mehr, um so einen Kauf zu tätigen, und der Kreditrahmen ist völlig erschöpft.« Wichtigtuerisch raschelte er mit Kontoauszügen, um seinen Standpunkt zu unterstreichen.

»Aber wir haben die Manufaktur.«

»Sie haben schon Ihr Wohnhaus belastet. Halten Sie es für eine gute Idee, nun auch Ihre Manufaktur der Bank zu übertragen?«

»Es ist ja nur für einige Zeit.«

»Das ist ein unfassbares Risiko! Und einen Übergangskredit brauchen Sie auch noch?«

»Ganz recht. Wir können erst in einem halben Jahr die Produktion wieder auf das ursprüngliche Niveau hochfahren. Aber dann, mit unserem eigenen Kaolin aus der Grube, können wir richtig expandieren, und Sie müssen sich um Ihr Geld keine Sorgen machen.«

Raps plättete mit den Händen sein Resthaar am Hinterkopf. »Ich mache mir keine Sorgen um mein Geld. Ich mache mir Sorgen um Sie.«

47. KAPITEL

Die Hochzeit

Raps bewilligte schließlich den Kredit, und die Thalmeyers wurden mit dem alten Stuhlfauth gleichberechtigte Teilhaber der Schnaittenbach-Kaolingrube. Das für sie so lähmende Geschäft mit Metsch konnte Marie nicht mehr rückgängig machen, aber spätestens im Sommer würde all das Kaolin, das abgebaut wurde, zuallererst der Manufaktur zur Verfügung stehen. Bis dahin mussten sie durchhalten, hier und da überteuerte Reste kaufen oder Gestein aus den Gruben in Niedersachsen kommen lassen, was wegen des Transports doppelt so teuer war.

Maries Bauch wuchs, und die Schmerzen ließen nach. »Wird ein Mädchen«, konstatierte Lina, »sieht man doch an dem runden Bauch.«

»Unsinn«, sagte Rappenhuth bei den wöchentlichen Untersuchungen, aber Lina war davon überzeugt.

»Ihr war doch dauernd übel«, ließ sich die Dienstmagd nicht beirren, »ganz bestimmt ein Mädchen.«

Marie glaubte tendenziell der Wissenschaft. Aber sie überlegte schon Mädchennamen.

Und sie schrieb John.

Die Korrespondenz war mühsam, Briefe kamen erst nach vier Wochen an, manchmal überschnitten sich Maries Briefe mit den Antworten aus den USA. Doch John war glücklich über den anstehenden Nachwuchs und versprach, so schnell wie möglich nach Deutschland zurückzukehren. Er war im Außenministerium in Washington nun für die Bildung eines Bündnisses der Westmächte zuständig, das den russischen Vormarsch im eroberten Osteuropa stoppen sollte. Die Briefe, die er schrieb, waren voller Liebe. Und voller Grammatikfehler, die Marie hinreißend fand; es war, als hörte sie seine Stimme. Aber Marie freute sich auf die Zeit, wenn er wieder vor Ort sein würde, spätestens im Sommer, auf jeden Fall vor der Geburt ihres Kindes. John war voller lieber Worte, schrieb von seiner *lieben Frau Marie*, bot ihr noch einmal an, *immediately* in die Vereinigten Staaten zu kommen, um dort eine gemeinsame Zukunft aufzubauen. Marie fühlte sich geschmeichelt und konnte es dennoch kaum abwarten, John hier im Fichtelgebirge zu umarmen. Auswandern kam für sie jedoch unter keinen Umständen in Frage. War eine gemeinsame Zukunft im zerbombten Deutschland möglich?

Derweil fuhr der Ausstoß der Porzellanmanufaktur deutlich herunter. Brennmeister Schöffel musste das Kaolin regelrecht zusammenfegen, um wenigstens die Produktion des Weichporzellans einigermaßen in Gang zu halten. Dennoch reduzierte sich die Produktion auf etwa ein Drittel. Und der Geldfluss aus den verkauften Waren wurde zunehmend zäh, die Großbezieher der Kaufhäuser waren verstimmt.

* * *

Und dann wurde Hochzeit gefeiert. Sophie Thalmeyer und Harry Kruskopp gaben sich am Weißen Sonntag, dem ersten Sonntag nach Ostern, in der Gemeinde von Selb ihr Ja-Wort, denn »wir beide haben es nicht so mit der Kirche«, brachte es Sophie auf den Punkt, wogegen Marie nichts einwenden konnte; den Glauben an einen den Menschen wohlgesinnten Allmächtigen hatte man in den letzten Jahren tatsächlich verlieren können. Pastor Holzapfel war dennoch zugegen, schaute zufrieden aus und gab ihnen inoffiziell seinen Segen. Für die Zeremonie selbst hatten sie sich zudem einen kleinen Kreis gewünscht, doch beim anschließenden Essen im Bella Venezia war das Lokal dann doch beinahe komplett mit der Hochzeitsgesellschaft gefüllt. Armin Füllhorn vom Bayerischen Hof, der auf die Hochzeitsgesellschaft spekuliert hatte, machte gute Miene und ließ sich von Giuseppe Esposito all die Köstlichkeiten erklären, die dieser auffuhr. Marie hatte dieses Mal darauf geachtet, neben den üblichen Honoratioren auch Hermann Raps einzuladen, der darüber erkennbar glücklich war. Die Metschs hingegen hatten keine Einladung erhalten. Darüber war besonders Alexandra Metsch böse, denn auch wenn sie nicht gekommen wären, hätte es *der guten Sitte halber* – nach der Definition, die Frau Metsch anwandte – einer Einladung dann doch bedurft, fand sie. Aber diesen Ärger behielt sie für sich. Jedenfalls noch.

Maries Bauch war schon ordentlich gerundet, und als sie Sophie und Harry am Ehrentisch turteln sah, hoffte sie ganz plötzlich darauf, dass sich die Tür öffnen und John erscheinen würde. Das war in diesen Zeiten natürlich ein ganz unrealistisches und für die rationale Marie auch sehr untypisches Wunschdenken.

Und doch passierte noch etwas Erbauliches: Joachim Thalmeyer hatte mit Giuseppes und Harrys Hilfe ein Klavier von einem befreundeten Apotheker aus Marktredwitz kommen lassen und unter einer Decke am Rand des Raums versteckt. Und nun setzte sich Joachim und spielte zur Überraschung der Gäste erst den Hochzeitsmarsch, dann die beschwingte neue Musik aus Übersee. Die heiteren Töne von Artie Shaw, Duke Ellington und Glenn Miller waren wie der Aufbruch in eine neue Ära – für die Hochzeitsgesellschaft, aber vor allem auch für Joachim selbst.

Worüber der Ort aber noch lange sprechen sollte: Das Blumenbouquet war die Sensation im ganzen Ort. Der ovale Flechtkorb schien so groß wie ein Kanu, und aus ihm quollen alle erdenklichen Blumen, liebevoll arrangiert: großköpfige Rosen in allen Farbtönen, Lilien und Nelken in voller Blüte. Im Bella Venezia duftete es wie in einer Blumenhandlung, und tatsächlich musste der anonyme Schenkende einen ganzen Laden leergekauft haben.

Auch Frau Helgard versuchte verzweifelt, in dieser Angelegenheit an Informationen zu kommen, konnte aber ausnahmsweise auch nur vage Vermutungen anstellen. Schließlich setzte sich die Meinung durch, nur Harry habe seiner Frau ein solches Geschenk machen können. Dass er es abstritt, unterstrich nur seine noble Bescheidenheit.

Doch Harry wunderte sich ebenso wie der Rest des Ortes über das üppige Geschenk, fragte aber in seiner unbekümmerten Art nicht weiter nach. Nur Sophie wusste, von wem dieser Strauß gekommen war. Und Karlotto Müllerschön wusste, dass sie es wusste.

48. KAPITEL

Das Gedicht

Poesiealben waren beim BDM nicht gern gesehen, aber auch nicht verboten. Zu den Mädelsabenden durften sie nicht mitgebracht werden, aber sie kursierten munter in den Schulklassen.

Und sie kursierten noch ein bisschen hektischer, als die Nachrichten von der Front immer düsterer, die Wochenschauen immer pathetischer, die Volksempfänger immer krakeelender wurden – und als immer mehr Familien die Feldpostbriefe bekamen, in denen ihnen der Tod ihrer Söhne mitgeteilt wurde.

Auch Karlotto Müllerschöns Eltern hatten gerade einen Brief bekommen, ihren Sohn Günter, Karlottos älteren Bruder, betreffend:

> *Sehr verehrter Herr und sehr verehrte Frau Müllerschön! Im Auftrage des durch die gegenwärtigen Großkämpfe verhinderten Kompanieführers muß ich Ihnen leider die schmerzliche Mitteilung machen, daß ihr Sohn Günter am Dienstag, dem 22. Juli 1941, bei einem*

feindlichen Luftangriff gefallen ist. Der Tod trat auf der Stelle ein, sodaß Ihr Sohn nicht mehr hat leiden müssen. Lieber Herr und liebe Frau Müllerschön! Ihr Sohn Günter war ein bei allen Kameraden und Vorgesetzten beliebter und begeisterter Soldat. Ich selbst kenne ihn seit seiner Angehörigkeit zur Kompanie und uns allen ist so unfaßlich, daß ein so junges und hoffnungsfrohes Soldatenherz aus unserer Kompaniegemeinschaft gerissen wurde. Wir alle trauern mit Ihnen um Ihren Sohn. Ich weiß, daß es in dieser Stunde für Sie keine Worte des Trostes gibt. Möge Ihnen aber die Gewißheit, daß Ihr Sohn Günter für die Größe und den Schutz unserer geliebten deutschen Heimat gefallen, daß er sein Leben für das der Lieben daheim gab, helfen, das Leid zu überwinden. Ihr Sohn war von dem Gedanken einer großen Zukunft unseres Volkes beseelt und gab an dem Glauben an sie sein Leben hin. Sein Heldentod und der Name Günter Müllerschön wird Verpflichtung für die ganze Kompanie sein. Nehmen Sie, lieber Herr und liebe Frau Müllerschön, des Kompanieführers und insbesondere meine Versicherung der tiefempfundenen Anteilnahme entgegen. Ihr Sohn Günter wird in der Kompanie unvergessen sein.

Ihr

Gierling

Feldwebel u. Hauptfeldwebeldiensttuender

Seitdem hörte Karlotto seine Mutter in der Nacht weinen, während sein Vater sich dem Schnaps widmete, den er »für die harten Zeiten« hortete, wie er immer gesagt hatte. Und diese harten Zeiten waren nun gekommen.

Poesiealben – ja, die waren zu Beginn des Schuljahrs so eine Art Flucht, auch für die Schüler des Realgymnasiums. Eine Flucht in eine Zeit ohne Bombenalarm und Feldpostbriefe und Horrormeldungen von der Front, die nur geflüstert werden durften.

Und als Sophie Thalmeyers Poesiealbum kursierte und Karlotto Müllerschön gefragt wurde, ob er ein paar Zeilen hineinschreiben wolle, da zuckte er ganz beiläufig die Achseln, um sich vor seinen Freunden keine Blöße zu geben.

Dabei hatte er auf den Moment gewartet. Monate, ja schon Jahre. Niemand konnte verliebter sein als Karlotto, der sich täglich ausmalte, wie sie, wenn der Russe besiegt war, vielleicht von dem Hitler in den Osten umgesiedelt wurden und ein großes, fruchtbares Gut bekamen, das sie zu bewirtschaften hatten. Sie würden eine Familie gründen, hätten sicher einen kleinen Weiher, in dem er jeden Morgen schwimmen würde, dann würde er sich um die Hühner und Gänse und Schweine kümmern, dann seinen Bauern erklären, welchen Acker sie heute zu bestellen hatten. Die Bauern würde er natürlich gut und freundschaftlich behandeln, und jeden ersten Sonntag im Monat gäbe es ein großes Festessen für alle. Karlotto und Sophie hätten eine Kutsche wie in den russischen Romanen, die Karlotto gern gelesen hatte, die nun aber streng verboten waren. Oder vielleicht hätten sie schon ein Auto? Gar einen richtigen Fuhrpark und Traktoren?

Doch der Krieg rückte näher und näher, die alles verschlingende Front, ein Monster mit stählernen Zähnen. Die Sirenen des Fliegeralarms lärmten täglich, und die oberen Klassen waren schon zum Volkssturm abberufen, es konnte nur eine Frage der Zeit sein, wann auch Karlotto und Sophie ranmussten. Das Poesiealbum, in grünen Stoff eingeschlagen, das war wie eine kleine Tür in eine Vergangenheit ohne Tod und Verwundung, ohne explodierende Bomben und Feldpostbriefe, die ganze Familien für immer zertrümmerten. Selbst die Zeit bei der HJ kam ihm nun romantisch vor, all die Wanderungen durch die Wälder. Die Schikanen waren vergessen, denn immerhin war ja niemandes Leben gefährdet gewesen.

Sophie wusste nichts von Karlottos Schwärmereien, doch nun war die Gelegenheit, es ihr zu gestehen. Wer weiß, ob er – oder, mein Gott, sie – diesen Krieg überleben würde? Alle bekamen mit, wie die Erwachsenen bang am Volksempfänger hingen und flüsterten. Und die Russen, die würden alle erschießen, wenn sie den Krieg gewinnen würden, das war jedem klar.

Nun aber hatte er das Poesiealbum. Er durfte es nach guter Sitte für einen Tag behalten und musste es am nächsten Tag zurückgeben.

»Versprochen?«, fragte Sophie.

»Versprochen«, nickte Karlotto, und dieses Versprechen war ihm so ernst, dass er persönlich durch alle Frontlinien marschiert wäre, um es ihr zurückzubringen.

Am Nachmittag und am Abend blätterte er in dem Album, das schon ganz vollgeschrieben war. Er roch dran, er streichelte den Stoffeinband, berührte einige der Aufkleber, las immer wieder Sophies Namen, von ihr selbst auf die erste Seite geschrieben. Die Mutter, noch immer gramgebeugt und ganz eingefallen, rief ihn zum Essen, doch er kam nicht, und sie war zu schwach, um darauf zu bestehen. Karlotto las die Zeilen von Gisela, Ingrid, Ursula, Irmgard, der frechen Renate. Seine eigenen Zeilen, die er auf eine der letzten Seiten hinschreiben wollte, hatte er sich schon lange zurechtgelegt. Und irgendwann schrieb er sie schließlich, mit seinem Füllfederhalter und ganz nervös, dass er sich verschreiben könnte.

* * *

Karlotto hatte überraschend gut geschlafen, doch nun war er wieder ganz aufgeregt. Bestimmt dreimal versicherte er sich, das Poesiealbum wieder in den Tornister gesteckt zu haben. Von der Milch zum Frühstück trank er nur einen ganz kleinen Schluck, und weil es regnete, hielt er auf dem Weg zur Schule den Tornister unter der Jacke, um das Poesiealbum ja nicht nass werden zu lassen.

Viel zu früh kam er in der Schule an, es würde noch zehn Minuten bis zur ersten Stunde dauern, Deutschkunde bei Studienrat Störmann. Mädchen- und Jungengymnasium waren in unterschiedliche Klassen getrennt, aber kriegsbedingt seit 1941 in den gleichen Räumlichkeiten untergebracht, und zumindest in den Pausen bildeten sich immer wieder Grüppchen von Jugendlichen unterschiedlicher Geschlechter. Die Lehrer versuchten eine Zeit lang, diese Ungeheuerlichkeit zu unterbinden, winkten aber irgendwann ab. Auch die glühendsten Patrioten und Sittenwächter in der Lehrerschaft hatten Ende 1942 andere Sorgen – und die jungen, schneidigen Nazi-Lehrer waren längst an der Front.

Der Regen wurde stärker, Jungen und Mädchen drängten sich unterm Vordach. Die Klassenräume durften erst nach dem ersten Läuten betreten werden, und Karlotto drängte sich zu Sophie durch. Fatalerweise kam er zeitgleich mit Renate an, ihrer besten Freundin, die eine ganz spitze Zunge hatte. Karlotto überreichte Sophie feierlich das Poesiealbum, doch Renate riss es ihm aus der Hand und schlug begierig die Seite auf, in die er geschrieben hatte. Sie lachte auf und begann daraufhin, Karlottos Eintrag laut vorzulesen. Und Renates Organ war kräftiger als der trommelnde Regen, ja, es schien erst im schlechten Wetter seine volle, zerstörerische Wirkung so richtig entfalten zu können.

Ich möchte eine Träne sein
gebor'n in deinen Augen klein
leben auf deinen Wangen
Sommersprossen fangen
einmal an deinem Munde nippen
und sterben auf deinen Lippen.

Die Umstehenden grölten, Sophie riss Renate das Album aus der Hand. Sie lächelte, aber war auch ein wenig verlegen, was ihr gar nicht ähnlich sah. Aber Renate hatte so eine Art, die alles und jeden ins Groteske ziehen konnte.

Karlotto war am Boden zerstört. Die Klassenkameraden verspotteten ihn noch wochenlang, riefen ihm in den unpassendsten Momenten Gedichtzeilen zu.

Aber der Spott ging schnell vorbei, denn die Schulen wurden im Dezember geschlossen, alle Jungen ab dem fünfzehnten Lebensjahr hatten sich zum Volkssturm zu melden.

Eine Narbe blieb ihm, klein, aber tief. Er machte sich

klar, dass Sophie und er wohl niemals zusammenkommen würden. Es war einfach nicht ihr *Schicksal*. Doch er schwor, dass er sie immer lieben würde. Und dieser Schwur so seltsam es klang, hatte für ihn etwas ungemein Tröstendes.

49. KAPITEL

Der Coup

Es war alles ganz einfach, und die Sache war so sicher, wie eine Fußballwette nur sein konnte. Ja, der Fußball, der ging endlich wieder los, 1947 wurde der erste deutsche Meister nach dem Zweiten Weltkrieg ausgespielt. Und: Die Walter-Brüder Fritz und Ottmar waren aus der Kriegsgefangenschaft zurückgekommen. Damit war der 1. FC Kaiserslautern eine Großmacht geworden, und es schien geradezu verrückt, dass das die Buchmacher nicht genau so sahen. Dabei hatten allein die Walter-Brüder in den Vorrunden 108 Tore geschossen! Natürlich, die Ernährungslage war immer noch prekär, vor allem für die Sportler. Aber die Lauterer hatten sich etwas einfallen lassen: Zum Training reisten sie durch die Provinzen zu Freundschaftsspielen und ließen sich als Gage Kartoffeln, Brot, Gemüse, Kohlen und Tabak auszahlen. Diese Spiele, von der Bevölkerung *Fressalienmatches* oder *Kalorienspiele* getauft, sorgten für jede Menge neuer Anhänger und vor allem für die Verbesserung der persönlichen Ernährungssituation: Nun waren sportliche Höchstleistungen möglich. Vor Ort gehörten oftmals fußballbegeisterte Land- oder Gastwirte zu den Initiatoren.

Wer blühende Felder besaß oder gefüllte Vorratskammern vorweisen konnte, war in diesen Zeiten ein Krösus. Die Spieler des 1. FC Nürnberg oder der Spielvereinigung Fürth, die vor dem Krieg dominierten, waren sich für solche Spiele zu fein.

Die Quote für die Lauterer lag zu Beginn der Saison bei 6:1, die Nürnberger waren mit 1,5:1 die klaren Favoriten, und schon zu Beginn der Saison hatte Willemsen tausend Besatzungsmark auf die Lauterer gewettet. Das waren also schon mal 6000 Mark, eine ungeheure Summe, für einen Buchhalter das Gehalt von zehn Jahren. Die tausend Mark Wetteinsatz, die er der Firmenkasse entliehen hatte, würde er natürlich sofort zurückzahlen. Bei der Endrunde traten acht Mannschaften an: der Hamburger SV und der FC St. Pauli als Meister und Vizemeister der Britischen Besatzungszone, Kaiserslautern und Neuendorf als Erste und Zweite der Französischen Besatzungszone, die Nürnberger und TSV 1860 als Meister und Vizemeister der Amerikanischen Zone, der SG Planitz als Meister der Sowjetischen Besatzungszone und der SG Oberschöneweide als Berliner Meister.

Im Viertelfinale zerpflückte Lautern die favorisierten Sechziger aus der bayerischen Hauptstadt mit 5:1, und die Quoten sanken auf 3:1. Erneut schoss Willemsen tausend Besatzungsmark nach, denn nun wurde es ja mehr als deutlich, wie stark die Lauterer waren. 2000 Mark investiert, 9000 Mark gewonnen. Gut gelaunt überlegte Willemsen, nach dem Sieg den Thalmeyers von seinen »Anleihen« zu berichten. Vielleicht könne man daraus ein hübsches Nebengeschäft machen, mit der Manufaktur als Kapitalgeber und Thalmeyer als Mäzen?

So konnte es weitergehen. Zumal im Halbfinale die

Nürnberger mit den tapfer kämpfenden Paulianern aus Hamburg Schwierigkeiten bekamen und sich erst in der Verlängerung mit 3:2 durchsetzten, während die Lauterer souverän die Neuendorfer mit 5:1 wegfegten.

Und damit war die Quote der Endspielteilnehmer auf Parität gefallen, was Willemsen nicht mehr interessierte. Er wusste, dass er auf eine unwiderstehlich steigende Aktie gesetzt hatte. Die Nürnberger hatten ihre beste Zeit vor dem Krieg gehabt, ihre Spieler waren fast alle jenseits der dreißig und würden ordentlich aus der Puste kommen.

Das Finale fand am 8. August 1948 im Müngersdorfer Stadion zu Köln vor 75.000 Zuschauern statt – das größte Sportereignis seit dem Ende des Zweiten Weltkriegs. Willemsen war, wie so viele Deutsche, am Radio dabei. Doch für wenige Deutsche stand so viel auf dem Spiel wie für den Buchhalter der Thalmeyerschen Porzellanmanufaktur.

Bereits in der achten Minute ging Nürnberg mit 1:0 durch den flinken Flügelstürmer Konrad Winterstein in Führung. *Wer Eins-Null führt, der stets verliert*, sagte sich Willemsen. Doch nach einer halben Stunde führten die Franken dank ihres Mittelstürmers Hand Pöschl bereits mit 2:0 und Willemsen begann, unruhig zu werden. Die Sturmläufe der Walter-Brüder liefen immer wieder ins Leere, der Ball blieb in der eng gestaffelten Nürnberger Verteidigung hängen. Dann endlich, zu Beginn der zweiten Halbzeit der Anschlusstreffer: 2:1. Nicht durch die Lauterer Stars, sondern ein Eigentor des Verteidigers Hans Uebelein nach einer Ecke. Nun warf Kaiserslautern alles nach vorn, doch die Nürnberger hielten stand. Dann, genau in der neunzigsten Minute, noch eine Ecke. Alle Lauterer bis auf den Torwart lauerten im Strafraum. Doch die Nürnberger konnten klären, ein gewaltiger

Befreiungsschlag sendete den Ball bis weit in die Lauterer Hälfte, und dann pfiff Schiedsrichter Erich Burmester ab.

Das Ancien Régime hatte gewonnen. Und Willemsen hatte ein Problem.

50. KAPITEL

Nachwuchs

John konnte immer noch nicht nach Deutschland reisen, doch gleich dreimal kamen große Pakete von ihm in der Thalmeyerschen Villa an, randvoll mit Schokolade, gutem Kaffee, Strumpfhosen, französischem Parfüm und amerikanischen Zigaretten. Es war immer noch verboten, Tabakwaren in die alliierten Besatzungszonen zu schicken, aber John versandte alles mit der offiziellen Militärpost an seinen Adjutanten Bob, der die Pakete persönlich in Selb vorbeibrachte. Das vierte Paket, das sie Anfang Juni erreichte, war viel leichter als sonst, und als Marie es öffnete, brach sie zum ersten Mal seit ihrer Schwangerschaft in Tränen aus: Es enthielt Babykleidung.

Die Hausgeburt verlief ohne Komplikationen. Rappenhuth hatte eine erfahrene Amme organisiert, die in den letzten Tagen bei Marie eingezogen war, um schnell zur Stelle sein zu können.

Es wurde tatsächlich ein Mädchen, worauf Lina sehr stolz war. Das Baby war ganz warm und hatte einen hellen Haarflaum, und die Amme legte es an Maries Brust. Es war der glücklichste Moment ihres Lebens, ein unvergleichliches

Gefühl: Die Welt schien nur noch aus Liebe und Wärme zu bestehen.

* * *

Eine Woche später bat Hermann Raps erneut um ein persönliches Gespräch. Dieses Mal kam er aber persönlich zu den Thalmeyers, was Marie als Zeichen einer allmählichen Versöhnung mit dem so empfindlichen Bankier deutete. Marie war noch recht schwach auf den Beinen, empfing ihn aber in ihrem Büro. Raps hatte Blumen mitgebracht und gratulierte zum Nachwuchs, dann setzte er sich auf den Besucherstuhl und legte seine lederne Aktentasche auf den Schoß. Er klappte sie auf und wollte Dokumente hervorholen, dann seufzte er, klappte die Tasche zu und rückte näher an den Schreibtisch heran.

»Fräulein Thalmeyer, wir werden die Hypothek auf Ihr Haus weiterverkaufen.«

»Weiterverkaufen?«

»Dies ist unser gutes Recht als Bank. Vor allem dann, wenn das Angebot stimmt.«

»An wen?«

»Auch wir als Bank müssen sehen, wo wir bleiben!« Raps' Stimme bekam einen entschuldigenden Tonfall.

»An wen?« Marie wurde schwindlig.

»Es wird Ihnen wahrscheinlich nicht gefallen: An Karl Metsch.«

Marie stand auf und zog scharf Luft ein. Sie wollte etwas erwidern, aber sie atmete ein paarmal tief durch und setzte sich.

»Aber wir sind doch schon Geschäftspartner seit

Jahrzehnten, und Sie wissen genau, welche Probleme wir in den letzten Monaten mit der Papierfabrik hatten …« Marie weigerte sich wie immer, Metschs Namen auszusprechen.

Raps strich sich in einer Marie inzwischen vertrauten Geste das Resthaar mit beiden Händen im Nacken glatt. »Sehen Sie, auch uns als Bank geht es schlecht. Wir stehen vor Herausforderungen, die es noch nie gegeben hat. Auch bei uns sind Arbeitsplätze in Gefahr.«

»Gibt es keine andere Lösung?«

Raps verzog das Gesicht. »Das Einzige, was ich für Sie tun kann, ist ein Aufschub von zwei Wochen. Ich kann den Herrn Papierfabrikanten mit dem Hinweis auf die komplizierte Bürokratie vertrösten. Das ist nicht sehr honorig von mir, aber sehen Sie es als Zugeständnis und als Dank für die lange Zusammenarbeit.«

»Danke.«

»In diesen zwei Wochen …«

»… muss ich die Hypothek irgendwie abbezahlen.«

»Nicht vollständig, aber einen gewichtigen Teilbetrag. Halt so viel, dass meine Vorgesetzten in München zufrieden sind.«

Dann passierte etwas Seltsames, an das sich Marie noch lange erinnern würde. Raps legte die Hand auf ihren Unterarm. »Vertrauen Sie mir. Zwei Wochen. Dann könnte sich alles fügen.«

Marie würde bald wissen, was mit diesem Hinweis gemeint war.

* * *

Marie nannte ihre Tochter Jana. Ein irgendwie osteuropäischer Name, befanden die Selber, jedenfalls eine deutliche Abkehr von den germanischen Traditionen wie Ute oder Freya oder Hildegard. Die Stammgäste des evangelischen Gottesdienstes am Sonntag schauten einander pikiert an, als Pastor Holzapfel die Taufe vollzog. Allein die Taufe eines Kindes ohne Vater sorgte für Getuschel – na, bei den Katholiken würde es das nicht geben. Jeder wusste natürlich, von wem das Kind war. Doch keiner traute sich, etwas Despektierliches zu äußern. Jedenfalls nicht öffentlich.

Bei Frau Helgard wurde kräftig getratscht, aber die Gespräche bei der Schneiderin drehten sich bald um ganz andere Dinge. Denn am 20. Juni 1948, wenige Tage nach Janas Geburt, trat die Währungsreform in Kraft, ein unglaubliches, nie dagewesenes ökonomisches Experiment. Jeder erwachsene Bürger der drei westlichen Besatzungszonen erhielt vierzig Deutsche Mark, die Reichsmark wurde im Verhältnis eins zu zehn gegen die neue Währung getauscht und Unternehmen bekamen zusätzlich sechzig Deutsche Mark für jeden Angestellten.

Und das Wunder geschah. Die Schaufenster füllten sich, die Geschäfte boten reichlich Waren feil – und endlich trafen sie auf zahlungskräftige Kundschaft. Weil auch alle Bankverbindlichkeiten im Verhältnis eins zu zehn verrechnet wurden, gab es eine Atempause für Marie. Vor allem, weil sich das wenige Porzellan, das sie produzieren konnten, rasch verkaufte und gute neue Deutsche Mark in die Kassen spülte. Das also hatte Bankier Raps gemeint!

Doch inzwischen war die Produktion auf zehn Prozent der üblichen Menge heruntergefahren, die Großeinkäufer wurden ungeduldig, beinahe täglich klingelte nun das Telefon im Büro. Das Vertrösten überließ Marie gern Sophie, die das in ihrer kecken Art viel besser konnte. Noch ein paar Wochen, dann würde die Grube endlich allein für sie produzieren. Wenn Metsch dann weiterhin Kaolin beziehen wollte, konnte er es bekommen. Aber zu den Preisen, die die Thalmeyers diktierten.

Nun endlich war auch Joachim in die Manufaktur gezogen. Marie hatte ihm einen Schreibtisch aufstellen lassen, doch zumeist war er unten bei den beiden Formern und Malerinnen. Er hatte einige spannende Ideen und dachte über neue, extravagante Formen nach. Gut so – sollte er sich um den kreativen Part kümmern. Wenn doch bloß bald mehr Kaolin käme!

51. KAPITEL

Der Erdrutsch

Der Sommer 1948 war warm, aber nass – der nasseste Sommer seit Beginn der Wetteraufzeichnungen. Allein im Juli und August fielen unglaubliche 339 Liter Regen, oft verbunden mit Gewittern. In vielen Kellern stand das Wasser, die Kanäle liefen über, die Straße nach Marktredwitz war kurz nach Höchstädt unterspült und blieb fast eine Woche gesperrt. Das Selber Sommerfest musste auf zwei Tage verkürzt werden, und die Schausteller hatten größte Mühe, ihre Wagen aus dem knöcheltiefen Schlamm zu befreien. Der achtjährige Peter Habenicht, jüngster Sohn des Metzgers, glitt beim Spielen am Ufer des völlig überfluteten Selbbachs im Schlamm aus, stürzte in die dahinströmenden Wassermassen, wurde fast hundert Meter mitgerissen und konnte sich auf einen just am Vortag herabgestürzten Fichtenstamm retten, bis seine Freunde Hilfe aus dem Ort geholt hatten. Ohne die Fichte wäre er verloren gewesen.

Weniger Glück hatten die Thalmeyers mit ihrem frischen Anteil an der Kaolingrube in Schnaittenbach. In der unteren Abbauschicht hatte sich fast ein Meter Wasser angesammelt, das weder versickern noch ablaufen wollte. »So etwas habe ich in sechzig Jahren nicht gesehen«, kommentierte der fassungslose Stuhlfauth. Die Arbeiter, die unten mit Wassereimern und zwei alten Handpumpen arbeiteten, kämpften einen vergeblichen Kampf.

Doch als viel fataler erwies sich Folgendes: Die Kipplader mussten die Abbauterrassen über eine Serpentine anfahren, die sich in einem ganz sanften Gefälle von Terrasse zu Terrasse zog, sodass die Fuhrwerke auch vollbeladen keine Mühe hatten. Und ausgerechnet die oberste Kurve war von einem gewaltigen Erdrutsch über mehrere Meter abgesackt und nun für Fahrzeuge unpassierbar. Und damit war die Grube unerreichbar geworden – auch jene Terrassen, die von der Überschwemmung verschont geblieben waren.

»Wie lange brauchen wir für die Instandsetzung?«, fragte Marie, die mit Brennmeister Schöffel zur Grube gefahren war und nun unter dem Blechdach der Bürobaracke stand, auf die der Regen eintrommelte.

Stuhlfauth zeigte nach oben. »Erst muss der Regen aufhören. Und dann mindestens drei Wochen.«

»Wie lange können wir noch produzieren?«, fragte sie Schöffel.

»Höchstens fünf Tage.«

* * *

Joachim Thalmeyer lebte langsam wieder auf, und das war nicht nur seinen fürsorglichen Schwestern, Linas kräftigenden Mahlzeiten und Harry Kruskopps Vitamintabletten geschuldet. Nein, er hatte den Volksempfänger VE 301 in Gang gesetzt und empfing auf Mittelwelle den Sender American Forces Network Munich, die Radiostation, die eigentlich für die amerikanischen Soldaten gedacht war. Schon morgens beim Anziehen summte Joachim beim Programm »Early Bird« mit, dann ging es weiter mit »Luncheon in Munchen«, »Hillybilly Guesthouse«, »Stickbuddy Jamboree« und »Bouncing in Bavaria«. Was für eine Offenbarung! Die Musik war während der NS-Zeit verboten gewesen, und die Ansager redeten ganz locker zwischen den Titeln daher. Der Höhepunkt war am Sonntag »The Swinging Years« mit dem DJ Chuck Cecil. Der Volksempfänger sendete nicht mehr Hetze und Hass, Lügen und Aufrufe zum *Totalen Krieg*, sondern Musik, die gute Laune machte: bekannte Interpreten wie Glenn Miller, Count Basie und Duke Ellington, aber auch Neuentdeckungen wie die Andrews Sisters, die Light Crust Doughboys und die Dorsey Brothers. Joachim machte sich eifrig Notizen, summte mit, schrieb hin und wieder sogar Noten auf.

Und er war nicht der Einzige: Bernhard, ein alter Schulfreund aus Selb, erzählte ihm von Swing- und Jazzenthusiasten in Nürnberg, und eines Freitagabends fuhren sie mit dem Borgward der Manufaktur dorthin. Im *German Youth Activity Center* am Dutzendteich hatte sich ein Jazzklub von etwa dreißig jungen Männern und Frauen gebildet. Lokale Bands traten auf, Platten wurden abgespielt, und bald präsentierte auch Joachim selbst seine eigenwilligen, aus der Not in Russland entstandenen jazzigen Klavierarrangements. Er freundete sich mit seinen Mitstreitern an, bald schrieb er Stücke für die Klubband, die sich *The Canal Street Ramblers* nannte.

Die Musik: Das war nun seine Welt. Nach Krieg und Bombenhagel und Gefangenschaft und Todesangst fühlte er sich angekommen, ja beinahe illuminiert. Die Notenzeichen waren seine heilige Schrift, der Jazz seine endgültige Berufung. Nie würde er etwas anderes machen wollen. Mindestens zweimal pro Woche fuhr er mit Bernhard, dem ein steifes Knie die Einberufung erspart hatte, in die fränkische Metropole, die als *Hauptstadt der Bewegung* so schwer vom Krieg getroffen worden war.

Bald gründete sich der Jazzklub ganz offiziell und nannte sich »Jazz Club Synkope Nürnberg-Fürth«. Sie fanden Räumlichkeiten im Kellergewölbe am Paniersplatz an der Nürnberger Burg. Die Klubband benannte sich folgerichtig um in *The Castle Ramblers*. Von den Wohnhäusern über dem Kellergewölbe standen nur noch die Fassaden wie morsche Zähne.

Auf den Fahrten zurück diskutierten Joachim und Bernhard über die Möglichkeit, einen Jazzklub auch in ihrem Heimatort zu eröffnen – oder zumindest in Marktredwitz oder in Weiden. Bernhard hielt wenig von der Idee. »Bei uns gibt es doch viel zu wenig junge Leute für so was.«

»Die jungen Leute müssten eben aus dem ganzen Umland zu uns kommen.« Und Joachim hatte Ideen, wie man dafür Werbung machen konnte: Flugblätter, Kontakte zur Presse, vielleicht sogar einen Anruf beim Sender AFN. Dann musste er über sich selbst schmunzeln. Möglicherweise hatte er ja doch von seinen Ahnen ein paar Tropfen Unternehmerblut abbekommen. Nur brauchte es eben etwas anderes als Porzellan.

52. KAPITEL

Nachricht aus Washington

Die kleine Jana war drei Monate alt und gesund, aber sie schlief schlecht. Mindestens viermal in der Nacht wollte sie die Brust, und auch Linas Hausmittelchen halfen nicht. Ob heiße Bäder, ein warmes Handtuch auf dem Bauch oder Orangenschalen auf dem Nachttisch, Jana wachte auf und quengelte. Rappenhuth verschrieb der Kleinen Hustensaft mit gering dosiertem Morphium, doch auch das änderte nichts. Sobald sie die Milch bekommen hatte, schlief sie selig wieder ein, aber ganz so schnell ging es bei der Mutter leider nicht. Auch Schäferhund Wolfi war ganz verstört ob des nächtlichen Radaus.

Marie fühlte sich dementsprechend erschöpft. Und die Instandsetzungsarbeiten in der Grube gingen auch nur sehr zäh voran. Der Sommer war von einem stürmischen, kühlen Herbst abgelöst worden, und es würde wohl noch mindestens eine Woche dauern, bis frisches Kaolin geliefert werden würde.

Doch das Kaolin sollte in den nächsten Tagen keine Rolle in ihren Gedanken mehr spielen, als sie an einem trockenen, windigen Dienstagmorgen von Lina zur Tür gerufen wurde.

Dort stand ein Soldat in amerikanischer Uniform. Kein Befehlshaber, ein niederer Rang, soweit Marie das beurteilen konnte. Er war so jung, dass ihm noch Pubertätspickel sprossen. Marie war besorgt, ihre Hände wurden plötzlich ganz kalt. Der junge Mann, höchstens achtzehn Jahre alt, hatte eine auffallende Ähnlichkeit mit John. Die gleichen hellen Augen, die gleichen schmalen Lippen, das dunkle Haar, die breiten Schultern, sogar die Sommersprossen. Hinter ihm stand Bob, John McNarneys Adjutant und Dolmetscher.

»Fräulein Marie Thalmeyer?«, fragte der Junge mit einem ganz starken Akzent. Es waren wohl die einzigen Worte, die er auf Deutsch hervorbringen konnte.

»My name is Michael McNarney. I am John's son.« Er sprach langsam und reichte Marie schüchtern die Hand.

Marie schluckte. Sie hatte das Gefühl, dass gleich etwas Entsetzliches geschehen würde.

Bob trat hervor und räusperte sich. »Wir müssen Ihnen leider mitteilen, dass John McNarney vor fünf Tagen verstorben ist.«

Eine Welt brach zusammen. Mit einem Schlag wurde alles um sie herum schwarz und grau. Aber im Schock beherrschte sie sich, die Tränen sollten erst viel später fließen.

Michael berührte sie am Oberarm, seine Augen – Johns Augen – glänzten feucht. »I wanted to tell you personally. That was my father's wish.«

Marie bat ihre Gäste herein, und im Speisezimmer erklärte Bob, was geschehen war. John war vor drei Wochen in Washington nach Atembeschwerden bewusstlos zusammengebrochen und ins Krankenhaus eingeliefert worden. Dort erlangte er wieder das Bewusstsein, doch die Ärzte konnten ihm nur wenig Hoffnung machen. Der Granatsplitter zwischen Lunge und Herzwand, den die Ärzte nicht entfernen konnten, löste immer schwerere Gerinnsel aus.

»Michael und ich waren bis zuletzt bei ihm, und er hat viel über Sie gesprochen. Außerdem hat er seinen Humor nicht verloren«, versuchte Bob ein Lächeln. »Er hat gesagt, er wird vielleicht der letzte Gefallene des Weltkrieges werden.«

Und sie seien dann so schnell sie konnten mit der neu aufgenommenen Militärfluglinie über London und Frankfurt hierhergekommen.

Für einen kurzen Moment hörte Marie Johns Worte und dachte an die Spaziergänge, an die Abende bei Giuseppe, an die Fahrten im Jeep, eng an eng. Ein kurzer Moment der Farbe, ein heller Funke nur, kehrte in ihr Denken zurück. Dann wurde sie wieder von Düsternis überwältigt. Lina brachte Kaffee, den niemand anrührte.

Johns Sohn habe sich freiwillig zu einer Militärlaufbahn gemeldet, hatte die Ausbildung in West Point durchlaufen und sei erst nach dem Waffenstillstand nach Deutschland gekommen, erklärte Bob. Er kümmere sich nun in einem Logistikbataillon um den Aufbau der Infrastruktur, sowohl für die US-Truppen als auch für die Deutschen. Als es mit John zu Ende ging, ließ er vom Krankenbett seinen Einfluss spielen, um den jungen Offiziersanwärter im Rang eines Sergeants nach Oberfranken versetzen zu lassen. Auch sollte ihm im Falle von Johns Ableben ein freier Tag gewährt werden, an dem er Marie Thalmeyer besuchen konnte.

Marie blickte Michael an. »Sie sehen ihm sehr ähnlich.« Das verstand der junge Mann.

»May I see my little sister?«, fragte er dann schüchtern.

Und Marie wurde klar: Michael sehnte sich genau so sehr nach einer Familie wie alle anderen. Er war so allein wie sie.

53. KAPITEL

Keine Kuckucksuhren

Das Schlimmste war, dass Marie keinen Platz für die Trauer in ihrem Leben fand. Es gab keinen Ort, an dem sie Abschied nehmen, den sie regelmäßig besuchen konnte. Das Grab auf dem Congressional Cemetery in Washington lag sechstausend Kilometer entfernt, und es würde wohl Monate, wenn nicht Jahre dauern, bis sie es einmal sehen würde. Die Trauer war so allgegenwärtig wie die Atemluft. Wolfi spürte, dass etwas nicht stimmte, und wich nicht mehr von Maries Seite.

Eine Woche später brachte Michael McNarney ein Foto seines Vaters vorbei, das sie nun im schwarzen Rahmen mit Trauerflor auf ihrem Schreibtisch aufstellte. Mehr hatte sie von John nicht, und das tat weh. Aber dieses Foto half ein klein wenig. Sie gewöhnte sich an, mit dem Foto zu sprechen, nur ganz leise, wenn es niemand mitbekam. Niemand sollte sie für verrückt halten. Sophie und Harry waren fast jeden Abend bei ihr, auch Joachim fuhr nun seltener in seinen Jazzklub nach Nürnberg. Und ein paarmal bot er seiner Schwester an, ihn doch einmal zu begleiten, damit sie auf andere Gedanken kommen würde, doch Marie schüttelte immer den Kopf.

»As we say: chin up«, tröstete Michael sie einmal.

Sie streckte das Kinn empor und musste darüber lächeln. Aber irgendwie wirkte es auch.

Michael McNarney kam an seinen freien Tagen – meist an den Sonntagen – zum Essen vorbei, was auf eine eigenartige Weise Maries Trauer linderte. Er war ein stiller junger Mann, hatte noch längst nicht das Selbstbewusstsein seines Vaters, aber konnte schön von Amerika erzählen, was die Thalmeyers gern hörten. Sein Blick auf die Welt war ungebrochen und idealistisch, nicht verdorben durch den Krieg, den er ja nicht mehr mitgemacht hatte. Auf Englisch sprach er über seine Familie und seinen Vater, der seine Frau, Michaels Mutter, an Krebs verloren hatte, als sie gerade einmal zweiunddreißig Jahre alt war und Michael fünf.

Bob konnte ihn nicht immer begleiten, aber Joachims Englisch war inzwischen so gut, dass er beim Übersetzen half, wenn Marie und Sophie etwas nicht verstanden oder ihrerseits ins Stocken gerieten. Auch Harry sprach ausgezeichnetes Englisch, sogar mit einem leichten britischen Akzent, wie Michael arglos anmerkte.

Er ging bewundernswert geschickt mit seiner kleinen Halbschwester um. Er hielt das Baby gern und wiegte es, wann immer es müde und unleidlich war, in den Mittagsschlaf. Und wenn Jana das Gesicht zu einer Grimasse verzog und zu weinen beginnen wollte, dann stupste ihr Michael auf die Nase und sagte ganz leise und entschlossen: »Don't cry!«. Und das funktionierte zum Erstaunen aller Anwesenden fast immer.

»You two have a feeling«, kommentierte Harry, und Michael nickte glücklich.

* * *

Sophie führte ein erfülltes Leben als junge Ehefrau und Unternehmerin. Für das große Ganze war Marie zuständig, und das kam Sophie nur entgegen; sie hielt den Kundenkontakt zu den Spediteuren, den Haushaltswarengeschäften, den Kaufhäusern, auch den kaufkräftigen Interessenten der alliierten Besatzungstruppen, die für ihre Frauen daheim etwas Typisches als Souvenir haben wollten – und sie wurde nur zweimal nach einer Kuckucksuhr gefragt, die so manche Amerikaner auf den Schwarzmärkten als ganz besonderes Mitbringsel verlangten. Die Thalmeyerschen Porzellanfiguren, prächtig bemalte Könige und Königinnen, waren besonders beliebt bei den amerikanischen Offizieren, die beinahe jeden Preis dafür zu zahlen bereit waren, auch deswegen, weil sie sich ein wenig in die hübsche Verkäuferin verguckten. Sophie in ihrer unbeschwerten Art ahnte gar nicht, wie wichtig sie in diesen so kritischen Monaten für die Manufaktur war.

Harry hatte die Nachbarwohnung über der Apotheke hinzugekauft, sodass die jungen Eheleute auf fürstlichen neunzig Quadratmetern lebten. Außerdem hatte er sich einen Kamin mauern lassen, wie er ihn aus dem Norden kannte, und so knisterte fast jeden Abend ein munteres Feuer in dem behaglichen Wohnzimmer. Harry las gern schwere Kost wie Dostojewski und Dickens, hörte BBC und trank dazu eine Flasche Portwein. Sophie blätterte in der neuen Wochenzeitschrift namens *Stern*, und die Stille an jenen Abenden war durchaus nicht unangenehm, denn kompensiert wurde das alles ja von den zwei oder drei Abenden pro Woche, wenn sie gemeinsam ausgingen, oft zu Giuseppe, aber manchmal auch nach Marktredwitz, Weiden, Hof, Bayreuth, Fürth und Nürnberg. Denn Harry hatte sich ein Auto zugelegt, einen Volkswagen in schickem Dunkelblau von jenem Typ, den die Menschen wegen des zweigeteilten Heckfensters »Brezelkäfer« nannten.

Und wenn sie in den Restaurants auftauchten, war das Hallo stets so groß, als käme ein Staatsgast. Es war beinahe ein Wunder, wie Harry es schaffte, immer und überall der Mittelpunkt zu sein, ohne zu protzen oder zu prahlen. Auch in den Kinos und Theatern schien ihn jeder sogleich zu kennen und in sein Herz zu schließen, von der Kassenfrau und dem Kartenabreißer über den Platzanweiser bis zum Intendanten.

Er hatte einfach ein besonderes Talent, dachte Sophie.

Weder sie noch irgendjemand sonst wusste, dass es genau dieses Talent war, das ihm im Krieg in den gefährlichsten Missionen oft das Leben gerettet hatte.

54. KAPITEL

Harry hilft

»Sie haben durch den Erdrutsch in der Grube zwei Monate an Einnahmen verloren«, sagte die Stimme am Telefon. Marie hatte Sophie hinzugewunken, die mitlauschte.

»Ja, die Regenfälle haben uns übel zugesetzt. Aber wir sehen zu, dass wir …«

»Daher kann ich den Verkauf der Hypothek auf Ihr Haus nicht mehr zurückhalten«, kam Raps' Stimme aus dem Hörer. Immerhin schien er sich Mühe zu geben, geknickt zu klingen.

»Können Sie denn gar nichts mehr machen?«

»Anweisung von der Zentrale in München. Dagegen bin ich machtlos. Die monatlichen Ratenzahlungen sind zweimal zu spät gekommen, und die dritte Rate ist immer noch nicht da.«

»An wen verkaufen Sie?« Marie wusste es ja, aber die Hoffnung starb zuletzt.

»An … Karl Metsch. Genauer: An die Papierfabrik.«

»Von der er alleiniger Gesellschafter ist.«

»Äh … ja, das ist wohl so.«

»Das heißt, wir verlieren unser Haus?«

»Das ist nicht gesagt, Sie können ja als Mieter darin wohnen bleiben. Vielleicht finden Sie eine Übereinkunft mit dem neuen Besitzer.«

»Ich bitte Sie inständig, uns noch etwas Zeit zu geben.«

»Das ist leider nicht möglich.«

Marie stieß einen verzweifelten Seufzer aus.

»Ihnen bleibt ja die Manufaktur«, versuchte Raps sie zu trösten. »Und die Anteile an der Grube. Wenngleich ich auch hier auf eine baldige Tilgung der Raten drängen muss, beide Entitäten sind ja ebenfalls, nun ja, verschuldet. Sie müssen das alles in einem gesamtwirtschaftlichen Zusammenhang sehen, verstehen Sie?«

Nun riss Sophie den Hörer an sich. »Es muss doch einen Weg geben. Was können wir machen?«

»Unsere Forderungen belaufen sich auf achtunddreißigtausend Mark. Wenn Sie mir diese Summe bis morgen früh heranbringen, dann …«

»Also schön. Wir sehen uns morgen früh.« Sophie legte auf, obwohl weder sie noch ihre Schwester die leiseste Idee hatten, wie sie diese unglaubliche Summe würden auftreiben können. Möglicherweise würden sie schon morgen ihr Haus verlieren. Es war Metschs Rache, und Marie war sich sicher, dass er selbst dort einziehen würde, um seinen endgültigen Triumph zu manifestieren.

Und genau das waren Karl Metschs Pläne, wenngleich er sie weder Raps noch – natürlich – den Thalmeyers je mitgeteilt hatte. Nur seine Frau wusste davon, und Alexandra Metsch konnte den Umzug kaum abwarten. Im Kopf verschönerte sie die Villa schon nach ihrem fragwürdigen Geschmack. Als Erstes würde dieser Baum vor dem Eingang abgeholzt, diese Eiche oder Buche oder Linde oder was auch immer das war. An der Stelle sollte fortan ein Springbrunnen stehen. Und dann mussten Hecken her, hohe Hecken, so wie in den Schlössern! Ja, man würde einen Gärtner brauchen, diese Bitte würde ihr Mann ihr sicher nicht abschlagen.

In Maries Büro schwiegen die Schwestern lange.

»Und jetzt?«, fragte Sophie schließlich.

»Jetzt essen wir zu Mittag«, sagte Marie.

* * *

Immer, wenn es eigentlich nicht mehr schlimmer kommen konnte, holte das Schicksal doch noch einmal zu einem gewaltigen Schlag aus. Marie stand vor der größten Krise, die die Thalmeyers durchzustehen hatten. Sie liefen Gefahr, die Manufaktur *und* das Haus zu verlieren. Beim Mittagessen beratschlagten sie, was nun zu tun sei.

»Da hilft nicht einmal ein Banküberfall«, versuchte Joachim zu scherzen.

Hoch das Kinn, erinnerte sich Marie. Sie mussten wenigstens die Manufaktur zu behalten versuchen und sich eben eine neue Wohnung suchen, etwas Preiswertes zum Mieten in der Stadt. *Hoch das Kinn*: Bislang hatte sie lustlos in ihrem Braten herumgestochert, doch nun ließ sie es sich schmecken. Mag sein, dass ihre Generation verloren hatte: Jetzt konnte es nur noch darum gehen, Jana ein behütetes Heim zu geben, wie klein es auch sein mochte, und ihr eine Zukunft zu sichern. Und sich dann alles mit Arbeit und Fleiß Stück zu Stück zurückzuerobern.

Harry kam zum Kaffee und um Sophie abzuholen. Die beiden hatten geplant, zum Einkaufen nach Nürnberg zu fahren. Doch Sophie war die Lust vergangen. Obwohl die

Geschwister vereinbart hatten, alle beruflichen Angelegenheiten ausschließlich unter sich zu diskutieren, schilderte Sophie ihrem Mann in knappen Worten die Lage. »Also müssen wir wohl für Joachim und Marie und Jana eine neue Wohnung suchen«, fügte sie mit einem verzweifelten Schulterzucken hinzu.

»Achtunddreißigtausend Mark?« Der Apotheker dachte nach. »Bis morgen früh?«

Sophie nickte, und Marie sah von ihrem Essen auf. Da lag etwas Undefinierbares in Harrys Stimme. Er schien überhaupt nicht schockiert von der Situation und brütete ganz offensichtlich etwas aus.

»Darf ich drüben in eurem Büro telefonieren?«

Nun sah auch Sophie ihren Ehemann an wie einen Fremden.

* * *

Und am nächsten Morgen waren die Schulden bei der Bayerischen Creditanstalt in Weiden beglichen. Hermann Raps hatte noch am Nachmittag zuvor einen Anruf der Hanseatischen Kommanditbank aus Hamburg erhalten, der ihm die sofortige Überweisung der geforderten Summe zusicherte, und am Morgen war die telegrafische Bestätigung eingetroffen.

Das bedeutete auch, dass die Thalmeyersche Porzellanmanufaktur nun vier statt drei Gesellschafter hatte, die je 25 Prozent besaßen. Diese Sicherheit hatte Harry verlangt, und die drei Geschwister hatten zugestimmt. Harry war ja nicht nur ein Retter, sondern immerhin Teil der Familie.

Harry hatte ursprünglich geplant, die Apotheke, die er

bislang gepachtet hatte, zu kaufen, und vielleicht sogar eine zweite Apotheke, die derzeit in Hof angeboten wurde. Nun hatte er das Geld eben in Porzellan investiert – und warum auch nicht?, dachte er.

Aber woher hatte er überhaupt das viele Geld?

55. KAPITEL

Schiffe und U-Boote

Harrys Vater war eisenharter Kommunist gewesen, der ihm oft die Geschichte der Piraten Klaus Störtebeker und Gödeke Michels und ihren *Liekedelern* erzählte, die ihre gesamte Beute unter ihrer Mannschaft gleich aufteilten. In den Straßenschlachten gegen die Braunhemden mischte der Vater vorn mit, erst in Emden, dann sogar in Hamburg. Beim Altonaer Blutsonntag im Juli 1932 soll er einen SA-Mann totgeprügelt haben, der zuvor eine junge Kommunistin vergewaltigt hatte, doch beweisen konnte man ihm nichts. Dennoch erging es ihm nach der Machtergreifung der Nazis schlecht. Er war im Gefängnis, in Bautzen, bei den *Politischen.* Harry kam bei einem Onkel unter, und weil sich so einige Menschen für ihn einsetzten und weil seine Noten exzellent waren, durfte er auf dem Gymnasium bleiben.

Mit seinem Englischlehrer freundete er sich bald an. Herr Liefen war noch von der Regierung unter von Papen nach London als Gesandter geschickt worden, doch weil er sich nach 1933 geweigert hatte, in die Partei einzutreten, degradierte man den Diplomaten zum einfachen Beamten im Lehrbetrieb. Er brachte Harry die perfekte englische

Akzentuierung der Wörter bei, doch Sprache fiel ihm ohnehin leicht. Außerdem machte sich Herr Liefen gewisse Hoffnungen bei dem hübschen Jungen, die ihm Harry allerdings nicht erfüllen konnte.

Herr Liefen war ein hochgewachsener Mann Mitte vierzig, der sehr unter seinem fortgeschrittenen Haarausfall litt und viel Zeit darauf verbrachte, das dünne blonde Haar in Strähnchen über den Scheitel zu kämmen und im steten norddeutschen Wind mit teuren Mittelchen aus der Drogerie zu fixieren. Ansonsten war er ein wacher und engagierter Lehrer, den sich kein Gymnasiast besser hätte wünschen können. Und auch den Versuch des Händchenhaltens in einem schwachen Moment wiederholte er bei Harry nicht mehr.

Er lud Harry einmal pro Woche zum Schachspiel ein. Herr Liefen bewohnte eine erstaunlich große, erstaunlich luxuriös eingerichtete Wohnung, jedenfalls sofern das Harry, Enkel von Torfstechern, beurteilen konnte. Und irgendwann brachte Herr Liefen – nicht ungeschickt, wie Harry im Nachhinein, als er sich in der Zelle alles zusammenzureimen begann –, die Sache mit den Flugzeugen ins Gespräch. Seine Leidenschaft seien schon immer Flugzeuge jeder Art gewesen, ob Harry nicht Lust habe, die Starts und Landungen zu beobachten?

Denn Husum war schon seit 1935 ein wichtiger Stützpunkt der Wehrmacht geworden, samt Wehrmeldeamt und Fliegerhorst sowie Ausbildungsstelle der U-Boot-Fahrer. Auch der Marinenachrichtendienst hatte ein Büro in dem Ort.

Herr Liefen fuhr fort, dass er einfach von Maschinen fasziniert sei. Das galt ebenso für Schiffe – ob Harry nicht berichten könne, welche Schiffe in Husum ankamen und ablegten? »In England, ich sag's Ihnen, Kruskopp ...« Liefen war stets beim *Sie* geblieben. »Da gibt es *trainspotter*, die vor den Bahnhöfen in London und Manchester und Liverpool stehen und sich jede Zugnummer notieren. Ganz verrückte Vögel! Was sind da schon unsere Marotten?«

Unsere Marotten: Schon war Harry mittendrin.

Dann begann Harry sein Pharmaziestudium in Hamburg, doch oft kehrte er nach Husum zurück und spielte Schach mit Liefen. Inzwischen duzten sie sich. Und Liefen bohrte weiter. U-Boote fände er besonders faszinierend, das werde Harry als Fischersohn doch verstehen. »Die haben natürlich keine Namen am Bug wie die Schiffe, aber die erkennst du an den Symbolen am Turm. Du weißt schon, wie der schnaubende Stier bei U47.«

Natürlich wusste Harry das. Er fand die Nazis insgesamt ziemlich widerlich, aber wer konnte nicht von Günther Prien und seinen tollkühnen Taten begeistert sein? Der Kapitänleutnant hatte einem echten Selbstmordkommando zugestimmt und war im Oktober 1939 in den Hafen von Scapa Flow eingelaufen. Schon das war ein Wunder, denn der schottische Hochseehafen war schwer gesichert – durch Netze, Ketten, versenkte Wracks. U47 musste überirdisch eindringen, also hatte Prien eine Neumondnacht gewählt. Doch dann sorgten Polarlichter für eine ungewöhnliche Helligkeit, aber Prien schreckte nicht zurück. Der erste Torpedo zerschellte an der Ankerkette der »Royal Oak«, und Prien wollte schon abdrehen, doch die britischen Militärs glaubten nicht an einen Angriff. Also konnte Prien in aller Ruhe nachladen und erneut feuern. Das war das Todesurteil für die »Royal Oak«, und mit der Versenkung des stolzesten

Schiffs der britischen Flotte hatte er die Schmach der Selbstversenkung der unbesiegten kaiserlichen Flotte vor Scapa Flow 1918 gesühnt. Prien wurde der erste Star des Krieges: Mit des Führers Privatmaschine wurde die Besatzung von U47 nach Berlin in die Reichskanzlei geflogen, er musste unzählige Empfänge über sich ergehen lassen und wurde zum Ehrenbürger von Hannover ernannt, nur weil sein Vater ein paar Jahre dort gewohnt hatte. Seine Autobiografie, zusammengekleistert von ein paar Goebbels-Skribenten des Propagandaministeriums, verkaufte sich in diversen Übersetzungen in neunhunderttausend Exemplaren. »Right or wrong, my country« – auch das war ein Satz, den Liefen ihm beigebracht hatte.

Nun beobachtete Harry also die Schiffe und U-Boote im Hamburger Hafen, meist von hoch oben, etwa vom Altonaer Balkon oder sogar vom Süllberg in Blankenese aus, um keinen Verdacht zu erregen. Auch Notizen brauchte er sich keine zu machen, er hatte ein gutes Gedächtnis und schrieb sich später in seiner Studentenbude in Eimsbüttel, wo er auf Liefens Vermittlung bei einem Verwaltungsangestellten der Universität untergekommen war, alles auf. Und alle zwei Wochen brachte er seine Notizen, unauffällig versteckt zwischen chemischen Formeln, mit nach Husum und übergab sie Liefen. Inmitten der rätselhaften Aufzeichnungen hätte man schon sehr genau schauen müssen, um etwas Verdächtiges zu finden, von daher machte sich Harry keine Sorgen. Liefen zahlte für die Aufzeichnungen, und zwar richtig gut.

Liefen hatte mit diesen Meldungen etwas vor, das war Harry klar. Die Sache mit der *Sammlung* hatte er ihm nie abgekauft. Der Krieg war ausgebrochen, aber nach dem schnellen Einmarsch in Polen schwiegen die Waffen, jedenfalls zu Lande. Bald wäre alles vorbei, lautete die allgemeine Meinung, niemand hätte ein Interesse an einer weiteren Eskalation. Informierte Liefen die Engländer? Aber wie? Harry sollte es bald erfahren.

* * *

Im Februar 1940, einem sehr kalten, beinahe empfindlich sonnigen Montag, standen zwei Herren vor der Tür des Universitätsangestellten. Sie hätten gern den Studenten gesprochen, der hier zur Untermiete wohnte. Der war aber nicht da, er hatte die Vorlesung »Allgemeine und analytische Chemie der anorganischen Arznei-, Hilfs- und Schadstoffe«.

Die Herren warteten. Sie lehnten Wasser und Kaffee ab. Der Universitätsangestellte wunderte sich, aber es waren eben merkwürdige Zeiten.

Dann kam der Student heim.

Die Herren waren nicht viel älter als Harry und trugen schlecht sitzende Zivilkleidung – lange Mäntel, nachlässig gewickelte Schals.

»Würden Sie bitte mit uns kommen?«

Harry machte das verbindlichste Gesicht, das ihm möglich war. Dann fuhren die beiden Herren mit ihm in einem schwarzen Mercedes Benz W 136 zur Staatspolizeileitstelle, Hauptamt IV, Sievekingplatz.

* * *

Karl Kaufmann war ein Schulabbrecher und schaffte es nicht mal zum Realschulabschluss. Eine Lehre in der Wäscherei seines Vaters brach er nach einem heftigen Streit ab. Er lebte mehrere Jahre von Hilfsarbeitertätigkeiten und heimlichen Zahlungen seiner Mutter, soff, prügelte sich mit allen, die er für schwächer hielt, und fand 1922 seine Heimat in der neu gegründeten NSDAP. Er war Mitglied Nummer 95, echter Partei-Adel, und freundete sich mit Joseph Goebbels an. Und nun war er Gauleiter der einst so roten Hansestadt Hamburg, der ehemaligen Bastion der Kommunisten und Sozialdemokraten. Es gab viel Aufräumarbeit zu tun. »Er bekommt einen schönen Stall auszumisten«, schrieb Goebbels in sein Tagebuch, »ich fürchte, dass es ihm nicht gelingen wird.«

Der Propagandaminister sollte sich irren. Karl Kaufmann, der Gauleiter der Stadt Hamburg, ließ es sich sogar noch zu Kriegszeiten nicht nehmen, bei den kleinen und großen Ausputzungen höchstselbst den Besen zu führen.

Und nun war also dieser Student vor ihm. Schon diese Studierenden waren ihm ein Feindbild, und dann sah dieser Student auch noch blendend aus und war einen Kopf größer als er. Karl Kaufmann nämlich war klein und korpulent, seine heterotrophischen Augen blickten in verschiedene Richtungen, die Frisur mit den von Pomade schimmernden, eng angeklatschten Haaren am runden Schädel verbesserte nicht gerade den Gesamteindruck. Wenn es nach Kaufmann ginge, würde er nicht lange fackeln und beim leisesten Verdacht die Pistole entsichern. Man befand sich schließlich im Krieg und sollte auf diese gefühlsduselige sogenannte Wahrheitsfindung nicht allzu viel wertvolle Zeit verplempern.

Harry Kruskopp hatte seine Chancen ganz realistisch eingeschätzt: Sie waren nicht gut. Er musste unter allen Umständen alles abstreiten, auch, wenn es hart auf hart kommen würde. Nur so würde er überleben können.

Karl Kaufmann ließ eintreten. Harry wurde von den beiden Begleitern in das Privatbüro des Gauleiters geschoben, der sich im Gestapo-Hauptquartier ein unauffälliges Privatbüro hatte einrichten lassen. Hier, unter den Kriminalen, fühlte er sich deutlich wohler als unter den studierten Verwaltungsschnöseln im Rathaus.

Harry Kruskopp suchte den Augenkontakt, der ihm oft geholfen hatte. Doch Karl Kaufmann tat ihm diesen Gefallen nicht.

»Verräter, wie?«, schnarrte der dicke Mann am Schreibtisch. Er sah zwar auf, aber vermied den Augenkontakt und ließ den Blick über die nachlässige studentische Kleidung wandern. Genau genommen, war für ihn kein Mensch ohne Uniform wirklich etwas wert.

»Herr Gauleiter, ich weiß nicht, wovon Sie reden.« Es half immer, Personen mit dem Titel anzureden. Doch Kaufmann ließ sich davon nicht beeindrucken.

»Sie haben Positionen unserer Kampfschiffe an den Feind gemeldet.«

»Herr Gauleiter, ich versichere Ihnen, das habe ich nicht getan.«

Jetzt sprang Kaufmann auf. »Sie verdammter Verräter! Ich könnte Sie sofort erschießen lassen!«

Harry hob die Hände. »Ich versichere Ihnen, ich bin anständiger Deutscher …« Er sprach das Wort *anständig* ganz hanseatisch mit spitzem *st* aus. Und zum ersten Mal blickte Kaufmann ihm in die Augen.

»Ein Dreck sind Sie!« Dann beruhigte er sich. »Sie können Ihren Arsch nur retten, wenn Sie ordentlich plaudern.«

»Herr Gauleiter, ich weiß nicht, was Sie …«

»Schnauze, Junge! Du ahnst gar nicht, wie tief du in der

Scheiße steckst!« Dann wandte er sich an die beiden Männer, die Harry hierher begleitet hatten.

»Stufe eins!«, bellte er.

Es war ein Codewort, und was es bedeutete, würde Harry gleich erfahren. Er wurde auf einen herangeschobenen Stuhl gesetzt, die Hände band man ihm auf dem Rücken zusammen. Das alles ging ganz schnell und mit wenigen geübten Griffen – Harry war sicher nicht der Erste, der *Stufe eins* über sich ergehen lassen musste.

Dann passierte etwas, mit dem er nicht rechnete: Ihm wurden die Augen verbunden.

Und dann begann das Verhör. Nach jeder Frage wurde er geschlagen, doch weil er nichts sehen konnte, kamen die Schläge unerwartet und taten doppelt weh. Und das Warten auf den nächsten Treffer: Das war das Schlimmste.

»Es gibt fünf Stufen, mein Kleiner«, hörte er Kaufmanns Stimme ganz nah an seinem Ohr. Er roch nach Schnaps. »Die meisten schaffen es nur bis Stufe zwei. Wir haben ein paar gehabt, die sind bis Stufe drei gekommen. Seeleute, Hafenarbeiter. Harte Jungs, kein Studentendreck wie du. Bis zur Stufe vier war es einer. Du schaffst es nicht mal zur Stufe zwei.«

Harry wusste, dass er unbedingt durchhalten musste. Denn ein Geständnis wäre sein Todesurteil. Was konnte passiert sein? Lehrer Liefen musste geschnappt worden sein. Hatte er ihn belastet? Alles ausgeplaudert? Wie auch immer: Er musste eisern bleiben. Ob es Gauleiter Kaufmann selbst war, der zuschlug? Oder einer seiner Schergen? Er würde es nie wissen. Aber er würde sich jeden dieser Schläge für sein ganzes Leben merken.

Der nächste Treffer riss seine Unterlippe auf, er fühlte

Blut übers Kinn laufen. Mit der Zunge fühlte er, dass einer der unteren Schneidezähne locker war. Wenn das Stufe eins war: Wie ging es dann weiter?

Dann wurde die Tür so plötzlich aufgerissen, dass er den Luftzug spürte. Ein paar militärische Befehle und Entgegnungen wurden gebellt, Kürzel, die Harry nicht verstand und vielleicht auch nicht verstehen sollte. Schritte waren zu hören, die sich entfernten. Harry verließ sich auf die Sinne, die ihm geblieben waren. Etwas hatte sich im Raumgefüge geändert, da war er ganz sicher.

Dann wurde ihm die Augenbinde abgenommen. Geradezu behutsam geschah das, und er blickte in die wachen Augen eines jungen Mannes in Zivil, der ihn geradezu besorgt ansah.

»Wir sind jedenfalls nicht zu spät gekommen«, sagte der junge Mann, trat zur Seite ab und gab den Blick auf den Schreibtisch frei.

Karl Kaufmann war verschwunden. Stattdessen saß dort ein Mann im Anzug, der ihn interessiert, ja beinahe belustigt ansah. Er war groß und blond und sah beinahe aus wie ein Modell-Nazi, und das Menjou-Bärtchen wirkte irgendwie weltläufig. Er kam aus einer anderen Schicht als der brutale Gauleiter, das sah Harry sofort. Aber das war gerade in der heutigen Zeit längst keine Überlebensgarantie mehr. Er hatte ein Blatt Papier vor sich, das er immer wieder las, Zeile für Zeile.

»Sie sind einer der intelligentesten Burschen Ihres Gymnasialjahrgangs«, sagte der Nazi im Anzug. »Sie studieren eines der lernintensivsten Fächer, die unsere Universitäten offerieren, und auch dort zeigen Ihre bisherigen Prüfungen Bestnoten.«

Harry schwieg.

»Und Sie wollen meinen Kollegen von der Gestapo ernsthaft weismachen, dass Sie die Daten über die Schiffe und U-Boote einfach nur für Ihren etwas verschrobenen ehemaligen Lehrer und Schachpartner gesammelt haben, weil der irgendwie ein Faible für alles hat, was schwimmt?«

Wieder schwieg Harry. Aber er hatte eine wichtige Information herausgehört: Dieser Mann arbeitete nicht für die Gestapo.

»Natürlich, ich verstehe Sie. Ihr Vater, der Kommunist. Derzeit in Haft, bald wohl irgendwo an vorderster Front. Da können nicht mal wir was machen. Und diese bösen Braunhemden, alte SA-Kader. Ich weiß ja, dass es ein paar ungeschlachte Leute auf unserer Seite gibt. Und dieser Kaufmann, na, Sie haben ihn ja kennengelernt.«

Harry nickte.

»Zum Gauleiter hat er es gebracht. Das kann sich keiner von uns erklären, aber sagen Sie's nicht weiter.«

Harry rang sich ein gequältes Lächeln ab.

»Und ihr Norddeutschen, ihr seid halt immer schon mehr Engländer als Deutsche gewesen, nicht wahr? Aber ein Separatfrieden mit unseren Cousins ist keineswegs aus der Welt, auch wenn die Waffen klirren. Hat ja unser Führer selbst in *Mein Kampf* geschrieben.«

Harry wischte sich das Blut vom Kinn. Der Mann gab seinem Untergebenen ein Signal, und der reichte von der Seite ein Taschentuch.

»Es gibt Menschen, gerade auch in unserer Partei und im Militär, die das anders sehen, aber ich bin der Meinung, dass wir unsere besten Leute nicht sofort füsilieren sollten. Sind Sie nicht auch dieser Meinung?«

Harry nickte.

»Hätte mich auch gewundert. Ich höre, Sie sprechen perfekt Englisch. Sie sind klug und können mit Menschen. Sie sehen äußerst passabel aus. Jedenfalls, wenn Sie sich von Kaufmanns Behandlung erholt haben. Solche Leute können wir gut gebrauchen.«

»Was genau wollen Sie von mir?«

»Fürs Erste reicht es, dass Sie sich das Folgende merken: Das Erschießungskommando steht schon im Hof bereit. Extra für Sie. Ich, Karl Diez, bewahre Sie davor.«

56. KAPITEL

Kurierdienste

Und so begannen die Abenteuer des jungen Pharmaziestudenten Harry Kruskopp als deutscher Spion im Auftrag der *Amtsgruppe Auslandsnachrichten*, die bald nur noch *Abwehr* hieß und von Konteradmiral Wilhelm Canaris aus Berlin geleitet wurde. Zuständig für das Rekrutieren fähiger Mitarbeiter war Oberstleutnant Karl Diez.

Harry durfte weiterstudieren, musste sich aber vier Tage pro Woche bei der Abwehrstelle (ASt) XI mit Sitz in Wilhelmshaven einfinden. ASt XI war spezialisiert auf England und die Marine. Und Harry wurde der *Weichmacher*. Denn die Abwehr bevorzugte eine gute Behandlung der Gegner, im Gegensatz zum Sicherheitsdienst oder der Gestapo. Und dafür hatte die Abwehr eine besondere Strategie gewählt: Die Gefangenen, von denen man sich Auskünfte erhoffte, wurden zunächst in einen Vorraum gebeten, wo sie lange warteten. Harry kam hinzu oder saß schon da, in Zivil, wie unbeteiligt. Er ließ die Briten völlig im Unklaren über seine Aufgabe, verwickelte sie in ein freundliches Gespräch und bot ihnen eine Zigarette an. Die Engländer, vom Gefreiten bis zum General, konnten Smalltalk. Aber Harry beherrschte ihn auch. Und wurde mit jedem Mal besser. Und die Briten merkten, dass die Nazis ja doch ganz in Ordnung waren, jedenfalls manche von ihnen. Und als sie dann in den nächsten Raum gereicht wurden, wo die harten Fragen gestellt wurden, waren sie schon ein bisschen umgänglicher. Ein bisschen gesprächsbereiter. Ein bisschen *weich*. Harry machte seine Sache ausgezeichnet.

Dann vertraute man ihm *Spielmaterial* an, und das war schon gefährlicher. Damit wurden Überläufer und Spione ausgestattet, über deren Loyalität man sich nicht im Klaren war. Spielmaterial waren entweder gefälschte oder tatsächliche, aber nicht kriegswichtige Dokumente. Die Spione und Überläufer hatten etwas vorzuzeigen. Die Übergaben fanden beispielsweise im noch nicht besetzten Teil Frankreichs oder in Spanien statt, manchmal auch in Italien. Harry durfte bald selbst zwei- bis dreimal pro Monat reisen, unter verschiedenen Namen und mit wechselnden Pässen. Die Verstellung fiel ihm nie schwer.

Alles war ein großes Abenteuer, beinahe wie Urlaub. Manchmal gab es Tieffliegeralarm, aber aus dem Fenster zog halb Europa an ihm vorbei, das bildhübsche Rheinland, die Schweizer Berge und die italienischen Dolomiten, die Po-Ebene und die Adria, das Loire-Tal, die Pyrenäen, die spanischen Sierras.

Die Fronten verliefen noch weit entfernt, und er bereiste das besetzte Paris und das besetzte Bordeaux, aber auch das unter der Vichy-Regierung stehende Marseille und Nizza, er sah Mussolinis Florenz und Rom und Francos Sevilla, Cordoba und Cádiz. Er übernachtete eine oder zwei Nächte im Hotel – auch die schäbigste Pension war wie ein Paradies für den Enkel eines Torfstechers und den Sohn eines Fischereigehilfen! – und traf sich dann in Cafés, in Restaurants oder in Bahnhöfen mit all jenen, die das Material in Empfang nehmen sollten. In einem dreitägigen Ausbildungskurs hatte man ihm beigebracht, wie Verfolger zu erkennen und abzuschütteln waren. Harry erledigte auch das bravourös, etwa mit dem dreimaligen Abbiegen nach links, also dem Beschreiben eines Kreises. Wer dann noch in der Nähe war, wollte nirgendwo hin, sondern nur ihm folgen. Oder dem Aussteigen in der Trambahn ein paar Stationen früher oder später und dem erneuten Besteigen der Trambahn, um an sein Ziel zu kommen. Alles ganz simple Kniffe. Und bald war es nicht nur *Spielmaterial*, was Harry lieferte, sondern auch echte, kriegswichtige Dokumente, vor allem codierte Instruktionen für die Auslandsspione.

Doch wie allen intelligenten Menschen – und auch allen Schachspielern – wurde ihm klar, dass der Krieg verloren war, als es in Russland losging. Dass es nur eine Frage der Zeit sein würde, bis das Regime zusammenbrach. Ja, die Panzer kamen flott voran, aber ein Zweifrontenkrieg, das war doch völliger Wahnsinn! Wilhelm Canaris selbst, der höchste Chef der Abwehr, soll gesagt haben: »Die deutschen Armeen werden auf den eisigen Ebenen Russlands verbluten, und wir werden nach zwei Jahren nichts mehr von ihnen wiederfinden.« So wurde es sich in den unteren Rängen und bald in der ganzen Abwehr zugeraunt. Denn Spione, immer und überall zur Verschwiegenheit verpflichtet, waren die größten Klatschtanten von allen.

Harry musste überlegen, wie er das Beste aus der Situation machen konnte. In jedem Fall freundete er sich nicht nur mit seinen Vorgesetzten an, sondern merkte sich auch gut, welche hohen Engländer er als Weichmacher vor sich hatte.

Zwar galt Hitler vor Kurzem noch als größter Feldherr aller Zeiten, doch die ersten Nackenschläge kamen. Und spätestens mit Stalingrad und dem Ende der Sechsten Armee musste allen klar sein, dass es von jetzt an bergab ging. »Sie starben, damit Deutschland lebe«, hatte der *Völkische Beobachter* getitelt. Was für ein Zynismus!

Harry sorgte mit kleinen Geschenken dafür, dass die Engländer es in ihrer Gefangenschaft so gut wie möglich hatten. Und er sorgte auch dafür, dass sie genau wussten, wem sie die Extrarationen Zigaretten, Wurst und Schokolade zu verdanken hatten.

Außerdem begann Harry eine Affäre mit einer Arbeiterin in der Abteilung Pässe & Dokumente, wo ebenjene gefälscht wurden, sowohl für den internen Bedarf als auch für die Agenten, die in den feindlichen Nationen unterwegs waren. Als staatliche Stelle hatte man Zugriff auf nahezu alle Ausweispapiere und Stempel weltweit. Und dort kam ihm eine Idee, die zeigte, dass der Krieg eben auch die Besten kompromittierte: Denn eher aus einer Laune heraus fälschte er sich mit Hilfe der Kollegin seine Approbation zum Apotheker, obwohl er noch mindestens drei Semester studieren und zwei knallharte Prüfungen hätte ablegen müssen. Aber in diesen chaotischen Zeiten fiel das alles nun wirklich niemandem auf, im Gegenteil: Die Vorgesetzten waren froh, dass er nicht mehr so oft zur Universität musste. Diez klopfte ihm auf die Schulter. Und schickte ihn gleich wieder in das von ihm geliebte Marseille für eine Übergabe von *Spielmaterial*. Die Fälschung, musste Harry zugeben, war seiner Uta wirklich fein gelungen.

57. KAPITEL

Harrys Plan

Als Weichmacher und als Kurier, befand Karl Diez, war Harry die reinste Verschwendung. Er hätte das Zeug, ein erstklassiger Spion zu werden. Aber wie könnte man *Pille*, so sein interner Spitzname wegen seines Studiums, nach England oder in die USA bringen und in die ganz wichtigen Kreise einführen? Für einen Diplomaten wäre er noch zu jung gewesen, es musste irgendwie anders gehen. Diez hatte große Pläne. Doch die Schlinge zog sich enger und enger um Deutschland zusammen. Die Russen standen schon in Ostpreußen, die Amerikaner und Engländer hatten Frankreich zurückerobert und rückten auf den Rhein vor. Auch Italien war verloren, die Alliierten standen schon vor Neapel, Mussolini war längst aus dem Amt gejagt und führte eine Operetten-Exilregierung vom Gardasee aus.

Jeder intelligente Mensch wollte spätestens Anfang 1945 nur noch seine Haut retten. Nur Idioten würden noch ihr Leben für ein System riskieren, das vor ihren Augen zusammenfiel, während die Bombardements täglich schlimmer zu werden schienen. Deutschland versank in rauchenden Trümmern. Es war hoffnungslos.

Und dann flog Harry auf.

Er hatte es zu weit getrieben. Hatte sich mit Spionen angefreundet, die er öfter mit Material versorgt hatte. Hatte an den Hotelbars bei zu viel Wein zu freimütig geplaudert. Hatte zwar keine Geheimnisse verraten, aber sich ganz sicher auch nicht als guter Soldat präsentiert, und bei allen Reibereien galt es im Krieg schließlich, Geschlossenheit zu beweisen. *Right or wrong, my country.* Einem Spanier, der für Franco arbeitete, hatte er gestanden, schon für die Zeit nach dem Krieg vorzusorgen und seine Reichsmark in Gold umzutauschen. Einem für die Deutschen arbeitenden Engländer hatte er berichtet, dass niemand in der Abwehr den Krieg für gewinnbar hielt.

Hatte Harry das alles aus Dummheit getan? Oder aus Kalkül? So recht wusste er es selbst nicht. Er hatte sich auf seinen Instinkt verlassen. Und wenn der Instinkt ihm nun eine Kugel im Kopf bescheren würde?

Und nun saß er bei Diez. Nicht mehr im Hamburger Gauleiter-Büro, sondern in Berlin, im Reichssicherheitshauptamt, dem die Abwehr unterstellt worden war. Das ständige Geheul der Sirenen, die vor feindlichen Bombern warnten, ignorierten in der Prinz-Albrecht-Straße 8 alle. Kriegsskeptiker Wilhelm Canaris war längst abgesetzt und stand unter Hausarrest, die Abwehr wurde Wilhelm Keitel unterstellt, einem General, der bei seinen Untergebenen wegen seiner unbedingten Hitlertreue den Spitznamen *Lakaitel* bekommen hatte. Und jetzt, in der Endphase, nahmen die Erschießungen überall zu. Befehlsverweigerer, Deserteure, vermeintliche Verräter: Die wenigen Nazitreuen handelten wie im Fieber. Wenn schon Untergang, dann für alle.

Diez – es war beinahe ein Wunder, dass er immer noch seinen Posten innehatte – sah nach wie vor gut aus mit seinem Menjou-Bärtchen, aber er war erkennbar gealtert. Die Haut war blass, die Augenfalten tief. Der Anzug schlotterte am Körper. Selbst für Offiziere gab es nicht mehr viel zu essen.

»Wie können Sie so einen Quatsch von sich geben? Ihre Akte liegt direkt bei Himmler, Menschenskind!«

Harry nickte geknickt.

»Ich müsste Sie erschießen lassen. Gleich hier und jetzt, oder unten im Hof. Sie wären nicht der Erste. Haben Sie die Einschusslöcher gesehen?«

Das hatte Harry.

»In zwei Wochen sind die Russen hier. Ich lasse Ihnen einen Überstellungsschein nach Wilhelmshaven ausfertigen. Ob Sie sich wirklich dort melden, überlasse ich Ihnen. Aber wenn Sie sich erwischen lassen, dann lieber von den Amis oder Tommys.«

Harry war gerettet – vorerst. »Ich werde sofort aufbrechen.«

»Das sollten Sie, bevor Himmler oder Keitel aus irgendeinem Grund die Muße findet, sich Ihre Akte vorzunehmen.«

»Danke, Herr Diez.«

»Ich weiß nicht, wie es hier weitergeht. Aber ich habe keine Lust mehr auf Exekutionen. Verschwinden Sie.«

Und als er das sagte, sah Diez noch einmal zehn Jahre älter aus.

In der Tür drehte sich Harry noch einmal um. »Was wird aus Ihnen?«

Diez winkte ab. »Kümmern Sie sich um Sie selbst. Damit haben Sie genug zu tun.«

* * *

Was aus Diez geworden war, wusste Harry nicht. Aber im Zusammenbruch und auch in der Zeit danach verfügte er über viele gute Kontakte, auch zum einstigen Feind. Und: Er war approbierter Apotheker.

Und wie viele Menschen aus kleinen Verhältnissen, die es zu etwas gebracht haben, verstand er einiges von Geld – bestimmt mehr, als sein kommunistischer Vater es sich für seinen geliebten Sohn gewünscht hätte. Jedenfalls war Harry klar: Wenn eine neue Währung kommen würde, dann wäre Geld in der bisherigen Währung so gut wie wertlos. Aber Luxusgüter, die jeder mit dem neuen Geld kaufen wollte, würden ihre Besitzer reich machen. Im Frühjahr 1948 bekam er von alten und neuen Freunden jede Menge Tipps, die sich alle auf einen Termin im Juni 1948 verdichteten. Die neue Währung würde tatsächlich kommen. Und Harry Kruskopp schmiedete einen genialen Plan, der nur mit seinem Insider-Wissen zu verwirklichen war und dennoch viel Risiko barg.

Für zweihundert Reichsmark gab es einen Dollar. Reichsmark hatte er reichlich, er hatte gut verdient im Krieg. Aber er dachte ganz groß. Er wandte sich an einen leitenden Angestellten der Hanseatischen Kommanditbank, Filiale Bremen, der ihm jede Menge Gefallen schuldig war, denn der Bankier war ein hohes Tier im Reichsarbeitsdienst gewesen, was bis 1944 kein Problem gewesen wäre, doch nach dem Attentat vom 20. Juli wurde der RAD der SS unterstellt, und damit war auch der Bankier automatisch ein hohes Tier in der SS geworden, bloß, dass es darüber kaum Unterlagen gab, und als Quereinsteiger einer anderen Organisation trug er auch nicht die verräterische Tätowierung. Aber Harry wusste, wo die belastenden Dokumente lagerten. Und er ließ es den Bankier wissen.

Und Harry verstand nicht nur etwas von Wirtschaft, sondern auch etwas von Frauen. Und die Sache mit den Nylonstrümpfen mit Naht – das war in diesen Zeiten ein besseres Investment als Gold. Jedenfalls dann, wenn es jemandem gelang, die kommende Währungsreform perfekt abzupassen. Dann würde er auf einen Schlag ein reicher Mann werden. Die Frauen rissen sich darum, und die Männer, die sie den Frauen schenken wollten, auch.

Harry studierte britische und amerikanische Zeitschriften, und er erfuhr, dass DuPont wenige Tage nach Kriegsende im August 1945 den erneuten Beginn der zivilen Produktion von Nylonstrümpfen ankündigte. Die Verantwortlichen hatten aber nicht mit der großen Nachfrage gerechnet, die in der Zwischenzeit entstanden war: »Die Konsumentinnen schätzen die seidige Beschaffenheit, Feinheit und kristallene Transparenz des Stoffs sehr«, schrieb die Londoner Times. Als die ersten Artikel in den Kaufhäusern der Großstädte angeboten wurden, kam es zu Ausschreitungen. Bei Macy's in New York wurden innerhalb von sechs Stunden fünfzigtausend Paar verkauft; in Pittsburgh standen vierzigtausend Personen in der Warteschlange für dreizehntausend Paar Strümpfe, las Harry. Filmstars und Mannequins zeigten sich nicht ohne, und die Garnstärke nahm ständig ab, der Nylon wurde immer dünner und transparenter. Es gab blickdichte Modelle und solche, die es eben nicht waren und diskret *sheer* genannt wurden. Die Naht versprach eine schlanke Optik, sofern die Trägerin die Strümpfe nicht schief oder verdreht trug. Aber darauf achteten die Trägerinnen.

Jedenfalls dann, wenn sie überhaupt eine der begehrten *Nylons* ergattern konnten.

Und Harry hatte einen genialen Plan, der, wie alle genialen Pläne, einen ganz einfachen Kern hatte: Er wollte den deutschen Markt mit Nylons fluten.

Also kaufte er im März 1948 mit Dollarbeständen aus Reichsmarksumtausch und vor allem einem gewaltigen Kredit der Hanseatischen Kommanditbank einen Schiffscontainer mit zweihunderttausend Nylonstrumpfhosen, der just Anfang Juni in Bremerhaven ankam, ins zollfreie Pier geschafft wurde und dort trotz hoher Gebühren auf Wunsch des *Cargo Owners* verbleiben sollte, sehr zur Verwunderung der Behörden, der Hafenarbeiter und sogar des Schiffskapitäns.

Und dann kam am 20. Juni die Währungsreform.

»Verdammter Schiet, meine ganzen Ersparnisse sind futsch«, fluchte ein Hafenarbeiter und spuckte in die Wesermündung.

»Tja, Sachen müsste man jetzt haben«, erwiderte sein Kollege und bot ihm eine Zigarette an. »Hab doch schon immer gesagt, dass bedrucktes Papier nix wert ist.«

Beide rauchten schweigend. Dann zeigte der erste auf den Container am zollfreien Pier: »Wie der Kerl mit den Strumpfhosen da. Die Weiber sind ganz verrückt danach. Der ist jetzt reich.«

»So'n Glück hab ich nie.« Der Hafenarbeiter spuckte erneut ins Wasser.

TEIL III: 1949

58. KAPITEL

Die Konjunktur

Das Jahr ließ sich gut an. Der Winter war mild und sonnig gewesen, auch der Frühling zeigte sich wärmer als üblich, die Vögel begannen ihr Liebesgezwitscher, Gänseblümchen und Veilchen blühten schon Anfang März. Das alles passte gut zur Stimmung, die in fast ganz Westdeutschland vorherrschte – und auch in Selb.

Die Menschen hatten beinahe unvermittelt Geld. Natürlich besonders diejenigen, die vorher auch schon Geld hatten. Zwar war der Umtauschwert der Reichsmark auf die Deutsche Mark bei 10 zu 1 festgelegt, aber wer aus hunderttausend Reichsmark zehntausend Deutsche Mark machen konnte, war von Anfang an ganz vorn dabei.

Doktor Rappenhuth legte sich einen Bristol 400 Touring in Grün zu, mit dem er sich ein wenig britische Eleganz zulegen wollte, aber so recht gelang es ihm nicht. Gastwirt Armin Füllhorn hatte seinen Peugeot 202 schon wieder verkauft und fuhr nun einen Opel Olympia, 37 PS, Höchstgeschwindigkeit 112 km/h. Er putzte das rote Auto beinahe täglich. Und Karl Metsch musste sich natürlich das teuerste Auto deutscher Herstellung zulegen, einen Opel Kapitän mit 55 PS, der es auf 127 Kilometer pro Stunde brachte, in rasanten 29 Sekunden von 0 auf 100 km/h kam und 9950 Deutsche Mark kostete.

Und endlich ging es auch für die Küchen der entstehenden Westrepublik bergauf. Statt Ersatzkaffee aus Gerste und Eicheln – dem berüchtigten Muckefuck – gab es endlich echten Kaffee aus Kaffeebohnen, und statt Brotaufstrich aus Steckrüben gab es jetzt wieder echte Marmelade, mit Früchten und Zucker. Und überall waren gute, fleischige Kartoffeln zu haben, gern als Bratkartoffeln mit viel Zwiebeln und Speck zubereitet, in gutem Fett geröstet, und in manchen Haushalten stand schon eine Flasche des köstlichen Ketchups auf dem Tisch. Es gab nun wieder reichlich Zucker und Backmischungen sowie Fleisch und Wurst.

Und auch exotische Düfte zogen in die deutschen Haushalte ein, etwa das Lavendel-Orangen-Parfüm von Jünger & Gebhardt aus Köln oder das *Evening in New Orleans* von Royal Perfumes und natürlich das Chanel No. 5, das es zwar schon seit den Zwanzigerjahren gab, das nun aber auch in den deutschen Parfümerien allgegenwärtig war.

Die Porzellanmanufaktur Thalmeyer hatte ebenfalls volle Auftragsbücher und produzierte nah an der vollen Auslastung und sogar darüber hinaus. Ein schönes Porzellanservice gehörte ganz einfach in jeden Haushalt, und die Figuren aus Hartporzellan waren ein Statussymbol bei jedem Sonntagsbraten, zu dem die Nachbarn und Freunde eingeladen wurden. Man war wieder wer – und zeigte es gern her.

Und niemand wusste, dass es Nylonstrümpfe waren, die das Unternehmen letztlich gerettet hatten, denn die Vertreter der großen Kaufhäuser aus ganz Süddeutschland hatten Harry Kruskopp die Ware regelrecht aus den Händen gerissen und dafür jeden Preis gezahlt, selbst Preise, an denen sie selbst unmöglich noch eine Gewinnmarge würden draufschlagen können. Sie wussten eben, dass Kundinnen, die für die begehrten Nylonstrümpfe in die Damenabteilungen hineinströmten, in ihrer Kauflaune oft auch noch andere Dinge mitnahmen, mit denen sich respektable Sümmchen verdienen ließen: Schuhe, Parfüm, Lippenstift. Die Röcke wurden deutlich kürzer, und die Nylonstrümpfe waren immer sichtbarer – wie viele davon mochten aus Harry Kruskopps Container sein? Apropos: Die hübsche junge Sophie Kruskopp, geborene Thalmeyer, sah in ihren Nylonstrümpfen mit der perfekt an den schlanken Beinen verlaufenden Naht selbst wie ein Mannequin aus.

Harry Kruskopp mischte sich nicht ins operative Geschäft der Porzellanmanufaktur ein, er blieb stiller Teilhaber. Er hatte zudem die Apotheke in Selb gekauft, die er bislang gepachtet hatte, sowie, wie schon vor der Teilhaberschaft geplant, eine zweite Apotheke in Hof. Auch für ihn liefen die Geschäfte gut. Er verkaufte Aspirin und das neue Penicillin, das wahre Wunder gegen die Grippe wirkte, auch Cortison gegen allerlei Hustensymptome. Er verkaufte zudem Lebertran, welches er für zahlungskräftige Kunden in Gelatine verkapselte – ein enormer Verkaufserfolg, weil die Kinder es klaglos schluckten. Außerdem wuchsen die Bäuche wieder, und plötzlich waren allerlei Schlankheitsmittel gefragt. Die Koffeinpillen von Harry sollten eine verblüffende Wirkung entfalten und die Pfunde praktisch von selbst verbrennen. Harry stellte sie her, indem er Zuckerpillen mit Kaffeesatz beträufelte. Ohne dass er irgendetwas dafür tun musste, kamen Kundinnen sogar aus Nürnberg und München. Und alle bescheinigten ihm, wie gut die Pillen wirkten. Über den

Placeboeffekt wusste Harry dank seines Studiums bestens Bescheid, denn der hatte gleich am ersten Semester im Vorlesungsplan gestanden. Auch Karl Metsch ging es gut, die Papierfabrik belieferte die großen Druckereien in Hessen und Bayern, denn Tageszeitungen sprossen überall hervor wie die Gänseblümchen.

Nur in der Ostzone sah es düster aus. Als die Währungsreform im Westen verkündet wurde, kam die Sowjetische Militäradministration im Osten unter Zugzwang und verkündete fix eine neue Währung. Es musste ganz schnell gehen, um Geldschmuggel zu verhindern: Die bisherigen Reichsmark-Scheine wurden als Notlösung mit kleinen Wertaufklebern in der Größe einer halben Briefmarke versehen und ab dem 23. Juni in Umlauf gebracht. Bei der Bevölkerung hieß die neue Währung »Tapetenmark«. Und wer konnte, gab seine alten Scheine Schmugglern, um sie im Westen umtauschen zu lassen; oft ging es dabei über die deutsch-tschechische Grenze, die etwas weniger scharf gesichert war als die innerdeutsche Sektorengrenze. Wie viele Menschen dabei betrogen wurden, ließ sich kaum verlässlich abschätzen. »Die meisten«, vermutete Harry bei einem Familienessen in der Thalmeyerschen Villa. Und das war eine realistische Einschätzung.

Doch im Westen liefen die Fließbänder, die Schornsteine rauchten, die Zahnräder griffen ineinander, die Schweißbrenner glühten, die Schwungräder trieben die Maschinen an. Selbst die optimistischsten Ökonomen hatten sich den Aufschwung nicht so flott ausgemalt. Mehr als hunderttausend Autos liefen im Jahr 1949 aus den deutschen Fabriken. Die Deutschen wurden mobil, und sie wurden es schneller, als jeder Wirtschaftsexperte es vorhergesagt hatte.

Bis auf einige abgelegene Straßenzüge in den größten Städten waren auch die Trümmer verschwunden, die neugebauten Häuser funkelten ebenso wie die frisch gestrichenen Altbauten. Die Gärten wurden schöner, die Hecken waren perfekt gestutzt. Und die Menschen wollten die Zeit des Hungers offenbar so schnell wie möglich vergessen, denn zumindest in den feineren Gegenden verschwanden die Gemüsebeete und wurden durch Zierrasen ersetzt. An den Wochenenden ratterten die mechanischen Rasenmäher samt ihren etwas außer Atem geratenen Besitzern über die Grundstücke. Ja, ein akkurater Rasen war nun beinahe so ein Statussymbol wie ein neues Auto.

Marie interessierte sich nur wenig für die PS-Zahlen und die D-Mark-Preise der neuen Fahrzeuge. Sie betrachtete die Sache pragmatisch, und für die Anforderungen der Firma reichte der Borgward-Transporter, den Schöffel flott hielt. Und Joachim hatte sich für seine Fahrten in die umliegenden Swing-Orte einen Vorkriegs-Mercedes V170 zugelegt, der schon altersschwach Benzin und Öl spuckte, aber ihn trotz aller seltsamen Geräusche verlässlich ans Ziel und wieder zurück brachte.

Joachim mauserte sich übrigens: Nicht nur erreichte er bald wieder sein Vorkriegsgewicht und entwickelte sich vom abgemagerten Kriegsüberlebenden zu einem kräftigen jungen Mann. Er war nach wie vor ein begabter Musiker, aber für die ganz große Bühne, das musste er sich eingestehen, würde es wohl nie reichen. Der Krieg hatte ihm wichtige Jahre der künstlerischen Entwicklung geraubt. Doch er zeigte großes Geschick in organisatorischen Angelegenheiten und wurde zu einem Konzertveranstalter, der sich in der ganzen Region einen Namen machte. Er holte Bands aus München, Berlin,

Köln und Hamburg in die Klubs der Region, kümmerte sich um deren Anreise und Unterkunft, die Bühnenbuchungen, die Plakate, den Kartenvorverkauf und die Abrechnungen mit den oft zwielichtigen Managern. All das machte er gern, und er machte es gut. In seinen Adern floss ganz sicher etwas vom Thalmeyerschen Tatendrang. Sein hustendes Auto mit dem lauten Motor wurde sein Markenzeichen, die Freunde nannten ihn »Impresario« und meinten es nur halb im Scherz. Sie hörten ihn jedenfalls schon von Weitem kommen, was Joachim zu schätzen lernte. Ein bisschen Schau gehörte eben dazu.

Harry und Sophie brauchten dagegen unbedingt ein neues Auto, nachdem Harrys Brezelkäfer in den letzten Monaten mehrmals liegen geblieben war. Also kauften sie sich ein neues Fahrzeug, das schnell Ortsgespräch wurde. Denn das junge Paar legte sich einen der äußerst schnittigen Volkswagen 356 in glänzendem Weiß zu, einen Zweisitzer, der schon bald nach seinem Konstrukteur Porsche genannt werden sollte.

* * *

Und Frau Helgard hatte jede Menge Gesprächsthemen. Denn das uneheliche Kind der ersten Frau im Ort, das war ja nun wirklich eine Ungeheuerlichkeit. Ja, und dann noch von so einem Ami, und, na, das mit dem Tod kam ja gerade recht für die junge Dame, so hatte es eben nicht ganz so was Ehrenrührigeres, das Heiraten war ja nun nicht mehr möglich. Aber wie sollte das weitergehen? Und dass der Pastor noch bei den Thalmeyers verkehrte, war doch beinahe ein Skandal, der nach Rom gemeldet werden müsste! Ach so, die Protestanten sitzen ja gar nicht in Rom, das wollte ja der Luther nicht, haha, sondern – ja, wo sitzen die eigentlich? Und dann das neue Auto der jungen Sophie, hat man so was schon mal gesehen? Das sieht ja gar nicht aus wie ein Auto, sondern eher wie so ein Raumschiff für die Marsmännchen. Ich weiß gar nicht, wie man da reinpassen kann, vor allem der Kruskopp, und was ist, wenn der Nachwuchs kommt? Ach, die wollen keine Kinder? Na, habs ich mir fast gedacht. Ein flottes Paar, ja, schon, aber gehört sich so ein Auto denn, wo unsereins noch die Kartoffelschalen zur Suppe auskocht? Jaja, Sie lachen jetzt, aber ich näh mir hier die Finger blutig, und die Porzellanschwestern winken mir zu, als würden sie sich über mich lustig machen! Ach, stimmt das? Das hab ich ja noch gar nicht gehört – eine zweite Apotheke? Mir hat er ja neulich diese Kaffeepillen oder Koffeinpillen verkauft, also, ich muss zugeben, ein bisschen schlanker machen sie schon, finden Sie nicht? Hier an der Hüfte, da ist's doch schon zu sehen. Wer weiß, vielleicht kauf ich mir auch bald so eine Flittchenstrumpfhose und wackel damit durch den Ort, haha!

Doch das waren alles banale Themen. Bald, sehr bald schon, sollte Frau Helgard richtig etwas zu klatschen haben.

59. KAPITEL

Der Denunziant

Die Nürnberger Prozesse gegen die Hauptkriegsverbrecher lagen nun zwei Jahre zurück. Adolf Hitler und Joseph Goebbels hatten sich noch vor Kriegsende selbst gerichtet. Heinrich Himmler hatte bei seiner Gefangennahme und Hermann Göring kurz vor dem Henkerstermin Zyankali geschluckt. Innenminister Wilhelm Frick, Außenminister Joachim von Rippentrop, SD-Chef Ernst Kaltenbrunner, Zwangsarbeits-Organisator Fritz Sauckel, Ostgebiete-Leiter Alfred Rosenberg, Wehrmachts-Chef Wilhelm Keitel, Chef-Hetzer Julius Streicher, Hitlers Österreich-Marionette Arthur Seyß-Inquart und Hans Frank, der als Generalgouverneur im besetzten Polen gewütet hatte, wurden zum Tod durch den Strang verurteilt und am 16. Oktober 1946 hingerichtet. Nur zwei großen Namen war vermutlich die Flucht gelungen: Martin Bormann, Chef der Reichskanzlei, und Adolf Eichmann, Organisator der millionenfachen Ermordung von Juden. Bormann wurde in Abwesenheit zum Tode verurteilt.

Nun hatte die Jagd auf die zweite und dritte Garde begonnen. Die Öffentlichkeit bekam das gar nicht mit, und das war den Jägern sogar ganz recht. Die Jäger waren eine bunte, oft unkoordiniert agierende, hochmotivierte Meute: Alliierte, die die Entnazifizierung vorantrieben. Juden, deren Familien getötet worden waren und die auf Vergeltung sannen. Sozialdemokraten, die gefoltert worden waren und die ihre Peiniger vor Gericht sehen wollten. All jene, die unter den Nazis gelitten hatten – Homosexuelle, Künstler, Schriftsteller. Und Journalisten, die Storys witterten, die sich gut verkaufen lassen würden.

Und einen dieser Jäger hatte es nach Selb verschlagen. Der junge Mann, der für die neugegründete *Süddeutsche Zeitung* aus München arbeitete, hatte kein Zimmer mehr im Bayerischen Hof bekommen, doch er kannte über den Schlagzeuger einer Münchner Swingband den Impresario Joachim Thalmeyer, und so organisierte der ihm ein Zimmer im Wirtschaftsgebäude.

Der Journalist blieb nur zwei Nächte, aber es sollte sich schnell herumsprechen, wo er logiert hatte. Was wiederum den Gastgebern schwere Probleme einbringen sollte. Doch einstweilen wurde überall der Artikel herumgezeigt, der am 16. April 1949 in der Samstagsausgabe der *Süddeutschen Zeitung* auf Seite 7 erschien.

Der Denunziant als Bürgermeister

In Selb in Oberfranken sitzt ein Christsozialer im Amt, der einst die Grundschullehrerin Alma W. wegen eines Hitlerwitzes vor Gericht und ins Gefängnis brachte.

Karl Metsch, 54 Jahre alt, ist seit März 1948 der Bürgermeister von Selb in Oberfranken, einer Kreisstadt mit knapp 11.000 Einwohnern nur drei Kilometer von der Grenze zur Tschecho-Slowakei. Metsch, der Besitzer der Papierfabrik Metsch & Cie., schien sich während der Nazi-Herrschaft trotz exponierter Position als Unternehmer eine weiße Weste bewahrt zu haben. Doch unserer Zeitung liegen gerichtliche Dokumente aus dem Jahr 1943 vor, die eindeutig belegen, dass Metsch die Lehrerin Alma W., damals 28 Jahre alt, angezeigt hatte, weil diese in der Dorfgaststätte »Russischer Hof« (heute »Bayerischer Hof«) gleich zwei Hitler-Witze erzählte, die laut der uns zugespielten Dokumente folgendermaßen lauteten.

Witz eins: Hitler besucht ein Irrenhaus und schreitet die Reihe der Insassen ab. Jeder Patient ruft: »Heil Hitler!« Nur am Ende der Reihe steht einer ganz still. Hitler: »Warum grüßen Sie nicht?« Der Mann: »Ich bin der Wärter, ich bin nicht verrückt.«

Witz zwei: Hitler und sein Chauffeur überfahren eine Sau. Der Fahrer rennt zum Bauern, kommt erst nach Stunden wieder, sturzbetrunken und beschenkt mit Würsten und Schinken. »Was hast du ihm gesagt?«, fragt Hitler. Der Fahrer: »Heil Hitler, das Schwein ist tot! Da haben sie mich eingeladen.«

Alma W. wurde am 4. Mai 1943 in einem nur halbstündigen Prozess zu fünf Jahren Zuchthaus verurteilt. Im Januar 1945 wurde sie ins Konzentrationslager Flossenbürg überstellt und entging nur knapp dem Tod durch Erschießung.

Die Dokumente wurden im Gegensatz zu den üblichen Gerichtsakten unter Verschluss gehalten, ebenso wie das Verfahren selbst, das unter Ausschluss der Öffentlichkeit stattgefunden hatte, weil Alma W. als Tochter eines Abteilungsleiters der Dornier-Flugzeugwerke möglicherweise über kriegswichtiges Wissen verfügte. Zudem sollte der Bevölkerung nicht das Gefühl gegeben werden, dass auch Menschen, die mit der Rüstungspolitik der Regierung vertraut waren, den Glauben in die Kriegsanstrengungen verloren hatten.
Nach aktueller Gesetzeslage werden Denunziationen aus politisch-ideologischen Gründen während der Nazi-Herrschaft, die zur Verurteilung des Betroffenen führen, vom Alliierten Kontrollrat mit Haftstrafen bis zu zehn Jahren geahndet. Die Staatsanwaltschaft schwieg sich gegenüber unserer Zeitung mit Verweis auf die fortschreitenden Ermittlungen aus.

Der Artikel wurde aufgeregt im Ort herumgezeigt, und Metsch hatte keine Wahl: Noch am Tag drauf trat er zurück und kam damit einem Amtsenthebungsverfahren zuvor. Außerdem wurde er aus der Christlich-Sozialen Union ausgeschlossen. Er blieb auf freiem Fuß, doch die Staatsanwaltschaft bereitete auf Druck des Alliierten Kontrollrats ein Eilverfahren vor. Den Alliierten war nun peinlich, dass sie die Metsch-Fabrik mit Dollars aus dem Marshall-Plan unterstützt hatten.

Nur zwei Wochen nach dem Erscheinen des Artikels begann der Prozess gegen Karl Metsch vor dem Landgericht Weiden. In einem Schnellverfahren bekannte er sich schuldig, womit er seiner Familie die Papierfabrik sicherte und nur drei statt, wie von der Staatsanwaltschaft gefordert, acht Jahre ins Gefängnis musste.

Bei den Thalmeyers war die Stimmung gut. Harry hatte echten französischen Champagner mitgebracht, und er stieß mit den drei Geschwistern an. Aber Marie ahnte, dass die Geschichte noch nicht ausgestanden war. Aus dem Kinderzimmer schrie Jana, sie schlief immer noch schlecht. Marie nippte noch einmal am Champagner und ging dann nach oben zu ihrer Tochter.

60. KAPITEL

Alexandras Rache

Das sogenannte Delikt, das ihrem Mann vorgeworfen worden war: also bitte. Diese ganze Geschichte lag doch praktisch in einer anderen Epoche; hätte sich damals nicht jeder so verhalten? Noch vor vier Jahren hatten sie allesamt den rechten Arm gehoben, einer strammer als der andere. Und beim Brüllen des Deutschlandliedes hatten sie einander auch überboten. Den Schnaps an Führers Geburtstag hatten sie alle auch immer gierig hinuntergestürzt. Diese Selbstgerechtigkeit überall, die war ja nicht mehr zum Aushalten.

Für Alexandra Metsch musste jedenfalls ein Schuldiger her. Sie war so strukturiert, dass die Welt nur aus Freunden und Feinden bestand. Und hier war es ja völlig eindeutig, woher der Wind wehte. Es gab unzählige Indizien. Wem nützte denn die Verurteilung ihres Mannes? Welche Firma würde davon profitieren, dass die Papierfabrik vor die Hunde ging und das Kaolin künftig preiswerter würde? Eben. Vielleicht hatte das alles ja John McNarney auf seinem Totenbett noch angeschoben, mit seinen letzten Atemzügen? Zuzutrauen wäre es diesen kulturlosen Amerikanern, die sich jetzt aufführten, als seien nun sie die auserwählte Rasse. Und vor allem: Wo hatte der Journalist denn gewohnt, als er diese Unterlagen gefunden hat? Oder hatte er diese Unterlagen dort ganz einfach über den Tisch gereicht bekommen? Es war doch alles glasklar. Folge dem Geld, hatte ihr Mann immer gesagt. Damit ließ sich alles erklären, und sie würde sich bestimmt nicht für dumm verkaufen lassen.

Aber die Welt sollte Alexandra Metsch kennenlernen. Daher schrieb sie dem Jugendamt von Marktredwitz, das auch für die umliegenden Orte wie Selb zuständig war, einen Brief.

* * *

Die Männer kamen an einem Freitagnachmittag, als Marie gerade in der Grube in Schnaittenbach war, um zu sehen, wie die Arbeit an einer neu angelegten Abbauterrasse voranging. Auch Sophie war unterwegs, bei einem vermögenden Kunden in Nürnberg, der den Ankauf einer größeren Menge Figuren aus Hartporzellan plante. Lina war mit Jana allein daheim. Möglicherweise war es nur Zufall, möglicherweise hatten sie einen Tipp bekommen.

Vor der Tür der Thalmeyerschen Villa standen zwei Polizeibeamte in Uniform und ein Mann in einem fadenscheinigen Anzug und einer irgendwie merkwürdigen Körperhaltung. Niemals im Leben nicht, versicherte die tränenüberströmte Lina später, hätte sie den Männern auch nur einen Spaltbreit die Tür geöffnet, wenn es nicht wegen der Polizisten in ihren Uniformen gewesen wäre. Der Mann im Anzug zeigte seinen Dienstausweis, der ihn als Leiter des Jugendamtes von Marktredwitz auswies, und verlangte die sofortige Aushändigung von Jana, Tochter der Marie

Thalmeyer, denn nach dem Jugendwohlfahrtsgesetz sei das Amt in der Position des alleinig Erziehungsberechtigten. Lina weigerte sich, doch die Polizisten redeten in harten Worten auf sie ein. Lina weigerte sich immer noch und stellte sich den Herren in den Weg. Einer der Beamten musste ihr den Arm auf die Schulter drehen und sie zur Seite bugsieren, während der zweite Beamte mit dem Leiter des Jugendamtes nach oben ins Schlafzimmer ging. Lina schrie um Hilfe, doch niemand hörte sie.

Und dann fuhren die Herren mit der nicht einmal zwölf Monate alten Jana, die völlig verstört um sich blickte, fort. Mit sich trugen sie eine abgewetzte Ledertasche, in die sie achtlos einige von Janas Anziehsachen geworfen hatten.

* * *

Marie setzte Himmel und Hölle in Bewegung, und Sophie, Joseph und Harry halfen ihr dabei. Sie unterdrückte die Tränen und die Wut und auch die Angst. Die Polizei verweigerte am Telefon jegliche Auskunft. Marie drohte mit einer Dienstaufsichtsbeschwerde wegen Amtsmissbrauchs. Schließlich verwies sie der diensthabende Beamte ans Jugendamt in Marktredwitz, doch dort ging niemand ans Telefon, sodass Marie, Sophie und Harry persönlich dort vorbeifuhren. Marie schlug so heftig an die Pforte des Klinkerbaus neben dem Rathaus, dass die Nachbarn aus einem neu erbauten Mehrfamilienhaus gegenüber hervorschauten. »Frau Thalmeyer«, rief einer, der Marie erkannt hatte, »da werden Sie erst wieder am Montag jemanden antreffen!«

Unterdessen hatte Pastor Holzapfel ein paar Telefonate geführt. Jana war in ein von Nonnen geführtes Heim für

Halb- und Vollwaisen in Wunsiedel gebracht worden, und die drei machten sich wieder auf den Weg. Inzwischen war es Abend geworden, die Dunkelheit war hereingebrochen. Sie nahmen den Borgward der Manufaktur.

* * *

Das hatte die Kongregation der Schwestern des Erlösers oder das *Congregatio Sororum an Sancto Redemptore*, so der offizielle Name, noch nicht erlebt: Eine Horde von Zivilisten versuchte das Ordenshaus mit dem angeschlossenen Kinderheim zu erstürmen. Oberin Beate, die hier die Leitung hatte, hörte den Lärm von ihrer Stube und rückte die Flügelhaube zurecht. Ein paar passende Mahnungen würden schon wieder Ruhe in die Kongregation einkehren lassen.

Oberin Beate, die Treppe herabschreitend, erfasste die Lage schnell: Es waren nur vier Zivilisten und, dem Herr sei's gedankt, keine gottlosen Kommunisten – immerhin, dazu waren sie zu ordentlich angezogen –, doch der Radau, den sie veranstalten, war nun wirklich zum Gotterbarmen.

Schwester Beate hatte allergrößtes Vertrauen in ihre Autorität, die nicht einmal die verzogensten, verlaustesten Bengel, die sie im Kinderheim aufgenommen hatten, infrage zu stellen vermochten. Ja, selbst die Nazis, die hier immer wieder nach dem Rechten gesehen hatten, hatten den Ort eingeschüchtert wieder verlassen. Also baute sie sich in ihrer voluminösen Pracht vor den vier Eindringlingen auf. Sie war nicht klein, musste aber zu allen vieren aufschauen, was ihr selten passierte. Sie versuchte es auf die nonchalante Art, denn mit solchen feinen Damen und Herren, glaubte sie, werde man ja wohl vernünftig argumentieren können.

»Meine verehrten Damen und Herren«, begann sie mit in die Hüfte gestemmten Händen, »bedenken Sie, dass Sie sich an einem dem Herrn geweihten Ort befinden ...« Tatsächlich hielten die vier Zivilisten inne. *Na, wer sagt's denn!* »... und ich Sie daher erstens bitten muss, Ihren Ton zu mildern, und mir zweitens vielleicht gütigst mitteilen zu wollen, aus welchem Grund ...«

Dann passierte etwas Seltsames. Eine der Damen, ganz eindeutig die Rädelsführerin, blickte ihr direkt in die Augen, und der Blick war von einer Entschlossenheit, die Oberin Beate frösteln ließ. Und obwohl Oberin Beate so viel wog wie zwei Novizinnen, schob die Frau sie in einer Unerbittlichkeit zur Seite, dass Oberin Beate später der Gedanke kam, der Herrgott selbst müsse ihr den Arm geführt haben. Und schon fand sich Oberin Beate, unbeachtet und verdrängt wie eine lästige Erinnerung, hinter der vierköpfigen Gruppe wieder, die unverdrossen voranstürmte.

Also blieb Oberin Beate keine Wahl. Sie griff in die Schublade der von einer Gönnerin gespendeten Biedermeierkommode im Eingang, in der eine der Trillerpfeifen lag, welche den Pedell mit seinen Assistenten alarmierte.

Diese Trillerpfeifen waren nötig, weil das Kinderheim sich ja nicht nur um Säuglinge und Kleinkinder kümmerte, sondern auch 16- und 17-jährigen Waisen als Obhut diente. Und manchen dieser jungen Männer hatte der Krieg, wie Oberin Beate es auszudrücken pflegte, etwas im Kopf durcheinandergebracht. Die Waisen in der Kongregation der Schwestern des Erlösers – beinahe erwachsene, starke, skrupellose Menschen – mussten in so manchen Situationen erst lernen, was Ordnung, Disziplin und Gottesfurcht bedeutete, und da war die Macht der Ordensschwestern dann doch eingeschränkt, die Macht des Pedells und seiner Gehilfen dank der schweren Holzknüppel dagegen nahezu unbegrenzt.

Und so zerschellte der Thalmeyersche Vormarsch an einem Pedell und vier weiteren Männern, die mit erhobenen Knüppeln den Wohn- und Schlaftrakt der Kinder versperrten. Auch der Pedell und seine Gehilfen wirkten nicht mehr ganz richtig im Oberstübchen und schienen allergrößte Lust zu verspüren, die Knüppel auf die vier Eindringlinge niedersausen zu lassen.

»Wir werden uns sehr bald wiedersehen«, zischte Marie und trat den Rückzug an.

»Manchmal hilft eben auch Geld nicht weiter«, rief ihr einer der Aufseher höhnisch nach.

Harry Kruskopp, der für solche Menschen einen besonderen Platz in seinem Herzen reserviert hatte, merkte sich das Gesicht des Aufsehers ganz genau.

61. KAPITEL

Ein uraltes Gesetz

Der Amtsleiter des Jugendamts von Marktredwitz, ein Mann namens Leidlich, war so dünn, dass die Muskeln sein Skelett nicht gerade halten konnten; er saß bizarr gebeugt an seinem Schreibtisch und machte sich mit einem der frisch gespitzten Bleistifte, die links und rechts aufgereiht waren, Notizen in einer Dokumentenmappe. Immerhin verfügte er über ausreichend Anstand, bei Maries Eintreten aufzustehen, aber obwohl er laut Pass größer als sie war, schaffte er es nicht vollständig in die Senkrechte und blickte Marie mit schräg gestelltem Kopf von unten an. Sein Händedruck war nicht stark, die Finger waren kalt. Sein linker Arm war lahm – eine Kriegsverletzung. Er setzte sich wieder. Einen Besucherstuhl gab es nicht. Es roch nach nassem Papier.

»Ich bin selbst in einem Heim aufgewachsen«, begann Leidlich, während er seine Bleistifte sortierte.

»Das tut mir leid.«

»Oh, es tat mir gut: Denn dort habe ich verstanden: Jedes Kind braucht einen Vater. Und wenn der fehlt, braucht es eben eine andere ordnende Hand.«

Marie blickte ihr Gegenüber fassungslos an. »Das ist ja ein

arger Gedanke, wenn man bedenkt, dass Hunderttausende Väter im Feld geblieben sind.«

»Höhere Umstände wie einen Krieg evaluieren wir anders als, wenn Sie verzeihen wollen, die Geburt eines Kindes, dessen Mutter unverheiratet ist.«

»Der Vater ist General John McNarney, stellvertretender Militärgouverneur der amerikanischen Besatzungszone und damit einer der höchsten Beamten in Europa.«

»Ja, nur fehlt uns eine Anerkennung der Vaterschaft.«

»Er hat die Vaterschaft in vielen Briefen anerkannt.«

»Er muss dies aber auf ganz bestimmten Dokumenten tun und mit seiner Unterschrift attestieren, sonst können wir nichts unternehmen.«

»Das ist ja grotesk.«

»Und wie ich hörte, ist der mutmaßliche Kindsvater verstorben. Mein tiefstes Mitgefühl.«

»Auf Ihr Mitgefühl verzichte ich und verlange auf der Stelle, dass ich meine Tochter aus dem Heim holen darf.«

Der Angesprochene zuckte mit den Schultern. »Wir stützen uns auf das Reichsjugendwohlfahrtsgesetz von 1922, das nach wie vor Gültigkeit hat, bis ein neues Gesetz verabschiedet ist.«

»Ein Vierteljahrhundert ist das her!«

»Nach dem Reichsjugendwohlfahrtsgesetz«, fuhr der Bürokrat ungerührt fort, »wird das Jugendamt automatisch Vormund nicht ehelich geborener Kinder, kann über das Kind bestimmen und darf zugleich Aufsichtspflichten gegenüber der Mutter ausüben.«

»Es *kann*. Aber es ist nicht dazu verpflichtet. Und in meinem Fall ist das ganz sicher nicht nötig, ich kann sehr gut selbst für meine Tochter sorgen.«

»Nun ist es aber so, dass dem Jugendamt Informationen vorliegen, die diese Ihre Aussage nicht bestätigen.«

»Was für Informationen?«

»Es ist die Rede von Bankverbindlichkeiten, riskanten Unternehmungen, hohen Schulden …«

»Das ist Monate her! Die Thalmeyersche Porzellanmanufaktur gibt es seit fünf Generationen, sie ist einer der größten Arbeitgeber im Ort. Und die Manufaktur ist kerngesund.«

Jugendamtsleiter Leidlich hob den gesunden Arm. »Die Geschichte Ihrer Fabrik ist mir wohl vertraut. Aber es gibt da noch andere Informationen …«

»Ich höre!«

»Ausschweifender Lebensstil, allzu viel Negermusik, gewisse Lockerheiten, die nicht zu tolerieren sind …«

Marie musste sich Mühe geben, nicht gewalttätig zu werden, diesen hageren Amtsleiter nicht einfach zu packen und zu würgen. »Eine Unverschämtheit sind diese Gerüchte! Und aufgrund dieser Lügen reißen Sie meine Familie auseinander?«

»So sieht es das Gesetz vor, das bei begründeten Zweifeln das Wohl der Kinder voranstellt.«

»Begründete Zweifel …« Marie schnaubte empört, dann zwang sie sich um eine ruhige Stimme. »Meine Tochter bleibt also im Heim?«

»Ich tue nur meine Pflicht.« Leidlich bediente sich der typischen Bürokratenlogik.

Dann passierte etwas, mit dem Leidlich in seiner wohlgeordneten Umgebung nicht gerechnet hätte: Marie wischte die Bleistifte, die er so liebevoll positioniert hatte, in einer energischen Bewegung vom Tisch, sodass der Amtsleiter zusammenzuckte. Die Bleistifte klackerten über den Dielenboden. Dann beugte sich Marie so weit über den Schreibtisch, dass ihr Gesicht nur noch eine Handbreit von seinem Gesicht entfernt war. »Ich werde meine Tochter da rausholen. Sie werden ganz machtlos sein. Und Sie werden um Ihren Posten zittern müssen. Das verspreche ich Ihnen.«

Leidlich begann damit, seine Bleistifte aufzusammeln, womit er vor der aufdringlichen Besucherin wegrücken konnte. »Viel Glück damit. Sie werden es mit einer ganzen Behörde aufnehmen.«

»Ich werde es, wenn es sein muss, mit der ganzen Welt aufnehmen.«

62. KAPITEL

Die Besucherin

In der folgenden Nacht schlief Marie nicht, und sobald der Tag angebrochen war, ging sie ohne Frühstück hinüber ins Büro der Manufaktur, um zu telefonieren – mit Polizeidienststellen, mit Journalisten, mit der Anwaltskammer. Und ständig fragte sie sich eines: Wer hatte sie denunziert? Sie fühlte sich von einer kalten Faust zusammengepresst. Es war, als sei die Nazizeit nie zu Ende gegangen, als sei sie der Willkür der Mächtigen schutzlos ausgeliefert.

Und wie erging es wohl ihrer kleinen Jana? Behandelte man sie gut? Gab man ihr zu essen? Schlug man sie? Band man sie ans Bett fest? Die Sorgen, die sich Marie machte, schnürten ihr fast die Luft ab. Doch sie fand einen Weg, ihre lähmende Angst in äußerst produktive Wut zu verwandeln.

Marie hatte nach vielen Telefonaten endlich einen auf Familienrecht spezialisierten Anwalt gefunden, denn der Anwalt der Familie, ein schon beinahe seniler Jurist aus Weiden, der bereits mit Maries Großvater gearbeitet hatte, lehnte die Übernahme des Fall mit Verweis auf sein Spezialgebiet Wirtschaftsrecht ab. Doch der auf Familienrecht spezialisierte Anwalt war gerade auf einem Kongress in Augsburg und würde nicht vor Ende der Woche zurückkehren. Marie hinterließ ihm eine Nachricht im Hotel. Sie ließ ausrichten, es sei dringend, und sie sei bereit, jedes Honorar zu zahlen.

Erst am Mittag, erschöpft und zitternd zurück in der Villa, ließ sie sich von Lina, die über den Kindsraub ebenso erschüttert war wie Marie, einen Kaffee und eine heiße Suppe aufnötigen. »Mei, so a Suppn weckt an Doudn auf!«, sagte Lina, die in schwierigen Stunden ein klein wenig redseliger wurde und in tiefsten Oberpfälzer Dialekt verfiel, denn sie stammte aus Weiden.

Joachim ließ seine neugewonnenen Kontakte ebenso spielen wie Harry Kruskopp seine alten. Michael McNarney setzte sogar eine eidesstattliche Erklärung auf, die er von einem Militärübersetzer in perfektes Deutsch übersetzen ließ und in der er versicherte, dass sein Vater, der ehemalige Militärgouverneur John McNarney, auch der Vater der kleinen Jana Thalmeyer sei, wie er ihm selbst mehrfach bestätigt hatte.

Doch es war, als rannten sie alle gegen eine eiserne Mauer. Sie konnten nicht wissen, dass Maries Denunziantin keineswegs im Affekt gehandelt, sondern ihr Tun geschickt und von ruhiger Hand geplant hatte; so hatte sie an allen Stellen die entsprechenden Entscheider mit schwindelerregend hohen Geldsummen bestochen, sodass jede Beschwerde, jede Eingabe, jede Dienstanweisung, die mit Jana Thalmeyer, dem Sorgerecht und der Vormundschaft zu tun hatte, unter hohen Papierstapeln schlicht verschwand. Niemand ließ sich etwas vorwerfen; der Vorgang sei schließlich *in Bearbeitung.*

Und so lehnten Jugendamt und Polizei weiterhin jede Hilfe ab und verwiesen auf die geltende Rechtslage. Marie hatte nur noch die Hoffnung, mit Hilfe dieses Familienanwalts ihre Tochter zurückzubekommen. Wenn er sich doch nur rasch melden würde!

* * *

Auch in der zweiten Nacht konnte Marie nicht schlafen. Sie begann, sich Vorwürfe zu machen: Hatte sie vielleicht doch falsch gehandelt? Hätte sie mit John nach Amerika gehen sollen? Doch was wäre dann aus der Manufaktur geworden, aus Sophie und Joachim? Und wie wäre das Leben als Witwe mit einer jungen Tochter in einem fremden Land gewesen?

Früh am Morgen, als die erschöpfte Marie sich am Esstisch einen heißen Kaffee hineinzwang, läutete es. Lina meldete eine Besucherin, die gern die Hausherrin gesprochen hätte. Es sei wichtig. Marie ging zur Tür.

Auf der obersten Treppenstufe stand eine Frau, die nur wenige Jahre älter als Marie war. Sie hielt beinahe schüchtern eine kleine Handtasche mit beiden Händen vor sich. Die Frau war sehr klein und dünn, hatte schon ganz graue Haare und trug schlichte Kleidung – einen braunen Stoffmantel, einen grauen Rock und alte, aber gepflegte Halbschuhe. Sie war eine hübsche Person mit ebenmäßigem Gesicht, spitzer Nase und braunen Augen.

»Mein Name ist Alma Weinzierl«, stellte sich die Frau vor, »Sie kennen mich nicht, oder vielleicht höchstens aus der Zeitung.«

Marie war ratlos. *Alma Weinzierl*, ja, irgendetwas war da … Aber dann schüttelte sie den Kopf.

»Entschuldigen Sie, ich fürchte, Sie müssen mir etwas

auf die Sprünge helfen. Meine Gedanken sind gerade ganz woanders, und …«

»Deswegen bin ich hier«, sagte die Frau. Marie blickte sie verblüfft an.

»Ich … verstehe nicht ganz.«

»Darf ich reinkommen?«

Sie nahmen am Esstisch Platz, Lina brachte einen zweiten Kaffee, und die Besucherin erzählte ihre Geschichte. Sie war jene *Alma W.*, von der in der Süddeutschen Zeitung die Rede gewesen war – die Grundschullehrerin, die von Karl Metsch wegen ihrer despektierlichen Hitlerwitze angezeigt wurde. Daraufhin wurde sie verhaftet, zu einer Gefängnisstrafe von zehn Jahren verurteilt und gegen Kriegsende sogar ins KZ Flossenbürg überstellt, wo sie mit ihrer Hinrichtung rechnen musste, bis die Amerikaner das Lager endlich befreiten.

»Man hat Ihnen Ihre Tochter genommen, richtig?«, fragte Alma mitfühlend.

»Vorgestern.«

»Ich glaube, ich weiß, wer daran schuld ist.«

»Metsch?«

»Das ist möglich. Noch wahrscheinlicher war es seine Frau. Aber das spielt gar keine Rolle.«

Die Besucherin legte nun ihre Hand auf Maries Hand, und diese vertraute Geste fühlte sich gut an.

»Wer auch immer Sie denunziert hat – ich kann Ihnen helfen, Ihre Tochter zurückzubekommen.«

NACHWORT

Zur historischen Genauigkeit

Was stimmt, was ist erfunden? Ich konnte mit vielen Menschen sprechen, die die Nachkriegsjahre in unmittelbarer Nähe zum Eisernen Vorhang miterlebt haben. Zudem ist die Zeit gut dokumentiert; viele deutsche Tageszeitungen wurden bereits 1946 gegründet (oder nahmen ihren Betrieb wieder auf), auch Briten und Amerikaner berichteten mit großer Genauigkeit über die Vorkommnisse im besetzten Deutschland – nicht zuletzt über die vielen Gerichtsprozesse und die sogenannte Entnazifizierung. Die Rückblenden etwa an die Ostfront des Zweiten Weltkriegs konnte ich durch zahlreiche Tagebücher und Berichte, auch von Verwandten, authentisch beschreiben. Über Flucht, Vertreibung und Schmuggel existieren zahlreiche Erzählungen – nicht zuletzt in meiner eigenen Familie, die aus Schlesien in den Westen flüchten musste.

Die Thalmeyers, ihre Freunde und ihre Feinde sind fiktiv, beruhen aber teilweise auf real existierenden Personen, die ich kennengelernt habe oder von denen mir erzählt wurde. Bedeutende Persönlichkeiten, etwa die Gauleiter Holz und Kaufmann oder der Kölner Bischof Frings, sind ebenso wahrhaftig wie die geschilderten Wetterverhältnisse, etwa der Hungerwinter von 1947 oder die Überschwemmungen im Sommer 1948. Der Brief an Familie Müllerschön über den gefallenen Sohn ist ein Original, lediglich die Namen sind geändert. Die Fußballergebnisse der 1940er-Jahre stimmen aufs Tor genau, und das Sonder-Gefangenenlager der Sowjets für hohe deutsche Offiziere hat es tatsächlich gegeben. Die Hits (oder »Gassenhauer«) der damaligen Zeit habe ich ebenfalls authentisch wiedergegeben – wobei auch damals schon fleißig Englisch geredet wurde; englische Ausdrücke aus Mode, Musik und Sport hatten es seit den 1930er-Jahren in die Umgangssprache der Jugend gebracht. Das AFN-Radioprogramm ging wie geschildert auf Sendung. Das Reichsjugendwohlfahrtsgesetz, mit dem Jana ihrer Mutter geraubt wurde, war tatsächlich noch in Kraft.

Nur bei einer wichtigen historischen Figur habe ich kräftig Hand anlegen müssen: Aus Joseph McNarney, dem damaligen Generalgouverneur der Alliierten in Deutschland, ist in meinem Buch John McNarney geworden. Denn der echte Joseph wäre nicht nur zu alt für Marie gewesen, er galt in seinem Job im Gegensatz zu unserem John auch als ausgesprochener Faulpelz, sodass seine Untergebenen genervt um Versetzung baten. Viel schlimmer noch: Er war ein übler Rassist, selbst für damalige Usancen. So weigerte er sich, Afroamerikaner in sein Mitarbeiterteam aufzunehmen. Daher wurde aus dem ältlichen, arbeitsscheuen und moralisch zweifelhaften Joseph – der nach seiner Rückkehr in den USA einen Rüstungshersteller beriet und noch bis 1972 lebte – unser tragischer, liebevoller Held John, der im Roman allzu früh an einer alten Kriegsverletzung verstarb.

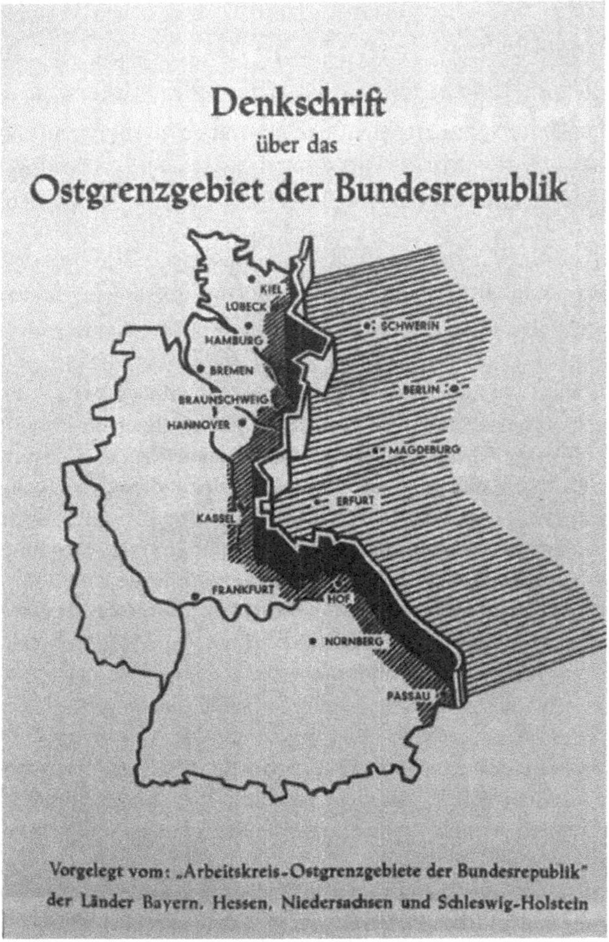

Illustration aus der »Denkschrift über das Ostgrenzgebiet der Bundesrepublik« vom Mai 1952, die von den Regierungen der Bundesländer an der Grenze zur DDR und der Tschechoslowakei herausgegeben wurde.

Quelle: Eckert, Astrid (2022), S. 49. Zonenrandgebiet – Westdeutschland und der Eiserne Vorhang. Ch. Links Verlag.

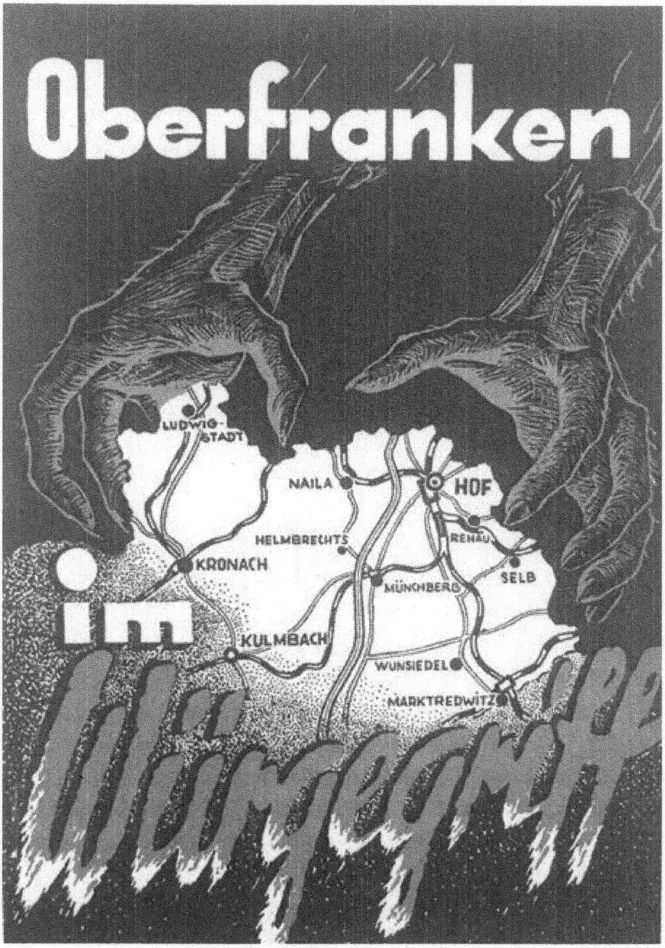

Die Grafik dieser Broschüre von 1950 über die wirtschaftlichen Probleme im Zonenrandgebiet beschwört die Gefahr, die von jenseits der Grenze drohe: „Rote“ Hände greifen nach Oberfranken. (Astrid M. Eckert, Berlin 2022)

Quelle: Arno Behrisch, Oberfranken im Würgegriff. Eine Zusammenfassung und Ergänzung der einschlägigen Denkschriften und Reden, Hof 1950

STEFAN
MAIWALD

DIE PORZELLAN-MANUFAKTUR

Zerbrechliche Hoffnung

ROMAN

EXKLUSIVE LESEPROBE BAND 2

1. KAPITEL

Klar zum Entern

Die Karnevalsfeier, zu der Harry Kruskopp und Sophie Thalmeyer im Februar 1952 luden, sollte niemand so schnell vergessen. Sie stand unter dem Motto »Piraten und Klabautermänner«, was ja auch perfekt zu Harrys norddeutscher Herkunft passte. Schon Tage vorher sprach der Ort von kaum etwas anderem, und einige der Frauen hatten sich beim Schneidern ihrer Kleider Hilfe von Frau Helgard gesucht.

Die Männer, die an diesem regnerischen Abend in den Festsaal des Bayerischen Hofs strömten, hatten sich als Piraten zurecht gemacht, wie sie es aus den Filmen mit Douglas Fairbanks und Errol Flynn kannten: Augenklappe, Halstuch, weißes Hemd, Reitstiefel, Degen. Die Damen hatten sich – weil es ja nun mal recht wenige Piratinnen gab – in spanisch anmutende Vamps mit rotem Kleid und noch roterem Lippenstift verwandelt. Oder sie hatten sich, was besonders lasziv wirkte, einfach Männerkleidung angezogen und sich sogar einen Schnauzbart aufgemalt. Das hatte einen gewissen erotischen Effekt; einige der anwesenden Herren mussten schlucken.

Auch Marie und Joachim erschienen auf der Feier. Marie hatte sich lange geweigert und musste von ihrer kleinen Schwester überredet werden.

»Es wird Zeit, dass du dich nicht nur ums Porzellan kümmerst, sondern endlich auch um dich selbst«, hatte Sophie gesagt.

»Und eine Karnevalsfeier bedeutet, dass ich mich endlich um mich selbst kümmere?«

»Es bedeutet, dass du endlich mal Spaß hast!«

»Aber wenn doch Spaß nicht mein Ziel im Leben ist?«

Marie hatte sich sehr dezent verkleidet, mit einem feuerroten Foulard, aber sie stach dennoch heraus. Sie musste gar nicht viel dafür tun, es war ihr Gang, es war ihre hell schimmernde Haut, es war ihre ganze aristokratische Erscheinung. »Sie ist die Gouverneurs-Gattin der Karibik«, rief Armin Füllhorn, der Wirt des Bayerischen Hofes – denn auch eine solche Frau kam in den Errol-Flynn-Filmen ja häufig vor. Maries Bruder Joachim war an ihrer Seite, kam also ohne eigene Begleitung. Längst hatte er sich daran gewöhnt, dass in Selb über ihn gemunkelt wurde, aber er sagte sich: Was soll's? Ich habe Russland überstanden, dagegen ist Ortsklatsch doch ein Klacks.

Gisela Rappenhuth, die Frau des Dorfarztes, hatte sich einen Stoffpapagei auf ihre Schultern drapiert, was für viel Gelächter sorgte. Holzgroßhändler Müllerschön kam als Kapitän Schwarzbart, inklusive brennender Zündschnüre an seinem Bart, was eine fantastische Idee war und angesichts seiner sonst recht braven Existenz umso verblüffender wirkte. Doch die Gastgeber, die zuletzt in den Saal traten, übertrafen alle. Harry erschien als Klaus Störtebeker, inklusive eines Pappmaché-Modells seines eigenen abgeschlagenen Kopfes unter dem Arm, während Sophie Thalmeyer den Scharfrichter Rosenfeld aus Buxtehude mimte, samt schwarzer Kapuze und Holzfälleraxt. Es gab Applaus und Hurra-Rufe.

Die Legende Störtebekers war in Oberfranken gut bekannt, viele hatten noch den Stummfilm gesehen, der 1919 in die Kinos gekommen war. Aber nach dem kalt-warmen Buffet ließ es sich Harry nicht nehmen, die dramatische Geschichte von Störtebeker und seinen Vitalienbrüdern nachzuerzählen – die Schlacht zwischen dem Piratenschiff »Toller Hund« und der Hansekogge »Bunte Kuh«, die speziell für die Jagd auf die Seeräuber ausgerüstet wurde, dem Verrat an Störtebeker, als jemand mit flüssigem Blei das Ruder blockierte, und der Hinrichtungsszene auf dem Grasbrook am Hamburger Hafen, als er sich mit 72 Gefährten, darunter Gödeke Michels, in einer Reihe aufstellen musste, um geköpft zu werden. Dem Bürgermeister Kersten Miles bot er im Fall einer Begnadigung eine goldene Kette an, die einmal um die Stadttore reichen würde, doch der lehnte ab. Er rang dem Bürgermeister das Versprechen ab, alle Männer zu begnadigen, an denen er nach seiner Enthauptung vorbeigehen würde, doch als der kopflose Pirat tatsächlich die Reihen abschritt und beim elften Mann angelangt war, stellte ihm der Scharfrichter ein Bein, und der Bürgermeister brach sein Versprechen. Harry imitierte bei seiner kleinen Szene sogar die Dialekte, wenngleich die Oberfranken diese Feinheiten kaum unterscheiden konnten: das Mecklenburgische des in Wismar geborenen Störtebeker, das feine Hanseatisch der Hamburger Kaufleute und des Bürgermeisters, das grobe Hafenplatt des Henkers.

Und Harry war in seinem Element, was er doch für eine Rampensau war! Er erzählte weiter, und alle Gäste hingen an seinen Lippen: Als Rosenfeld fertig war, lobte ihn der Bürgermeister, wie sauber er alle 73 Hinrichtungen durchgeführt habe, darauf erwiderte der Henker allzu keck, dass er noch frisch genug sei, um auch den gesamten Rat zu köpfen. Daraufhin ließ ihn der Bürgermeister festsetzen und vom jüngsten Ratsmitglied enthaupten.

»Likedeeler waren die Piraten«, erklärte Harry, »und das heißt in unserem Dialekt, dass die Beute zu gleichen Teilen aufgeteilt wurde, ob Kapitän oder Smutje.«

»Kommunisten also«, rief Wirt Armin Füllhorn bierselig in den Saal, und alle lachten.

Harry lachte mit und erhob sein Glas. »Aber ausnahmsweise trinken wir auf die Roten: ein Hoch auf Störtebeker!«, und alle stimmten ein.

Und dann begann der gemütliche Teil. Die Dorfkapelle um Volkmar Raudinger, dem im Krieg der Schienbeinknochen weggeschossen worden war, Hanno Möllendorf, der das linke Auge eingebüßt hatte, und Paukist Eberhard, der wegen eines Granatsplitters im Hirn etwas wirr im Kopf war, spielte gefällige Tanzmusik, und die Piraten und Señoritas näherten sich einander an. Noch züchtig, später immer enger bewegten sich die Paare durch den Saal, und schließlich ging es in den Boogie Woogie, und die Jüngeren zeigten die wilden Tanzschritte. Joachim stürmte auf die Tanzfläche, in Begleitung der kichernden Kriegswitwe Bosch, die schon seit Jahren eine Affäre mit Metzger Habenicht hatte. Sie versuchten sich im Swing, was sie respektabel hinbekamen. Alles war gut, niemand tratschte. Denn schließlich war Karneval. Die Älteren blieben am Rand stehen und lächelten erst, dann machten sie nach und nach mit, es war wie eine Befreiung.

Harry wies Gastwirt Füllhorn an, ordentlich Rum nachzuschenken, und die Franken mochten erfahrene Biertrinker sein, aber dieses hochprozentige Getränk, das sie nicht kannten und auch nicht einschätzen konnten, verfehlte seine Wirkung nicht. Es gab die ersten Ausfälle, Damen gerieten ins Wanken, hier und da landete eine männliche Hand dort, wo sie ganz sicher nicht hingehörte.

Harry organisierte unterdessen ein Trinkspiel und rief in bester Hamburger-Hafen-Manier zur Teilnahme auf.

Er zauberte zwei Würfel hervor, und angesichts des fortgeschrittenen Abends konnte es nur eine Gaudi werden: Er stellte ein Bierglas mit Schnaps in die Mitte und gab zwei Personen, die sich gegenüberstanden, die Würfel. Die Personen mussten so lange würfeln, bis die 6 erschien, dann gaben sie den Würfel im Uhrzeigersinn an die Person nebenan weiter. Klar, dass irgendwann ein Würfel den anderen einholte – und der, bei dem sich die Würfel trafen, musste das Bierglas auf ex leeren.

Gastwirt Füllhorn traf es gleich zu Beginn des Spiels zwei Mal, er tat seine Pflicht, hob die Hand, wankte nach draußen und übergab sich. Wann hatte man das je von einem Gastwirt gesehen? Müllerschön erwischte es nur einmal, Harry selbst ebenfalls, Rappenhuth war das 6er-Glück hold, auch Sophie, die mitspielte, musste nie ansetzen. Und als der junge Bernd, ein stämmiger Speditionslehrling, der das zweite Glas zu leeren hatte, dies zwar schaffte, aber danach einfach umfiel, wusste selbst Harry, dass man nun wohl besser aufhören sollte.

Die Band machte eine Pause, man zog sich zu Gesprächen und einem Bissen vom Büffet zurück. Holzgroßhändler Müllerschön hatte schon etwas Schlagseite, hielt sich aber ebenso tapfer wie Doktor Rappenhuth, der mit fettigem Essen vorgesorgt hatte und in den Trinkpausen reichlich Mineralwasser zu sich nahm. Beide hingen ermattet in den Stühlen und aßen Brote mit Aufschnitt.

»Störtebeker, das passt ja zu Harry.«

»Wie meinst du das, Doktor?«

»Na, der Name kommt von Stürz den Becher, weil er so viel vertragen konnte, wussten Sie das nicht?«

Die Band begann wieder mit der Musik, und all jene, die nicht am Trinkspiel teilgenommen hatten, bevölkerten rasch die Tanzfläche, erneut bereit für sinnliche Abenteuer.

Harry geriet zum ersten Mal, seit er unter doch recht rätselhaften Umständen hier in Selb erschienen war, in ernste Schwierigkeiten. Er verlor fast den Halt, als er die Tanzfläche durchquerte und dabei ein paar Swing-Schritte imitierte; der Alkohol hatte seiner Koordination arg zugesetzt.

Und dann kam es zu einem Tumult. Wer zuerst wen herumschubste, ließ sich später nicht mehr klären, offenbar hatte einer der Kellner, ein Sudetendeutscher, einem der Saalmädchen ein anzügliches Angebot gemacht und war möglicherweise auch aufdringlich geworden, doch das Saalmädchen war die Nichte des Paukisten Eberhard, der daraufhin einschritt und den Lüstling zurechtwies. Wegen des Granatsplitters stotterte er ein wenig, aber der Faustschlag kam ohne Verzögerung. Jedenfalls artete alles in eine zünftige Wirtshausschlägerei aus, wie man sie, versicherte der allmählich wieder zu Kräften kommende Gastwirt Armin Füllhorn, seit dem Jahr 1932 nicht mehr gesehen hatte, als seinerzeit Braunhemden eine Versammlung im Festsaal abhielten, die von Bayreuther Kommunisten gestürmt wurde. Niemand verletzte sich, denn wie jeder wusste, haben Betrunkene – und damit praktisch alle Gäste – einen Schutzengel.

Alle waren sich einig, als sie am nächsten Morgen aufwachten, fast alle verkatert, einige sogar mit einem blauen Auge und Abschürfungen an den Knöcheln: Was für ein schönes Fest das gewesen war!

2. KAPITEL

Der Klau

Die ersten Monate des Jahres 1952 waren in Franken mild und feucht gewesen, und in den Alpen hielten sich die Schneemengen in Grenzen, nicht so wie im Jahr zuvor, als der »Lawinenwinter« in die Geschichte einging: Fast dreihundert Menschen verloren nach wochenlangen heftigen Schneefällen und fatalen Abgängen ihr Leben, ganze Ortschaften wurden von meterhohen Schneelawinen regelrecht geplättet. Im Februar 1952 fanden die Olympischen Winterspiele in Oslo statt, bei denen erstmals wieder deutsche Athleten antreten durften und prompt drei Goldmedaillen gewannen – im Paarlauf mit den Eheleuten Ria und Paul Falk, im Zweierbob und im Viererbob. Die Deutschen machten sich eine Regellücke zunutze und schickten ausschließlich übergewichtige Athleten (Durchschnittsgewicht: 117 Kilogramm) in die Eisbahn, was einen enormen Geschwindigkeitsvorteil verschaffte; nach Oslo sollte das Internationale Olympische Komitee eine Gewichtsbegrenzung für Bobfahrer einführen. Geschichte schrieb auch der griechische Slalomfahrer Antoin Miliordos, der 18-mal fiel, aber sich immer wieder aufrappelte, dann aber die Nase voll hatte, sich schmollend ein paar Augenblicke auf die Piste setzte und die Ziellinie schließlich rückwärtsfahrend überquerte.

Der März wurde dann außergewöhnlich warm, beinahe frühsommerlich, und wer es sich leisten konnte, verbrachte die Wochenenden beim Flanieren auf den Waldwegen oder an den Seen des Fichtelgebirges. Im Vorstandsbüro der Porzellanmanufaktur Thalmeyer schwebten Staubteilchen in der trägen Luft, es roch nach vertrocknetem Gras, nach der frisch geteerten Auffahrt zur Thalmeyerschen Villa. In der eigenartigen, sicher nur provisorischen Bundeshauptstadt Bonn regierte ein greiser Kanzler namens Adenauer, die letzten Lebensmittelmarken – für Zucker – waren gerade abgeschafft, in Wuppertal sprang ein Elefant aus der Schwebebahn, und Marie Thalmeyer, die am Schreibtisch saß, spürte ihre Tochter unter sich. Denn Jana spielte zu ihren Füßen mit der Puppe, die schon die Thalmeyer-Schwestern in ihrem Bettchen hatten und schlicht »Püppchen« nannten; Lina, die Haushälterin, hatte der Puppe ein fesches Dirndl genäht. Die Sache mit der richtigen Platzierung der Schleife wusste Jana noch nicht, und als Sophie, Maries jüngere Schwester, ihrer Nichte erklären wollte, dass die unschuldige Puppe, die schon zu Maries und Sophies Zeiten den Namen Püppchen trug, die Schleife rechts für vergeben, links für ledig und zentral für Jungfrau tragen sollte, zischelte Marie ihr zu, und auch Lina schüttelte stumm den Kopf. Ja, die Thalmeyer-Schwestern waren eben unterschiedlich geraten.

Der bittere Rechtsstreit um Jana lag erst wenige Monate zurück. Das Jugendamt hatte sie Marie weggenommen, nach einem Gesetz aus der Weimarer Republik, das dem Staat gestattete, unehelich geborene Kinder unter seine Obhut zu nehmen. Das Gesetz sollte eigentlich unterprivilegierte

Kinder schützen, um sie aus prekären Verhältnissen herausholen zu können, und ohnehin wurde es kaum mehr angewandt, nicht einmal von den Nazis. Dass ausgerechnet Marie Thalmeyer um ihre Tochter kämpfen musste, hatte sie der Familie Metsch zu verdanken, was sie nicht wusste, aber ahnte. Glücklicherweise war ihr Alma Weinzierl zur Seite gestanden, ausgerechnet jene Frau, wegen der Karl Metsch nun in Haft saß. Alma Weinzierl war Bereichsleiterin der »Vereinigung der Verfolgten des Naziregimes«, einer mächtigen Organisation, die 1947 gegründet wurde und der sogar Kanzler Adenauer angehörte. Sie hatte einen Rechtsanwalt beauftragt, und nach zwei langen, nein – endlosen Wochen war der Albtraum vorbei gewesen.

Während Marie ihren Kopf über die Bücher der Manufaktur beugte, war Sophie mit der neuen Porzellankollektion unterwegs und bereiste die Kaufhäuser in ganz Bayern. Sie machte ihre Sache fabelhaft, und die älteren Herren gerieten jedes Mal in Verzückung, wenn die junge Thalmeyer vorbeikam. Eigentlich hieß sie ja seit ihrer Hochzeit Kruskopp, aber für den Reklameeffekt hatte sie nichts dagegen, immer noch Thalmeyer genannt zu werden. Sie war doch eine ganz andere Erscheinung als die Vertreter für Bürsten, Staubsauger, Teppiche oder Hundefutter – mit Letzteren erlaubten sich übrigens manche Großeinkäufer den diabolischen Spaß, ihnen das Hundefutter selbst zum Verkosten vorzusetzen, um zu prüfen, ob es wirklich von der versprochenen Qualität war. Sophies Mann Harry, der neue Teilhaber der Porzellanmanufaktur, hielt sich im Geschäftlichen völlig zurück und kümmerte sich ausschließlich um seine beiden Apotheken in Selb und Hof.

Insgesamt hatte das Jahr recht erfreulich begonnen; die

Nachfrage nach gutem Porzellan schnellte in die Höhe, das Kaolin, dieser wichtige Werkstoff, kam von ihrer eigenen Grube problemlos heran, und Marie konnte die Schulden der Kredite, die sie aufgenommen hatte, pünktlich bezahlen.

Die Buchführung war immer noch nicht Maries Lieblingsbeschäftigung, aber sie musste eben sein. In regelmäßigen Abständen ließ sie sich die Unterlagen von Buchhalter Walter Willemsen bringen. Normalerweise fiel es ihr leicht, die Zahlen und Kolonnen waren letztlich nichts anderes als eine Art Sprache, mit festen Regeln der Rechtschreibung und Grammatik. So hatte sie sich diese Welt erschlossen. Weil sie es tun musste, nach dem Tod ihres Vaters.

Doch heute blieb sie an zwei Spalten hängen. Wieder und wieder versuchte sie, den Zahlen, die dort standen, einen Sinn zu geben, aber es wollte ihr nicht gelingen.

Sie stand auf, blickte aus dem Fenster auf die Linde, deren herzförmige Blätter bereits vorzeitig die Krone schmückten. Dann ging sie ins Nebenzimmer zu ihrer Sekretärin.

»Können Sie Schöffel zu mir kommen lassen?«

Sekretärin Margot Hennemann, eine adrette, unscheinbare Person, nickte und hob den Telefonhörer ab, um unten in der Brennerei anzurufen.

* * *

Marie Thalmeyer zeigte Brennmeister Hans Schöffel, dem treuen Begleiter der Schwestern, die eigenartigen Zahlen aus der Buchhaltung der Manufaktur, als da waren:

Reparatur Fuhrpark, außerplanmäßig: 250 Mark.

Sonderposten Reinigung Brennofen: 310 Mark.

Ausgabe Reklame sonstige: 173 Mark.

Sport Unterstützung SV Selb: 94 Mark.

»Und das ist nur aus dem letzten Monat«, wunderte sich Marie. Schöffel runzelte die Stirn und beugte sich noch ein wenig tiefer über die Zahlen, die von der Buchhaltung, also von Walter Willemsen, auf liniertem Papier in gleichmäßiger, aber sehr kleiner Schrift niedergeschrieben waren.

»Was die Reklame angeht, spreche ich mit Sophie«, sagte Marie. »Die Unterstützung des SV Selb kann nur ein Fehler sein, ich hatte 50 Mark zugesagt. Aber was hat es mit der Reparatur auf sich, und was mit der Reinigung?«

Hans Schöffel stützte sich auf seine kräftigen Unterarme, die Muskeln zuckten. Seine Nase berührte beinahe die Seiten, denn er war kurzsichtig, ohne es sich eingestehen zu wollen. Er ahnte, was hinter diesen rätselhaften Zahlen steckte. Dann richtete er sich auf und atmete tief ein und aus.

»Lassen Sie es mich bis morgen rausfinden, Frau Thalmeyer.«

Stefan Maiwald

Stefan Maiwald, erfolgreicher Journalist und Bestsellerautor, wurde 1971 in Braunschweig geboren.
Seit dem Studium schreibt er Kolumnen und Reportagen und lebt seit mehr als zwanzig Jahren südlich der Alpen. Sein Blog postausitalien.com wurde 2022 auf der Frankfurter Buchmesse als »bester Travel Blog« ausgezeichnet. Seine Bücher wie »Laura, Leo, Luca und ich – wie man in einer italienischen Familie überlebt« oder der humorvolle Erziehungsratgeber »Wir sind Papa« wurden Bestseller. Neben der historischen Romantrilogie »Der Spion des Dogen«, die im Venedig des 16. Jahrhunderts spielt, erschienen drei Alpenkrimis und zuletzt »Meine Bar in Italien. Warum uns der Süden glücklich macht«. »Die Porzellanmanufaktur – Zerbrechlicher Frieden« ist der erste Band der Trilogie um die Geschichte der Familiendynastie Thalmeyer und ihrer Porzellanmanufaktur in Selb in Oberfranken. Wie er selbst sagt: »Dies ist nicht die Geschichte meiner Familie. Dies ist die Geschichte einer ganzen Generation.«
Stefan Maiwald lebt mit seiner Frau, den beiden Töchtern und Jack Russell Luna auf der italienischen Insel Grado.

Dies ist nicht die Geschichte meiner Familie.

Doch ich habe als Kind meine gesamte Ferienzeit und fast jedes Wochenende bei meinen Verwandten im Zonenrandgebiet verbracht, in Walkenried am Südharz, nur einen Kilometer vom Eisernen Vorhang entfernt. Die Wachtürme und der Stacheldraht waren überall zu sehen.

Meine Familie im Zonenrandgebiet, aus Schlesien geflüchtet, besaß keine Porzellanmanufaktur, sondern arbeitete in einer Gipsbrennerei. Jeder Erwachsene, mit dem ich damals sprach, hatte Krieg und Vertreibung miterlebt. Verdrängt wurde in meiner Familie nichts, offen sprach man über die Nazis und Opfer im Ort, vom Fliegeralarm und von den Bombenexplosionen, von der Kriegsgefangenschaft und Lazarettaufenthalten, von den schrecklichen Erlebnissen auf der Flucht. Ich konnte selbst noch mit ehemaligen überzeugten Parteigängern sprechen, mit verfolgten Kommunisten, mit Soldaten, Piloten und Flakhelfern, mit Geflüchteten und Versehrten.

Dies ist nicht die Geschichte meiner Familie.

Dies ist die Geschichte einer ganzen Generation.

Und so geht es weiter:

Die Porzellanmanufaktur
Zerbrechliche Hoffnung
Die Thalmeyer-Saga

ISBN KB: 978-3-98679-027-1
ISBN E-Book: 978-3-98679-028-8

Der Kampf um die Familie, ein Fall von Spionage, das Wirtschaftswunder und eine erbitterte Fehde zwischen Rivalen – die Geschichte einer Familiendynastie in der neuen Bundesrepublik.

Selb in den 50er Jahren: Marie Thalmeyer hat es geschafft, das Sorgerecht für ihre Tochter zurückzuerlangen, doch die Freude hält nicht lange. Die Porzellanmanufaktur steht nach einem Betrug kurz vor dem Ruin und die DDR öffnet die Grenzen für das Meißner Porzellan. Die Preise sind im freien Fall.

Maries Bruder Joachim lebt währenddessen immer offener seine Homosexualität aus. Er versucht mit Hilfe der Musik, die Narben des Krieges verblassen zu lassen und wird erfolgreicher Manager der Stars. Doch auch in der Welt der Reichen und Schönen lauern Gefahren …

Als der Erzfeind der Familie, der Papierfabrikant Karl Metsch, aus der Haft entlassen wird, flammt die Fehde erneut auf. Können Marie und Sophie Thalmeyer wieder alles zum Guten wenden?

Der zweite Teil der großen Thalmeyer-Trilogie – ein detaillierter Einblick in die 50er Jahre und die Geschichte einer ganzen Generation!

Der dritte Band:

Die Porzellanmanufaktur
Zerbrechliche Träume
Die Thalmeyer-Saga

ISBN KB: 978-3-98679-029-5
ISBN E-Book: 978-3-98679-030-1

Große Träume, Rebellion, vertraute Feinde und das Schicksal einer Familiendynastie.

Selb in den 60er Jahren: Jana Thalmeyer, die Tochter der Porzellanmanufaktur-Geschäftsführerin Marie Thalmeyer, zieht es zum Jura-Studium nach München. Dort wird sie von einer neuen Zeit mitgerissen: Anti-Establishment-Proteste, Demonstrationen und Drogen bestimmen die neue Welt, in die die junge Frau eintaucht. Jana genießt die scheinbar unbeschwerte Zeit, doch schon bald gerät sie im wilden, glamourösen Schwabing in gefährliche Gesellschaft – Menschen, die Gewalt befürworten, Sabotageakte durchführen und sogar Attentate planen. Nach einem Streit überwirft sie sich mit ihrer Mutter.

Marie und ihre jüngere Schwester Sophie haben nicht nur überraschend Erfolg mit Luxusporzellan und einer besonderen Zusammenarbeit mit Paul Bocuse, sondern kriegen es auch mit einem neuen Gegner zu tun: Abel Metsch, der die Druckerei seines Vaters übernommen hat und die einflussreiche Oberfränkische Stimme herausgibt, plant üble Intrigen gegen die Familie Thalmeyer …

Als Marie lebensgefährlich erkrankt, muss Jana sich entscheiden: Unterstützt sie ihre Familie und rettet das Porzellanerbe oder konzentriert sie sich weiter auf ihre eigenen Träume?

Der Abschluss der großen Thalmeyer-Trilogie – ein detaillierter Einblick in die 60er Jahre und die Geschichte einer ganzen Generation!

Weitere historische Romane im Verlag

ALLSBERG
-1871-
Der Glanz der alten Zeit
ISBN: 978-3-948346-99-7

Zwei starke Frauen, der Kampf um das Vermächtnis für die nachfolgenden Generationen und um das, was Schloss Allsberg über die Zeit hinaus bedeutet. Ein bewegender Roman über die Kraft der Liebe und die immer neue Hoffnung auf ein erfülltes Leben in Glück und Frieden.

Wir haben alle unsere Wurzeln

„Mir ist das Hier und Jetzt wichtig. Ich habe in meinem Leben lernen müssen, dass man die Liebe nicht ewig festhalten kann. Aber man kann sie in dem Moment, in dem sie stark ist, genießen."

1871: Schloss Allsberg, das ehemals glanzvolle Anwesen der Familie Tröger in Unterfranken, ist in die Jahre gekommen und die Schönheit früherer Tage kaum mehr zu erkennen. Thea, die 26-jährige Tochter von Baron Tröger, erhält den Auftrag, auf einen Schlag alles Vieh zu verkaufen, um künftig Pferde für das Militär zu züchten und den Trögers damit wieder zu Wohlstand zu verhelfen.

Als Baron Tröger bei einem Reitunfall stirbt, erfüllt Thea den letzten Wunsch ihres Vaters. Um die Nachkommenschaft der Trögers zu sichern, sucht sie ihren eigenwilligen Bruder Cord und bringt ihn dazu, ihre Freundin Vicky zu heiraten. Doch die Ehe scheitert und Thea kümmert sich zusammen mit Vicky um die zwei aus der Verbindung stammenden Söhne.

Trotz etlicher Widerstände gelingt es Thea, sich mit dem Gestüt durchzusetzen und auch die anderen Geschäfte des Familiensitzes Schloss Allsberg erfolgreich zu führen.

Und in dem Förster Hubert findet sie sogar ihre große Liebe, die sie jedoch geheim halten muss, um der gesellschaftlichen Ächtung zu entgehen, während Vicky sich in die Tochter des Dorfpfarrers verliebt ...

Band 2 unserer Allsberg-Trilogie:

ALLSBERG

-1980-

Der Klang der Vergangenheit

ISBN: 978-3-98679-001-1

Ein Generationenroman um eine starke Frau, über die Rollen, die einem das Leben oft überraschend zuweist, dem Glück, dem man eine Chance geben muss und der Kraft, die die Wiedergutmachung in sich trägt.

Band 3 unserer Allsberg-Trilogie:

ALLSBERG
-1985-
Der Duft der Veränderung
ISBN: 978-3-98679-003-5

Ein Familienroman über Mutterglück, zwei starke Frauen, die Verbindung über Generationen hinweg, um Versöhnung und immer wieder den Kampf um ein Leben, dem die Zukunft gehört.